इश्क़ एक इबादत है

AF762060

प्रमोद राजपूत

notionpress.com
INDIA • SINGAPORE • MALAYSIA

ISBN 979-8-89067-907-9

मेरे प्रिय पूज्य पिताजी की याद में

अंतर्वस्तु

सम्पादकीय

"इश्क़ एक इबादत है" प्रमोद राजपूत की कलम का एक जादू, प्यार के तानों-बानों से बुना एक बेहद खूबसूरत उपन्यास जो बताता है कि प्रेम मात्र शब्द नहीं है, प्रेम तो भाव है, समर्पण है, अपने प्रेम पर सब कुछ न्योछावर करने का नाम है। ये मात्र एक प्रेम-कहानी नहीं है, ये रिश्तों की ऐसी गहराई है जिसे शब्दों से मापा नहीं जा सकता। पूरी कहानी मधु और मानव के आस-पास घूमती रहती है। मधु और मानव का प्यार सच्चे प्रेम का उत्कृष्ट उदाहरण है जिसमें कोई दुराव-छिपाव या कोई छल-कपट नहीं है। एक निर्मल प्रेम जो निरंतर बहता रहता है और प्रगाढ़ होता जाता है। प्रेम अपनी गहराई में अपने सात्विक रूप में व्यक्त होता है।

लेखन शैली सदा की भाँति सहज, स्वाभाविक और भाषा चित्रात्मक है। उपन्यास पढ़ते हुए ऐसे लगता है जैसे घटना-क्रम हमारी आँखों के सामने घटित हो रहा है। पूरी कहानी अंत तक पाठकों को बांधे रखती है। शब्दों और भाषा का चयन पात्रों के अनुकूल किया गया है। कहीं कृत्रिमता का आभास नहीं होता है। एक बार उपन्यास पढ़ना शुरू किया तो पूरा किए बिना उठने का मन नहीं करता है।

यह उपन्यास प्रेम की ऐसी अनुभूति है जिससे पाठक जुड़ाव महसूस करता है। उसे अपनेपन का एहसास होता है। ऐसी सुंदर रचना के लिए आभार प्रमोद जी।

आशा सहदेव (सम्पादक)

प्रस्तावना

मेरा पहला उपन्यास "सात रंग प्यार के" आज से क़रीब ढाई साल पहले प्रकाशित हुआ था, जो अंग्रेज़ी में भी "Seven Color of Love" के नाम से उपलब्ध है। यूँ तो प्यार के ना जाने कितने रँग होते हैं लेकिन इस उपन्यास में मैंने प्यार के सात रंगो को अपने नायक राज के माध्यम से व्यक्त करने की कोशिश की थी जिसे आप लोगों का बहुत स्नेह मिला।

इस बार **"इश्क़ एक इबादत है"** के रूप में मैं प्रेम की एक ऐसी गंगा लेकर आया हूँ जो अपने उदगम से अंत तक अविरल बहती रहती है। ये उपन्यास प्रेम की पराकाष्ठा है। इस उपन्यास के नायक मानव और मधु प्रेमियों के परिसीमा हैं। बचपन से हीं मुझे अमर प्रेम की कहानियाँ जैसे लैला-मजनूँ, शीरीं-फ़रहाद, रोमीयो-जूलियट, सोहिनी-महिवाल बहुत पसंद थीं। मेरा ये उपन्यास उन अमर प्रेमियों को मेरी ओर से एक श्रद्धांजली है। **"इश्क़ एक इबादत है"** संसार के उन सभी प्रेमियों को समर्पित है जिन्होंने अपने जीवन में कभी भी इश्क़ किया है। ये उपन्यास अंग्रेज़ी भाषा में **"Love is a Verb"** के नाम से प्रकाशित है।

ये उपन्यास मेरे दिल के बेहद क़रीब इसलिए भी है क्यूँकि इसमें मेरे अपने पिताजी के अंतिम वर्षों में उनके साथ बिताए अनुभवों की अभिव्यक्ति भी है। अगर मैं ये कहूँ कि इस उपन्यास के लिखने की प्रेरणा मुझे उन्ही के साथ गुज़ारे हुए उन पलों से मिली है तो इसमें कोई अतिशयोक्ति नहीं होगी।

वैसे आप सब जानते हीं है कि मैं पेशे से Software Engineer हूँ और Engineering का साहित्य से दूर-दूर तक कोई वास्ता नहीं होता है। मगर माँ शारदे की कृपा से मैं अपने दिल के जज़्बातों को काग़ज़ पर बयाँ करके जब आप सब के सामने लाता हूँ तो आप सब का प्यार हीं मुझे प्रेरित करता है कि मैं आप सब के लिए कुछ और नया ले कर आऊँ। चुकि साहित्य में मैंने बहुत गहन अध्ययन नहीं किया है इस लिए लिखते समय मुझसे ग़लतियाँ होती रहती है जिसे मेरी मित्र और मेरे सभी हिंदी पुस्तकों की editor "आशा सहदेव" जी सही करती रहती हैं तभी जा कर मेरी ये पुस्तकें आप तक पहुँचती हैं। मैं आशा जी की मित्रता और उनके निस्वार्थ सहयोग के लिए हमेशा आभारी हूँ।

मानिक खेड़ेकर(Manik Khedkar) ने इस उपन्यास के लिए अपनी कल्पना से एक चित्र बनाया है जो मेरी नज़र में बेहद ख़ूबसूरत है। मैने उसे भी इस उपन्यास में शामिल किया है। मैं मानिक का भी तहें दिल से शुक्रिया अदा करता हूँ।

उपन्यास लिखना क़तई आसान काम नहीं है। रोज़ घंटों लिखना पड़ता है और वो भी महीनों तक। इसके लिए परिवार का साथ होना बहुत ज़रूरी है। अपने परिवार में मैं सबसे पहले अपनी जीवन-संगिनी सुजाता का शुक्रिया अदा करना चाहता हूँ जिसने मेरे जज़्बात को समझा और मुझे न केवल ये समय दिया बल्कि ढेर सारी रचनात्मक प्रतिक्रिया भी दी जिसके कारण ये उपन्यास और अच्छा बन सका। फिर मैं शुक्रगुज़ार हूँ अपनी दोनों बेटियों रश्मि और मानसी का जो हमेशा मुझे नया करने के लिए प्रेरित करते रहते हैं। मैं अपने सभी दोस्तों का भी शुक्रिया अदा करना चाहता हूँ जिन्होंने हमेशा मेरा उत्साह बढ़ाया है।

और अंत में, मैं ये दावा तो नहीं करता लेकिन कामना ज़रूर करता हूँ कि ये उपन्यास **"इश्क़ एक इबादत है"** आप सभी के दिल को छुए।

आप अपनी प्रतिक्रिया मेरे **email : Pramod.rajput@gmail.com** पर मुझ तक पहुँचा सकते हैं।

प्रमोद राजपूत

By Manik Khedekar

इश्क़ पर ज़ोर नहीं

इश्क़ पर ज़ोर नहीं, ये वो आतिश है ग़ालिब
जो लगाए ना लगे, और बुझाए ना बुझे
(मिर्ज़ा ग़ालिब)

सितम्बर 1959, कानपुर के मॉल रोड पर मानव के कदम तेज़ी से बढ़ते जा रहे थे। दोपहर का वक्त था और धूप खिली हुई थी मगर फिर भी वातावरण ठंडा था। मानव ने काले रंग का बंद गले का स्वेटर पहना हुआ था और अपने दोनों हाथों को अपनी जेब में डाले तेज़ी से बढ़ा जा रहा था। उसकी मंज़िल वहाँ से क़रीब आधा किलोमीटर दूर एक स्टेशनरी की दुकान थी जहाँ से उसे कुछ कापियाँ, पेन और पेंसिल लेनी थी। मानव IIT, कानपुर के Mechanical Engineering के दूसरे साल का विद्यार्थी था। वैसे मानव का पूरा नाम मानव गौतम था और वह इलाहाबाद के पास के एक बहुत छोटे-से गाँव का रहने वाला था। क़रीब पाँच साल की उम्र में अपने माता-पिता को खोने के बाद उसके नाना-नानी ने उसकी परवरिश की थी। नानी भी आज से आठ साल पहले गुजर गयी थीं और नाना भी पिछले साल दुनिया छोड़ कर जा चुके थे। अपना कहने के नाम पर केवल एक चाचा थे लेकिन वे भी बहुत पहले अपने परिवार के साथ गाँव से इलाहाबाद चले गए थे और अब वहीं रहते थे। मानव बचपन से ही पढ़ने में बहुत होशियार था। जिसके कारण IIT, कानपुर में full scholarship के साथ उसका admission हुआ था। अपने गाँव का वह पहला शख़्स था जो Engineering कर रहा था और वह भी IIT, Kanpur से, जो पूरे भारत में Engineering का सबसे बड़ा और

प्रतिष्ठित Institute था। मानव की अब बस एक ही मंज़िल थी, IIT कानपुर से अपनी engineering बहुत अच्छी तरह करके MIT, USA से MTech करना।

"Please, इसे hospital ले जाने में कोई मेरी मदद कीजिए", एक मीठी-सी दर्दभरी आवाज़ को सुनकर मानव के कदम एकाएक ठहर गए। उसने देखा कि एक लड़की बीच सड़क पर एक कुत्ते को उठाने की कोशिश करते हुए पुकार रही थी। उसकी बग़ल से गाड़ियाँ, रिक्शे और लोग गुजर रहे थे मगर कोई उसकी मदद के लिए नहीं रुक रहा था।

"क्या मैं आपकी कुछ मदद कर सकता हूँ?" मानव ने उसके पास जा कर कहा।

"हाँ प्लीज़!! इसे किसी गाड़ी ने टक्कर मार दी है जिससे लगता है इसकी टाँग टूट गयी है। यह चल नहीं पा रहा है। यह इतना बड़ा है कि मैं इसे अकेले नहीं उठा पा रही हूँ। इसे हॉस्पिटल ले जाने में मेरी मदद कर दीजिए, प्लीज़", उस लड़की की आवाज़ में पीड़ा और याचना दोनों थीं।

"आप फ़िक्र मत कीजिए, मैं कुछ करता हूँ।"

"रिक्शा!!", मानव ने थोड़ी दूर पर खड़े एक रिक्शेवाले को आवाज़ दी।

"कहाँ जाना है आपको?" रिक्शेवाले ने पास आकर पूछा।

"वो Civil Lines चौराहे के आगे एक जानवरों का हॉस्पिटल है, हमें इसे वहीं ले कर जाना है भैया", लड़की ने रिक्शेवाले से कहा।

"ठीक है, आठ आने लगेंगे।"

"ठीक है मैं दूँगी, चलिए।"

"इसे उठाने में मेरी मदद कर देंगें, प्लीज़", मानव की ओर देखते हुए उस लड़की ने कहा।

"sure", मानव ने कहा और उस कुत्ते को उठाने के लिए झुका।

"प्लीज़, एहतियात से। इसे दर्द होगा नहीं तो", लड़की ने याचना भरे लहजे में कहा।

"चलिए, मैं भी आपके साथ चलता हूँ। आपको हॉस्पिटल में भी इसे उतारते समय किसी की ज़रूरत होगी", मानव ने कुत्ते को उठाकर रिक्शे में रखते हुए कहा।

"Thank You", लड़की ने कहा और रिक्शे के दूसरे कोने में खिसक गयी जिससे मानव को बैठने की जगह मिल जाए।

रिक्शा हॉस्पिटल की ओर बढ़ गया। दोनों ख़ामोश थे। पूरे रास्ते लड़की कुत्ते के सिर को सहलाती रही।

हॉस्पिटल में डॉक्टर ने बताया कि कुत्ते की एक टाँग में फ़्रैक्चर हुआ है। उसने प्लास्टर लगा दिया और उसे तीन हफ़्ते के बाद दिखाने के लिए कहा।

"ठीक है। thank you डॉक्टर साहब। मैं इसे तीन हफ़्ते के बाद ले आऊँगी", लड़की ने डॉक्टर को पैसे देते हुए कहा।

"आप इसे बाहर लेकर जाने और रिक्शे में बिठाने में मदद करेंगे, please", लड़की ने मानव से कहा।

"sure", मानव ने कहा और कुत्ते को अपनी गोद में उठा कर चल दिया।

"क्या नाम है इसका?" मानव ने चलते-चलते पूछा।

"जी, यह मेरे कुत्ता नहीं है। मैं तो इसे जानती भी नहीं। रोड पर कोई इसे शायद टक्कर मार कर चला गया था। कैसे-कैसे बेरहम लोग होते हैं। इसे तड़पता हुआ कैसे छोड़ कर चले गए।"

"तो अब इसे कहाँ लेकर जाना है?" मानव ने थोड़ा असमंजस में पूछा।

"मैं इसे अपने घर लेकर जाऊँगी। इसे यूँ तो नहीं छोड़ सकती। आप बस किसी रिक्शे में इसे बिठाने में मेरी मदद कर दीजिए। आगे मैं सम्भाल लूँगी", लड़की ने कुत्ते के सिर पर हाथ फेरते हुए कहा।

मानव ने रोड पर आकर एक रिक्शे में कुत्ते को बिठा दिया और लड़की भी बैठ गयी।

"Thank you very much. आप नहीं होते तो आज मैं परेशान हो जाती", लड़की ने प्यार से मुस्कुराते हुए कहा।

"You are most welcome. It is my pleasure", मानव ने कहा ही था कि रिक्शा आगे बढ़ गया।

मानव थोड़ी देर खड़ा रिक्शे को जाते हुए देखता रहा और फिर दूसरे रिक्शे में बैठ कर चल पड़ा। पूरे रास्ते वह उस लड़की के बारे में सोचता रहा। उसने उसका नाम भी नहीं पूछा था। सब कुछ इतनी जल्दी हुआ था कि ये औपचारिकताएँ रह ही गयी थीं। वो लड़की देखने में बेहद ख़ूबसूरत और हसीन थी। उसकी आवाज़ इतनी मीठी थी मानो हर लफ़्ज़ शहद में लिपट कर ही उसके होठों से बाहर आता हो। उसकी मुस्कुराहट में एक अजीब-सी ताज़गी और कसक थी जो किसी का भी मन मोह सकती थी। एक मोटी-सी लम्बी चोटी उसकी कमर से नीचे तक थी।

"एक अंजान जानवर के लिए भी उसके दिल में कितना प्यार है", मानव मन-ही-मन उसी के बारे में सोच रहा था।

उसे बार-बार इस बात का दुःख हो रहा था कि उसने उसका नाम भी नहीं पूछा।

"अब शायद ही कभी उससे मुलाक़ात हो।"

"मानव, मैं आज रात की ट्रेन से निकल रहा हूँ यार। तू शनिवार को जितनी जल्दी हो सके पहुँच जाना। दीदी की शादी है, तू रहेगा तो बहुत मदद मिल जाएगी और मुझे अच्छा लगेगा", अमन ने क्लास से बाहर निकलते हुए मानव से कहा।

"बिलकुल यार। ये भी कहने की बात है। तेरी दीदी मेरी भी तो दीदी हैं। तू चिंता मत कर मैं शनिवार सुबह की ट्रेन से ही निकल जाऊँगा। मम्मी-पापा और दीदी को मेरा प्रणाम कहना।"

"और वो राखी भी आज तेरे साथ ही जा रही है क्या?" मानव ने पूछा।

"नहीं यार! राखी परसों पहुँचेगी। कल उसका कोई प्रैक्टिकल है।"

"तुम तीनों भाई-बहनों का प्यार देखता हूँ तो बहुत अच्छा लगता है", मानव ने कहा।

"तीन क्यों? तू नहीं हैं मेरा भाई? ऐसे मत बोल। दीदी और राखी ने तेरी ये बात सुनी तो तुझसे कभी बात नहीं करेंगी। वे दोनों तुझे भी अपना भाई ही मानती हैं और वो भी मुझसे बढ़ कर। पता नहीं क्या जादू कर दिया है तूने उन पर वो भी एक ही मुलाक़ात में। वो अक्सर तेरी ही बातें करती रहती हैं।"

मानव ज़ोर-से हँस पड़ा।

"नहीं मैं सच कह रहा हूँ यार। मेरा पूरा परिवार तुझसे बहुत प्रभावित है।"

"एक ही बार तेरे घर आया हूँ अब तक मगर लगता है मेरा ही घर है। परिवार के नाम पर मेरा है ही कौन? अपने-आप को बहुत खुशनसीब समझता हूँ कि मुझे तुझ जैसा दोस्त मिल गया", मानव ने भावुक होकर कहा।

"अरे यार! अब इतना जज़्बाती मत हो। ऊपरवाला सब कुछ balance कर के रखता है। मेरा भी कोई भाई नहीं था तो तेरे रूप में एक भाई मुझे भी मिल गया", अमन ने मानव के कंधे पर हाथ रखते हुए कहा।

दोनों दोस्त अब हॉस्टल में अपने कमरे में पहुँच गए थे।

मानव फूलों के एक बेहद ख़ूबसूरत बगीचे में बैठा हुआ था। उसके चारों ओर क्यारियों में रंग-बिरंगे फूल खिले हुए थे। फूलों की इन क्यारियों के बीच में से एक पगडंडी बगीचे के दूसरी ओर जाती थी। अचानक मानव को उस पगडंडी पर दूसरी ओर से आती हुई एक लड़की दिखाई दी। वो लड़की मानव की ओर ही आ रही थी। मानव उसे पहचानने की कोशिश कर रहा था। परंतु दोनों के बीच की दूरी बहुत ज़्यादा होने की वजह से पहचान नहीं पा रहा था। लड़की पल- पल मानव के क़रीब आती जा रही थी। हल्के आसमानी रंग के दुपट्टे और अपनी मनमोहक मुस्कुराहट में वह आसमान से उतरी कोई अप्सरा लग रही थी। वो मुस्कुराते हुए मानव की ओर बढ़ती आ रही थी। मानव अभी भी उसे पहचानने की कोशिश कर रहा था। लड़की अब मानव से मात्र बीस मीटर की दूरी पर थी और ये दूरी उसके हर कदम के साथ कम होती जा रही थी। उसकी मुस्कुराहट मानव को जानी-पहचानी लग रही थी मगर वो अब भी उस लड़की को पहचान नहीं पा रहा था। अब दूरी दस मीटर से भी कम रह गयी थी। अचानक मानव की आँख खुल गयी। वो हॉस्टल के अपने कमरे में बिस्तर पर पड़ा था। उसने बग़ल के बिस्तर पर देखा जो बिलकुल ख़ाली था। उसे याद आया कि अमन तो कल रात को ही घर के लिए निकल गया था। उसे भी आज सुबह सात बजे की ट्रेन से मथुरा के लिए अमन की दीदी की शादी में शामिल होने के लिए निकलना है। उसने घड़ी पर नज़र दौड़ाई। सुबह के साढ़े-चार बजे थे। अलार्म बजने में अभी भी आधा घंटा बाक़ी था। वो बिस्तर पर आँखें मूँदे

लेटा उस हसीन सपने के बारे में फिर से सोचने लगा। जब से उसने होश सम्भाला था, ये सपना उसे अक्सर आता था। यही सपना और ठीक उसी वक़्त उसकी नींद भी खुल जाती थी। वो सपने में भरसक कोशिश करता कि उस चेहरे को पहचान ले मगर वो आजतक उस लड़की को पहचान नहीं पाया था। उसने अपने इस सपने का ज़िक्र आजतक किसी से नहीं किया था। महीने में एक-दो बार तो ये सपना उसे आ ही जाता था। उसने फिर से घड़ी पर नज़र डाली। पाँच बजने में पंद्रह मिनट अभी बाक़ी थे। वो अपने बिस्तर से उठ गया और तैयार होने लगा।

मानव 6 बजे एक ब्रीफ़्केस में अपना सामान लेकर अपने कमरे से बाहर निकला और कमरे में ताला लगा कर रोड़ पर आ गया और रिक्शा ढूँढ़ने लगा। December का महीना था इसलिए ठंड काफ़ी थी। चारों ओर घना कोहरा छाया हुआ था। सड़कें सुनसान थीं। बस इक्का-दुक्का गाड़ी या रिक्शा नज़र आ रहा था। कोहरा इतना घना था कि पंद्रह-बीस मीटर की दूरी की कोई भी चीज़ दिखाई नहीं दे रही थी। मानव ने काले रंग का पैंट पहना हुआ था और एक क्रीम रंग का full sleeve स्वेटर पहना हुआ था और अपने कानों को एक काले रंग के woolen muffler से ढका हुआ था। कुछ ही देर में वो एक रिक्शे में बैठ कर कानपुर रेलवे स्टेशन की ओर चल पड़ा। स्टेशन पहुँच कर उसने मथुरा का टिकट ख़रीदा। उसे पता चला कि कोहरे के कारण उसकी ट्रेन एक घंटा late है। उसकी ट्रेन platform तीन पर आनी थी इसलिए मानव टिकट लेकर platform तीन की ओर चल दिया। platform तीन पर अभी इतनी सुबह बहुत भीड़ नहीं थी। कोहरे के कारण अब भी बहुत दूर का दिखाई नहीं दे रहा था। मानव एक ख़ाली बेंच पर जा कर बैठ गया। उसकी बग़ल में एक चायवाला चाय बना रहा था।

“भैया! एक चाय मिलेगी?” मानव ने चाय वाले से पूछा।

“जी अभी देता हूँ। कहाँ जा रहे हैं आप?”

“मथुरा जाना है। एक दोस्त की बहन की शादी है। ट्रेन तो एक घंटे लेट है। अभी डेढ़ घंटे यहीं बैठना है”, मानव ने मुस्कुराकर जवाब दिया।

“कोहरे की वजह से आज सारी ट्रेनें देर से चल रही हैं साहब, क्या कीजिएगा। ये लीजिए गरमा-गरम चाय।”

“ये लीजिए पैसे”, मानव ने अपना पर्स निकालते हुए कहा।

“अरे पहले आराम से चाय पी लीजिए साहब। आप कहाँ भागे जा रहे हैं”, चाय वाले ने मुस्कुराकर कहा और बिना पैसे लिए अपनी दुकान की ओर चल पड़ा जहाँ एक-दो और लोग चाय के लिए खड़े थे।

“चाय बहुत अच्छी है”, मानव ने चाय की पहली चुस्की लेते ही चायवाले की ओर देखकर ज़ोर से कहा।

“धन्यवाद साहब”, चायवाले ने मुस्कुराकर अगले ग्राहक को चाय देते हुए कहा।

मानव चाय ख़त्म कर के उठा और चाय वाले के पास जा कर चाय का गिलास और पैसे देने लगा।

“कुछ नाश्ता करेंगे साहब? गरम-गरम भजिए बनाने जा रहा हूँ”, चायवाले ने पैसे लेते हुए कहा।

“कर लेंगे। आप आराम से बनाओ। बनाने के बाद एक प्लेट दे देना मुझे। अभी तो बहुत देर इस बेंच पर बैठना है”, मानव ने कहा और बेंच पर आ कर बैठ गया।

बेंच पर बैठ कर मानव इधर-उधर किसी अख़बार वाले के लिए देखने लगा।

“समय गुज़ारने के लिए अख़बार अच्छा साधन है”, उसने सोचा।

अचानक उसे दूर से कोई आता दिखाई दिया। कोहरे की वजह से वो ठीक से दिखाई नहीं दे रहा था। मानव ने इतना तो पहचान लिया कि वो एक लड़की थी जो इसी ओर आ रही थी। वो थोड़ी और क़रीब आयी तो मानव ने देखा कि उसने गुलाबी रंग का चूड़ीदार सूट और हल्के आसमानी रंग का एक स्वेटर और उसी रंग की चुन्नी ले रखी थी। अचानक मानव को अपना सपना याद आ गया। उसने अपने एक हाथ के नाखूनों से दूसरे हाथ में काट कर देखा कि कहीं वो फिर से सपना तो नहीं देख रहा है। वो लड़की बिलकुल सुबह देखे सपने जैसी ही चल रही थी और उसकी ओर बढ़ रही थी। अंतर बस इतना था कि सपने में लड़की हमेशा मानव की ओर मुस्कुरा कर देखती थी मगर यहाँ वो चुपचाप चली आ रही थी। उस लड़की के बढ़ते हुए हर कदम के साथ मानव के दिल की धड़कन बढ़ती जा रही थी। अभी भी उस लड़की का चेहरा कोहरे की वजह से ठीक से दिखाई नहीं दे रहा था। वो एकटक आने वाले के चेहरे की ओर देख रहा था। ये पूरा दृश्य मानव के उसी सपने जैसा था जो वो बचपन से देखा करता था। उसके दिल की धड़कन अपनी चरम सीमा पर थी। उसे ऐसा लग रहा था मानो उसकी धड़कन रुकने वाली हो। शायद ही उसने अपनी ज़िंदगी में पहले कभी ऐसा महसूस किया था। जैसे-जैसे वो कदम नज़दीक आ रहे थे उसके चेहरे की हल्की-सी झलक मानव को दिख रही थी। चाँद मानो बादलों से अठखेलियाँ कर रहा था और हल्का-हल्का बादलों के बीच से दिख रहा था। मानव उसे देखने की भरसक कोशिश कर रहा था। अचानक जैसे बादल छँट गए और चाँद साफ़ दिखाई देने लगा। मानव ने इतना ख़ूबसूरत चाँद कभी नहीं देखा था। वो अब भी एकटक उस चाँद के गोरे-गोरे मुखड़े की ओर देख रहा था। "ये चाँद तो उस चाँद से भी ख़ूबसूरत है। उस चाँद में तो दाग साफ़ दिखाई देता है मगर ये चाँद तो बेदाग़ है", मानव के दिल ने कहा। ऐसा लग रहा था जैसे कोई अप्सरा बादलों को चीर कर धरती पर उतर आयी हो। मानव अभी-भी उस चेहरे को देखे जा रहा था और पहचानने की कोशिश कर रहा था। उसे लगा कि उसने

इसे पहले भी कहीं देखा है मगर उसका दिमाग़ उसके सपने और हक़ीक़त में ऐसा उलझा हुआ था कि उसे कुछ याद नहीं आ रहा था। अचानक उस लड़की ने भी मानव की ओर देखा जो उसे एकटक देख रहा था। वह अपनी बड़ी-बड़ी आँखों को सिकोड़ कर मानव को देखने लगी जैसे पहचानने की कोशिश कर रही हो। अचानक उसकी आँखें आश्चर्य से बड़ी हो गयी और होठों पर एक बड़ी ही दिलकश मुस्कान आ गयी। मानव भी अब उसे आश्चर्य से देखने लगा। ऐसा नहीं था कि उसे पहचान गया था मगर वो इस मुस्कान को पहचानता था जो हुबहू उसके सपने जैसी थी।

"आप?" उस लड़की ने आश्चर्य से पूछा। उसकी आँखें अभी-भी हैरानी से फैली हुईं थीं। वो जो देख रही थी उसे उस पर यक़ीन नहीं हो रहा था। वो अब मानव के बिलकुल पास खड़ी थी। मानव अभी-भी एकटक उसे देखे जा रहा था।

"क्या मैं यहाँ बैठ सकती हूँ?" उसने मानव की बग़ल में बैठने का इशारा करते हुए पूछा।

"बिलकुल", मानव बस इतना ही कह पाया। अचानक उसे मानों होश आया हो। उसे याद आया ये तो वही लड़की थी जो आज से तीन-चार महीने पहले उसे बाज़ार में उस घायल कुत्ते के साथ मिली थी और उसने उसे हॉस्पिटल ले जाने में उसकी मदद की थी।

"मैंने सोचा भी नहीं था कि किसी दिन आपसे फिर मुलाक़ात होगी और वो भी ऐसे, रेलवे स्टेशन पर इस तरह से। उस दिन मैं आपका ठीक से शुक्रिया भी अदा नहीं कर पायी थी। आपने बहुत मदद की थी मेरी। यहाँ तक कि मैंने आपका नाम भी नहीं पूछा था", लड़की ने मानव की बग़ल में बैठते हुए कहा।

"अरे कोई बात नहीं। वो हालात ही कुछ कैसे थे। आप बहुत टेन्शन में थी। वैसे मेरा नाम मानव है।"

"मैं मधुलिका। लोग मुझे मधु भी कहते हैं। आप भी यही कह सकते हैं।"

"बहुत प्यारा नाम है आपका, 'मधुलिका'। आपके माता-पिता ने आपका नाम बहुत सही रखा है। एक तो आपकी आवाज़ बहुत मीठी है और दूसरा आपके दिल में बहुत मिठास है जो मैं उस दिन देख चुका हूँ कैसे आप एक अनजान जानवर के लिए भी इतना दुखी हो गयी थीं", मानव ने कहा।

"अच्छा तो आप दिल के अंदर का अंदाज़ा भी लगा लेते हैं। कोई बहुत बड़े ज्योतिषी मालूम होते हैं आप", मधु ने हँसते हुए कहा। उसके मुँह से ठंड की वजह से बहुत सारी भाप एक साथ निकली और मानव ने देखा कि उसके दाँत बिलकुल मोती जैसे थे। वो सच में बेहद ख़ूबसूरत थी।

मानव उसकी यह बात सुन कर थोड़ा झेंप-सा गया।

"जी नहीं मैं ज्योतिषी नहीं हूँ। IIT में 2nd year का स्टूडेंट हूँ Mechanical Engineering में", मानव ने मुस्कुराते हुए कहा।

"IIT? WoW! I am impressed. IIT में पढ़ने वाले तो कुछ भी हो सकते हैं, ज्योतिषी भी", मधु ने फिर से मुस्कुराते हुए कहा।

मानव ने ये देखा कि मधु जब भी हँसती थी उसके दोनों गालों पर बड़े-बड़े डिम्पल पड़ते थे।

"आप क्या करती हैं?"

"मैं इंटर फ़ाइनल में हूँ। दो महीने के बाद इग्ज़ैम हैं। फिर मैं भी आप की तरह कॉलेज में हूँगी। लेकिन मैं आपकी तरह engineer-विनजिनियर नहीं बन रही। I do not have genes for science. I am planning to study English Literature which I love", मधु ने मुस्कुराते हुए कहा।

मानव ने ये देखा कि मधु की मुस्कुराहट बहुत ही natural है। वो कुछ भी बोलती थी मुस्कुरा कर ही बोलती थी। उसके बात करने का अंदाज भी बहुत प्यारा था। अंग्रेज़ी तो मानो उसके होठों पर फिसलती थी। मानव को अंग्रेज़ी बोलने के लिए प्रयत्न करना पड़ता था मगर मधु के अंग्रेज़ी बोलने का ढ़ंग तो स्वाभाविक था। मानो हमेशा अंग्रेज़ी ही बोलती हो।

"आपके अंग्रेज़ी बोलने का अंदाज बहुत अच्छा है। क्या आप अक्सर अंग्रेज़ी ही बोलती हैं?" मानव ने अपने दिल की बात कह ही दी।

मधु फिर ज़ोर से हँस पड़ी।

"आपने मेरी यूँ ही झूठी तारीफ़ करने की क़सम खायी है क्या? या आप अक्सर ही अपने सामने वाले की इतनी तारीफ़ करते हैं! एक बात और, मैं आपसे उम्र में छोटी हूँ। इसलिए मुझे 'आप' नहीं 'तुम' कहिए, प्लीज़", मधु ने मानव की आँखों में गहराई तक देखते हुए कहा।

मानव मधु के इस तरह देखने के कारण शरमा कर दूसरी ओर देखने लगा।

"मैं झूठी तारीफ़ नहीं कर रहा हूँ। अब रहा सवाल 'तुम' कहने का तो मैं भी कुछ इतना बूढ़ा नहीं हो गया हूँ। मैं 'तुम' एक ही शर्त पर कहूँगा अगर मुझे भी 'आप' नहीं कहा जाए।"

"OK. Deal. क्या तुम इसी तरह अपनी बात सबसे मनवा लेते हो?"

मानव को मधु का 'तुम' कहना बहुत अच्छा लगा। उसे इसमें एक अजीब अपनापन-सा महसूस हुआ। मानो मधु उसे वर्षों से जानती हो।

"साहब! भजिए", चायवाला भजिए लिए खड़ा था।

"दो चाय और मिल सकती है भैया?" मानव ने उसके हाथ से भजिए लेते हुए कहा।

"अभी देता हूँ साहब", चायवाले ने कहा और चला गया।

"चलो गरम-गरम भजिए खाओ", मानव ने भजिए का डोंगा दोनों के बीच में बेंच पर रखते हुए कहा।

"इस ठंड में गरम-गरम भजिए और चाय, क्या बात है", मधु ने कहा और एक भजिया उठा कर अपने मुँह में डाल लिया।

"कहाँ जा रहे हो?"

"मथुरा"

"क्या?" मधु ने चौंक कर कहा।

"मैं भी वहीं जा रही हूँ। फिर तो हमारी ट्रेन भी एक ही होगी जो एक घंटे देरी से चल रही है।"

मानव को ये जानकर बेहद ख़ुशी हुई कि मधु भी मथुरा जा रही थी। लेकिन उसने अपने जज़्बातों पर क़ाबू पाते हुए कहा, "हाँ मेरी भी वही ट्रेन है।"

इतने में चायवाला दो चाय दे कर चला गया था।

"मथुरा के रहने वाले हो?"

"अरे नहीं, अपने दोस्त अमन की दीदी की शादी में जा रहा हूँ। अमन मेरे साथ ही IIT में पढ़ता है", मानव ने कहा।

"आशा दीदी की शादी में जा रहे हो?" मधु ने आश्चर्य से पूछा। उसकी आँखें आश्चर्य से फिर से बड़ी हो गयी थीं।

"हाँ! आशा दीदी की शादी में। तुम भी वहीं जा रही हो? तुम उन्हें कैसे जानती हो?" अब चौंकने की बारी मानव की थी।

"Oh My God!! It is a freaky coincidence. I can't believe. How could it be?" मधु ने ज़ोर से एक-एक शब्द पर रुकते हुए कहा और अपनी सीट से उठ कर खड़ी हो गयी और आश्चर्य से अपने मुँह पर दोनों हाथ रख लिए। उसे यक़ीन नहीं हो रहा था।

मानव भी मुस्कुराते हुए अविश्वास में अपना सिर हिलाते हुए बोला, "मुझे भी यक़ीन नहीं हो रहा। It is a pleasant surprise."

"It is not a surprise. It is a freak", मधु अभी भी खड़ी थी लेकिन अब उसके हाथ उसके होठों से उठ कर उसकी कमर पर थे और वो हैरानी से चारों ओर देख रही थी।

"अच्छा अब बैठो और भजिए खाओ और चाय पियो", मानव ने मुस्कुराते हुए कहा।

मधु बैठ गयी मगर अभी भी अपना सिर आश्चर्य से दोनों ओर हिला रही थी। उसके चेहरे से साफ़ ज़ाहिर था कि उसे अभी भी यक़ीन नहीं हो रहा था।

"दो अंजान इंसान पहली बार एक रेलवे platform पर मिलते हैं और उन्हें पता चलता है कि वे एक ही ट्रेन से, एक ही शहर, एक ही घर में, एक ही शादी attend करने जा रहे हैं। तुम्हें नहीं लगता है it is an unbelievable thing", मधु ने अभी भी आश्चर्य से मानव की ओर देखते हुए कहा।

"हाँ बहुत अजीब है। लेकिन छोड़ो अब इसे। इस इत्तफ़ाक़ का आनंद उठाओ और भजिए खाओ और चाय पियो वरना सब ठंडे हो जाएँगे" मानव ने मुस्कुराते हुए कहा।

"अच्छा अब ये बताओ तुम आशा दीदी को कैसे जानती हो?"

"उनकी छोटी बहन राखी मेरे ही स्कूल में science में पढ़ती है और मेरी बहुत अच्छी दोस्त है। उसी ने मुझे invite किया है", मधु ने कहा। अब वो थोड़ा संभल चुकी थी।

"तो तुम राखी की दोस्त हो?"

"तुम राखी को भी जानते हो?" मधु ने फिर आश्चर्य से पूछा।

"अरे यार!! मैं अमन के घर जा चुका हूँ। उसके घर के सभी लोग मुझे जानते हैं। राखी मेरी भी छोटी बहन की तरह है।"

"चलो अच्छा है अब कम-से-कम इस 6 घंटे के सफ़र में मैं बोर तो नहीं होऊँगी। कोई हमसफ़र तो मिला", मधु ने कहा।

मानव को मधु का हमसफ़र लफ़्ज़ बहुत अच्छा लगा। वह मुस्कुरा दिया।

तभी platform पर ट्रेन आने की घोषणा हुई। मानव ने उठकर चायवाले को पैसे दे दिए और जल्दी से कम्पार्टमेंट की ओर बढ़ने लगा। मधु भी उसके साथ हो ली। दोनों ट्रेन में खिड़की के पास आमने-सामने की सीट पर बैठ गए। उन्होंने अपने बैग सीट के नीचे रख दिए। अचानक मानव उठा और सीट के नीचे रखे अपने बैग से एक पानी की बोतल निकाली।

"तुम बैठो मैं जल्दी से पानी भर कर लाता हूँ।"

"अरे! अभी मत जाओ। ट्रेन चल पड़ी तो?" मधु ने चिंता ज़ाहिर की।

"ट्रेन अभी दस मिनट रुकने वाली है। तुम चिंता मत करो। अब मैं तुम्हें अकेले सफ़र नहीं करने दूँगा। आख़िर तुमने मुझे हमसफ़र जो कहा है", मानव ने मुस्कुराते हुए कहा।

मधु भी मुस्कुरा पड़ी।

"कितनी प्यारी मुस्कुराहट है मधु की", मानव पानी लेने जाते हुए सोच रहा था।

वो पानी लेकर अपनी सीट पर बैठा ही था कि ट्रेन चल पड़ी।

"अपने बारे में बताओ। तुम कहाँ से हो? कानपुर से? घर में कौन-कौन हैं?" मधु ने मानव से पूछा।

"मैं इलाहाबाद के पास के एक बहुत ही छोटे से गाँव से हूँ और अनाथ हूँ", मानव ने कहा। वो अगले क़रीब एक घंटे तक अपनी पूरी ज़िंदगी के बारे में बताता रहा। उसने अचानक मधु की आँखों में आँसू देखे।

"तुम रो रही हो?"

"मैं सोच भी नहीं सकती कि मैं एक ऐसे शख़्स के साथ बैठी हूँ जो ज़िंदगी में इतने बुरे हालात से गुजरा है। मैंने ऐसी कहानियाँ बस किताबों में ही पढ़ी हैं। इसीलिए ये आँसू अपने-आप निकल पड़े", मधु ने अपने पर्स से रूमाल निकाल कर अपनी आँखों को पोंछते हुए कहा।

"भगवान मुझे कभी माफ़ नहीं करेगा कि मैंने इतनी ख़ूबसूरत लड़की को बिना मतलब के अपनी बेकार की कहानी सुना कर रुला दिया और वो भी उस समय जब वो एक शादी attend करने जा रही है। I am really very sorry, Madhu", मानव ने पानी की बोतल मधु की ओर बढ़ाते हुए कहा।

"Please Sorry मत कहो मानव। तुम्हारी कहानी बेकार नहीं है बल्कि बहुत inspiring है। इन विपरीत परिस्थितियों के बावजूद आज तुम भारत के सबसे premier Engineering Institute IIT में engineering कर रहे हो और वो भी full scholarship के साथ। ये मामूली बात नहीं है। तुम्हारी कहानी से बहुत कुछ सीखने जैसा है। मैं क्या किसी की भी आँखों में आँसू आ जाएँगे", मधु ने कहा।

"हाँ तुम रोते हुए बिलकुल अच्छी नहीं लगती। तुम्हारे गालों के डिम्पल नहीं दिखते हैं ना", मानव ने हँसते हुए कहा।

"अच्छा जी, तुमने मेरे गालों के डिम्पल नोट किए?" मधु ने मानव को छेड़ते हुए कहा।

"वो इतने ख़ूबसूरत हैं कि कोई कैसे miss कर सकता है", मानव ने कहा और दूसरी ओर देखने लगा।

"एक बात और जानना चाहती हूँ। ये सही है कि तुम्हें IIT में scholarship मिला है लेकिन वो तो सिर्फ़ tuition fee या शायद होस्टल का रहना फ़्री हो मगर और भी तो expense होते हैं। उसके लिए पैसे कहाँ से आते हैं?" मधु ने उत्सुकता से पूछा।

"ये सब कमाल मेरे नाना जी का है। उनके पास थोड़ी-सी ज़मीन और एक घर था। मरने से पहले ही उन्होंने ये दोनों हमारे गाँव के एक ज़मींदार को बेच कर जो भी पैसे मिले थे उसे मेरे नाम से बैंक में deposit कर दिया था। वो नहीं चाहते थे कि मेरी पढ़ाई में कोई भी बाधा आए। वो अक्सर कहते थे कि मकान और ज़मीन का क्या है। तुम्हें तो वैसे भी गाँव में रहना नहीं है। तुम बस खूब पढ़ो और अपना भविष्य बनाओ। बस उसी पैसे से मेरा सब कुछ चलता है", मानव ने कहा। ये कहते समय वो थोड़ा उदास हो गया था।

मधु चुपचाप सुन रही थी।

"टिकट, प्लीज़", काले कोट में TTE मानव से टिकट माँग रहा था।

मानव अपना टिकट निकालने लगा।

"क्या आप दोनों साथ हैं?"

"दोनों साथ ही हैं लेकिन उनका टिकट उनके पास है", मानव ने अपना टिकट TTE की ओर बढ़ाते हुए कहा।

TTE ने टिकट देखा और उसपर पेन से निशान लगा कर मधु के हाथ से उसका टिकट ले कर देखने लगा।

"अरे आपका टिकट तो फ़र्स्ट क्लास का है। आप यहाँ क्यों बैठी हैं? आपको फ़र्स्ट क्लास में बैठना चाहिए", TTE ने मधु से कहा।

"जी हम दोनों साथ हैं और एक ही जगह जाना है। इसीलिए मैं यहाँ हूँ। उम्मीद है इसमें कोई परेशानी नहीं है", मधु ने TTE से कहा।

"अरे परेशानी की कोई बात नहीं है। आपकी मर्ज़ी आप कहीं भी बैठ सकती हैं", TTE ये कहते हुए आगे बढ़ गया।

"तुम्हें फ़र्स्ट क्लास में बैठना चाहिए था मधु। तुम बेकार ही यहाँ आ गयी", मानव ने कहा।

"अब तुम मत शुरू हो जाओ। मुझे यहाँ अच्छा लग रहा है तुम्हारे साथ इसलिए बैठी हूँ ना", मधु ने थोड़ा गुस्सा दिखाते हुए कहा। उसने ये वाक्य भी मुस्कुराते हुए ही कहा था।

"अरे नहीं! ऐसी कोई बात नहीं है। मुझे भी अच्छा लग रहा है तुम यहाँ हो। आख़िर तुमने मुझे अपना हमसफ़र कहा है", मानव ने मुस्कुराते हुए कहा।

मधु भी मुस्कुरा दी।

"वैसे मैं पहली बार second क्लास में सफ़र कर रही हूँ लेकिन ये तो सफ़र लग ही नहीं रहा है। वैसे मुझे अकेले सफ़र करना पसंद नहीं है। बहुत बोर हो जाती हूँ मैं।"

"चलो अब अपने बारे में बताओ", मानव ने मधु से कहा।

"मेरी कहानी तुम्हारी कहानी जैसी दिलचस्प नहीं है। हम यहीं कानपुर से हैं। हम लोग ब्राह्मण हैं और मेरे पिताजी का एक Leather business है जो अच्छा चलता है। मेरी एक बड़ी बहन है

जिसकी शादी हो चुकी है और एक छोटा भाई है जो अभी 8th grade में पढ़ता है। बस यही छोटी-सी कहानी है मेरी", मधु ने कहा।

"ब्राह्मण और Leather business?" मानव ने मुस्कुराते हुए कहा।

"मैं भी अपने पापा से ये ही पूछती हूँ। लेकिन ये business मेरे दादा जी ने शुरू किया था। अब हमारा ये फ़ैमिली business हो गया है।"

"Business is just a business. मैं मज़ाक़ कर रहा था।"

"कोई बात नहीं। बहुत सारे लोग ये सवाल करते हैं।"

"तुम्हारा date of birth क्या है?" मानव ने पूछा।

"14th Feb"

"Oh My God!" मानव ने कहा और ज़ोर-ज़ोर से हँसने लगा। वो इतनी ज़ोर से हँस रहा था कि आसपास के सभी यात्री उसकी ओर देखने लगे। मधु भी यात्रियों के उनकी ओर देखते हुए देख रही थी। इसलिए बहुत ही धीरे से पूछा "क्या हुआ? ऐसे क्यों हँस रहे हो?" वो मुस्कुरा रही थी मगर उसे समझ में नहीं आ रहा था कि मानव उसका date of birth सुन कर इतनी ज़ोर से क्यों हँसा।

"मेरा date of birth भी 14th Feb है", मानव ने धीरे से कहा।

अब चौंकने की बारी मधु की थी। उसने फिर से अपना एक हाथ अपने होठों पर रख लिया और बड़ी-बड़ी आँखों से मानव को देखने लगी।

"You are joking. Aren't you?" उसने धीरे से पूछा।

"नहीं मैं सच कह रहा हूँ मधु, मेरा date of birth भी 14th Feb है", मानव ने धीरे से कहा।

"This is just insane. Unbelievable", वो ना-यक़ीनी में अपना सिर हिलाए जा रही थी।

कुछ यात्री अभी-भी इन दोनों की ओर देख कर समझने की कोशिश कर रहे थे आख़िर ये दोनों बात क्या कर रहे हैं।

मधु और मानव एक-दूसरे से यूँ ही बातें करते हुए क़रीब दोपहर तीन बजे मथुरा रेलवे station पर उतरे। वहाँ से दोनों एक रिक्शे पर बैठकर अमन के घर की ओर चल दिए।

"By the way, तुमसे पूछना भूल गया मैं, वो कुत्ता ठीक हो गया अब? कब तक रहा तुम्हारे पास?" मानव ने पूछा।

"कब तक रहा मतलब? वो अब मेरे साथ ही रहता है और उसका नाम मोती है। अब वो बिलकुल ठीक हो गया है। मुझे दो बार और उसे डॉक्टर के पास ले जाना पड़ा मगर मुझे ख़ुशी है कि वो अब बिलकुल ठीक हो गया है।"

"I sincerely appreciate you. एक अंजान जानवर के लिए भी तुम्हारे दिल में इतनी दया है।"

"इसमें मेरी तारीफ़ की कोई बात नहीं है मानव। हम इंसान होकर भी दया नहीं दिखाएँगे तो कौन दिखाएगा?" रिक्शा अमन की गली में गया ही था कि सामने से राखी आती दिखाई दी।

"अरे मधु आ गयी तू? मैं तेरा इंतज़ार कर रही थी। नमस्ते मानव भैया। लेकिन आप और मधु एक साथ कैसे आए? आप एक-दूसरे को जानते हैं क्या?" राखी दोनों को देखते ही रिक्शे के पास आई और बोली।

"नमस्ते राखी। नहीं हम दोनों एक-दूसरे को बिलकुल नहीं जानते थे मगर अब जानते हैं," मानव ने मुस्कुराते हुए कहा और उसकी बात सुन कर मधु भी मुस्कुरा दी।

"OK, आप दोनों स्टेशन पर मिले होंगे?"

"अभी अंदर चल। बाद में detail में बताती हूँ", मधु ने हँसते हुए कहा।

सब लोग घर के अंदर आ गए। घर में चारों ओर चहल-पहल थी। आख़िर कुछ घंटों के बाद ही बारात आने वाली थी।

"मानव, तू मेरे कमरे में ही चला जा और नहा कर ready हो जा। बारात एक-दो घंटे में पहुँच जाएगी", अमन ने मानव के गले लगते हुए कहा।

"पहले एक बार अंकल-आंटी और दीदी से मिल लूँ फिर तैयार होने जाता हूँ", मानव ये कहते हुए अमन से अलग हुआ और अंदर कमरे की ओर जाने लगा।

"मैं भी आती हूँ", मधु ने कहा और मानव के साथ चल दी। राखी भी उन दोनों के साथ चल पड़ी।

अमन के माता-पिता और दीदी मानव को देख कर बहुत खुश हुए।

"अब इतनी देर से मेहमानों की तरह आ रहे हो?" आशा ने मानव को प्यार से डाँटते हुए कहा।

"अरे दीदी अभी आपकी डोली उठने में बहुत देर है। मैं समय पर आ गया हूँ।"

"समय पर नहीं आते तो मारती नहीं तुम्हें? तुम मेरे लिए अमन से कम नहीं हो।"

“अरे अब जाने दो इसे तैयार होने के लिए”, अमन के पिताजी ने कहा।

“राखी बेटे तुम अपनी सहेली मधु को अपने कमरे में ले जाओ। और हाँ पहले इन दोनों को कुछ खाना खिला दो”, अमन की माँ ने अपनी बेटी से कहा।

“भैया! आप दोनों पहले अमन भैया के कमरे में बैठो। मैं खाना लेकर आती हूँ। पहले आप दोनों कुछ खा लो फिर तैयार होना”, ये कहते हुए राखी चली गयी।

मानव को अमन का कमरा पता था। वो मधु के साथ उसके कमरे में आ गया और थोड़ी ही देर में राखी दो थालियों में पूरी, सब्ज़ी, अचार और तीन तरह की मिठाई लेकर आ गयी।

“आप दोनों खाना शुरू करो, मैं पानी ले कर आती हूँ”, राखी ने कहा और कमरे के बाहर चली गयी।

“देखो, मैं तो इस घर का सदस्य ही हूँ इसलिए मैं तो बिलकुल भी शरम नहीं करूँगा और पेट भर खाऊँगा। तुम भी मत शरम करना। ठीक से खा लो। शादी का घर है। रात को कब खाने को मिले कोई तय नहीं है”, मानव ने हँसते हुए मधु से कहा।

मधु मुस्कुरा कर खाने लगी।

खाने के बाद राखी मधु को अपने कमरे में लेकर चली गई। मानव भी बाथरूम में नहाने चला गया। थोड़ी देर के बाद वो नहा कर तैयार होकर कमरे से बाहर आ गया और अमन से बोला, “अब कुछ काम भी बता। मैं तैयार हूँ।”

“तैयार हो गया तू? मैं तेरा ही इंतज़ार कर रहा था। चल रेलवे स्टेशन चलते हैं। बारात थोड़ी देर में ट्रेन से आने वाली है। उन्हें

station से धर्मशाला में लेकर जाना है जहाँ उनके ठहरने का इंतजाम किया गया है।"

दोनों दोस्त रेलवे स्टेशन के लिए बस लेकर निकल गए।

क़रीब दो-घंटे के बाद अमन और मानव वापस आ गए। उन्होंने बारात को धर्मशाला में बस से छोड़ दिया था और बस भी वहीं थी। बारात को उसी बस से थोड़ी देर के बाद अमन के घर पर आना था। दोनों अमन के कमरे में फिर तैयार होने चले गए।

मानव ने काले रंग का सूट पहना था, उसकी शर्ट भी काले रंग की थी और लाल रंग की टाई थी। काले रंग का चमकता हुआ जूता। वो क़रीब पाँच फुट दस इंच का इंसान था। उसके बदन पर ये सूट बहुत अच्छा लग रहा था।

"क्या बात है मानव! तू तो खूब जँच रहा है", अमन ने उसे देख कर कहा।

"अरे यार दीदी की शादी है। वैसे भी एक ही सूट है मेरे पास। कभी पहनता भी नहीं हूँ। आज मौक़ा मिला है पहनने का", मानव ने मुस्कुराते हुए कहा।

दोनों तैयार होकर कमरे से बाहर निकल आए और बारात के स्वागत के इंतजाम को देखने लगे। मानव की निगाहें बीच-बीच में मधु को ढूँढ़ रहीं थीं मगर वो कहीं नज़र नहीं आ रही थी।

थोड़ी देर के बाद बैंड-बाजे की आवाज़ सुनाई देने लगी और किसी ने आकर कहा कि बारात गली में आ चुकी है और दरवाज़े की ओर बढ़ रही है।

अमन के माता-पिता, रिश्तेदार और सभी सगे-सम्बन्धी एक क़तार में बारात के स्वागत के लिए खड़े हो गए। अमन और मानव भी वहीं खड़े थे।

बारात के स्वागत के बाद सबको मैदान में बने बड़े शामियाने में लगी कुर्सियों पर बैठा दिया गया और दूल्हे को स्टेज पर एक बड़े से सोफ़े पर बिठाया गया और अब दुल्हन के आने का इंतज़ार था।

मानव ने देखा कि थोड़ी देर के बाद राखी और मधु आशा दीदी को दुल्हन के जोड़े में स्टेज की ओर ला रहीं थीं। आशा दीदी दुल्हन के सुर्ख़ जोड़े में बहुत ही प्यारी लग रहीं थीं। जब वे स्टेज पर आयीं तो उसके बाद सबसे पहले जयमाला रस्म में दुल्हा-दुल्हन ने एक-दूसरे को फूलों की माला पहनाई और फिर स्टेज पर सोफ़े पर बैठ गए।

अचानक मानव की नज़र मधु पर पड़ी। वो मैरून रंग की साड़ी और हल्के से मेकअप में बहुत ही प्यारी लग रही थी। मानव उसे देखता ही जा रहा था। मधु ने मानव को अपनी ओर देखते हुए देखा तो मुस्कुरा पड़ी। मानव भी मुस्कुरा कर दूसरी ओर देखने लगा।

शादी बहुत अच्छे से सम्पन्न हो गयी। थोड़ी देर पहले ही आशा दीदी विदा होकर ससुराल चली गयी थी। घर का माहौल बहुत उदास था। सब रिश्तेदार भी अपने-अपने घर जाने की तैयारी में लगे हुए थे। अमन के माता-पिता, रिश्तेदारों और मेहमानों की विदाई में व्यस्त थे। मानव और मधु रात की ग्यारह बजे की ट्रेन से जाने वाले थे ताकि सुबह-सुबह कानपुर पहुँच जाएँ। अमन और राखी अभी दो-तीन दिन और रहने वाले थे।

मानव और मधु रात का खाना खाने के बाद क़रीब साढ़े नौ बजे अमन के घर से निकले। अमन स्टेशन आने की ज़िद कर रहा था मगर मानव ने उसे आराम करने को कहा क्योंकि शादी की वजह से अमन कई रातों से ठीक से सोया नहीं था।

“मधु, प्लीज़ अन्यथा मत लेना। अगर तुम फ़र्स्ट क्लास में जाना चाहती हो तो जा सकती हो। मैं तो नहीं जा पाऊँगा”, मानव ने स्टेशन पर रिक्शे से उतरने के बाद टिकट खिड़की की ओर बढ़ते हुए कहा।

"रात को अकेले जाने दोगे मुझे? तुम्हें तो हमसफ़र कहा है मैंने", मधु ने मुस्कुराते हुए कहा।

मानव जवाब में बस हल्के से हँस पड़ा।

"प्लीज़, मैं अपना टिकट खुद ख़रीदूँगी", मधु ने फिर से मुस्कुराते हुए कहा।

"ठीक है", मानव ने भी मुस्कुरा कर जवाब दिया।

दोनों टिकट लेकर platform एक पर आ गए और एक बेंच पर बैठ गए। ट्रेन समय पर थी।

"तुम कानपुर में कहाँ रहती हो?"

"कानपुर कैंट के पास मेरा घर है", मधु ने कहा।

"मेरे हॉस्टल से बहुत दूर है। क़रीब-क़रीब बीस किलोमीटर।"

"तुम रेलवे स्टेशन से सुबह कैसे जाओगी?"

"ड्राइवर गाड़ी लेकर आएगा। मैंने दिन में फ़ोन करके बता दिया था।"

"तुम्हारे हॉस्टल में फ़ोन है?" मधु ने पूछा।

"है तो सही मगर वार्डन के ऑफ़िस में है।"

"तो अब तुमसे कभी बात करनी हो तो कैसे करूँगी? लेटर लिख सकती हूँ?"

"हाँ क्यों नहीं", मानव ने मुस्कुरा कर कहा।

"जवाब दोगे?"

"क्यों नहीं दूँगा?"

"अच्छा अपने हॉस्टल का पता दो", मधु ने कहा और अपने पर्स से एक छोटी डायरी ओर पेन निकल लिया।

मानव ने उसे अपने हॉस्टल का पता दे दिया।

"और कोई मानव तो नहीं है तुम्हारे हॉस्टल में?" मधु ने पूछा।

"मेरे हॉस्टल में तो निश्चित नहीं है। मगर वहाँ और भी हॉस्टल हैं। लेकिन "मानव गौतम" जो मेरा पूरा नाम है, निश्चित रूप से IIT में एक ही है", मानव ने हँसते हुए कहा।

"मैंने भी ये surname पहली बार सुना है", मधु ने कहा।

"हाँ ये surname इतना common नहीं है। लेकिन तुम्हारी जानकारी के लिए मैं scheduled cast से हूँ", मानव ने मुस्कुराते हुए कहा।

"इससे क्या फ़र्क़ पड़ता है?" मधु ने झट से कहा।

"तुम्हें नहीं पड़ता, मगर बहुत से लोगों को इससे फ़र्क़ पड़ता है। शायद तुम्हारे घरवालों को भी।"

"तुम मेरे दोस्त हो। मेरे घरवालों के नहीं। मैं दोस्ती cast देखकर नहीं करती। राखी और अमन भी तो scheduled cast ही हैं शायद लेकिन मेरे घरवालों को इससे कोई एतराज नहीं है", मधु ने कहा।

अचानक platform पर हलचल होने लगी और किसी ने कहा कि ट्रेन आ रही है।

"कोई और ट्रेन होगी। हमारी ट्रेन को तो अभी भी पंद्रह मिनट बाक़ी हैं", मधु ने घड़ी देखते हुए कहा।

"ये हमारी ट्रेन ही है। कभी-कभी ट्रेन जल्दी भी आ जाती है", मानव ने कहा।

"आज ही इसे जल्दी आना था?" मधु ने अपना सिर हिलाते हुए कहा मानो ट्रेन के जल्दी आने से वो खुश नहीं हो।

"क्यों क्या हुआ? तुम ट्रेन के जल्दी आने से ख़ुश नहीं हो?" मानव ने आश्चर्य से पूछा।

"तुम खुश हो?" मधु ने अपनी गहरी बड़ी-बड़ी काली आँखों से मानव की आँखों में झाँकते हुए कहा। उसकी निगाह ऐसी थी मानो वो मानव के अंदर तक इस सवाल के जवाब के लिए झाँकना चाहती हो।

मानव उसकी इस नज़र को सह न सका और मुस्कुरा कर दूसरी ओर देखने लगा।

इतने में ट्रेन platform पर पहुँच गयी थी। दोनों अपने-अपने बैग को लेकर general compartment की ओर बढ़ गए। Compartment में अपेक्षा से ज़्यादा भीड़ थी। फिर भी किसी तरह दोनों को दो सीट मिल गयी। मधु खिड़की के पास बैठी थी और मानव उसकी बग़ल में बैठा था।

"आज ट्रेन में भीड़ थोड़ी ज़्यादा है। मुझे तो आदत है, तुम्हें परेशानी होगी", मानव ने धीरे से मधु की ओर देख कर कहा।

"मैं बिलकुल ठीक और आराम से हूँ। तुम प्लीज़ ऐसा मत सोचो", मधु ने मुस्कुराकर फिर से मानव की आँखों में देखते हुए कहा। उसकी नज़रों में कुछ तो ऐसा था जो मानव बहुत देर तक उसकी आँखों में देख नहीं पा रहा था।

"ऐसे ही बैठ के जाना पड़ेगा रात भर", मानव ने फिर से कहा।

"कोई बात नहीं। बातें करते हुए चलेंगे", मधु ने कहा।

"तुम्हें नींद नहीं आएगी?"

"तुम्हें आ रही है?"

"नहीं", मानव ने मुस्कुरा कर कहा।

ट्रेन अपनी रफ़्तार से बढ़ती जा रही थी। मानव और मधु एक-दूसरे से बातें कर रहे थे। चूँकि आसपास लोग बैठे हुए थे और कुछ लोग रात की वजह से बैठे-बैठे ही सो रहे थे वे दोनों ठीक से बातें भी नहीं कर पा रहे थे। क़रीब दो घंटे के बाद मधु की आँख लग गयी और उसका सिर अपने-आप ही मानव के कंधे पर लुढ़क कर टिक गया। मानव ने मधु के चेहरे की ओर देखा। वो बेसुध होकर सो रही थी। कम्पार्ट्मेंट में सिर्फ़ रास्ते की लाइट जल रही थी इसलिए रोशनी बहुत कम थी। बस बाहर की लाइट से कभी-कभी थोड़ी रोशनी बढ़ जाती थी जिसमें मधु का चेहरा चमक उठता था। उस रोशनी में मानव उसे निहार लेता था। वो सच में बेहद ख़ूबसूरत थी। मानव ये कोशिश कर रहा था कि वो बिलकुल हिले भी नहीं ताकि मधु की नींद में कोई बाधा न हो। वो इसी तरह दो-तीन घंटे बिना हिले बैठा रहा। उसे एक ही position में बैठे हुए पीठ में थोड़ा दर्द भी हो रहा था मगर वो चुपचाप बिना हिले बैठे रहा। अचानक अगले स्टेशन पर उसके बग़ल वाला यात्री उतर गया। मानव ने धीरे से खिसक कर मधु के सिर को अपनी जाँघों पर रख लिया। मधु ने एक पल के लिए अपनी आँखें खोली मगर उसके अंदाज से लग रहा था उसे कोई होश नहीं है। वो अब सीट पर क़रीब-क़रीब लेट चुकी थी और मानव की जाँघों के तकिए पर सो रही थी। मानव उसे देख कर मुस्कुरा रहा था। उसे मधु का इस तरह उसके क़रीब सोना बहुत अच्छा लग रहा था। उसे बाथरूम जाना था मगर वो बिलकुल हिलना नहीं चाहता था जिससे मधु की नींद में कोई भी ख़लल हो। वो भी इस तरह सो रही थी मानो जीवन में पहली बार उसे इतनी गहरी और सुकून की नींद आयी हो। मानव ने अपना हाथ उसके सिर पर रखा हुआ था। उसे मधु के इस स्पर्श का एहसास बहुत अच्छा लग रहा था। उसका हाथ अनायास ही कभी-कभी मधु के सिर को सहला देता था। उसे जब भी इसका एहसास होता वो अपने हाथों को रोक लेता था।

ट्रेन अपनी मंज़िल की ओर तेज़ी से भागती जा रही थी। न जाने कितने घंटे ऐसे ही बीत गए। शायद मानव की आँख भी बीच में कभी लग गयी थी। उसे इसका एहसास तब हुआ जब उसने पाया कि ट्रेन कहीं रुकी हुई है और बाहर से एक लाइट की रोशनी छन कर आ रही थी। बाहर अब पहले जैसी कालिमा भी नहीं थी। इसका मतलब था भोर हो गयी थी। एक-दो पंछियों की चहचहाने की आवाज़ें भी आ रहीं थीं। एक गुजरते हुए यात्री से पूछने पर पता चला कि ट्रेन कानपुर स्टेशन के outer सिग्नल पर रुकी हुई थी। उसने मधु की ओर देखा। वो अभी-भी बेसुध सो रही थी। वो उसे जगाना तो नहीं चाहता था मगर अब जगाना ज़रूरी था।

"मधु", मानव ने उसके सिर को हल्के से सहलाते हुए कहा।

"मधु", इस बार थोड़ा ज़ोर से कहा।

अचानक मधु ने अपनी आँखें खोली। वो आसपास मानो मुआयना कर रही थी कि वो कहाँ है। वो अचानक उठ कर बैठ गयी।

"कानपुर के outer signal पर ट्रेन रुकी हुई है। अब कुछ मिनटों में ही उतरना है हमें", मानव ने कहा।

"अरे मैं कब सो गयी?"

"अरे बेटा तुम तो मथुरा से ट्रेन चलने के थोड़ी देर बाद ही सो गयी थीं। ये चुपचाप बैठे हुए थे कि तुम्हारी नींद ना खुल जाए। ये बिलकुल नहीं सोए हैं", सामने बैठे एक बुज़ुर्ग मुसाफ़िर ने मधु के सवाल का जवाब दिया।

मधु और मानव उसकी बात सुनकर एक-दूसरे को देख कर मुस्कुराने लगे।

"I am SORRY मानव, तुमने जगाया क्यों नहीं मुझे? तुम रातभर यूँ ही बैठे रहे?

"तुम बहुत गहरी नींद में सो रही थी। मैंने सोचा कम-से-कम हम दोनों में से एक तो ठीक से सो जाए। मैंने बहुत सारी journey रातभर खड़े होकर भी की है। मेरी तो आदत है। तुम्हारे लिए ये यात्रा थोड़ी adventurous थी। तो मैंने सोचा कम-से-कम तुम तो ठीक से सो लो। वैसे मैं काफ़ी Comfortable था", मानव ने मुस्कुराते हुए कहा।

"तुम एक मिनट बैठो मैं जल्दी से बाथरूम से आता हूँ", मानव जल्दी से उठ कर चला गया। वो न जाने कितने घंटों से खुद को रोक कर बैठा था।

मानव जब बाथरूम से वापस लौटा तो ट्रेन कानपुर platform पर enter कर रही थी। मधु भी उठ कर खड़ी हो गयी थी और उसने दोनों बैग नीचे से निकाल कर सीट पर रख लिए थे। दोनों बैग लेकर दरवाज़े की ओर बढ़ गए।

स्टेशन के बाहर आते ही मधु के driver ने उसे देख लिया। वो झट से आगे आया और मधु के हाथ से उसका बैग ले लिया।

"मालकिन, आइए गाड़ी उस तरफ़ खड़ी है", उसने कहा।

"थोड़ी देर रुको मोहन काका", मधु ने ड्राइवर से कहा।

"चलो मानव तुम भी साथ चलो, मैं तुम्हें छोड़ते हुए आगे निकल जाऊँगी।"

"अरे पागल हो गयी हो? यहाँ से हम दोनों बिलकुल opposite direction में रहते हैं। मेरी चिंता मत करो मैं चला जाऊँगा। तुम जाओ", मानव ने मुस्कुराते हुए बड़े प्यार से कहा।

मधु उदासी से मानव की ओर देखने लगी। उसकी आँखों से मानो आँसू छलकने ही वाले थे जिसे उसने मुश्किल से रोक रखा था।

"ये सफ़र मेरी अब तक की ज़िंदगी का सबसे यादगार सफ़र है। मैं इसे कभी नहीं भूलूँगी। ठीक है चलती हूँ अब। ख़त लिखूँगी मैं। जवाब देना, प्लीज़। Bye", मधु ने कहा और हाथ हल्के-से हिलाकर मुड़ कर अपने ड्राइवर मोहन काका के साथ चल दी।

मानव वहीं खड़ा कुछ पल उसे देखता रहा। उसके कानों में अभी-भी उसके ये अल्फ़ाज़ गूँज रहे थे, "ये सफ़र मेरी अब तक की ज़िंदगी का सबसे यादगार सफ़र है। मैं इसे कभी नहीं भूलूँगी। ख़त लिखूँगी मैं। जवाब देना, प्लीज़।"

मधु ने अपनी गाड़ी में बैठने से पहले एक बार मुड़ कर मानव की ओर देखा। वो अभी-भी वहीं खड़ा उसकी ओर देख रहा था। उसने हाथ हिलाकर मानव को bye बोला और गाड़ी के अंदर बैठ गयी। गाड़ी चल पड़ी।

मानव अभी भी वहीं खड़ा जाती हुई गाड़ी को देख रहा था। उसे ऐसा लग रहा था जैसे उसका दिल उसके सीने से निकल कर जा रहा है। जब गाड़ी आँखों से ओझल हो गयी तो वो बोझिल कदमों से अपने हॉस्टल की ओर चल पड़ा। उसका मन बहुत उदास था। इस तरह की उदासी उसने पहले कभी महसूस नहीं की थी। वो पूरे रास्ते मधु के बारे में ही सोचता रहा।

आज मानव को आशा दीदी की शादी से लौटे दस दिन हो गए थे। उसने अमन के साथ हॉस्टल का कमरा खोला तो सामने एक लिफ़ाफ़ा था। अमन ने लिफ़ाफ़ा उठाया।

"मानव ये तेरा ख़त है। कहाँ से आया? शायद ये पहला ख़त है जो तेरे नाम से आया है", अमन ने ख़त मानव की ओर बढ़ाते हुए कहा।

मानव ख़त लेकर अपने बिस्तर पर लेट गया और पढ़ने लगा। ख़त मधु का था। वो बेहद खुश था। ये बात सही है उसके नाम

से स्कूल-कॉलेज के अलावा शायद ही कहीं से कभी ख़त आया था। इसलिए मधु का ख़त पाकर वो सच में बहुत खुश था। मधु ने ख़त भी बहुत ही प्यार से लिखा था।

"सब ठीक है? किसका लेटर है?" अमन ने अचानक पूछा।

"मधु का", मानव ने मुस्कुराते हुए कहा।

"मधु? वो राखी की सहेली जो तेरे साथ शादी में आयी थी?"

"हाँ", मानव के चेहरे से ख़ुशी छिपाए नहीं छिप रही थी।

"कुछ चल रहा है क्या तुम दोनों के बीच में?" अमन ने आश्चर्य से पूछा।

"नहीं अभी ऐसा कुछ नहीं है लेकिन शायद कुछ हो सकता है। मैं थोड़ा confuse हूँ कि मुझे इस रास्ते पर आगे बढ़ना चाहिए या नहीं", मानव ने अमन से कहा।

"देख मानव, मधु देखने में तो बहुत अच्छी है। जहाँ तक राखी से पता चला है कि वो एक बड़े घर की बेटी है। जाति से ब्राह्मण भी है। मुश्किलें काफ़ी होंगी। मुझे नहीं पता वो उन मुश्किलों में भी तेरा साथ दे पाएगी या नहीं। मैं ये नहीं चाहता हूँ कि तू देवदास बन कर अपना इतना अच्छा भविष्य ख़राब करे। इसलिए थोड़ी सावधानी से इस रास्ते पर आगे बढ़ना। अगर तुझे यक़ीन है कि मधु हर हाल में तेरा साथ देगी, तब ही मैं सलाह दूँगा तू आगे बढ़। वैसे मैं तो तेरे साथ हूँ ही हमेशा", अमन ने मानव के कंधे पर हाथ रखते हुए कहा।

"Thank you, अमन। अभी ऐसा कुछ भी स्पष्ट नहीं है। लेकिन उसकी बातों से ऐसा लगता है कि वो कुछ तो ऐसा सोच रही है। मुझे भी उसका साथ अच्छा लगता है लेकिन डर लगता है आगे बढ़ने से। अगर किसी रास्ते की मंज़िल न हो, उस पर चलने में भले अच्छा लगे मगर बाद में तकलीफ़ होती है। मैं नहीं चाहता हूँ कि मधु भी इस वजह से दुखी रहे",मानव बोलता चला गया।

"तू ठीक कह रहा है। अभी जैसा चल रहा है, चलने दे। अगर वो कभी स्पष्ट कहे तो उसे सारी परिस्थितियों से अवगत कराना और फिर कोई निर्णय लेना", अमन ने मानव को फिर से समझाते हुए कहा।

समय अपनी रफ़्तार से बढ़ता जा रहा था। मधु और मानव एक-दूसरे को अक्सर ख़त लिखा करते थे। लेकिन किसी ने भी अब तक प्यार का इज़हार खुल कर नहीं किया था। लेकिन उनके ख़तों में एक-दूसरे के प्रति प्यार और ख़्याल साफ़ झलकता था।

"जन्मदिन की बहुत-बहुत बधाई मानव। आज 14th February है, तेरा जन्मदिन", मानव के सुबह उठते ही अमन ने कहा।

"Thank You अमन। ठीक है यार। इसमें कौन-सी बड़ी बात है। एक साल और बड़ा हो गया मैं", मानव ने कहा।

"अरे क्या बात करता है। तेरा जन्मदिन है। शाम को क्लास से आने के बाद कहीं बाहर होटल में खाने चलते हैं", अमन ने कहा।

"क्यों फ़ालतू में पैसे खर्च करने हैं।"

"तू बस शांत रह। आज मेरी तरफ़ से डिनर। थोड़ी मस्ती करते हैं यार। मेस में खाते-खाते बोर हो गया हूँ", अमन ने कहा।

"अच्छा ठीक है। चल पहले जल्दी से तैयार हो कर क्लास चलते हैं। शाम की शाम को देखी जाएगी", मानव ने कहा।

क्लास के बाद हॉस्टल की ओर वापस आते समय रास्ते में ही अमन ने कहा, "अभी तीन बजे हैं। हॉस्टल में बुक्स रख कर सीधे चलते हैं। खाने के बाद देर रात तक वापस आएँगे।"

मानव बस मुस्कुरा कर रह गया।

वे दोनों हॉस्टल के गेट पर पहुँचे ही थे कि दरबान जल्दी से मानव के पास आया और बोला, “मानव भैया, कोई लड़की आप के लिए क़रीब आधे घंटे से ऑफ़िस में इंतज़ार कर रही है।”

“मेरे लिए?” मानव ने कहा और दोनों दरबान के साथ गेट के बग़ल में बने एक छोटे-से कमरे की ओर चल पड़े।

कमरे में मधु बैठी हुई थी। जो मानव को देखते ही मुस्कुरा कर बोल पड़ी, “HAPPY BIRTHDAY मानव। SORRY बिना कहे आ गयी।”

“THANK YOU and HAPPY BIRTHDAY to you too”, मानव ने मुस्कुरा कर जवाब दिया।

“तुम यहाँ कैसे?” मानव ने फिर से पूछा।

“तुम्हारे जन्मदिन पर बधाई देने आ गयी और मैंने अपने हाथों से ये केक भी बनाया है”, मधु ने कमरे में टेबल पर रखे केक की ओर इशारा करते हुए कहा।

“अपने हाथों से बनाया तुमने? WoW THANK YOU.”

“Oh! Sorry, अमन आज मधु का भी जन्मदिन है”, मानव ने अमन की ओर देखते हुए कहा जो अब तक दोनों की बातें सुन रहा था और चुप था।

“Wish you a very Happy Birthday, Madhu”, अमन ने मधु की ओर देख कर मुस्कुराते हुए कहा।

“Thank You, अमन भैया।”

“Excellent! तुम दोनों का जन्मदिन एक ही दिन है। क्या बात है! और मधु तुमने ये केक बना कर तो कमाल ही कर दिया। चलो एक काम करते हैं। हम सब मिलकर राखी के पास चलते हैं। उसके साथ ही केक काटेंगे और फिर किसी होटल में खाने चलेंगे। आज

का दिन तो celebrate करना बनता है। मधु ये boys हॉस्टल है इसलिए तुम अंदर नहीं आ सकती। तुम पाँच मिनट और बैठो यहाँ। हम दोनों अपने कमरे में किताबें रख कर आते हैं", अमन ने कहा।

"ठीक है। कोई बात नहीं। मैं यहाँ वेट करती हूँ", मधु ने कहा।

"कैलाश! मैडम को चाय पिलाई?" अमन ने चौकीदार से पूछा।

"नहीं अमन भैया। अभी ले कर आता हूँ", कैलाश ने कहा।

"नहीं चाय नहीं, बस थोड़ा पानी पिला दें", मधु ने कैलाश से कहा।

मानव और अमन अपने कमरे में जल्दी से आ गए और मधु वहीं ऑफ़िस में बैठी रही।

मानव ने कमरे में किताबें रखी और जल्दी से आलमीरा से एक शर्ट निकाली और पहनने लगा।

"अब कितना खुश है और तेज़ी से तैयार हो रहा है। जब मैं सुबह से कह रहा था तो जनाब में ये जोश नहीं था। मधु के आते ही रंग बदल गया है", अमन ने मानव को छेड़ते हुए कहा।

"ऐसी कोई बात नहीं है। मैं तेरे साथ भी जाने को तैयार ही था", मानव ने मुस्कुराते हुए कहा।

"अच्छा चल कोई बात नहीं। आज तेरा जन्मदिन है। तुझे खुश होना ही चाहिए। मधु ने चलो ये काम तो कर दिया", अमन ने मुस्कुराते हुए कहा।

"surprise है, तुम दोनों का जन्मदिन भी एक ही दिन है। क्या कहने? वो इतनी दूर से अपने हाथों से तेरे लिए केक बना कर लायी है। ये मामूली बात नहीं है।"

"अच्छा चल, चलते हैं अब।"

मानव, अमन और मधु बस से राखी के पास आ गए। राखी इन लोगों को देख कर बहुत खुश हुई। राखी के साथ मानव और मधु ने मिलकर केक काटा। मधु का बनाया हुआ केक सच में बहुत लाजवाब था। सभी को बहुत पसंद आया।

अब चारों बस से कानपुर शहर के लिए निकल पड़े। बस में मानव और मधु एक सीट पर बैठे थे और अमन और राखी दूसरी सीट पर। बस चली जा रही थी। मानव बहुत खुश था।

"ये मेरा अबतक का सबसे अच्छा जन्मदिन है। इससे पहले तो 14th Feb आ कर चला जाता था और मुझे पता भी नहीं चलता था। इस बार तुमने इसे स्पेशल बना दिया मेरे लिए। Thank You, मधु", मानव ने मधु से कहा।

"Please, Thank You मत बोलो। मेरा भी ये सबसे अच्छा जन्मदिन है। मैं सोच रही थी ऐसा क्या करूँ कि ये दिन हम दोनों के लिए इस साल खास हो जाए। वैसे भी तुमसे मिले बहुत दिन हो गए थे। ये भी इरादा था कि इसी बहाने तुमसे मुलाक़ात भी हो जाएगी।"

"तुमने केक बनाना कहाँ से सीखा? केक सच में बहुत अच्छा था।"

"मुझे खाना बनाने का बहुत शौक़ है। मैं अक्सर नयी-नयी dishes बनाने की कोशिश करती रहती हूँ", मधु ने मुस्कुराते हुए कहा।

मधु ने अपने पर्स से एक लिफ़ाफ़ा निकाल कर मानव की ओर बढ़ा दिया।

"क्या है ये?"

"एक greeting कार्ड है तुम्हारे जन्मदिन पर जो मैंने अपने हाथों से बनाया है। इसमें एक ख़त भी है। मैं चाहती हूँ तुम इस कार्ड और

ख़त को अकेले में देखो और पढ़ो", मधु की आँखों में ये कहते हुए याचना थी। मधु ने ये बात बहुत धीरे-से कही थी ताकि बस में कोई और उसकी इस बात को सुन ना सके।

"ठीक है", मानव ने हल्के-से मुस्कुराते हुए कहा और लिफ़ाफ़े को अपनी कमीज़ के नीचे अपने सीने के पास रख लिया।

मधु उसे ऐसा करते हुए देख कर मुस्कुरा रही थी।

"तुमने Valentine's Day का नाम सुना है?" मधु ने पूछा।

"नहीं। क्या है ये?" मानव ने जवाब में सवाल किया।

"14th February का दिन west यानी पश्चिमी सभ्यता में Valentine's Day के नाम से मनाया जाता है। इसे romance day या Lover's Day भी कहा जाता है", मधु ने धीरे-से कहा।

"Really? मुझे नहीं पता था। तुम कैसे जानती हो ये?"

"जैसा मैंने कहा था तुम्हें मुझे English Literature पढ़ने का बहुत शौक़ है। उसी में पढ़ा है मैंने Valentine's Day के बारे में", मधु ने मुस्कुराते हुए कहा।

"इसका मतलब है हम दोनों का जन्मदिन Valentine's Day यानि romance Day के दिन है। Very Interesting", मानव ने कहा और मुस्कुराने लगा।

"तुम्हें यक़ीन नहीं हो रहा?" मधु ने पूछा।

"अरे नहीं! मुझे यक़ीन है तुमने पढ़ा है तभी तो कह रही हो। बस हम दोनों का जन्मदिन भी इसी दिन है ये सोच कर यक़ीन नहीं हो रहा है।"

"मुझे लगता है कुदरत का कोई इशारा है ये", मधु ने कहा।

"कुदरत का इशारा? हाँ, बहुत ही अच्छा coincidence है ये", मानव ने मुस्कुराते हुए कहा।

"Did u miss me? हम इतने दिन नहीं मिले तो", मधु ने अचानक पूछा।

"Did you?" मानव ने फिर सवाल के जवाब में सवाल किया।

"पहले मैंने पूछा है।"

"Yes of course, I missed you", मानव ने धीरे-से जवाब दिया ताकि बस में कोई सुन न ले।

"सच में?" मधु ने मुस्कुरा कर पूछा।

मानव ने बस उसकी आँखों में प्यार से देखा।

मानव को अपनी ओर इस तरह देखने से मधु मुस्कुरा कर बस के बाहर देखने लगी। उसके होठों पर मुस्कान अभी भी थी।

बस अचानक रुक गयी थी और अमन अपनी सीट पर खड़ा हो कर मानव को पुकार रहा था।

मानव और मधु भी जल्दी से सीट से उठे और सब लोग बस से उतर गए।

चारों लोग कुछ दूर चलने के बाद एक restaurant में जा कर बैठ गए।

थोड़ी देर बाद बैरा order लेने आ गया।

"आज का ये डिनर मेरी ओर से, मानव और मधु के जन्मदिन पर। आप लोग जो भी खाना चाहते हैं ऑर्डर कीजिए", अमन ने ऐलान किया।

"मधु तो शाकाहारी है", राखी ने कहा।

"ठीक है सब लोग vegetarian खाएँगे आज", मानव ने कहा।

"मानव भैया, हम सब जानते हैं आप तो Non-veg के शौक़ीन हो। आज आपका जन्मदिन है आप अपने शौक़ से खाइए", राखी ने कहा।

"अरे नहीं राखी, ऐसा क्या है। मैं Vegetarian भी पसंद करता हूँ" मानव ने कहा।

"क्या बात है मानव तू तो अभी से ही बदल रहा है? ठीक है, मधु आज हमारी गेस्ट है तो हम सब-के-सब vegetarian ही खाएँगे आज", अमन ने कहा।

सब ने मिलकर खाना खाया और काफ़ी देर तक बातें करते रहे। वे जब खाना खा कर निकले तो रात के नौ बज गए थे।

"अब हम यहाँ से कैसे जाएँगे?" अमन ने कहा।

"भैया, मुझे बहुत दूर नहीं जाना है। मैं चली जाऊँगी। मधु का घर दूर है। आप दोनों बस से उसे छोड़ दीजिए और फिर आप दोनों उसे छोड़ने के बाद दूसरी बस से वहाँ से अपने हॉस्टल चले जाना", राखी ने कहा।

"रात के नौ बज गए हैं राखी। तुम अकेले कैसे जाओगी? हम तुम्हें भी छोड़ देंगे", मानव ने कहा।

"अरे नहीं मानव भैया। मैं इस तरफ़ अक्सर आती हूँ। मैं चली जाऊँगी। आप मेरी चिंता मत कीजिए।"

राखी ने ऐसा कहा ही था कि एक बस आ कर रुकी। वो जल्दी से बस में चढ़ गयी।

"मैं तो चली। मेरी बस आ गयी", उसने हाथ हिलाते हुए कहा। मानव और दूसरे जब तक कुछ कहते तब तक बस निकल गयी थी।

तीनों थोड़ी दूर तक पैदल चल कर बस स्टैंड पर आ गए। थोड़ी देर बाद वे तीनों एक बस में बैठ गए और बस चल पड़ी। मानव और मधु फिर से एक सीट पर बैठे थे और अमन दूसरी सीट पर बैठा था। बस तेज़ी से चली जा रही थी।

“तुम्हें देर हो गयी ना? घर पर सब तुम्हारी चिंता कर रहे होंगे”, मानव ने मधु से पूछा।

“Don’t worry. I will manage. मैं कह कर आयी थी कि राखी के पास जा रही हूँ”, मुस्कुराते हुए मधु ने कहा।

“अब कब मिलेंगे?” मानव ने पूछा।

“तुम बताना कहीं भी, मैं आ जाऊँगी”, मधु ने फिर से मुस्कुराते हुए कहा।

दोनों ने एक-दूसरे की आँखों में प्यार से देखा और फिर मुस्कुरा कर दूसरी ओर देखने लगे।

क़रीब चालीस मिनट के बाद बस मधु के बस स्टैंड पर रुकी और वो मानव और अमन का धन्यवाद करते हुए बस से उतर गयी।

मानव और अमन बस से थोड़ी दूर और जाने के बाद एक बस स्टैंड पर उतरे और उनके हॉस्टल तक जाने वाली दूसरी बस का इंतज़ार करने लगे।

मानव और अमन जब अपने हॉस्टल पहुँचे तो रात के साढ़े ग्यारह बज चुके थे। अमन थोड़ी ही देर में झट से अपने कपड़े बदल कर बिस्तर पर लेट गया। मानव ने कमरे की लाइट बंद कर दी और टेबल लैम्प जला कर बैठ गया। उसने मधु का दिया हुआ लिफ़ाफ़ा खोला। उसमें हाथ से पेंट किया हुआ एक ख़ूबसूरत कार्ड था, जिसमें उसके लिए जन्मदिन की शुभकामनाएँ लिखी हुई थीं। हर लफ़्ज़ से प्यार झलक रहा था। कार्ड में एक ख़त भी था। मानव ख़त पढ़ने लगा।

Dear Manav,

पता नहीं मुझे ये ख़त तुम्हें लिखना चाहिए या नहीं। मेरे दिल और दिमाग़ के दरमियान इसके लिए संघर्ष होता रहा और अंत में दिल के हाथों मजबूर हो गयी मैं। हम दोनों का पहली बार उस दिन सड़क पर मिलने को मैं एक महज़ इत्तफ़ाक समझ कर क़रीब-क़रीब भूला ही चुकी थी कि तुम उस दिन मुझे कानपुर रेलवे स्टेशन पर मिल गए और फिर हम दोनों का एक ही शहर में एक ही घर में एक ही शादी में शामिल होने के लिए जाने को भी इत्तफ़ाक मानने ही वाली थी कि मुझे पता चला कि हम दोनों का जन्मदिन 14th February Valentine's Day को ही है जो एक Romance Day के रूप में पूरे विश्व में मनाया जाता है। ये परमात्मा का दिया हुआ कोई इशारा नहीं तो क्या है? मैं चाह कर भी इसे इत्तफ़ाक नहीं मान पा रही हूँ। और फिर वापसी में मेरा तुम्हारी गोद में सिर रख कर इत्मिनान से सोना वो अपनेपन की हद नहीं तो क्या थी? मेरी नींद ना खुल जाए इसलिए तुम्हारा उसी तरह एक ही pose में घंटों बैठे रहना क्या बस यूँ ही था? ऐसे ना जाने कितने सवाल मेरे मन में आजकल हमेशा आते रहते हैं। मैं आजकल हमेशा तुम्हारे बारे में ही सोचती रहती हूँ। हर पल तुम्हारे ख़त का इंतज़ार करती हूँ। तुमसे मिलने के लिए दिल हमेशा बेचैन रहता है।

ये बात तो तय है कि मैं तुमसे बेहद मुहब्बत करने लगी हूँ। मैं नहीं जानती कि तुम्हारे दिल में मेरे लिए क्या है। हाँ एक चीज़ ज़रूर जानती हूँ कि तुमने अपनी ज़िंदगी में बहुत कुछ देखा है। आज तुम जहाँ भी हो वहाँ तक पहुँचने के लिए तुमने बहुत संघर्ष किया है इसलिए तुम्हारी ज़िंदगी की प्राथमिकताएँ अलग हैं। लेकिन मैं बिलकुल नहीं चाहती हूँ कि मेरी मुहब्बत तुम्हारे रास्ते की रुकावट बने। मैं तो ये चाहती हूँ कि मैं तुम्हारी हमसफ़र बन कर तुम्हारे रास्ते में आने वाले परेशानियों को दूर करने में तुम्हारी मदद कर सकूँ। मैं जानती हूँ कि तुम इतने खुद्दार और self-sufficient हो कि

तुम्हें किसी सहारे की ज़रूरत नहीं है, लेकिन मैं बस तुम्हारे साथ चलना चाहती हूँ।

अगर तुम्हारे दिल के किसी कोने में मेरे लिए भी थोड़ी जगह है और तुम भी मेरे लिए ऐसा ही कुछ महसूस करते हो तो अगले रविवार की सुबह उसी समय उसी ट्रेन से हम दोनों राधा-कृष्ण की नगरी मथुरा फिर से चलते हैं और उनका आशीर्वाद लेकर उसी शाम मथुरा से लौट आएँगे, उसी ट्रेन से जिस से हम पिछली बार आए थे। मैं रविवार की सुबह कानपुर रेलवे स्टेशन पर तुम्हारा इंतज़ार करूँगी। मैंने हम दोनों के लिए टिकट भी ख़रीद लिए हैं। अगर तुम नहीं आओगे तो मैं समझ जाऊँगी कि तुम्हारा जवाब क्या है। मुझे तुमसे कोई शिकायत नहीं होगी। हम एक अच्छे दोस्त फिर भी रहेंगे।

With Lots of Love
Madhu

मानव ने मधु के ख़त को कई बार पढ़ा। वो एक-एक लफ़्ज़ को महसूस कर रहा था। वो टेबल लैम्प बंद करके बिस्तर पर लेट गया। उसके दिल में एक अजीब-सा तूफ़ान चल रहा था। ऐसा उसने अपनी ज़िंदगी में कभी महसूस नहीं किया था। मधु का अपने प्यार का इस तरह से इज़हार करना उसे अच्छा तो लग रहा था मगर एक अनजाना-सा डर भी उसके दिल में आ गया था। जीवन के इस मोड़ पर उसके भविष्य से बड़ा उसके लिए कुछ भी नहीं था। उसका जीवन यूँ भी distraction और संघर्षों से भरा हुआ था मगर उन सभी हालातों में अगर उसने कभी ग़लत फ़ैसला लिया भी तो बस उसकी परेशानियाँ ही बढ़ी थीं मगर आज इस मामले में कोई भी जल्दबाज़ी या जज़्बातों में बह कर लिया गया फ़ैसला उसे ही नहीं बल्कि मधु को भी दुखी कर सकता था और उसे परेशान कर सकता था। इसमें कोई भी असमंजस उसके दिलो-दिमाग़ में नहीं था कि वो भी मधु से प्यार करता है लेकिन वो ऐसी परिस्थिति में इस वक़्त नहीं आना चाहता था। लेकिन जीवन में सब कुछ अपनी मर्ज़ी से कहाँ होता है।

यही सोचते-सोचते निद्रा देवी ने उसे कब अपनी गोद में ले लिया, उसे पता भी नहीं चला।

अगले पूरे दिन कॉलेज में मानव के दिल और मस्तिष्क में संघर्ष होता रहा। वो अपने- आप में खोया हुआ था। चाह कर भी वो क्लास में concentrate नहीं कर पा रहा था। हर पल मधु और उसके द्वारा लिखे वो शब्द उसके अंदर कोलाहल मचा रहे थे।

रात को मेस में डिनर के बाद जब वे कमरे में पहुँचे तो अमन ने अचानक पूछा, “मानव कुछ परेशानी है क्या? मैं देख रहा हूँ तू सुबह से ही कहीं खोया-खोया है।”

“हाँ यार बहुत परेशान हूँ।”

“क्या हुआ?” अमन ने गम्भीरता से पूछा।

मानव ने मधु का ख़त उसकी ओर बढ़ा दिया।

अमन ने ख़त उसके हाथ से लिया और पढ़ने लगा। पढ़ते-पढ़ते उसके होठों पर मुस्कुराहट थी। ख़त ख़त्म करके उसने मानव की ओर मुस्कुराते हुए देखा।

“अरे यार! इसमें परेशान होने की क्या बात है? ये तो स्पष्ट ही था कि वो तुझे पसंद करती है और तू भी उसे चाहता है। ये तो ख़ुशी की बात है कि उसने तुझे सीधे-सीधे अपने दिल की बात बता दी। तू बेकार में इतना परेशान हो रहा है। तुझे तो खुश होना चाहिए कि उसने ये स्वीकार कर लिया है कि वो तुझसे प्यार करती है।”

“मैं सब समझ रहा हूँ तू जो भी कह रहा है अमन। मगर वो एक बड़े घर की बेटी है, हमेशा ऐशो-आराम में पली है। इसके अलावा हमारे बीच में ये जाति की दीवार, हमारा ये समाज और मेरे खुद

के हालात। इस हॉस्टल के अलावा मेरे पास रहने के लिए छत भी नहीं है।"

"मेरे दोस्त तूने जो भी कहा, इसमें कुछ भी नया नहीं है। ये सच्चाई है और हमेशा से थी। तो क्या? आज तेरे हालात कुछ भी हो, तेरा भविष्य बहुत उज्ज्वल है ये तू भी जानता है। तेरे पास एक दिन सब कुछ होगा। घर, गाड़ी, पैसा और सब ऐशो-आराम की चीजें। तुझसे अच्छा जीवन-साथी मधु को मिल नहीं सकता।"

"चल एक पल के लिए मैं तेरी बात मान भी लेता हूँ। अगर ये परिस्थिति मेरे पास सब कुछ होने के बाद आती तो कोई परेशानी नहीं थी। मैं समाज से लड़ लेता। वैसे भी मैं ज़िंदगी भर समाज से लड़ता रहा हूँ। एक लड़ाई और सही। लेकिन ये समय ठीक नहीं है इसके लिए", मानव ने कहा।

"इसी का नाम ज़िंदगी है मेरे यार। वक़्त हमारी मर्ज़ी से नहीं चलता। वो रोज़ नए-नए संघर्ष हमारे सामने लाता है और हमें भविष्य के लिए तैयार करता है", अमन ने मानव के कंधे पर हाथ रखते हुए कहा।

"तो अब क्या करूँ मैं", मानव ने बड़ी मासूमियत से पूछा।

"वही कर जो तेरा दिल कह रहा है। ये दिल का मामला है, इसमें दिमाग़ इस्तेमाल करके परेशान मत हो। रविवार को मधु के साथ मथुरा जा और कृष्ण-कन्हैया और राधे जी का आशीर्वाद लेकर आ। उन दोनों से बड़ा प्रेमी कोई नहीं हुआ है। उनका आशीर्वाद मिल गया तो आगे सब कुछ ठीक होगा तुम दोनों के जीवन में। तुम दोनों बस सब कुछ राधे-कृष्ण पर छोड़ दो। वे सब ठीक कर देंगे", अमन ने मानव का हाथ अपने हाथों में लेकर कहा।

मानव ने उसे अपने गले से लगा लिया।

"Thank You, यार। तू कितनी आसानी से मेरी problem solve कर देता है", मानव ने गले लगे-लगे कहा।

"दोस्त होते ही इसलिए हैं। और तू तो मेरा भाई है। याद रखना मैं हमेशा तेरे साथ हूँ। मेरा मतलब है तुम दोनों के साथ हूँ।"

अमन से बात करने के बाद, मानव बहुत खुश था। वो अब बेसब्री से रविवार को मधु से मिलने का इंतज़ार कर रहा था।

रविवार सुबह जब मानव रिक्शे से उतर कर कानपुर रेलवे स्टेशन की ओर जा ही रहा था कि उसे मधु खड़ी नज़र आ गयी।

"अरे! तुम मुझसे पहले ही पहुँच गयी। कब से इंतज़ार कर रही हो?" मानव ने पास आते ही पूछा।

"अभी-अभी पाँच मिनट पहले आयी हूँ। मैं टिकट पहले ही ले चुकी थी, इसलिए ऐसा नहीं चाहती थी कि तुम गलती से टिकट ख़रीद लो।"

"तुम्हें यक़ीन था कि मैं आऊँगा?" मानव ने मुस्कुराते हुए पूछा।

"मेरा दिल कह रहा था कि तुम आओगे।"

"अगर मैं नहीं आता तो?" मानव ने फिर से पूछा। उसके चेहरे पर अब भी मुस्कुराहट थी।

"दुःख होता। बहुत दुःख होता। लेकिन मैं मथुरा ज़रूर जाती राधा-कृष्ण का आशीर्वाद लेने। क्या तुमने सोचा था, तुम नहीं आओगे?"

"एक पल के लिए भी नहीं", मानव ने मुस्कुराते हुए कहा।

"मेरे दिल को भी यही यक़ीन था।"

दोनों बातें करते हुए प्लेटफॉर्म तीन पर आ गए थे जहाँ उनकी ट्रेन आने वाली थी।

अभी भी ट्रेन के आने में क़रीब एक घंटा था।

दोनों उसी बेंच पर बैठे जहाँ वे पहली बार बैठे थे।

“साहब! चाय-और पकौड़े लेकर आऊँ आप दोनों के लिए? बिलकुल गरम-गरम ताजे पकौड़े अभी-अभी बनाए हैं”, उसी चाय वाले ने पीछे से कहा। उसकी बातों से लग रहा था कि उसने उन दोनों को पहचान लिया था।

“अरे भैया! कैसे हैं आप? पहचान लिया हमें?” मानव ने मुड़कर चायवाले की ओर देखते हुए कहा।

“अरे! अभी कुछ महीने पहले ही तो आए थे आप दोनों और इसी बेंच पर बैठे थे। कैसे भूल जाऊँ आप दोनों को। उस दिन कितना कुहासा था। आज क्या ख़ूब धूप खिली हुई है।”

“आपने ठीक कहा। आज आसमान सच में बहुत साफ़ और सुंदर है”, मानव ने दूसरा वाक्य मधु की आँखों में देखते हुए कहा। जो मुस्कुरा कर दूसरी ओर देखने लगी।

“हाँ भैया, चाय और पकौड़े ले आओ। नाश्ता कर लेते हैं जब तक ट्रेन आए”, मानव ने कहा।

“भैया बस चाय लाइएगा। नाश्ता मैं बना कर लायी हूँ”, मधु ने अपने बैग से एक टिफ़िन निकालते हुए कहा।

“अरे तुमने सुबह-सुबह नाश्ता भी बना लिया? बहुत जल्दी उठ गयी होगी तुम तो।”

“मैं सोयी ही कहाँ”, मधु ने मानव की ओर प्यार से देखते हुए धीरे से कहा ताकि कोई और ना सुन सके।

मानव मुस्कुरा कर रह गया।

मधु ने टिफ़िन खोला। उसमें अलग-अलग काग़ज़ में बहुत ही अच्छी तरह लिपटे हुए पराँठे थे और साथ में अचार था।

“WoW पराँठे! बहुत दिनों से नहीं खाए थे। मेस में रोटियाँ और चावल ही बनते हैं।”

“पनीर के पराँठे हैं”, मधु ने कहा।

“पनीर के भी पराँठे बनते हैं? मैंने तो बस आलू के पराँठे या फिर सादा पराँठे ही खाए हैं”, मानव ने कहा।

“पराँठे तो आलू, गोभी, मूली, पनीर, चने की दाल, सत्तू किसी भी चीज़ के बन सकते हैं”, मधु ने हँसते हुए कहा।

“मैं सच कह रहा हूँ मैंने पराँठे की इतनी varieties सुनी भी नहीं है। तुम्हें ये सब बनाना आता है?”

“अरे पहले खा कर बताओ तुम्हें अच्छा लगता है या नहीं”, मधु ने मानव के सवाल को नज़रंदाज़ करते हुए कहा।

मानव ने एक पराँठा अपने हाथों में लिया और खाने लगा।

“OMG! मैंने इतना अच्छा पराँठा कभी नहीं खाया। मैं सच कह रहा हूँ मधु। IT IS TOO GOOD, OMG”, मानव ने कहा।

मधु हँसने लगी।

“चलो मेरी मेहनत सफल हुई”, मधु ने कहा।

चायवाला तब तक दो कप चाय और एक डोने में पकौड़े लेकर आ गया था।

“अरे भैया, पकौड़े नहीं चाहिए। बस चाय रख दीजिए”, मधु ने कहा।

"मैडम! पकौड़े के आप पैसे मत देना। मगर थोड़े से खा लो। उस दिन आप लोगों से बोहनी हुई थी, तो बहुत अच्छी बिक्री हुई थी पूरे दिन", चायवाले ने आग्रह करते हुए कहा।

मानव और मधु उसकी बात सुनकर एक-दूसरे की ओर देखकर हँसने लगे।

"ठीक है भैया रख दो। हम ज़रूर खाएँगे आपके पकौड़े", मधु ने कहा।

मानव और मधु ने नाश्ता कर लिया और चाय भी पी ली। मानव ने चाय और पकौड़े के पैसे चायवाले को दे दिए। वो पकौड़े के पैसे नहीं ले रहा था मगर मानव ने फिर भी उसे दे दिए।

"ट्रेन अब आने वाली है। मैं पानी लेकर आ जाता हूँ", मानव ने कहा।

"मेरे बैग में पानी है। अभी ज़रूरत नहीं है", मधु ने कहा।

"तुम हमेशा ही इस तरह से पूरी तैयार रहती हो?" मानव ने हँसते हुए पूछा।

"मैं बचपन से ही organized रहती हूँ। ये आदत है मेरी", मधु ने मुस्कुराते हुए कहा।

"मैं बड़ा unorganized इंसान हूँ। बस पढ़ाई ही एक ऐसी चीज़ है जिसमें मैं थोड़ा organized रहता हूँ", मानव ने हँसते हुए कहा।

ट्रेन अब platform पर दाखिल हो चुकी थी। मानव जनरल डिब्बे की ओर बढ़ने लगा।

"मानव, उधर नहीं, फ़र्स्ट क्लास में", मधु ने हिचकिचाते हुए कहा।

"फ़र्स्ट क्लास में? बेकार में इतने पैसे खर्च किए तुमने", मानव ने कहा और फ़र्स्ट क्लास डिब्बे की ओर बढ़ चला।

"प्लीज़ डाँटो मत अब। मैं चाहती थी हम दोनों आराम से जाएँ।"

"अरे बाबा डाँट नहीं रहा हूँ। बस यूँ ही कह रहा हूँ। मैं वैसे भी कभी फ़र्स्ट क्लास में बैठा नहीं हूँ। चलो आज ये भी देख लेते हैं। वैसे भी ज़िंदगी में बहुत कुछ नया हो रहा है अब। शुरुआत भी फ़र्स्ट क्लास ही हो", मानव ने मुस्कुराते हुए कहा।

"तुम्हारी ये ही बात मुझे बहुत पसंद है। तुम सामने वाले की ख़ुशी के लिए ख़ुद को adjust कर लेते हो बिना शिकायत के।"

दोनों तब तक फ़र्स्ट क्लास में अपनी सीट पर आ गए थे। डिब्बे में इक्का-दुक्का लोग ही थे। इन दोनों के पास एक कैबिन था जिसमें दो सीट थीं, एक नीचे और एक उसके ऊपर। कैबिन में दरवाज़ा भी था जिसे बंद किया जा सकता था। ये ही नहीं सीट पर कम्बल, तकिया और दो सफ़ेद चादरें रखी हुईं थीं।

मधु ने एक चादर को नीचे वाली सीट पर बिछा दिया। और सब सामान ऊपर वाली सीट पर रख दिया। दोनों नीचे वाली सीट पर बैठ गए। ट्रेन स्टेशन से निकल चुकी थी।

TTE ने दरवाज़े से टिकट माँगा। मधु ने अपने पर्स से उसे टिकट निकाल कर दिया। जिसे उसने अपने चार्ट में मार्क कर लिया और मधु को टिकट वापस करके चला गया।

"मैं पहली बार फ़र्स्ट क्लास में travel कर रहा हूँ। बहुत अच्छा है यहाँ सब कुछ", मानव ने चारों ओर देखते हुए कहा।

"मैं थोड़ा घबरा रही थी कि तुम बुरा न मान जाओ।"

"थोड़ा अजीब ज़रूर लग रहा है लेकिन ठीक है तुम ऐसा चाहती हो तो ऐसा ही सही।"

“मैं चाहती हूँ तुम्हें ज़िंदगी की हर ख़ुशी मिले और मुझे यक़ीन है मिलेगी भी”, मधु ने कहा।

“सिर्फ़ मुझे नहीं, हमें ज़िंदगी की हर ख़ुशी मिले”, मानव ने मधु को सही करते हुए कहा।

मधु मुस्कुरा दी।

गाड़ी अपनी रफ़्तार से चली जा रही थी।

“मधु तुम जानती हो मैं scheduled cast से हूँ और तुम ब्राह्मण हो। हम जिस रास्ते पर चलने की कोशिश कर रहे हैं वहाँ बहुत मुश्किलें आने वाली हैं हम दोनों के लिए। मैं उम्मीद कर रहा हूँ तुम्हें उन मुश्किलों का एहसास है। मुझे अपनी फ़िक्र नहीं है। मैं तो ज़िंदगी भर मुश्किलों में पला हूँ। मैं कोई भी मुश्किल सह सकता हूँ मगर तुम्हें कोई भी परेशानी हो तो मैं सह नहीं पाऊँगा”, मानव ने मधु की ओर देखते हुए कहा।

“इतना प्यार करते हो मुझसे?” मधु ने अचानक मानव का हाथ अपने हाथों में लेते हुए कहा।

मानव इसके लिए तैयार नहीं था। उसने कैबिन के दरवाज़े की ओर देखा। मधु उठी और दरवाज़े को बंद करके वापस आयी और मानव का हाथ फिर से अपने हाथों में लेकर उसके पास बैठ गयी और फिर से पूछा, “बोलो मानव, क्या सच में मुझसे इतना प्यार करते हो कि मेरी परेशानी तुम सह नहीं पाओगे? क्या सिर्फ़ ये ही एक बात है जो तुम्हें परेशान कर रही है?”

मानव का हाथ मधु के कोमल हाथों में था। उसके हाथ ठंडे थे या फिर मानव के हाथ गरम थे। मानव को मधु का ये स्पर्श बहुत अच्छा लग रहा था मगर वो थोड़ा डरा हुआ और नर्वस भी महसूस कर रहा था।

"हाँ, मुझे सबसे अधिक इसी बात की टेन्शन है कि मेरी वजह से तुम्हें कोई परेशानी ना हो", मानव ने नर्वस भाव से कहा। उसके चेहरे से nervousness साफ़ झलक रही थी।

"तुमने मेरे पहले सवाल का जवाब नहीं दिया, क्या तुम मुझसे सच में इतना प्यार करते हो", मधु ने उसकी आँखों में झाँकते हुए बड़े प्यार से पूछा।

"हाँ मैं तुमसे बहुत प्यार करता हूँ। तुम्हारा साथ मुझे बहुत अच्छा लगता है। जब से हम मिले हैं, मैं तुम्हारे ही बारे में सोचता रहता हूँ। हर दिन तुम्हारे ख़त का इंतज़ार करता रहता हूँ। शायद तुम्हारे लिए मेरा ये ही प्यार मुझे डरा रहा है कि कहीं मैं तुम्हें खो ना दूँ", मानव ने भी अपना दूसरा हाथ मधु के हाथ के ऊपर रखते हुए कहा।

"फिर कुछ भी चिंता मत करो। मातरानी सब ठीक कर देंगी। मैं तुम्हारा साथ कभी नहीं छोड़ूँगी, भले मुझे किसी भी हद तक क्यों नहीं जाना पड़े", मधु ने मानव की आँखों में देखते हुए पूरे आत्मविश्वास से कहा।

"इतना यक़ीन है मातरानी पर तुम्हें?"

"बहुत ज़्यादा। उन्होंने ही मुझे तुमसे मिलाया है और देखना वो ही हमारी मदद करेंगी", मधु की आवाज़ में बहुत भरोसा था।

"देखो मेरे आगे-पीछे तो कोई है नहीं लेकिन तुम्हारा पूरा परिवार है। हो सकता है तुम्हें उनके against भी जाना पड़े इस प्यार के लिए", मानव भी मधु की आँखों में देख रहा था। वो पूछ रहा था कि क्या मधु ऐसा कर पाएगी।

"हो सकता है नहीं। मुझे अपने परिवार के विरोध में जाना ही पड़ेगा। यही नहीं हमें इस प्यार को उनसे तब तक छिपा कर भी

रखना पड़ेगा जब तक तुम अपने पैरों पर नहीं खड़े हो जाते हो और हम दोनों एक-दूसरे के नहीं हो जाते हैं।"

"तुम इतने यक़ीन से कैसे कह सकती हो कि तुम्हारा परिवार इस रिश्ते के लिए किसी भी क़ीमत पर नहीं मानेगा?" मानव ने पूछा।

"मेरी बड़ी दीदी जब B.A में थी, वे एक लड़के से प्यार करती थीं। उन्होंने घर पर बताया। वो लड़का ब्राह्मण ही था फिर भी मेरे पिताजी नहीं मानें। डाँटने-मारने की बात को छोड़ भी दें तो जिस दिन उन्होंने घर पर बताया, उसी दिन से उनका कॉलेज जाना तो बंद कर दिया गया, साथ ही तीन महीने के अंदर-अंदर उनकी शादी कर दी गयी", मधु ने कहा।

"OMG! कब की बात है ये? अब कैसी हैं तुम्हारी दीदी", मानव ने हैरानी से पूछा।

"अब तो उनकी शादी को पाँच साल हो गए हैं। उनका एक बेटा भी है। जीजाजी भी बहुत अच्छे हैं। सब कुछ ठीक है। पिताजी अभी-भी दीदी से ठीक से बात नहीं करते हैं। इस विषय पर हमारे घर में कोई बात नहीं होती है। एक बार मैंने दीदी से पूछा था तो उनकी आँखें छलक गयी थीं। उनकी बातों से लगा कि वे अब भी अपने उस पहले प्यार की कसक महसूस करती हैं। उस प्यार की वजह से उनकी पढ़ाई भी पूरी नहीं हो पाई।"

"तुम्हारी माँ का क्या कहना है इस पर?"

"मेरे घर में सारे फ़ैसले पिताजी और चाचा जी ही लेते हैं। हम सबको बस वो जो कहते हैं वो करना होता है। ऐसा नहीं है कि वे हमसे प्यार नहीं करते, बहुत प्यार करते हैं। हमें सब कुछ करने की छूट है। ऐसी कोई पाबंदी नहीं है लेकिन परिवार और समाज के बनाए हुए नियमों का पालन करना होता है और उनके against किसी भी क़ीमत पर नहीं जाने के लिए कहा गया है", मधु बोलती रही और

मानव ध्यान से उसकी बातें सुनता रहा। दोनों अभी-भी एक-दूसरे का हाथ पकड़े हुए थे।

"तुम्हारे अपने पिताजी से कैसे सम्बन्ध हैं?"

"बहुत अच्छे हैं। मुझे बहुत प्यार करते हैं वो लेकिन मैं जानती हूँ अगर उन्हें ये बात पता चली तो मेरे साथ भी वही होगा जो दीदी के साथ हुआ था।"

"अगर तुम्हारी दीदी ने घरवालों की मर्ज़ी के ख़िलाफ़ उस लड़के से चुपके से शादी कर ली होती तो तुम्हारे पिताजी और चाचा जी क्या कर सकते थे?" मानव ने पूछा।

"मैं यक़ीन से तो नहीं कह सकती कि वे किस हद तक जा सकते थे मगर मैं जानती हूँ मेरे घर के लोगों की पुलिस और नेताओं में बहुत जान-पहचान है। वो कुछ भी कर सकते हैं। इसलिए मुझे हमारे लिए वो ख़तरा लेना ही नहीं है। हमें हर काम चुपके से करना होगा। मैं अपनी दीदी की तरह घुट-घुट कर ज़िंदगी नहीं जीना चाहती", ये कहते हुए मधु मानव के और क़रीब आ गयी और उसके सीने से लग गयी।

मानव पहली बार किसी लड़की के इतने क़रीब था। उसके ज़िस्म की गरमाहट मानव अपने ज़िस्म में महसूस कर रहा था। उसने अपनी दोनों बाँहें मधु की पीठ पर रख दी। मधु उसके और क़रीब आ गयी।

दोनों थोड़ी देर तक यूँ ही एक-दूसरे से चिपके रहे। कोई कुछ नहीं बोल रहा था।

"क्यों तुम्हें डर लग रहा है ये सब सुनकर, मानव? घबराओ नहीं मैं तुम्हारे साथ हूँ और मातारानी हम दोनों के साथ हैं। हम अपने प्यार को दुनिया के लिए एक मिसाल बनाएँगे। मेरे घरवाले मेरे साथ

हों या नहीं हों। जब तक तुम मेरे साथ हो मैं पूरी दुनिया से लड़ लूँगी अपने प्यार के लिए", मधु ने कहा।

"मैं डर रहा हूँ मधु लेकिन अपने लिए बिलकुल नहीं। सिर्फ़ तुम्हारे लिए क्योंकि तुम अपने घर में रहती हो। वो तुम्हारे साथ कुछ भी कर सकते हैं जैसे उन्होंने तुम्हारी दीदी के साथ किया। अभी मेरे जो हालात हैं उसमें मैं कुछ भी कर लूँ, चाहे अपनी जान ही क्यों न दे दूँ, तुम्हारे लिए कुछ कर नहीं पाऊँगा। तुम्हारे घरवाले बहुत powerful हैं", मानव ने अपने मन की बात कही और मधु के चारों ओर अपनी बाँहों का घेरा और सख़्त कर दिया।

"प्लीज़ जान देने की बातें मत करो। जान दें हमारे दुश्मन। तुम बस मातारानी पर यक़ीन करो। वक़्त आने पर वो ही हम दोनों को सही रास्ता दिखाएँगी। इसीलिए तो मैं सबसे पहले तुम्हें लेकर उनका आशीर्वाद लेने जा रही हूँ।"

दोनों फिर चुपचाप एक-दूसरे की बाँहों में यूँ ही बैठे रहे। ट्रेन अपनी रफ़्तार से चलती रही। न जाने कितनी देर तक मधु, मानव के सीने से यूँ ही चुपचाप लगी रही। उन्हें होश तब आया जब बाहर से कुछ शोर सुनाई दिया। ट्रेन शायद किसी station पर रुकी हुई थी और बाहर platform से ये आवाज़ें आ रहीं थीं। दोनों एक-दूसरे से अलग होकर बैठ गए।

"तुम्हारा IIT का कोर्स कब ख़त्म होगा? उसके बाद क्या करना चाहते हो?" मधु ने पूछा।

"IIT में अभी दो साल और बाक़ी हैं। मेरा सपना USA जाने का है और वहाँ से MIT से M.Tech करना चाहता हूँ अगर मेरा admission वहाँ full scholarship के साथ हो गया तो। अगर MIT में नहीं हुआ तो USA की किसी और University से भी कर सकता हूँ। मुझे यक़ीन है अगर मैंने USA से M.Tech किया तो वहीं मुझे कोई-न-कोई अच्छी नौकरी मिल जाएगी। लेकिन ये मेरा सपना है।

कभी सोचता हूँ IIT के बाद यहीं कोई नौकरी कर लूँ। कैम्पस से ही मुझे ज़रूर कोई-न-कोई नौकरी मिल जाएगी। एक बार मुझे नौकरी मिल गयी तो फिर हम शादी कर सकते हैं और हम दोनों एक-दूसरे के साथ रह सकते हैं", मानव ने कहा।

"तुम USA जाने का अपना ये सपना इसीलिए पूरा नहीं करना चाहते हो क्योंकि मैं तुम्हारी ज़िंदगी में आ गयी?" मधु फिर से मानव के क़रीब आ गयी और उसकी आँखों में झाँकते हुए पूछा।

"नहीं ऐसी बात नहीं है। IIT कैम्पस से लगभग सभी स्टूडेंट्स कोई-न-कोईं नौकरी ले लेते हैं और उन्हें अच्छी नौकरी मिल जाती है। मैं थोड़ा अलग करने की सोच रहा था। लेकिन वो ज़रूरी नहीं है। तुम जैसी जीवन-साथी मेरी ज़िंदगी में आ जाएगी तो मेरी ज़िंदगी यूँ भी अलग हो जाएगी, एक सपने की तरह। और क्या चाहिए मुझे", मानव ने मधु को फिर से अपने सीने से लगाते हुए कहा।

"मानव मैं इसलिए तुम्हारी ज़िंदगी में नहीं आयी हूँ कि तुम मेरी वजह से अपने सपनों के साथ समझौता करो। मैं तुम्हारे सपनों को पूरा करने में तुम्हारी मदद करने आयी हूँ। इसलिए प्लीज़ मेरी ख़ातिर, अपने प्यार के लिए अपने सपनों के साथ compromise मत करो। मुझे बहुत कुछ पता नहीं है, लेकिन मुझे एक चीज़ बताओ तुम USA क्यों जाना चाहते हो और ये MIT क्या है?" मधु ने पूछा। उसका सिर मानव के सीने पर था और वो अपने हाथों से उसके सीने को सहला रही थी।

"MIT - Massachusetts Institute of Technology, जैसे IIT इंडिया का premier Engineering कॉलेज है वैसे ही MIT पूरे विश्व का Premier Engineering कॉलेज है। वहाँ से M.Tech करना हर अच्छे Engineer का सपना होता है। वहाँ admission लेना बहुत मुश्किल है लेकिन वो हमारी ज़िंदगी को एक अलग ऊँचाई पर ले जाएगा। USA विश्व के developed देशों में आता है। अगर हम

दोनों वहाँ चले गए तो हमारी ज़िंदगी बिलकुल बदल जाएगी। हम अपने सारे सपने पूरे कर सकते हैं। मैं जो भी ख़ुशियाँ तुम्हें देना चाहता हूँ अगर वहाँ पहुँच गया तो सब कुछ तुम्हें दे सकता हूँ", मानव ने कहा।

"मैं कहीं भी खुश रह सकती हूँ अगर तुम मेरे साथ हो। लेकिन तुमने जितना USA के बारे में कहा है मुझे तुम पर यक़ीन है कि तुमने सारी जानकारी ली होगी तभी तुम ऐसा कह रहे हो। कौन जाने माताराानी की ही ये मर्ज़ी हो। हम अगर USA चले गए तो वैसे भी मेरे घरवाले वहाँ कुछ नहीं कर पाएँगे और हम ख़ुशी से रह सकते हैं। तो तुम अपने सपने से समझौता मत करो। तुम इसके लिए जो भी ज़रूरी है वो करो। मैं तुम्हारे साथ हूँ", मधु ने आत्मविश्वास से मानव से कहा।

"लेकिन इन सब में बहुत समय लगेगा मधु और शायद तुम्हारे पास इतना समय ना हो।"

"तुम्हारे अनुसार कितना समय लगेगा", मधु ने पूछा।

"दो साल तो अभी IIT में शेष है, उसके बाद कम-से-कम दो साल M.Tech में और फिर Job। कम-से-कम पाँच साल लग जाएँगे इन सब में", मानव ने सोचते हुए कहा।

"मेरा तीन साल graduation और फिर दो साल masters। पाँच साल तो मैं भी घर में manage का सकती हूँ। लेकिन इसके लिए सबसे ज़रूरी ये है कि मेरे घरवालों को हमारे बारे में कोई भनक भी ना लगे", मधु ने कहा।

"लेकिन इस बीच कुछ गड़बड़ हो गयी तो? तुम्हारे घरवालों ने तुम्हारी शादी करनी चाही तो? मैं उस समय US में रहूँगा तो कुछ नहीं कर पाऊँगा। इसलिए मुझे लगता है मुझे US का प्लान छोड़ कर कोई जॉब यहीं ले लेनी चाहिए किसी दूसरे शहर में।"

"तुम ये फ़िक्र करना छोड़ दो। मैंने कहा न मैं पाँच साल manage कर लूँगी। और फिर मातारानी हैं ना हमारे साथ", मधु अभी भी मानव के सीने से लगी हुई थी।

"ख़ैर! अभी दो साल हैं हमारे पास। एक बार फिर से तसल्ली से सोचते हैं इसके बारे में।"

"ठीक है लेकिन तुम अपनी तैयारी इसी तरह करो जैसे तुम US जा रहे हो", मधु ने कहा।

"'तुम' नहीं हम US जा रहे हैं", मानव ने कहा और मधु को और ज़ोर से अपनी ओर खींच लिया। मधु भी उसके सीने से चिपक गयी।

ट्रेन दोपहर के क़रीब एक बजे मथुरा पहुँची। ट्रेन से उतर कर दोनों सीधे मंदिर के लिए निकल पड़े। मंदिर में भगवान कृष्ण और मातारानी के दर्शन और आशीर्वाद लेने के बाद दोनों एक होटल में खाने के लिए बैठ गए।

"तुम यहाँ पहली बार आए हो?" मधु ने पूछा।

"हाँ"।

"मैं यहाँ बहुत बार आ चुकी हूँ। खाने के बाद मैं तुम्हें यहाँ सब कुछ दिखाती हूँ। वैसे भी हमारी ट्रेन रात के ग्यारह बजे है। हमारे पास बहुत समय है", मधु ने कहा।

"तुमने यहाँ आने के लिए अपने घर पर क्या बताया?" मानव ने उत्सुकता से पूछा।

"मेरे घरवाले जानते हैं मैं मातारानी को बहुत मानती हूँ। मैंने उन्हें कहा कि मैं राखी के साथ मातारानी के दर्शन करने जा रही हूँ। चूँकि उन्हें पता है कि राखी यहीं रहती है, उन्होंने इजाज़त दे दी", मधु ने मुस्कुराते हुए कहा।

इस बीच दोनों के लिए खाने की थाली आ गयी थी।

“अगर उन्होंने कभी राखी से इस बारे में बात की तो?” मानव ने पूछा।

“राखी को सब पता है कि हम दोनों यहाँ हैं आज”, मधु ने फिर से मुस्कुराते हुए कहा।

“राखी को हम दोनों के बारे में सब पता है?” मानव ने फिर से पूछा।

“हाँ वो मेरी बहुत अच्छी सहेली है। मैं उससे सब कुछ share करती हूँ।”

मानव मुस्कुराते हुआ खाना खा रहा था।

मधु और मानव रात नौ बजे ही मथुरा रेलवे स्टेशन पर पहुँच गए थे। दिन भर मथुरा में घूमने से दोनों थोड़े थके हुए भी थे। उनकी ट्रेन दो घंटे बाद थी। तब तक दोनों फ़र्स्ट क्लास वेटिंग रूम में जाकर बैठ गए।

“तुमसे पूछना भूल गया। क्या माँगा तुमने अपनी मातारानी से?” मानव ने बैठे-बैठे यूँ ही मधु से पूछा।

“मैं उनसे कुछ माँगती नहीं हूँ। उन्हें तो सब पता है मुझे क्या चाहिए। मैं बस उनके पास आशीर्वाद लेने आती हूँ। आज तुम्हारे साथ अपने प्यार को आशीर्वाद दिलाने आयी थी। जब तक उनका आशीर्वाद हमारे साथ है, हमारा सब कुछ ठीक होगा।”

“तुम्हें एक बात बताऊँ? बहुत पहले तुम्हें बताना चाहता था मगर सोचा न जाने तुम क्या समझो”, मानव ने कहा।

“अरे ऐसी क्या बात है? बोलो”, मधु की आवाज़ में थोड़ी उत्सुकता थी।

"जब से मैंने होश सँभाला, तब से मुझे एक सपना आता है। पहले तो ये सपना शायद दो-तीन महीने में एक बार आता था मगर पिछले दो-तीन सालों से महीने में एक-दो बार आ जाता है", मानव ने कहा।

"Interesting, कैसा सपना?" मधु ने और बेसब्री से पूछा।

फिर मानव ने अपने सपने के बारे में मधु को डिटेल में बताया।

"Very Romantic, तुम्हें उस लड़की की शक्ल बिलकुल याद नहीं है? कुछ तो याद होगा?"

"Exact तो बिलकुल याद नहीं है। लेकिन जब तुम्हें पहली बार रेलवे स्टेशन पर उस कुहासे के बीच से गुलाबी सलवार-सूट और आसमानी चुन्नी में आते हुए देखा था तो मुझे एक पल को लगा था कि मैं वही सपना देख रहा हूँ। और एक बात और अजीब हुई है। उस दिन के बाद शायद तीन महीने से अधिक हो चुके हैं अब और ये सपना मुझे एक बार भी नहीं आया", मानव ने कहा।

"मानव मैं कह रही थी तुम्हें कि हमारा मिलना एक इत्तफ़ाक नहीं है। अब तो मुझे यक़ीन हो चला है कि हम दोनों एक-दूसरे के लिए ही बने हैं।"

"अब तो मुझे भी ऐसा ही लगता है वरना तुम जैसी इतनी ख़ूबसूरत लड़की मुझ जैसे एक साधारण से लड़के की ज़िंदगी में आ ही नहीं सकती", मानव ने कहा।

"तुम अपने-आप को साधारण क्यों समझते हो मानव? तुम एक बहुत स्पेशल इंसान हो। इतने संघर्ष के बाद अपने जीवन को यहाँ तक इतनी ख़ूबसूरती से लेकर आए हो, ये साधारण बात है क्या? तुम देखने में भी कितने स्मार्ट हो। ये मेरी ख़ुशक़िस्मती है कि मैं तुमसे मिली और तुमने मुझे चाहा", मधु ने बड़े प्यार से कहा।

“तुम कुछ भी कहो मधु लेकिन तुम बेहद ख़ूबसूरत हो”, मानव ने बड़े प्यार से कहा।

“तुम कह रहे हो तो मैं मान लेती हूँ कि मैं ख़ूबसूरत हूँ। लेकिन मेरी ये ख़ूबसूरती सिर्फ़ तुम्हारे लिए है”, मधु की आवाज़ में भी बहुत प्यार था।

“अच्छा चलें अब? गाड़ी आने में अब क़रीब बीस मिनट रह गए हैं”, मानव ने उठते हुए कहा।

“अरे दो घंटे हो गए? तुम्हारे साथ तो समय का पता ही नहीं चलता है”, मधु ने कहा और उठ कर अपना बैग उठा लिया।

मधु और मानव फ़र्स्ट क्लास के केबिन का दरवाज़ा बंद करके सीट पर बैठे थे। अभी-अभी TTE टिकट चेक करके गया था। ट्रेन अपनी रफ़्तार से चली जा रही थी। केबिन में हल्की-हल्की रोशनी थी।

“कानपुर तो सुबह पाँच बजे के बाद आएगा। तब तक सो जाते हैं थोड़ी देर। वैसे भी आज बहुत चलें हैं हम दोनों”, मधु ने कहा।

“नींद आ रही है तुम्हें? अगर आ रही है तो लेट जाओ मेरी गोद में अपना सिर रख कर ”, मानव ने कहा।

“और तुम जगे रहोगे रात भर?”

“इसके बाद न जाने हम कब मिलें इस तरह। मैं इस रात को यूँ हीं नहीं गँवाना चाहता। तुम्हें जी भर कर देखते रहना चाहता हूँ।”

मानव की ये बात सुन कर मधु मानव के क़रीब आकर उसके सीने से लग गयी। मानव ने अपना एक हाथ मधु की पीठ पर रखा हुआ था और दूसरे हाथ से उसके बालों को सहला रहा था। मधु के बाल बहुत लंबे और घने थे।

"I have a better idea. हम दोनों ही लेट सकते हैं इस सीट पर। मैं तुम्हारी बाँहों में सोना चाहती हूँ आज", मधु ये कहते हुए तकिए की ओर सरक गयी और लेट गयी।

"आ जाओ", उसने मानव को अपनी ओर बुलाया।

मानव भी उसकी ओर सरक कर तकिए पर सिर रख कर लेट गया और मधु ने थोड़ा नीचे सरक पर अपना सिर मानव के हाथ पर रख दिया और उसकी बाँहों में समा गयी। वो मानव के सीने से बच्चों की तरह लगी हुई थी। मानव ने उसे अपनी ओर ज़ोर से खींच लिया। उसका एक हाथ अब भी मधु के बालों को सहला रहा था। वे दोनों इसी तरह चुपचाप एक-दूसरे की बाँहों में थोड़ी देर लेटे रहे। ट्रेन की रफ़्तार की आवाज़ में भी वे दोनों एक-दूसरे की गहरी साँसों की आवाज़ें सुन सकते थे। अचानक मानव ने मधु को तकिए की ओर खींचा। मधु भी एक गुड़िया की तरह ऊपर खिसक गयी। अब मानव ने उसे सीधा लिटा दिया और बड़े प्यार से उसके चेहरे को देखने लगा। मधु भी बड़ी-बड़ी आँखों से मानव को निहार रही थी। उसे आभास था कि मानव क्या चाहता है और किस चीज़ के लिए तड़प रहा है। अचानक मानव ने अपने होठों से मधु के माथे को चूम लिया। मधु की आँखें अपने-आप बंद हो गयीं। फिर मानव ने धीरे से मधु की नाक को चूमा। उसके होंठ अब मधु के गुलाबी गालों को एक-एक कर के चूम रहे थे। मधु की आँखें अब भी बंद थीं। दोनों की साँसें तेज होती जा रही थीं। मानव ने अचानक अपने होंठ मधु के गहरे लाल गरम होठों पर रख दिए और उसे ज़ोर-ज़ोर से चूमने लगा। उसके हाथ अचानक मधु के ज़िस्म को टटोलने लगे।

"प्लीज़ मानव, रुक जाओ", मधु के हाथों ने मानव के अपने ज़िस्म पर बढ़ते हाथों को रोकते हुए कहा।

मानव के होठों ने मधु के होठों को आज़ाद कर दिया और उसने मधु की ओर देखते हुए पूछा, "क्या हुआ?"

“प्लीज़ मानव, अभी ऐसा नहीं करते हैं, प्लीज़”, मधु की आँखों में याचना थी।

मानव, मधु के ऊपर से अपनी टाँगों को हटा कर उसकी बग़ल में लेट गया।

“क्यों बुरा मान गए तुम?” मधु ने फिर पूछा।

मानव अभी भी चुप था। उसकी साँसें अभी भी बहुत तेज चल रही थी और वो उनको नियंत्रित करने के लिए गहरी साँसें ले रहा था।

“ऐसा नहीं है कि मैं ऐसा नहीं चाहती हूँ या तुम जो कर रहे थे वो मुझे बुरा लग रहा था। मेरा दिल भी तो तुम्हें पाने के लिए तड़पता रहता है। लेकिन हमारे प्यार की मंज़िल अभी बहुत दूर है और इसकी राहें बहुत मुश्किल हैं। हम दोनों बिना मातारानी के आशीर्वाद के अपने प्यार को उस मंज़िल तक नहीं ले जा सकते जहाँ हम दोनों इसे लेकर जाना चाहते हैं। और मैं ये जानती हूँ कि मातारानी का आशीर्वाद उन्हीं को मिलता है जो सच्चे और पवित्र होते हैं। इसलिए जब तक हमारी शादी नहीं हो जाती हमें खुद पर नियंत्रण रखना होगा। हम कमज़ोर नहीं पड़ सकते, मानव”, मधु ने कहा।

मानव अभी भी चुप था और अपनी साँसों को नियंत्रित कर रहा था।

“प्लीज़ कुछ बोलो मानव। अगर तुम्हें लग रहा है कि मैं ग़लत कह रही हूँ तो तुम्हें जो करना है कर लो मैं तुम्हें रोकूँगी नहीं”, मधु की आवाज़ में थोड़ी निराशा थी।

“प्लीज़ मधु! ऐसा मत बोलो। तुम बिलकुल सही कह रही हो। न जाने मुझे क्या हो गया था। I am extremely SORRY”, मानव की आवाज़ में सच्चाई थी और वो सच में अपनी हरकत से दुःखी लग रहा था।

"प्लीज़ तुम SORRY मत बोलो। इसमें तुम्हारी कोई गलती नहीं है। मैं भी तो एक पल को बहक गयी थी।"

"अच्छा हुआ जो तुमने रोक दिया मुझे वरना सच में बहुत बड़ी गलती हो जाती मुझसे। छी! क्या करने जा रहा था मैं? शरम आ रही है खुद पर। इतना नीचे कैसे गिर सकता हूँ मैं।"

"अरे ऐसा मत सोचो। तुमने कुछ ग़लत नहीं किया। हमें यूँ ही तो एक-दूसरे को सम्भालना है। अच्छा छोड़ो इन सब बातों को और जो हुआ उसे भूलो मत बस एक हसीन याद मान कर याद रखो। मैं तो कभी नहीं भूलने वाली कि तुम कितने रोमांटिक हो", मधु ने बड़े प्यार से कहा और फिर मानव के सीने से लग गयी।

"एक बात और कहूँ? मुझे तुम्हें मानव कहना ज़रा फ़ॉर्मल-सा लगता है। मैं तुम्हें 'मन' कहूँ?" मधु ने पूछा।

"बिलकुल! तुम कुछ भी कह सकती हो। 'मन', बड़ा प्यारा नाम है। ठीक है अब से मैं तुम्हारा 'मन' हूँ", मानव ने बड़े प्यार से कहा।

"तुम तो मेरे मन, दिल, जिगर, जान सभी कुछ हो", मधु ने कहा और ज़ोर से मानव के सीने से लग गयी।

"अरे बाप रे! इतने नाम नहीं वरना मैं खुद confuse हो जाऊँगा। बस 'मन' ही कहो मुझे", मानव ने हँसते हुए कहा।

मधु भी हँस पड़ी।

"वैसे तुम हो ही इतनी ख़ूबसूरत कि देवता भी तुम्हें इतने क़रीब देख कर बहक जाएँ, मैं तो फिर भी इंसान हूँ", मानव ने फिर से मधु के बालों को सहलाते हुए कहा।

"ये कुछ ज़्यादा हो गया। लेकिन मुझे अच्छा लगा कि मैं तुम्हें इतनी ख़ूबसूरत लगती हूँ। ये मेरा पूरा ज़िस्म तुम्हारा है। अब तो

इसे और बड़े जतन से रखूँगी तुम्हारे लिए", मधु ने कहा और धीरे से मानव के सीने को अपने होठों से चूम लिया।

इसी तरह एक-दूसरे से प्यार की बातें करते-करते दोनों प्रेमी न जाने कब सो गए। नींद तब खुली जब TTE ने दरवाज़े पर दस्तक दी। मानव ने झट से उठ कर केबिन का दरवाज़ा खोला।

"sir, कानपुर आने वाला है", TTE ने मानव से कहा।

"Thank You"।

मानव ने मधु को उठाया।

थोड़ी देर बाद दोनों प्रेमी कानपुर रेलवे स्टेशन पर उतर गए। बाहर सुबह की हल्की-हल्की रोशनी थी। दोनों का प्यार मगर अपने पूरे शबाब पर था।

" 'मन', तुम थोड़ी देर के बाद स्टेशन से बाहर निकलना। मैं नहीं चाहती हूँ मेरा ड्राइवर तुम्हें इस बार भी देखे। मैं कोई भी risk लेना नहीं चाहती", मधु ने कहा।

"ठीक है मैं समझ गया। अब कब मिलेंगे? तुम ख़त तो लिखोगी?" मानव ने पूछा।

"ख़त तो लिखूँगी ही। लेकिन मैं चाहती हूँ तुम मुझे राखी के पते पर ख़त लिखो। मैं अगले ख़त में राखी का पता भेज दूँगी तुम्हें। जहाँ तक मिलने का सवाल है वो भी मैं manage करूँगी। तुम tension मत लो", मधु ने कहा।

"अरे कैसे tension न लूँ? तुम्हें देखे बिना बहुत दिनों तक नहीं रह सकता मैं", मानव ने बड़े भोलेपन से कहा।

"तुम जब ऐसी रोमांटिक बातें करते हो तो बहुत cute लगते हो। मैं भी बहुत दिनों तक तुमसे मिले बिना नहीं रह सकती। इसलिए कह रही हूँ चिंता मत करो। मैं कोई-न-कोई रास्ता निकाल लूँगी लेकिन

हमें कोई रिस्क नहीं लेना है", मधु ने बड़े प्यार मगर धीरे से कहा ताकि आसपास के लोग सुन न सकें।

मानव वहीं स्टेशन पर एक बेंच पर बैठ गया और मधु चली गयी। थोड़ी देर के बाद मानव भी स्टेशन से बाहर आया और रिक्शे से अपने हॉस्टल की ओर निकल पड़ा।

काम तो कुछ और भी कर लेते हम यारों मगर
हमने तो इस इश्क़ से, बढ़कर किया कुछ भी नहीं

रास्ते प्यार के

एक अकेला मैं हीं नहीं हूँ, तेरे प्यार में सौदाई
अक्सर चाँद को देखा है, रोते हुए ठंडी रातों में

वक़्त अपने रफ़्तार से गुजरता जा रहा था। मधु और मानव का प्यार दुनिया और समाज से छुपता हुआ मातरानी के आशीर्वाद से बढ़ता ही जा रहा था। वे दोनों महीने में एक-दो बार अधिकतर राखी के घर पर ही मिलते थे। बीच में इन दोनों के बीच ख़तों का आना-जाना भी लगा रहता था। राखी और अमन के अलावा किसी को भी इनके प्यार की कोई खबर नहीं थी। अमन और मानव के IIT फ़ाइनल year के exam भी हो गए थे और रिज़ल्ट भी जल्द ही आने वाला था। अमन को IIT कैम्पस से ही Central Govt में एक अच्छे ओहदे पर नौकरी भी मिल गयी थी। रिज़ल्ट निकलने के बाद उसे दिल्ली में अपनी नौकरी join करनी थी। मानव को भी MIT में admission Full Scholarship के साथ मिल गया था। उसे क़रीब तीन महीने के बाद BOSTON, USA के लिए रवाना होना था। मधु और राखी कानपुर में ही graduation फ़ाइनल year में थे।

अब तक हर जन्मदिन पर मधु केक बना कर लाती थी जिसे वो मानव के साथ राखी के घर पर काटते थे। हर जन्माष्टमी के दिन मधु और मानव मथुरा कृष्ण और मातारानी के दर्शन करने ज़रूर जाते थे। साल में बस इसी दिन दोनों एक-दूसरे के साथ पूरा दिन गुज़ारते थे। वे दोनों ये जानते थे कि आने वाले दो-तीन साल उनकी ज़िंदगी के लिए सबसे कठिन हैं जब वे दोनों एक-दूसरे को देख भी नहीं पाएँगे। एक ख़त पहुँचने में भी शायद महीना लग जाए। लेकिन

अपनी मुहब्बत की ख़ातिर दोनों ये भी सहने के लिए तैयार थे। प्यार के रास्ते कब आसान होते हैं। मानव भी IIT कैम्पस से ही नौकरी लेना चाहता था मगर मधु ने ही उसे रोक दिया था। वो चाहती थी मानव वो सब कुछ हासिल करे जिसके लिए उसने सपने देखे थे। वो कभी नहीं चाहती थी कि मानव उसके प्यार के लिए अपने सपनों से समझौता करे। मानव का MIT में admission होना बड़े फक्र की बात थी। IIT के अपने बैच में एक वही था जिसका admission MIT में हुआ था। कुछ और students ने भी apply किया था मगर उनका admission वहाँ नहीं हो पाया था। उसे कैम्पस Interview में ऑफ़र भी मिले थे मगर उसने इनकार कर दिया था। लेकिन जैसे-जैसे USA जाने का दिन क़रीब आ रहा था, मानव अंदर से दुःखी हो रहा था। इस बात से ही उसका दिल काँप जाता था कि उसे मधु को देखे बिना दो-तीन साल गुज़ारने हैं। इस बीच में कहीं मधु के घरवाले उसकी शादी न कर दें। ये सोच के भी वो परेशान रहता था।

IIT का रिज़ल्ट आ गया था। मानव अपने बैच का topper था। अमन ने दिल्ली में Central Govt. की अपनी नौकरी भी join कर ली थी। उसे दो बेडरूम का एक full furnished सरकारी घर भी रहने को मिला था। मानव भी कानपुर से दिल्ली आ गया था और अमन के साथ ही रहता था। मानव के US जाने की सब तैयारियाँ हो चुकी थीं। उसका VISA और टिकट सब आ चुका था। बस अगले हफ़्ते उसकी फ़्लाइट थी। मधु और राखी मानव के जाने के दो दिन पहले यहाँ आने वाले थे ताकि वे सब मिलकर मानव को विदा कर सकें।

“मानव, तुझसे इस बात पर कभी चर्चा नहीं हुई। ये तो मुझे मालूम है कि MIT में तुझे tuition fee नहीं देना पड़ेगा और साथ ही वहाँ हॉस्टल में तू फ़्री रह सकता है। मगर खाने-पीने और दूसरे ख़र्चों के लिए पैसे हैं तेरे पास? फ़्लाइट का टिकट भी तो काफ़ी महँगा होगा?” अमन ने एक दिन डिनर पर पूछा।

"अभी कुछ पैसे हैं, जिसे मैंने डॉलर में convert कर लिया है। अगले चार-पाँच महीनों के लिए काम चल जाएगा। फिर वहाँ जाकर कुछ काम भी कर लूँगा। Admission के समय जो brochure वहाँ से आया था उसमें ये लिखा हुआ था कि अगर पैसे के लिए किसी को काम चाहिए तो उनका एक डिपार्टमेंट है जो इसमें स्टूडेंट की मदद करता है। मैं manage कर लूँगा। तू चिंता मत कर।"

"देख वहाँ जाकर अगर कुछ पैसे की परेशानी हो तो मुझे बताना। अब तो मैं भी कुछ मदद कर सकता हूँ", अमन ने फिर से कहा।

"Thank You यार। मुझे नहीं लगता कुछ परेशानी होगी। मैं सम्भाल लूँगा सब", मानव ने कहा।

"मैं जानता हूँ। तू सब ठीक कर लेगा। लेकिन फिर भी याद रख तू पढ़ने जा रहा है। बहुत परेशानी उठाने की ज़रूरत नहीं है जिससे तेरी पढ़ाई में कोई बाधा हो। वो नया देश है, नए और अलग लोग हैं। इसलिए ये याद रखना मैं यहाँ हूँ। कभी भी तकल्लुफ़ नहीं करना। दोस्ती में कोई भी औपचारिकता नहीं होती।"

"मैं जानता हूँ यार। कुछ परेशानी होगी तो तुझे नहीं कहूँगा तो किसे कहूँगा", मानव ने अमन के कंधे पर हाथ रखते हुए कहा।

"परसों शुक्रवार की सुबह राखी और मधु आ रहे हैं। रविवार की शाम को तुझे निकलना है। मैं जानता हूँ MIT में पढ़ना तेरा सपना था और ये भी जानता हूँ तूने इसके लिए कितनी मेहनत की है। लेकिन अब तू जा रहा है तो बड़ा अजीब-सा लग रहा है यार। पिछले चार साल से हम दोनों साथ हैं। तेरी आदत-सी पड़ गयी है अब", अमन ने थोड़ा उदास होते हुए कहा।

"मेरा भी तो जाने को दिल नहीं कर रहा है यार मगर जाना ज़रूरी है। बड़ी मंज़िलें छोटी क़ुर्बानियाँ भी माँगती हैं", मानव की आवाज़ में भी उदासी थी।

"ख़ैर! कोई बात नहीं यार। बस दो साल की बात है। उसके बाद तू बहुत बड़ा आदमी बन जाएगा तब मैं गर्व से कहूँगा कि ये मेरा भाई है", अमन ने मानव का हाथ थामते हुए कहा।

"दो साल बहुत लम्बा समय होता है यार। कभी-कभी लगता है कि मेरा फ़ैसला सही है भी या नहीं। मधु के बारे में सोचता हूँ तो अपने फ़ैसले पर और शक होने लगता है।"

"पागल हो गया है तू? कैसी बातें कर रहा है? MIT से M.Tech करना बहुत बड़ी बात है। अच्छों-अच्छों को नसीब नहीं होता है ये। तूने तो अपने बल पर Full Scholarship के साथ admission लिया है। MIT यूँ ही किसी को scholarship नहीं देती है। उन्होंने तुझमें कुछ ऐसा देखा है, इसलिए तुझे दिया है। ये फ़ैसला ग़लत हो ही नहीं सकता। जहाँ तक मधु का सवाल है, मैं और राखी हैं यहाँ उसके साथ। बस ये दो साल और सम्भाल ले मेरे दोस्त, फिर This Sky will be the only Limit for you", अमन ने मानव का हौंसला बढ़ाते हुए कहा।

"Thanks अमन। तुझसे बात करके हमेशा अच्छा लगता है और हिम्मत बढ़ जाती है।"

"तुझसे उम्र में सात महीने यूँ ही बड़ा नहीं हूँ", अमन ने हँसते हुए कहा।

"मानव, Boston में मैंने सुना है बहुत ठंड पड़ती है। तूने गरम कपड़े लिए हैं खुद के लिए?"

"हाँ यार! वहाँ बर्फ़ पड़ती है। एक जैकेट ख़रीदना है मुझे। मधु और राखी आ जाएँ तो एक दिन जाकर जैकेट ले आएँगे", मानव ने जवाब दिया।

"अरे यार, तुझे मधु को कहना चाहिए था। उसकी कम्पनी में बेस्ट leather जैकेट बनते हैं। कानपुर क्या पूरे भारत में उनके

leather जैकेट बिकते हैं। वो एक leather जैकेट किसी भी ठंड के लिए काफ़ी हैं।"

"Really? मुझे नहीं पता था। ख़ैर! कोई बात नहीं! यहीं ख़रीद लेंगे अब", मानव ने कहा।

मधु और राखी अभी थोड़ी देर पहले ही अमन के घर पहुँची थीं। मानव उन्हें रेलवे स्टेशन से लेकर आया था। दोनों जब तक नहा कर तैयार होकर आईं तब तक तो मानव ने सबके लिए चाय बना ली थी। चारों चाय और बिस्कुट, नमकीन के साथ नाश्ता करने लगे।

"और मानव भैया, जाने की सब तैयारियाँ हो गयी", राखी ने पूछा।

"हाँ, क़रीब-क़रीब हो गयी हैं।"

"आज दोपहर में कहीं बाहर खाने चलते हैं", अमन ने कहा।

"अरे नहीं अमन भैया, मैं बना लूँगी जल्दी से। बाहर जाने की ज़रूरत नहीं है। साथ ही 'मन' अपनी बची हुई पैकिंग भी कर लेंगे। बाहर जाने में वैसे भी समय ज़्यादा बरबाद होगा", मधु ने अमन की ओर देख कर कहा।

अमन ने थोड़ी देर सोच कर जवाब दिया, "ठीक है, तुम्हें कुकिंग के लिए जो कुछ भी चाहिए एक लिस्ट बना कर दे दो। मैं और राखी लेकर आ जाते हैं। जब तक तुम मानव की पैकिंग में मदद कर दो।"

"बिलकुल ठीक कहा आपने अमन भैया। हम दोनों जब तक शॉपिंग कर के आएँगे मानव भैया की पैकिंग भी हो जायगी फिर खाने के बाद आराम से हम सब मिलकर गप्पें मार सकते हैं", राखी ने चहकते हुए कहा।

नाश्ते के बाद मधु से सामान की लिस्ट लेकर अमन और राखी घर से निकल गए। उनके जाते ही मधु, मानव की बाँहों में आकर उसके

सीने से लिपट गयी। दोनों यूँ ही चुपचाप कमरे के बीचों-बीच एक-दूसरे से लिपटे हुए थे। कोई कुछ बोल नहीं रहा था। कमरे में इतनी खामोशी थी कि दोनों की साँसें भी एक-दूसरे को सुनाई दे रही थीं। दोनों की आँखों में निःसंदेह आँसू थे जिसे वे एक-दूसरे से छुपाने की कोशिश कर रहे थे। न जाने कितनी देर दोनों एक-दूसरे से लिपटे रहे।

"कैसे हो तुम?" मधु ने अचानक मानव से अलग होते हुए पूछा।

"मैं ठीक हूँ। तुम कैसी हो?" दोनों अब सोफ़े पर एक-दूसरे के क़रीब बैठ गए थे।

"मैं ठीक हूँ। तुम मेरी चिंता बिलकुल नहीं करना। तुम बस अपना ख़्याल रखना। तुम वहाँ अकेले होगे। न जाने कैसे manage करोगे", मधु ने कहा।

"मैं कर लूँगा manage। मेरी चिंता मत करो। तुम यहाँ अपना ख़्याल रखना।"

"तुम प्लीज़ ख़त लिखते रहना। अगले एक-दो महीने तक तो राखी के address पर ही लिखना और फिर मैं अपना दूसरा पता यहीं दिल्ली का दे दूँगी तुम्हें।"

"तुम भी दिल्ली शिफ़्ट हो रही हो?" मानव ने पूछा।

"हाँ, मैंने घर पर अपने पापा को मना लिया है कि मैं MA (English) Delhi University से करूँगी। राखी भी यहीं से M.Sc(Physics) करेगी। यहाँ से तुम्हारे साथ communication थोड़ा ठीक रहेगा। कानपुर में तो तुम्हारा ख़त पहुँचने में न जाने कितना समय लगे।"

"तुम दिल्ली रहोगी ये जानकर थोड़ा निश्चिंत हूँ मैं। यहाँ अमन भी है। कुछ परेशानी होने पर तुम्हारी मदद आसानी से कर पाएगा", मानव ने कहा।

"मुझे कोई परेशानी नहीं होगी यहाँ। तुम मेरी फ़िक्र मत करो। बस दो साल की और बात है। फिर सब ठीक हो जाएगा", मधु ने मानव को समझाते हुए कहा।

दोनों वहीं सोफ़े पर बैठे न जाने कितनी देर तक एक-दूसरे से बातें करते रहे। उनका ध्यान तब टूटा जब राखी और अमन ने दरवाज़े की घंटी बजाई।

मधु ने लंच बनाया और सब लंच कर के बैठे ही थे कि मानव ने कहा, "मुझे एक जैकेट ख़रीदनी है। चलो जल्दी से लेकर आ जाते हैं।"

मानव ने कहा ही था कि मधु झट से उठी और "एक मिनट" बोलती हुई जल्दी से कमरे में चली गयी। वो अपनी अटैची उठा कर वापस आयी और उसे खोलने लगी। सब चुपचाप मधु की अटैची की ओर देख रहे थे कि वो क्या दिखाना चाहती है। मधु ने अपनी अटैची से एक leather जैकेट निकाल कर मानव की ओर बढ़ाई और कहा, "मैंने पढ़ा है Boston में बर्फ़ गिरती है इसलिए मैं ये जैकेट तुम्हारे लिए ले कर आयी हूँ।"

मानव ने जैकेट अपने हाथ में लिया। ये एक सॉफ़्ट leather का बिलकुल काले रंग का बहुत ही प्यारा जैकेट था जिसमें एक तरफ़ सीने के पास लाल रंग के leather से ही M लिखा हुआ था। जैकेट देखने में ही बहुत महँगा लग रहा था। मानव ने खड़े होकर झट से जैकेट पहना जो मानो उसीकी माप से सिलाया गया हो। उस पर वो जैकेट बहुत ही अच्छा लग रहा था।

"WoW क्या लग रहे हो मानव भैया? इस जैकेट में बहुत स्मार्ट लग रहे हैं आप", राखी ने कहा।

"ये unbelievable है। मैं कल ही मानव से कह रहा था कि उसे जैकेट के लिए मधु से बात करनी चाहिए थी क्योंकि मधु की फ़ैक्टरी से अच्छी जैकेट तो शायद पूरे देश में नहीं मिले। और आज ये इतनी

अच्छी जैकेट मधु खुद लेकर आ गयी। तुम दोनों के बीच सच में कुछ बड़ा वाला कनेक्शन है", अमन ने कहा।

मानव की ख़ुशी छुपाए नहीं छुप रही थी। बात जैकेट से बड़ी ये थी कि मधु खुद ये जैकेट उसके लिए लेकर आयी थी और उसपर लिखा M मानो ऐसा था जैसे मधु अब हमेशा उसके साथ रहेगी। मधु भी मानव को खुश देख कर बहुत खुश थी। उसने एक बार फिर अपनी अटैची में हाथ डाला और उसमें से इस बार सफ़ेद रंग का ऊन का पूरे गले और पूरी बाजू का एक स्वेटर निकाला और मानव की ओर बढ़ाते हुए कहा, "ये मैंने अपने हाथों से तुम्हारे लिए बनाया है।"

मानव ने उसके हाथ से स्वेटर ले लिया और अपना जैकेट उतार कर स्वेटर पहनने लगा। इस स्वेटर के सीने पर पर भी एक तरफ़ लाल ऊन से बड़ा-सा M लिखा हुआ था। स्वेटर भी मानव को इस तरह फ़िट आया मानों मधु को मानव का माप अच्छी तरह पता हो।

राखी और अमन आश्चर्य से सब कुछ देख रहे थे। वे कुछ बोल ही नहीं पा रहे थे।

मधु ने फिर से अपनी अटैची में हाथ डाला और इस बार एक लाल रंग का हॉफ़ बाजू का स्वेटर निकाला और इसके सीने पर सफ़ेद रंग से M लिखा हुआ था।

"इसे भी मैंने अपने हाथों से बनाया है", उसने कहा।

फिर उसने अपनी अटैची से काले रंग के leather के gloves निकाले जो जैकेट के साथ मैच कर रहे थे।

"ये भी तुम्हारे लिए। वहाँ तुम्हें इनकी ज़रूरत भी पड़ेगी।"

मानव कुछ बोल नहीं पा रहा था। उसकी आँखों से आँसू बह रहे थे।

"अरे यार! तू रो रहा है?" अमन ने मानव की आँखों से बहते आँसुओं को देखते हुए कहा। ये और बात थी कि ये कहते हुए उसका गला भी भर आया था। राखी की आँखों में भी आँसू थे। मानव ने झट से आगे बढ़ कर मधु को गले से लगा लिया। मधु भी मानव के आँसू देख कर रो पड़ी। कमरे में सब बहुत जज़्बाती हो गए थे।

"चल अब तो बाहर जाने की ज़रूरत नहीं है। मधु सब तेरे लिए ले कर आ गयी। अब जा कर सब पैक कर ले", अमन ने माहौल को थोड़ा नॉर्मल करते हुए कहा।

मानव चुपचाप सोफ़े पर मधु के पास बैठकर खुद को सम्भालने की कोशिश करने लगा।

"अमन, प्लीज़ मेरी मधु का ख़्याल रखना यार। मैं इतनी दूर जा रहा हूँ कि मैं चाह कर भी वहाँ से इसकी कोई मदद नहीं कर पाऊँगा", मानव ने कहा। उसके गला अभी भी भरा हुआ था। वो ठीक से बोल नहीं पा रहा था।

"मानव, मेरे यार! मधु, राखी की तरह ही मेरी बहन है। तू इसकी बिलकुल फ़िक्र मत कर। अगर इसके घरवालों ने तेरी अनुपस्थिति में कुछ भी गड़बड़ करने की कोशिश की तो मैं तुझसे वादा करता हूँ मैं इसे तेरे पास Boston भेज दूँगा। तू यक़ीन रख मुझ पर", अमन, मानव के पास ही सोफ़े पर आ कर बैठ गया और उसके हाथ अपने हाथों में ले कर बोला।

"तुम मेरी चिंता बिलकुल मत करो 'मन'। मैं तो दो-तीन महीनें में दिल्ली ही आ रही हूँ ना। यहाँ अमन भैया और राखी मेरे साथ रहेंगे। और वैसे भी अगले दो साल जब तक मेरा MA नहीं हो जाता है, मेरे घरवाले मेरी शादी के बारे में सोंचेंगे भी नहीं। इसलिए तुम वहाँ बस अपने career पर ध्यान देना। मेरे साथ यहाँ अमन भैया, राखी और मेरी मातारानी हैं। मैं बिलकुल महफ़ूज़ हूँ", मधु ने कहा।

राखी की आँखों में अभी भी आँसू थे।

"और मैंने अपने घर में telephone लगाने के लिए already ऑफ़िस में application दे दी है। सात-आठ महीने में घर में telephone लग जाएगा, फिर तुम-दोनों बातें करते रहना", अमन ने कहा।

"मैं सबके लिए चाय बना कर लाती हूँ", माहौल को सामान्य बनाने के लिए राखी ने कहा और उठ कर किचन की ओर चली गयी।

आख़िर रविवार आ गया और मानव सबसे विदा लेकर दिल्ली Airport से Boston के लिए निकल पड़ा। Airport पर मधु, अमन और राखी तीनों उसे छोड़ने आए थे।

वक़्त हर इंसान को हर ग़म सहने और हर कठिन परिस्थिति को manage करना सिखा ही देता है। मधु और मानव के बीच की जुदाई मुश्किल ज़रूर थी मगर समय ने दोनों को ये सिखा दिया था कि एक दिन सब ठीक हो जाएगा। शुरू में तो दोनो को बहुत मुश्किल हुई, जब तक मधु कानपुर में थी, एक ख़त को मानव के पास पहुँचने में दो महीने लग जाते थे। जब से वो दिल्ली शिफ़्ट हुई थी, ख़त एक महीने से कम में ही एक-दूसरे को मिल जाते थे। जब से अमन के घर पर फ़ोन लगा तब से हर शनिवार की शाम को मधु और मानव की बातें भी हो जातीं थी। 14th Feb के दिन मानव के लिए केक नहीं बना पाना मधु को बहुत दुखी करता था। लेकिन अब उनके मिलने के दिन क़रीब आ रहे थे। मानव का M.Tech का कोर्स पूरा हो गया था और अब वो NASA, Houston में Internship कर रहा था जो एक साल का था। मधु की MA की परीक्षा ख़त्म हो गयी थी। राखी भी मधु की ही तरह अपने रिज़ल्ट का इंतज़ार कर रही थी। इधर दो महीने पहले ही अमन की शादी भी हो गयी थी। मानव उसकी शादी में शामिल

नहीं हो पाया था। मधु के घर में अब उसकी शादी के बारे में बातें होनी शुरू हो गयी थी। सब लोग उसके MA के रिज़ल्ट का इंतज़ार कर रहे थे। मानव का internship एक साल का था जिसके बाद उसे NASA में ही job भी join करना था। अभी उसके internship के आठ महीने बाक़ी थे। internship से उसे कुछ पैसे तो मिलते थे मगर इतने नहीं जिससे वो मधु के साथ यहाँ आराम से रह सके। एक बार fulltime job join करने के बाद सब ठीक हो जाता।

"'मन', अब हमें जल्दी से कोई फ़ैसला करना पड़ेगा। पापा मुझे कह रहे थे कि उनके किसी दोस्त का बेटा जो बम्बई में नौकरी करता है वो दो महीने बाद छुट्टी पर आने वाला है तब वो मुझे देखने आएगा यहाँ", एक शनिवार की शाम मधु ने अमन के घर से फ़ोन करते समय मानव से कहा। मधु की आवाज़ से लग रहा था कि वो इस बात को लेकर थोड़ी tension में थी।

"मधु, तुम्हारी माँ को अगर हमारे प्यार के बारे में पता चला तो उनकी प्रतिक्रिया क्या होगी", मानव ने पूछा।

"जैसा मैंने पहले भी कहा है मेरे घर में सभी फ़ैसले मेरे पापा और मेरे चाचा जी ही करते हैं। माँ से कहने या उनके मानने से भी कुछ नहीं हो सकता। अगर मेरे पापा को इसकी भनक भी लग गयी तो हम कभी नहीं मिल पाएँगे।"

"मेरे विचार से तुम्हें एक बार हमारे बारे में अपनी माँ से बात करनी चाहिए। शायद वो हमें समझ सकें और कोई रास्ता दिखाएँ। अगर उन्हें ऐसा लगा कि ये किसी भी तरह से सम्भव नहीं है तो भी मुझे नहीं लगता वे तुम्हारे पापा को इसके बारे में कुछ भी बताएँगी क्योंकि उन्होंने तुम्हारी दीदी का हाल देखा हुआ है", मानव ने कहा।

"'मन', मैं भी समझती हूँ कि माँ पापा को हमारे बारे में जानने के बाद भी नहीं बताएँगी लेकिन माँ को बता कर हमें क्या फ़ायदा होने वाला है?"

"देखो मधु वे तुम्हारे माता-पिता हैं। कभी ये न कहें कि हमने इतना बड़ा फ़ैसला ले लिया मगर उन्हें बताया भी नहीं। कौन जाने समय के साथ तुम्हारे घरवाले कुछ बदल गए हों?" मानव ने कहा।

"लेकिन माँ ने पापा को बता दिया तो?"

"फिर तो हम कोई भी कदम उठाएँ उसके लिए हम दोषी नहीं होंगे। मैं एक कोशिश करना चाहता हूँ। देखो तुम्हारे पास तो पासपोर्ट है ही, अगर कुछ गड़बड़ हुई तो मैं तुम्हारे लिए टिकट भेज दूँगा और अमन की मदद से तुम यहाँ आ जाना।"

"ठीक है तुम कह रहे तो मैं अपनी माँ से एक-दो दिन में बात करती हूँ। अगले शनिवार की शाम तुमसे बात होगी तो बताती हूँ क्या reaction रहा उनका।"

मधु से बात होने के बाद मानव कुछ सोचने लगा। उसे लगा कि अब फ़ैसला लेने की घड़ी आ गयी है।

अगले ही दिन मानव ने ऑफ़िस में अपने BOSS से अपने और मधु के बारे में सब बातें की और उनसे अनुरोध किया कि अगर सम्भव हो तो उसको FullTime offer जल्दी दे दें ताकि वो मधु से शादी करके उसे यहाँ ला सके। उसके BOSS ने उसकी बात बहुत गौर से सुनी और उसकी मदद करने का आश्वासन दिया।

अगले शनिवार की शाम को मधु ने मानव को फ़ोन किया। मानव भी उसके फ़ोन का इंतज़ार कर रहा था।

"'मन', मैंने माँ से अपने बारे में बात की। पहले तो ये सुनकर वो डर गयीं और थोड़ा गुस्सा भी हुईं लेकिन जब मैंने उन्हें तुम्हारे बारे में सब कुछ बताया और फिर अपने प्यार के बारे में तो वो थोड़ा शांत हुईं। फिर भी वे बहुत डरी हुई थीं। जब उन्हें ये पता चला कि तुम अमेरिका में ही रहोगे और मैं भी तुम्हारे साथ शादी के बाद अमेरिका में रहूँगी तब जा कर वे थोड़ा शांत हुईं। उन्होंने कहा कि

भारत में हम कही भी रहें मेरे पापा की जान-पहचान इतनी है कि वे हमें ढूँढ निकालेंगे और फिर कुछ भी कर सकते हैं। शादी के बाद उन्हें पता भी चला कि मैं अमेरिका में हूँ तो वे कुछ नुक़सान नहीं पहुँचा पाएँगे हमें।"

मानव बड़े गौर से मधु की बातें सुन रहा था।

"तुम्हें यक़ीन है तुम्हारी माँ, तुम्हारे पापा को कुछ नहीं बताएँगी?"

"हाँ, मैं यक़ीन के साथ कह सकती हूँ कि माँ ऐसा हरगिज़ नहीं करेंगी।"

"ठीक है। फिर मुझे सोचने का वक़्त दो थोड़ा। हमें सब कुछ बड़े ध्यान से करना पड़ेगा", मानव ने कहा।

"'मन', बस इतना ध्यान रखना हमारे पास बहुत वक्त नहीं है। मैं नहीं चाहती हूँ कि पापा मेरी शादी की बात कही कर लें और बात कुछ आगे बढ़ जाए तब हम ये कदम उठाएँ। हमें कोशिश करनी चाहिए कि उनको भी बहुत परेशानी न हो। तुम तो जानते ही हो हमारा समाज कैसा है?" मधु ने मानव से कहा।

"तुम ठीक कह रही हो। बहुत जल्द मैं कुछ करता हूँ।"

अगले ही हफ़्ते एक दिन मानव ने अमन को फ़ोन किया।

"सब ख़ैरियत मानव? तुझसे बात बस शनिवार को ही होती है और शनिवार तो कल है। क्या हुआ?" अमन ने पूछा।

"हाँ सब ठीक है यार। तुझसे कुछ important बात करनी थी।"

"हाँ बोल", अमन ने कहा।

"मैं बीस जनवरी को तेरे पास दिल्ली पहुँच रहा हूँ।"

“अरे क्या बात है? क्या ख़बर सुनाई है तूने मेरे यार। आज से पंद्रह दिनों के बाद क़रीब तीन साल बाद तुझसे मिलूँगा। दिल ख़ुश कर दिया तूने। मधु को बताया?” अमन ख़ुशी से चिल्ला पड़ा।

“अभी नहीं यार। सबसे पहले तुझे बता रहा हूँ क्योंकि हमें बहुत कुछ करना है और समय कम है।”

“हाँ बोल क्या करना है?”

“सबसे पहले तुझे मेरी और मधु की शादी की तैयारी करनी है और वो भी चुपचाप। किसी को कोई ख़बर नहीं होनी चाहिए।”

“अरे सब हो जाएगा। तू बोल तो सही प्लान क्या है तेरा?” अमन ने अधीर हो कर पूछा।

“मैं चाह रहा हूँ कि तू एक ठीक-ठाक मुहुर्त देख कर, एक पंडित का इंतजाम कर। तेरे ही घर पर चुपके से मैं और मधु शादी करेंगे। तू अपने मम्मी-पापा, राखी और हो सके तो दीदी को अपने घर बुला लेना। मैं चाहता हूँ कम-से-कम कोई तो बुजुर्ग हमारी शादी में हमें आशीर्वाद देने के लिए हमारे पास रहे। साथ ही एक जान-पहचान के वकील का इंतजाम भी कर लेना। शादी के अगले दिन ही हम दोनों कोर्ट में जा कर अपनी शादी को रजिस्टर्ड कर के marriage सर्टिफ़िकेट ले लेंगे जो मधु के VISA के लिए ज़रूरी है। उसके बाद हम अमेरिकन Embassy जा कर मधु के लिए VISA ले लेंगे और फिर दो-तीन दिन बाद वहाँ से निकल जाएँगे यहाँ के लिए। ये सब कुछ बहुत चुपके से होना चाहिए। मैं चाहता हूँ अपने मम्मी-पापा और दीदी को भी शादी के बारे में अभी कुछ मत बता। जहाँ तक हो सके उन्हें भी last moment में बताते हैं। मैं कोई रिस्क नहीं लेना चाहता।”

“तू बिलकुल फ़िक्र मत कर। मैं सब सम्भाल लूँगा। Central Govt में हूँ। इतना तो कर ही सकता हूँ। मेरा एक दोस्त वकील भी

है। सब हो जाएगा। आख़िर तेरी और मधु की मुहब्बत पूरी हो रही है। तुझे बता नहीं सकता मैं कितना खुश हूँ। मधु को जब भी देखता हूँ बड़ी बुझी-बुझी सी लगती है बेचारी। अब जा कर उसके चेहरे पर कुछ ख़ुशी देखूँगा", अमन ने कहा।

"हाँ यार! मेरा तो तेरे सिवा वैसे भी कोई नहीं है और तू तो हमेशा से मेरे साथ रहा है। मधु का तो पूरा परिवार है। उन्हें छोड़ कर मेरे साथ आना उसके लिए कितना मुश्किल होगा।"

"वो ऐसा कुछ नहीं सोचती है। उसे बस तेरा साथ चाहिए। तेरे से तीन साल से मिली नहीं है। वैसे तो तू भी नहीं मिला है उस से लेकिन तू वहाँ अपने भविष्य बनाने में व्यस्त है। तेरे लिए थोड़ा-सा तो आसान रहा होगा मगर मधु आजकल तो बहुत ही टेन्शन में दिखती है। अब ये ख़बर सुन कर खुश हो जाएगी। मैं सच में बहुत खुश हूँ तुम दोनों के लिए यार। एक बार तुम-दोनों की शादी करा कर सही-सलामत तुम दोनों को यहाँ से विदा कर दूँ फिर जा कर मैं भी निश्चिंत हूँगा", अमन बोलता जा रहा था। उसकी बातों से ही लग रहा था कि वो ये ख़बर सुनकर बहुत खुश है।

आख़िर बीस जनवरी आ ही गयी। मानव की flight रात के साढ़े ग्यारह बजे दिल्ली Airport पर land करने वाली थी। Airport पर अमन, अमन की बीबी सरिता, मधु और राखी उसे receive करने के लिए आए हुए थे। मानव जब airport के gate से बाहर आया तो सवा बारह बज चुके थे। मानव ने मधु का दिया हुआ leather jacket पहना हुआ था और उसके नीचे नीले रंग का Jeans था। मानव के क़रीब आते ही सबसे पहले राखी आगे बढ़ कर उसके गले से लग गयी।

"कैसी है राखी?" मानव ने उसके सिर पर हाथ फेरते हुए पूछा।

"आप को देख कर बहुत खुश हूँ भैया। तीन साल बाद देख रही हूँ आपको।"

मानव राखी से अलग हो कर अमन के गले से लग गया।

“कैसा है मेरा यार? बहुत स्मार्ट लग रहा तू तो”, अमन ने जोर से मानव को अपनी ओर खींचा और कहा।

तभी मानव की नज़र सरिता पर पड़ी।

“सरिता भाभी? पहली बार मिल रहा हूँ आपसे। सबसे पहले तो मुझे माफ़ कर दीजिए मैं आपकी शादी में नहीं आ सका।”

“कोई बात नहीं भैया। आप तो सात समंदर पार थे। कैसे आ पाते? ख़ैर आपसे बातें तो बाद में होती रहेंगी, पहले मधु से मिलिए। सुबह से बेचारी घड़ी ही देख रही थी”, सरिता ने मधु की ओर देखते हुए कहा।

मानव ने मधु की ओर देखा। वो एकटक मानव को देखे जा रही थी। उसकी दोनों आँखों से मोतियों की बूँदे लुढ़क कर उसके गालों पर चमक रही थीं।

मानव ने उसके आँसुओं को पोंछते हुए कहा, “अरे, अब क्यों रो रही हो? अब तो आ गया मैं।”

मधु ने मुस्कुराने की कोशिश की।

“तुम्हारे गालों के डिम्पल कहाँ खो गए?” मानव ने कहा। ये कहते हुए उसका गला भी भर गया था।

“अब आप आ गए हैं ना। अब इसके गालों के डिम्पल भी वापस आ जाएँगे। वो तो आपके साथ ही भेज दिए थे इसने”, राखी ने कहा और कहते हुए वो भी रो पड़ी।

“अरे यार अब तो आ गया है मेरा दोस्त। अब रोना-धोना बंद। चलो सब चलते हैं अब”, अमन ने कहा।

अमन ने 27 जनवरी, 1966 को शादी का दिन तय किया था। अमन के मम्मी-पापा और दीदी चौबीस को आने वाले थे। पंडित भी अमन के गाँव से 26 को आने वाला था। बस यही लोग शादी में शामिल होने वाले थे। मधु ने अपनी माँ को शादी के बारे में बता दिया था। उन्हें भी आने के लिए कहा था मगर उन्होंने आने से इसलिए इनकार किया था क्योंकि वे कोई भी रिस्क नहीं लेना चाहती थीं। वे मधु को दूर से सहयोग कर रही थी मगर अंदर से वो भी डरी हुई थीं कि कहीं उनके पति को इसकी भनक न लग जाए। मधु की माँ एक बार मानव से मिलना चाहती थीं। इसलिए उन्होंने तय किया कि वे अकेले 29 जनवरी को मथुरा आएँगी और उसी समय मधु और मानव भी मातारानी का आशीर्वाद लेने जाएँगे और तब वे मानव से मिल लेंगी और उन दोनों को अपना आशीर्वाद भी दे देंगी। 28 को मधु और मानव को कोर्ट में जा कर अपना marriage register करा कर marriage Certificate लेना था और 31st जनवरी को अमेरिकन Embassy में मधु के VISA के लिए जाना था। 4th February को उन दोनों की US की फ़्लाइट थी।

प्लान के अनुसार 27 जनवरी, 1966 की शाम को मधु और मानव की शादी हिंदू रीति-रिवाजों के साथ हो गयी। अमन के पिता ने मधु का कन्यादान किया। शादी के रीति-रिवाजों के बीच मधु के चेहरे पर थोड़ी उदासी थी। शायद उसे अपने माता-पिता की अनुपस्थिति महसूस हो रही थी। लेकिन उसे इस बात की ख़ुशी भी थी कि आख़िर मातारानी के आशीर्वाद से उसका और मानव का प्यार अपनी मंज़िल की ओर बढ़ रहा था। रास्ते अभी भी कठिन थे मगर कदम मंज़िल के ज़ानिब ही थे। अमन चाहता था कि शादी के बाद एक-दो रात दोनों घर की भीड़ से दूर किसी होटल में रहें मगर मधु ने मना कर दिया था। वो पहले मातारानी का आशीर्वाद लेना चाहती थी।

शादी के अगले दिन ही मधु और मानव अमन के साथ उसके एक दोस्त वकील को साथ ले कर कोर्ट में गए और शादी को

registered करा कर मैरिज सर्टिफ़िकेट ले कर आ गये। अमन ने सबकुछ बहुत अच्छी तरह से arrange किया हुआ था।

मथुरा के लिए भी अमन ने एक मिनी बस बुक की थी जिसमें उसका पूरा परिवार भी मधु और मानव के साथ मातारानी का आशीर्वाद लेने के लिए जा रहे थे। अमन मधु और मानव को किसी भी क़ीमत पर अकेला नहीं छोड़ना चाहता था। मधु के पिता बहुत बड़े आदमी थे। उन्हें अगर इस बात की थोड़ी सी भी भनक लग जाती तो मधु और मानव मुश्किल में पड़ सकते थे। अमन चाहता था कि जब तक मानव और मधु US की flight में बैठ नहीं जाते तब तक उन्हें कोई भी परेशानी न हो। मथुरा में भी अमन ने एक होटल में तीन कमरे बुक कर लिए थे जिससे जब मधु की माँ मानव या उनसे मिलें तो कोई उन्हें देख न सके। मधु ने भी अपनी माँ को मातारानी के दर्शन के बाद सीधे होटल में आने को कहा था।

29 जनवरी की सुबह ही मिनी बस से मधु और मानव, अमन के पूरे परिवार के साथ मथुरा के लिए निकल पड़े। मथुरा पहुँच कर सब लोग सीधे मातारानी के दर्शन के लिए गए और फिर वहाँ से होटल में पहुँच गए। होटल में मधु और मानव एक अलग कमरे में थे जिससे वे दोनों अकेले में आराम से मधु की माँ से मिल सकें और बातें कर सकें। अमन ने मानव और मधु को कमरे से बाहर आने को मना किया था और खुद होटल के रिसेप्शन पर एक कोने में बैठ गया और सभी आने वालों पर नज़र रखने लगा। वो ये निश्चित करना चाहता था कि मधु की माँ के साथ और कोई नहीं आए। थोड़ी देर के बाद एक औरत होटल के रिसेप्शन पर जा कर मधु के कमरे के बारे में पूछने लगी।

“आप मधु की माँ हैं”, अमन ने रिसेप्शन पर आ कर उस औरत से पूछा।

“हाँ! आप कौन? मानव?” उन्होंने जवाब में पूछा।

"नहीं आंटी। नमस्ते, मैं अमन हूँ मानव का दोस्त। आप आइए मेरे साथ मैं आपको उनके पास ले चलता हूँ।"

मधु की माँ अमन के साथ चल दीं।

"आप मधु की सहेली राखी को तो जानती ही होंगी। वो मेरी छोटी बहन है", अमन ने चलते हुए उनसे कहा।

"अच्छा तो तुम राखी के भाई हो? तुम भी IIT में थे ना?"

"हाँ आंटी, मैं और मानव एक साथ ही IIT में थे।"

अमन एक कमरे के पास आ कर खड़ा हो गया।

"मधु और मानव इसी कमरे में हैं। मैं बग़ल वाले कमरे में हूँ। आप बातें कीजिए उनसे। मैं बाद में आ कर आप से मिलता हूँ फिर और बातें करेंगे", अमन ने कहा और दरवाज़े पर दस्तक दे कर आगे बढ़ गया।

दरवाज़ा मधु ने खोला।

माँ को देख कर मधु उनके गले लग गयी और उन्हें कमरे के अंदर ला कर दरवाज़ा बंद कर दिया।

मानव ने उठ कर मधु की माँ के पैर छुए।

"ख़ूब ख़ुश रहो और यशस्वी बनो", मधु की माँ ने मानव के सिर पर अपना हाथ फेरते हुए आशीर्वाद दिया।

"बैठिए माँ! मेरी अपनी माँ तो है नहीं। आज आप के रूप में एक माँ भी मिल गयी मुझे", मानव ने मधु की माँ को कमरे में पड़े सोफ़े पर बिठाते हुए कहा।

मधु अपने आँसू पोंछ रही थी।

“तू क्यों रो रही है बेटी?” मधु की माँ ने सोफ़े से उठ कर मधु को अपने सीने से लगाते हुए कहा।

“मुझे माफ़ कर दो माँ”, मधु ने रोते हुए कहा।

“अरे पगली तू क्यों माफ़ी माँग रही है? तूने कोई गलती थोड़ी की है? और तू चिंता मत कर, सब ठीक हो जाएगा। मैं हमेशा तुम दोनों के साथ हूँ। तेरी दीदी ने उस समय हिम्मत नहीं दिखाई वरना मैं उसे भी नहीं रोकती। तेरे पापा मानव से बेहतर जीवन-साथी तेरे लिए चुन सकते थे क्या? तू तो अमेरिका में रहेगी। कोई है दूर-दूर तक हमारे ख़ानदान में जो अमेरिका गया भी हो? तेरे पर मातारानी की कृपा है। तूने जो भी किया है वो उनके आशीर्वाद से किया है। इसलिए कभी दुखी मत होना। तुम दोनों हमेशा खुश रहो। तुम दोनों के जाने से पहले मैं एक बार मानव से मिलना चाहती थी। सो मिल लिया आज”, माँ ने कहा। मधु अभी भी उनके सीने से लगी हुई थी और सुबक रही थी।

मानव बस दोनों को देखे जा रहा था।

माँ, मधु को मानव के बग़ल में बिस्तर पर बिठा कर ख़ुद सोफ़े पर बैठ गयी।

“तुम दोनों अमरीका कितनी तारीख़ को निकल रहे हो? मधु तुम्हारा VISA हो गया?”

“हमारी फ़्लाइट शुक्रवार 4th February की रात को है। VISA के लिए परसों सोमवार को जाना है”, मानव ने जवाब दिया।

“US में कहाँ रहते हो मानव?”

“हम लोग वहाँ Houston, Texas में रहेंगे। मैंने वहीं NASA में Engineer की तरह join किया है।”

“तुम्हारी नौकरी हो गयी है? मधु कह रही थी तुम अभी भी internship कर रहे हो।”

"माँ जी एक महीने पहले ही उन्होंने मुझे ऑफ़र लेटर दिया है। अब मैं NASA का employee हूँ", मानव ने मुस्कुराते हुए कहा।

"अरे, ये तो बहुत बहुत ख़ुशी की बात है। NASA तो अमेरिका का Space सेंटर है। वहाँ नौकरी मिलना इतना आसान नहीं होता है", माँ ने गर्व से कहा। उनकी आवाज़ में ख़ुशी थी।

"माँ आप चाय पियेंगी?" मानव ने पूछा।

"हाँ हम सब पियेंगे। पहले तुम दोनों ये प्रसाद खाओ", माँ ने कहा और अपने छोटे से बैग से प्रसाद निकालने लगी।

मानव ने रूम सर्विस को कॉल करके तीन चाय और कुछ बिस्कुट लाने का ऑर्डर दे दिया।

फिर तीनों मिलकर बहुत देर तक बातें करते रहें। मधु की माँ मानव से मिलकर और बातें कर के बहुत खुश थीं। इसी बीच अमन और राखी भी यहीं इसी कमरे में आ कर मधु की माँ से मिलकर अपने कमरे में चले गए। सबने अपने-अपने कमरे में ही खाना मँगा कर खा लिया था। बातें करते-करते शाम हो गयी थी। मधु की माँ की ट्रेन एक घंटे के बाद थी। अब उन्हें निकलना था।

"चलो अब मैं तुम दोनों की कुछ तस्वीरें ले लूँ। कम-से-कम कुछ तो रहेगा मेरा पास", माँ ने कहा और अपने बैग से एक कैमरा निकाल लिया।

"माँ, पापा ने ये तस्वीरें आप के पास देखी तो आप पर नाराज़ होंगे वो" मधु ने कहा।

"अरे कोई नाराज़ नहीं होंगे। एक दिन मेरा धन्यावाद करेंगे। तुम्हें क्या लगता है मैं उन्हें यूँ ही ये तस्वीरें दिखा दूँगी। मुझे मालूम है तुम्हारे जाने के बाद एक दिन वे तुम्हें देखने के लिए ज़रूर तड़पेंगे। तब ये तस्वीर दिखाऊँगी मैं उन्हें। मधु तुम भी जानती हो वो तुमसे

बहुत प्यार करते हैं मगर ये समाज, इन रीति-रिवाजों में अब भी उलझे हुए हैं। हो सकता है अब जा कर वो थोड़ा समझें कि बच्चों की ख़ुशी से बढ़कर कुछ नहीं होता। चलो वहाँ मेज़ के पास खड़े हो जाओ तुम दोनों", माँ ने कैमरा आन करते हुए कहा।

फिर माँ ने मधु और मानव की कुछ तस्वीरें लीं।

माँ मानव के पास ही बिस्तर पर आ कर बैठ गयी और मानव का हाथ अपने हाथों में ले कर बोली, "मेरी मधु को हमेशा खुश रखना। ये इतनी दूर जा रही है कि सपनों को भी वहाँ तक पहुँचने में समय लगेगा। ये भी अपनों से इतनी दूर पहली बार जा रही है। कोशिश करना कि इसे हमारी याद बिलकुल ना आए।" ये कहते-कहते उनकी आँखें डबडबा गयी।

"माँ आप मधु की फ़िक्र बिलकुल मत कीजिए। आप जब भी कहेंगी हम दोनों आपसे मिलने आ जाएँगे। आपको जब भी हमसे मिलने आना हो, बस हमें बता दीजिएगा। बाक़ी हम दोनों सम्भाल लेंगे। आप खुश रहिए माँ क्योंकि आप को आज एक बेटा मिल गया है। मधु आपसे दूर नहीं जा रही है। वो तो आपका हिस्सा है। हमेशा आपके पास ही है", मानव ने कहा।

फिर माँ ने मधु के गालों को थपथपाते हुए कहा, "मेरे बेटे मानव का ख़्याल रखना। इसकी खूब सेवा करना और इसे खूब प्यार देना।"

"अब मैं चलती हूँ", ये कह कर माँ बिस्तर से उठ खड़ी हुई।

"चलिए हम दोनों आपको स्टेशन तक छोड़ आते हैं", मानव ने भी बिस्तर से उठते हुए कहा।

"अरे नहीं। अभी तुम दोनों रिस्क मत लो। मैं चली जाऊँगी", माँ ने कहा।

"अच्छा चलिए मैं अमन से कहता हूँ वो आपको नीचे तक छोड़ आएगा", मानव ने कहा और कमरे से बाहर निकल गया।

मधु की माँ चली गयीं। मानव और मधु को उनसे मिलकर बहुत अच्छा लगा। विशेषकर मानव बहुत खुश था।

बाक़ी सबों को कल सुबह दिल्ली के लिए निकलना था। रात का खाना सभी ने एक साथ खाया और अपने-अपने कमरे में चले गए।

आज पहली बार मधु और मानव अकेले एक कमरे में थे। दोनों अपने कपड़े बदल कर बिस्तर पर आ गए। बिस्तर पर आते ही मधु, मानव की बाँहों में आ गयी। मानव ने भी उसे अपनी बाँहों में भर लिया।

"तुम्हारी माँ से मिलकर बहुत अच्छा लगा आज।"

"माँ भी तुमसे मिलकर बहुत खुश थी। मातारानी के आशीर्वाद से सब ठीक होता जा रहा है अब", मधु ने कहा और मानव के और क़रीब आ गयी।

"तुम खुश तो हो ना? देखो मेरा तो ऐसे भी कोई नहीं था लेकिन तुम्हारे पास पूरा परिवार है। उन सब तो छोड़ कर मेरे साथ विदेश जाने में कोई डर तो नहीं लग रहा तुम्हें", मानव ने पूछा।

"तुमसे मुझे डर कैसा। तुम पास होते हो तो हिम्मत और बढ़ जाती है। लेकिन हाँ अगर सब लोगों का भी आशीर्वाद हम दोनों को मिल जाता तो और ज़्यादा ख़ुशी होती।"

"सब ठीक हो जाएगा वक़्त के साथ। वे लोग जब हमें खुश और आगे बढ़ते हुए देखेंगे तो एक रोज़ ज़रूर माफ़ कर देंगे हमें", मानव ने समझाते हुए कहा।

मानव ने मधु को अपनी ओर खींचते हुए उसके गालों को धीरे से चूम लिया। मधु ने भी अपने होंठों से मानव को चूम लिया।

"आज तुम कुछ भी कर सकते हो। मैं रोकूँगी नहीं।"

"नहीं आज ऐसा कुछ नहीं करते हैं", मानव ने कहा।

"क्यों? क्या हुआ?" मधु ने आश्चर्य से पूछा।

"जिस दिन हम एक-दूसरे को पूरी तरह पाएँगे वो समय और जगह कुछ खास होनी चाहिए। क्यों नहीं हम एक-दूसरे को पहली बार अमेरिका में पाएँ? कुछ तो अलग रहेगा और याद रखेंगे हमेशा। इस होटल के कमरे में ठीक नहीं है। जब हमने अपने प्यार के लिए इतना इंतज़ार किया है तो कुछ दिन और तड़प लेते हैं एक-दूसरे के लिए", मानव ने फिर से मधु को चूमते हुए कहा।

"मुझे कोई दिक़्क़त नहीं है। तुम सोच लो। मुझे तो वैसे भी बस तुम्हारी बाँहों में सोने में सुकून मिलता है। मेरे लिए इतना ही काफ़ी है", मधु मानव के और क़रीब आते हुए बोली।

यूँ ही बातें करते-करते दोनों एक-दूसरे की बाँहों में सो गए।

शुक्रवार 4th February का दिन आ ही गया। आशा दीदी अपने घर चली गयी थीं। अमन के माता-पिता अभी भी अमन के घर पर ही थे। मानव और मधु के जाने की सारी तैयारियाँ हो चुकी थीं। सब लोग बड़े सामान्य रह रहे थे। वे अंतिम समय में कोई risk नहीं लेना चाहते थे। विशेष रूप से अमन बहुत ही सावधान रहता था कि मधु और मानव के बारे में किसी से कोई बात नहीं करे। मधु की बातचीत अपने पिता से भी हुई थी। मगर सब कुछ ऐसा था मानो कुछ भी हुआ ना हो। फ़्लाइट रात के दस बजे की थी। सात बजे ही मधु, मानव, अमन और राखी Airport के लिए घर से निकल गए। क़रीब साढ़े सात बजे मानव और मधु अमन और राखी से विदा ले कर Airport के गेट से अंदर चले गए और क़रीब साढ़े-आठ तक check-in और immigration की formalities पूरी कर के departure gate

पर आ कर बैठ गए। दोनों एक तरफ़ चुपचाप बैठे एक-दूसरे से धीरे-धीरे बातें कर रहे थे। वे जानबूझ कर airport टर्मिनल पर घूम नहीं रहे थे ताकि मधु को जानता हुआ कोई शख़्स उन्हें मिल न जाए।

"आप दोनों मानव और मधु हैं?" अचानक एक police वाले ने इनके पास आ कर पूछा।

वे दोनों बातों में इतने मशगूल थे कि इस आवाज़ पर चौंक गए और police की वर्दी में उसे देख कर घबड़ा गए।

"जी हाँ! मैं ही मानव हूँ। बताइए?" मानव ने अपनी घबराहट को छुपाने की कोशिश करते हुए पूछा।

"चलिए आप दोनों को बड़े साहब ने ऑफ़िस में बुलाया है", पुलिसवाले ने बड़ी गम्भीरता से कहा। वो बस एकटक नज़र से इस दोनों को देखे जा रहा था मानो उसने किसी चोर को पकड़ लिया हो।

"लेकिन बुला क्यों रहे हैं आप के साहब मुझे और कहाँ है उनका ऑफ़िस? हम तो उन्हें जानते भी नहीं हैं फिर क्यों जाएँ?" मानव ने पूरी गम्भीरता से कहा। वो भरसक प्रयास कर रहा था कि उसकी घबराहट उस पुलिसवाले पर ज़ाहिर न हो।

मधु के दिल की धड़कन भी तेज़ी से चल रही थी। वो अंदर से बहुत डरी हुई थी। उसका डर उसके चेहरे और उसकी आँखों से साफ़ झलक रहा था।

आसपास के लोग भी इन लोगों की ओर ही देख रहे थे।

"साहब का ऑफ़िस वहाँ security के पास ही है। मैं आपको अपने साथ ले कर चलूँगा। चलिए आप लोग।"

चूँकि सभी लोग इन लोगों की ओर देख रहे थे। मानव ने सोचा बहस करने से अच्छा है पुलिसवाले के साथ ही चलते हैं और जो भी होगा उसको देखते हैं।

"मधु तुम यहीं रुको, मैं इनके साहब से मिल कर आता हूँ", मानव ने मधु की ओर देख कर कहा।

"नहीं आप दोनों को ही बुलाया है। आप दोनों चलिए", पुलिसवाले ने फिर स्पष्ट शब्दों में कहा। उसके चेहरे पर कोई भाव नहीं थे।

"मानव मैं भी तुम्हारे साथ चलूँगी। चलो", मधु ये कहते हुए अपनी सीट से उठ गयी। वो मानव को अकेले नहीं जाने देना चाहती थी।

मानव भी अपनी सीट से उठ गया और दोनों पुलिसवाले के साथ चल दिए। मानव ने देखा आसपास के सभी लोग उन्हीं तीनों की ओर देख रहे थे।

तीनों धीरे-धीरे चले जा रहे थे। मानव और मधु दोनों के दिलों में आशंकाओं के तूफ़ान चल रहे थे। मानव के मस्तिष्क में अनेक सम्भावनाएँ चल रही थीं। उसे लग रहा था शायद मधु की माँ ने अपने पति को सब कुछ बता दिया था। मानव, अमन का फ़ोन नम्बर एक बार फिर से याद कर रहा था। अब तक अमन ने सब कुछ इतनी बारीकी से सम्भाला था कि मानव को कभी कोई परेशानी नहीं हुई थी। उसने अपनी घड़ी की ओर देखा। फ़्लाइट उड़ने में अभी भी डेढ़ घंटा बचा था। वो अपने आप को किसी भी परिस्थिति को सम्भालने के लिए मन-ही-मन तैयार करने लगा। उसने मधु की ओर देखा। वो चुपचाप धीरे-धीरे मानव के कदम-से-कदम मिला कर चल रही थी। उसने भी मानव की ओर देखा। उसकी आँखों में अब डर नहीं था, विश्वास था। उसने आँखों-आँखों में मानव से कहा, "घबराओ मत मानव, मैं तुम्हारे साथ हूँ।"

मानव ने शायद उसकी बात समझ ली थी। वह मुस्कुरा दिया। अब मानव के मन में डर बिलकुल नहीं था। वो अपने प्यार के लिए किसी भी परिस्थिति से लड़ने को तैयार था। उसने सोचा, "उन दोनों ने एक-दूसरे से शादी की है। उनके पास मैरिज सर्टिफ़िकेट है।

पासपोर्ट में US का Visa है और दोनों एक पति-पत्नी की तरह जा रहे हैं। इसमें कुछ भी ग़लत नहीं है। फिर डरने की क्या ज़रूरत है। उन्होंने कोई गुनाह नहीं किया है।"

पुलिसवाला एक कमरे के पास आ कर रुक गया। कमरा तो खुला था मगर उस पर पर्दा लगा हुआ था। उसने धीरे से पर्दा हटाया और अंदर दाख़िल हुआ। मानव और मधु भी उसके साथ अंदर दाख़िल हुए।

"साहब मैं इन दोनों को ले आया", पुलिसवाले ने सामने एक बड़े से मेज़ पर बैठे एक अधिकारी से कहा जिसका ध्यान सामने रखी फ़ाइल में था। उसने नज़र उठा कर पहले आवाज़ की ओर देखा और फिर मानव और मधु की ओर। मानव ने भी उसकी ओर देखा। मानव ने जल्दी से नज़र घुमा कर पूरे कमरे का मुआयना किया। बहुत बड़ा कमरा था और उस कमरे में उन चारों के अलावा और कोई नहीं था।

"आप का नाम मानव है? और आप मधु?" उसने दोनों की ओर देखते हुए पूछा।

"जी हाँ", मानव ने पूरी गंभीरता से जवाब दिया।

"इन्हें अंदर कमरे में बड़े साहब के पास ले जाओ", कमरे में बैठे उस अधिकारी ने पुलिसवाले से कमरे के एक कोने में बने दरवाज़े की ओर इशारा करते हुए कहा।

"May I ask you Sir why have we been brought here?" मानव ने बड़ी गम्भीरता मगर शालीनता से पूछा।

"मुझे तो ठीक से पता नहीं लेकिन आपके कोई रिश्तेदार बड़े साहब के कमरे में बैठे हैं जो आपसे मिलना चाहते हैं", उस अधिकारी ने गम्भीरता से कहा।

"हमारे रिश्तेदार? Are you sure, Sir?"

“अच्छा तुम छोड़ो और जाओ। मैं इन्हें बड़े साहब के पास ले जाता हूँ”, अधिकारी ने पुलिसवाले से कहा और अपनी कुर्सी से उठने लगा।

“OK Sir, मैं चलता हूँ”, पुलिसवाले ने कहा और कमरे से बाहर चला गया।

“आप दोनों आइए मेरे साथ”, अधिकारी ने कहा और कमरे के कोने में बने दरवाज़े की ओर चलने लगा। मानव और मधु भी उसके पीछे-पीछे चलने लगे।

दरवाज़े पर लगे पर्दे के पास आकर वो अधिकारी रुक गया। मानव और मधु भी उसके पास ही रुक गए।

“May I come in Sir?” अधिकारी ने पर्दा हटा कर अंदर आने की इजाज़त माँगी।

“Yes, Yes come in Mr. Singh”, अंदर से आवाज़ आयी।

अधिकारी कमरे के अंदर दाख़िल हुआ और उसके पीछे-पीछे मानव और मधु भी अंदर चले गए।

“Sir, ये मानव और मधु हैं। आपने इन्हें बुलाने को कहा था।”

“अरे मानव साहब और मधु जी!, प्लीज़ आइए”, ये कहते हुए कमरे में बैठा व्यक्ति अपनी कुर्सी से उठ कर मानव की ओर बढ़ा।

“Thank you Mr. Singh, आप जाइए। I will take care of them from here”, उस व्यक्ति ने कहा और अब तक वो मानव के पास पहुँच गया था।

“Mr. Manav, I am P K Naidu. I am the in-charge of this airport”, उसने अपना हाथ मानव की ओर बढ़ाते हुए कहा।

"Hello Sir, it is my pleasure meeting you but I am still confused why we have been called here. Anything wrong?" मानव ने पूरी गर्मजोशी से Mr. Naidu से हाथ मिलाते हुए कहा।

"Nothing wrong मानव साहब। I am extremely SORRY, if you got that impression. Infact! हमारी image ही ऐसी बन गयी है कि हम किसी को दोस्त के रूप में भी बुलाते हैं तो लोग ग़लत समझ लेते हैं। दरअसल आप के एक friend, जो मेरे भी बहुत ही अच्छे दोस्त हैं, आपसे मिलना चाहते हैं। आइए इस तरफ़", ये कहते हुए Mr. Naidu उस कमरे में बने एक दरवाज़े की ओर चल पड़े। मानव और मधु भी उनके साथ-साथ चलने लगे।

मानव ने देखा अंदर कमरे में एक सोफ़े पर अमन बैठा हुआ था।

"अमन, ये रहे आपके मित्र मानव और मधु", नायडू ने अमन से कहा।

"Thanks a lot नायडू", अमन ने कहा।

"Mention Not, अमन। इतना तो कर ही सकता हूँ अपने दोस्त के लिए। आप लोग बैठ के बातें करो अमन। मैं चाय भिजवाता हूँ", Mr. Naidu ये कह कर कमरे से जाने लगे।

"Once again, I am SORRY Manav, if I scared you both unintentionally", जाते-जाते Mr. Naidu ने मानव की ओर देख कर कहा और कमरे के बाहर चले गए।

"क्यों क्या हुआ?", अमन ने मानव और मधु को सामने सोफ़े पर बैठने का संकेत करते हुए पूछा।

"अमन भैया! आपने तो हमारी जान ही निकाल दी थी। एक पुलिसवाला वर्दी में टर्मिनल गेट पर हमें अचानक बुलाने आया। आप बुला रहे हो ये तो हमें पता भी नहीं था। उस पुलिसवाले को भी कुछ

पता नहीं था। वो इस तरह बुला रहा था मानो हम कोई अपराधी हो। आपको पता भी है हम कितना डर गए थे", मधु ने कहा।

"मधु बिलकुल सही कह रही है यार। हमें थोड़ा-सा भी आभास होता कि तू यहाँ मिल सकता है तो हम इतना नहीं घबराते", मानव ने मधु की बात का समर्थन करते हुए कहा।

"अरे माफ़ कर दे यार। तुझसे मिलने की excitement में मुझे ये ध्यान ही नहीं रहा कि मैं नायडू से कह सकूँ कि वो तुम लोगों को बुलाते समय ये ज़रूर बताए कि मैं बुला रहा हूँ। हुआ यूँ कि तुम दोनों जब गेट से अंदर आ गए तो हम सब उदास हो कर जाने लगे तभी मुझे नायडू मिल गया। इससे मेरी एक-दो बार ऑफ़िस में मुलाक़ात हुई थी। मुझे नहीं पता था ये Airport का security in-charge है। मैंने इसे तुम दोनों के US जाने के बारे में बताया और पूछा कि क्या मैं airport के अंदर आ कर तुम-दोनों से मिल सकता हूँ जब तक तुम दोनों फ़्लाइट में नहीं बैठ जाते। इसने कहा कि वो मुझे उसके ऑफ़िस में ला सकता है और यहाँ मैं तुम दोनों से मिल सकता हूँ। फिर क्या था, मैं ये मौक़ा कैसे जाने देता। राखी को मैंने घर भेज दिया और नायडू के साथ यहाँ आ गया", अमन बोलता चला गया।

"ख़ैर! कोई बात नहीं अमन। तुझसे यहाँ फिर से मुलाक़ात हो गयी, इससे ख़ुशी की बात हम दोनों के लिए और क्या हो सकती है।"

तीनों वहीं सोफ़े पर बैठ कर एक-दूसरे से बातें करने लगे। Mr. नायडू ने इस बीच उनके लिए चाय और कुछ बिस्कुट भिजवा दिए थे। समय कैसे गुजर गया उन्हें पता तब चला जब Mr. नायडू ने आ कर बताया कि फ़्लाइट में बोर्डिंग शुरू हो गयी है। मानव और मधु, अमन और मिस्टर नायडू से विदा ले कर बोर्डिंग गेट की ओर चल दिए।

फ़्लाइट को दिल्ली से उड़ान भरे क़रीब-क़रीब एक घंटा हो गया था। मधु और मानव एक दूसरे का हाथ पकड़े बातों में मशगूल थे।

मधु खिड़की के पास बैठी थी और मानव उसकी बग़ल में। मानव के बग़ल वाली सीट ख़ाली थी।

"तुम्हारे पापा को अभी तक इस बारे में पता चल गया होगा?" मानव ने अचानक पूछा।

"नहीं, मैंने अपनी माँ को मना किया है बताने को। मैं नहीं चाहती हूँ कि पापा मेरे किए की सजा माँ को दें। मैं US पहुँच कर खुद पापा को कॉल करके ये बात बताऊँगी।"

"तुम्हें डर नहीं लगता?"

"तुम साथ हो तो मुझे कोई डर नहीं लगता। मुझे यक़ीन है हम दोनों ने कुछ ग़लत नहीं किया है", मधु ने कहा।

"लेकिन हमने शादी तुम्हारे पापा को बिना बताये की और आज उन्हें बिना बताए US जा रहे हैं, ये ग़लत तो है", मानव ने कहा।

"मैं भी मानती हूँ ये ग़लत है मगर इसके अलावा हमारे पास कोई रास्ता था क्या? पापा को बताते तो वे कभी नहीं मानते और यहाँ तक कि मुझे तुमसे शादी करने ही नहीं देते चाहे उसके लिए उन्हें कुछ भी करना पड़ता। इस हालात में हमारे पास और क्या रास्ता था? शायद मेरे ऐसा करने से इस बार पापा को इस बात का एहसास हो कि उन्होंने जो दीदी के साथ किया वो ग़लत था।"

"Sir, आप दोनों कौन-सा खाना लेंगे? Vegetarian or non-vegetarian", अचानक air hostess ने पूछा जो खाने की ट्रॉली ले कर उनकी सीट के पास खड़ी थी।

"Two vegetarian, please", मानव ने बड़ी ही शालीनता से कहा।

"sure", Air Hostess ने कहा और ट्रॉली से खाने की ट्रे निकालने लगी।

"'मन', तुम non-vegetarian ले सकते हो। मुझे कोई दिक़्क़त नहीं है", मधु ने धीरे से मानव से कहा।

"नहीं-नहीं। मेरे लिए भी vegetarian ठीक है", मुस्कुराते हुए मानव ने कहा।

"Yes Sir, ये लीजिए", Air Hostess ने ट्रे मानव की ओर बढ़ाते हुए कहा।

मानव ने पहली ट्रे ले कर मधु की ओर बढ़ा दी और दूसरी ट्रे अपने सामने रख ली।

"Thank You", मानव ने Air Hostess से कहा। वो मुस्कुरा कर आगे बढ़ गयी।

"'मन', मैं जानती हूँ तुम्हें non-vegetarian बहुत पसंद है, मुझे राखी ने कहा था। तुम non-vegetarian ले सकते थे। यक़ीन करो मुझे कोई problem नहीं है। मैंने non-vegetarian बनाने की कई recipe भी सीख ली है अब तो।"

"मधु, मैंने non-vegetarian खाना छोड़ दिया है। अब मैं भी तुम्हारी तरह vegetarian हूँ", मानव ने मुस्कुराते हुए कहा।

"क्यों? कब छोड़ा?"

"अब तो तीन-चार साल हो गए शायद। जब मैं तुम्हारे साथ पहली बार मथुरा मातारानी का आशीर्वाद लेने गया था, उसी दिन से मैंने non-vegetarian छोड़ दिया था। इसके बारे में सिर्फ़ अमन को पता है। मैंने उसे मना किया था कि वो किसी को बताए।"

"लेकिन क्यों? अपना मन-पसंद खाना छोड़ना इतना आसान नहीं होता। मेरी वजह से छोड़ दिया तुमने?" मधु थोड़ी दुःखी लग रही थी।

"मधु तुमने अपना घर, माता-पिता, सगे-सम्बन्धी और यहाँ तक की अपना देश बिना किसी हिचकिचाहट के छोड़ दिया मुझ जैसे

अनाथ के लिए। मेरे लिए एक तरह का खाना छोड़ना कौन-सी बड़ी बात हो गयी। तुम बिलकुल दुःखी मत हो। अब तो मेरा non-veg खाने का मन भी नहीं करता है", मानव ने मधु का हाथ अपने हाथों में ले कर उसकी आँखों में देखते हुए बड़े प्यार से कहा।

मानव की इस बात पर मधु की आँखें डबडबा गयी।

"मैं बता नहीं सकती 'मन', तुम्हारी इस बात ने मेरे दिल के किस कोने को छुआ है। बस इतना ही कह सकती हूँ कि मैं बहुत खुशनसीब हूँ कि मातारानी ने मुझे तुम्हें जीवन-साथी के रूप में दिया है", मधु की आँखों से आँसू की बूँदें निकल कर उसके गोरे गालों पर आ कर चमक रही थी।

मानव ने अपने एक हाथ से मधु के गालों को पोछते हुए कहा, "अरे बाबा! अब रोओ मत। चलो खाना खाते हैं।"

मधु ने झट से अपना सिर मानव के सीने पर रख दिया और बोली, "तुम सोच भी नहीं सकते मैं तुमसे कितना प्यार करती हूँ।"

"मैं भी तुमसे बहुत प्यार करता हूँ", मानव ने मधु के सिर पर हाथ रख कर उसके घने बालों को सहलाते हुए कहा।

फिर दोनों खाने की ट्रे खोलने लगे।

"तुम्हें US में vegetarian खाना मिल जाता था? परेशानी नहीं हुई", मधु ने एक निवाला अपने मुँह में डालते हुए कहा।

"अरे नहीं! US में सब कुछ मिलता है। कोई परेशानी नहीं होगी तुम्हें", मानव ने मुस्कुराते हुए कहा।

"तुम मेरे साथ हो तो मुझे कोई परेशानी हो ही नहीं सकती। मैं तुम्हारी परेशानी की बात कर रही थी क्योंकि तुम्हें खाना बनाना नहीं आता है न।"

"हाँ ये बात तो सही है कि शुरू में थोड़ी परेशानी हुई थी मगर अब कुछ-कुछ बना लेता हूँ", मानव ने हँसते हुए कहा।

"मैं वादा करती हूँ कि मैं तुम्हें non-vegetarian की कमी कभी महसूस नहीं होने दूँगी।"

"मैं जानता हूँ तुम बहुत अच्छा खाना बनाती हो और तुम्हें खाना बनाने का शौक़ भी है। मेरा तो बस एक ही चीज़ खाने को मन करता है अब।"

"क्या?"

"तुम्हें", मानव ने मधु के गले में बाँहें डाल कर उसे अपनी ओर खींचते हुए बड़े प्यार से कहा। उसकी आवाज़ में नशा था।

"तुम शरारती भी हो? तुम्हें देख कर ऐसा लगता नहीं है", मधु ने मुस्कुराते हुए कहा।

"तुम जैसी ख़ूबसूरत लड़की साथ हो तो पत्थर भी शरारती हो जाए, मैं तो फिर भी इंसान हूँ, madam", मानव ने फिर से बड़े ही प्यार से कहा।

"मैं भी तो तुम्हारी वो शरारतें देखना चाहती हूँ। मेरा जो भी है वो तुम्हारा है, मन", मधु ने भी बहुत ही प्यार से कहा।

फ़्लाइट हवाओं को चीरता हुआ आगे बढ़ता जा रहा था और इसमें सवार ये दोनों प्रेम के पंछी अपने नए घरौंदे के सपनों की बातों में इस तरह मशगूल थे कि उन्हें इतनी लम्बी उड़ान का पता भी नहीं चला और अब वे Houston Airport अपना सामान ले कर बाहर आ गए थे। बाहर मानव का एक मित्र जो उसके ही ऑफ़िस में काम करता था, इन्हें लेने के लिए अपनी गाड़ी ले कर Airport पर इनका इंतज़ार कर रहा था। मानव और मधु जब apartment में पहुँचे तो

उस समय शाम के क़रीब चार बजे थे। ये एक दो बेडरूम apartment था जिसके मास्टर बेडरूम में एक बड़ा-सा बेड था जिसपर mattress बिछा हुआ था और mattress के ऊपर ही एक नए bedsheet का पैकेट, दो तकिया और एक रज़ाई पड़ी हुई थी और वो भी अभी पैकेट में ही बंद थी। बड़ा-सा किचन था जिसके Island पर कुछ सामान पड़े हुए थे। किचन में एक refrigerator भी था। किचन के पास ही एक छोटा-सा dinning स्पेस था जिसमें एक प्यारा सा dinning टेबल था चार कुर्सियों के साथ। अपार्टमेंट के entrance के एक तरफ़ living रूम था। इस Living Room में तीन सोफ़े लगे हुए थे जिसके बीच में एक गोल center टेबल था जिसका top काँच का था। मानव ने इंडिया जाने से पहले ही ये अपार्टमेंट किराए पर लिया था।

"जाने से पहले ही मैंने ये अपार्टमेंट लिया था। बस कुछ ज़रूरी फ़र्नीचर और सामान ले लिया था मैंने। अब तुम आ गयी हो इसे घर बनाने के लिए", मानव ने मधु से कहा। जो अभी भी अपार्टमेंट को गौर से देख रही थी।

"हम दोनों के लिए दो बेडरूम अपार्टमेंट बड़ा नहीं है? किराया भी ज़्यादा होगा? हमारा तो एक बेडरूम अपार्टमेंट से ही काम चल सकता था अभी", मधु ने कहा।

"एक बेडरूम और दो बेडरूम अपार्टमेंट के किराए में बहुत अंतर था नहीं। इसलिए मैंने दो बेडरूम अपार्टमेंट ही ले लिया। वो master बेडरूम में बाथरूम है। तुम फ्रेश हो जाओ फिर धीरे-धीरे आज के सोने और खाने का इंतजाम करते हैं।"

"पहले तुम जा कर नहा कर फ्रेश हो लो। मुझे बस ये cooking stove एक बार जला कर के दिखा दो और बता दो चाय पत्ती, चीनी और दूध कहाँ रख़ा हैं। मैं तब तक चाय बनाती हूँ।"

"दूध, Mr. सेन ने फ्रिज़ में रखा होगा," मानव ने मुस्कुराते हुए कहा।

मानव जब तक नहा कर बाथरूम से वापस आया, चाय तैयार थी। किचन भी काफ़ी हद तक व्यवस्थित दिख रही थी।

"'मन', मैं मातारानी की एक मूर्ति अपने साथ ले कर आयी हूँ। सोचती हूँ उन्हें उस ख़ाली बेडरूम में बिठा दूँ। वो उनका कमरा और हमारा मंदिर रहेगा। क्या कहते हो तुम?"

"तुम जैसा ठीक समझो मधु। वैसे बहुत अच्छा ख़्याल है", मानव ने जवाब दिया।

"ठीक है तुम जब तक चाय पियो। मैं नहा कर आती हूँ। मैं मातारानी को उनके घर में स्थापित करके ही चाय पीऊँगी", मधु ने कहा।

"अरे नहीं मधु। तुम आ जाओ फिर एक साथ ही चाय पीएँगे।"

"उसमें देर लगेगी। तुम चाय पी लो। मैं बाद में पी लूँगी", मधु ने अनुरोध करते हुए कहा।

"कुछ देर नहीं लगेगी। मैं इंतज़ार कर सकता हूँ। आराम से बैठ कर एक साथ चाय पीएँगे", मानव ने मना करते हुए कहा।

"चाय ठंडी हो जाएगी, 'मन'। तुम पी लो न। मैं थोड़ी देर बाद पी लूँगी।"

"नहीं मधु, हम दोनों एक साथ बैठ कर चाय पीएँगे। तुम नहा कर आओ। जाओ।" मानव ने ज़िद करते हुए कहा।

"अच्छा बाबा! तुम एक मिनट आओ मेरे साथ", मधु ने कहा और बेडरूम की ओर चल दी।

"मधु मैं नहा चुका हूँ। तुम्हारे साथ कल नहा लूँगा। तुम जा कर नहा लो अकेले ही", मानव ने शरारती अंदाज में कहा।

"बहुत बदमाश हो गए हो तुम आजकल। मैं नहाने के लिए नहीं बुला रही हूँ", मधु ने मुस्कुराते हुए कहा।

"ये मातारानी की मूर्ति उठाओ ज़रा", मधु ने बेडरूम में अपना सूट्केस खोलते हुए कहा।

मानव ने मातारानी की मूर्ति उठा ली। वो एक बड़ी ही प्यारी संगमरमर की मूर्ति थी। मधु दूसरे बेडरूम की ओर चल दी और मानव उसके पीछे-पीछे हो लिया। उस बेडरूम के एक कोने में मधु ने पहले से ही एक बॉक्स पर एक बड़ी ही प्यारी से चुन्नी बिछा दी थी।

"मातारानी को यहाँ पर बिठा दो", मधु ने मानव से उस बॉक्स की ओर इशारा करते हुए कहा।

मानव ने मातारानी की मूर्ति को उस बॉक्स के बीचो-बीच बिठा दिया।

"वो बग़ल में एक लाल रँग की चुन्नी पड़ी है। उसे मातारानी को ओढ़ा दो", मधु ने मानव से बग़ल में रखी लाल रँग की चुन्नी की ओर इशारा करते हुए कहा।

मानव ने वो चुन्नी अपने हाथों से मातारानी की मूर्ति को ओढ़ा दी।

मधु घुटनों के बल अपने हाथ ज़ोड़ कर मातारानी की मूर्ति के सामने आँखें बंद कर बैठ गयी। मानव उसके गोरे-गोरे मुखड़े को देखे जा रहा था। मधु इसी तरह क़रीब एक मिनट तक बैठी रही, मानो वो मातारानी से कुछ बातें कर रही हो।

"चलो अब चाय पीते हैं", मधु ने आँखें खोली और उठते हुआ कहा।

"तुम पहले नहा-धो कर फ़्रेश हो लो, चाय बाद में पी लेंगे", मानव ने कहा।

“नहीं, अब मैं तुम्हारे साथ चाय पी कर ही जाऊँगी। मैं नहीं चाहती तुम्हें मेरे होते हुए किसी चीज़ के लिए इंतज़ार करना पड़े”, मधु ने dinning टेबल की ओर आते हुए कहा।

“मधु मैं तुम्हारा इंतज़ार कर सकता हूँ। मुझे तुम्हारे लिए इंतज़ार करना अच्छा लगता है।”

“हो सकता है। लेकिन मेरे लिए तुमसे बढ़ कर कुछ भी नहीं है। मुझे अच्छा नहीं लगेगा कि तुम्हें मेरे होते हुए मेरा ही नहीं किसी भी चीज़ के लिए इंतज़ार करना पड़े। मेरी ये कोशिश रहेगी कि तुम कुछ सोचो उससे पहले वो चीज़ मैं तुम्हारे सामने हाज़िर कर दूँ”, मधु dinning टेबल की एक कुर्सी पर बैठते हुए बड़े प्यार से बोली।

“Really? मेरे सोचने से पहले? तो हाज़िर कर दो”, मानव ने फिर से शरारती अंदाज में कहा।

“क्या चाहिए तुम्हें?”

“अभी तो कहा तुमने कि मुझे बताने की ज़रूरत भी नहीं है और तुम हाज़िर कर दोगी”, मानव ने मुस्कुराते हुए कहा।

“ओह! वो चाहिए तुम्हें? तुम्हारी ही तो अमानत है। जब चाहे ले लो। पहली बार वो अमानत तुम्हें देनी है, थोड़ा तैयार कर लेने दो। थोड़ा और सब्र। सब्र का फल बड़ा अच्छा होता है जनाब। अरे ये चाय तो ठंडी हो गयी। तुम बैठो मैं गरम कर के लाती हूँ”, मधु ने मुस्कुराते हुए कहा और चाय का कप उठाने लगी।

“अपने होठों से लगा दो। चाय यूँ ही गरम हो जाएगी”, मानव ने फिर से मुस्कुराते हुए कहा।

“ओह हो! You surprise me often these days। सोचा नहीं था कि एक IIT (MIT) का engineer जो NASA में job करता है

इतनी रोमांटिक बातें भी कर सकता है" मधु के होठों पर मुस्कुराहट थी ये कहते हुए।

"अगर मेरी बातें तुम्हें इतनी रोमांटिक लगती हैं तो कुछ तो consolation prize मिलना चाहिए मुझे।"

मधु, मानव को बड़े प्यार से देखने लगी और अचानक आगे बढ़ के उसके होठों पर अपने होंठ रख दिए और प्यार से चूम लिया।

"अब गरम लगे?", उसने मुस्कुराते हुए कहा और चाय के कप ले कर किचन की ओर चली गयी।

मधु ने चाय गरम करने के लिए स्टोव पर रखी ही थी कि अचानक मानव ने पीछे से उसे अपनी बाँहों में भर लिया और उसके गले को पीछे से चूमने लगा। मधु भी थोड़ी मदहोश हो रही थी।

"थोड़ी देर और रुक जाओ 'मन'। मैं पहले नहा कर आ जाऊँ। अभी चाय पी लेते हैं", मधु ने कहा। उसकी आवाज़ से लग रहा था कि उसे मानव का ये प्यार भरा अंदाज बहुत अच्छा लग रहा था।

"तुम्हें अपने पापा को भी आज फ़ोन करना है, मधु", चाय पीते-पीते मानव ने कहा।

"हाँ पता है। अभी तो रात ही होगी वहाँ। डिनर के बाद करेंगे। क्या खाना चाहोगे तुम", मधु ने कहा।

"कुछ भी बना लो। मुझे नहीं लगता अभी बहुत सारे options होंगे।"

"मैंने देखा चावल-दाल और कुछ सब्ज़ियाँ भी हैं। एक-दो दिन के लिए बहुत कुछ है", मधु ने कहा।

"कुछ भी simple सा बना लो।"

"मैं जल्दी से नहा कर आती हूँ।"

“मैं जब तक क्या करूँ? कुछ सब्ज़ी वग़ैरह काट देता हूँ। बताओ”, मानव ने पूछा।

“तुम ऐसा कुछ नहीं करोगे। मैं आ के कर लूँगी। मेरे होते हुए तुम्हें ये कुछ भी करने की ज़रूरत नहीं है”, मधु ने कहा।

“अरे यार! मदद तो कर सकता हूँ तुम्हारी ना? मुझे अच्छा लगता है”, मानव ने कहा।

“हाँ मदद कर सकते हो। मुझे याद करो और मेरे बारे में प्यारी-प्यारी बातें सोचो। खाना बनाने में बस मेरी इतनी मदद कर सकते हो कि मेरे आसपास रहो और मुझसे बातें करो। मैं सब काम कर लूँगी”, मधु ने मुस्कुराते हुए कहा।

“ठीक है तो मैं भी तुम्हारे साथ बाथरूम में ही चलता हूँ। अगर यहाँ कुछ नहीं करना है तो कुछ वही जा कर करूँ।”

“लग रहा है तुम्हारी सुई एक ही जगह पर अटक गयी है अभी। इसलिए मुझे जल्दी से नहा कर आने दो”, मधु ने मुस्कुराते हुए कहा और उठ कर जल्दी से चली गयी।

मानव की जब आँख खुली तो सुबह हो चुकी थी। मधु उसके कंधे के पास बैठी उसे उठा रही थी और उसके गीले लम्बे बालों से पानी की कुछ बूँदें मानव के चेहरे पर भी पड़ी थी शायद ये ही वजह थी कि उसकी आँख खुल गयी थी वरना रात को वो कब मधु की बाँहों में सो गया उसे खुद याद नहीं था। उसने पहली बार मधु को पूरी तरह पाया था और वो अनुभव इतना आनंदमयी था कि उसकी उत्तेजना अभी भी उसके बदन में एक बिजली की भाँति दौड़ रही थी। वह मधु को ज़ोर से अपनी ओर खींच कर बिस्तर पर ले आया। मधु भी इतनी आसानी से आ गयी मानो उसे भी इसी का इंतज़ार था।

“क्या कर रहे हो ‘मन’? मैं नहा चुकी हूँ। सुबह के साढ़े सात बज गए हैं। तुम्हें ऑफ़िस नहीं जाना है?”, मधु ने अनमने मन से कहा। उसे भी मानव का यह स्पर्श अच्छा लग रहा था।

“इतनी सुबह-सुबह क्यों नहा लिया तुमने?”, मानव की आवाज़ में नशा था। वो मधु के चेहरे को अपनी हथेलियों में भर कर अपने होठों से बेतहाशा प्यार कर रहा था।

“और क्या करती? याद नहीं है रात क्या हालत की थी तुमने मेरी?”, नशा मधु की आवाज़ में भी था।

इससे पहले कि वो कुछ और बोल पाती, मानव उसके अंदर समा चुका था। दोनों एक- दूसरे को पागलों की तरह प्यार कर रहे थे। पूरे कमरे में बस उनकी साँसों की आवाज़ें गूँज रही थी। न जाने कितनी देर दोनों एक-दूसरे के जिस्म से खेलते रहे और फिर तूफ़ान शांत होने पर एक-दूसरे की बाँहों में आँखें मुँदे पड़े रहे।

“तुम खुश तो हो मधु?”

“बहुत खुश हूँ। शायद इतनी खुश कभी भी नहीं थी। मगर क्यों पूछा तुमने?”, मधु ने कहा।

“कल रात अपने पापा से बात करके तुम बहुत दुखी थी।”

“उन्होंने बात ही ऐसी कही थी ‘मन’। क्या करती मैं? उन्होंने कहा कि मैं उनके लिए मर चुकी हूँ और वो अब मेरी शक्ल कभी भी नहीं देखना चाहते हैं।”

“वो ग़ुस्से में थे मधु। थोड़ा समय दो उन्हें। उनके लिए भी ये कोई आसान ख़बर नहीं थी। हम दोनों यहाँ हैं मगर उन्हें अपने समाज को और रिश्तेदारों को जवाब देना होगा। इसलिए उनकी प्रतिक्रिया ऐसी थी। वक़्त के साथ उनके ख़यालात बदल जाएँगे”, मानव ने समझाते हुए कहा और और उसके माथे को चूम लिया।

"तुम ठीक कह रहे हो। छोड़ो इन बातों को। उन्हें थोड़ा समय देते हैं। एक बार बताओ तुम कल रात मुझे पूरी तरह पा कर खुश हो ना? ये सही है कि मुझे ख़ूबसूरती के लिए बहुत सारे compliment मिलते रहे हैं मगर ये टेन्शन भी कहीं थी कि जाने मैं तुम्हारी expectations पर खड़ी उतरती हूँ या नहीं।"

"मधु, कल जैसी ख़ूबसूरत रात मेरी ज़िंदगी में कभी नहीं आयी। तुम्हें पा कर तुम्हारी बाँहों में ऐसा सोया मानों जीवन में सब कुछ मिल गया हो मुझे। ये सही है कि मैंने अपनी ज़िंदगी में बहुत संघर्ष किया है मगर उन संघर्षों का फल तुम्हारे जैसे ख़ूबसूरत जीवन-साथी के रूप में भगवान ने मुझे दिया है कि अब सब ग़म भूल गया हूँ। बस तुम्हें हर ख़ुशी देना चाहता हूँ। बस यही तमन्ना है मेरी", मानव ये कहते-कहते जज़्बाती हो गया था।

"तुम बस इसी तरह मुझे प्यार करते रहो, मुझे इसके अलावा और कुछ नहीं चाहिए। इससे बढ़ कर और कोई भी ख़ुशी मेरे लिए नहीं है", मधु ये कहते हुए मानव ने सीने से चिपक गयी।

मानव ने भी ज़ोर से उसे अपनी बाँहों में भींच लिया।

"आठ से ऊपर हो गए हैं। तुमने कहा था तुम्हें नौ बजे ऑफ़िस के लिए निकलना होता है। तुम जल्दी से तैयार हो जाओ मैं नाश्ता बनाती हूँ" मधु ने उठते हुए कहा।

"नाश्ते की फ़िक्र मत करो। थोड़ा आराम कर लो तुम। मैं ऑफ़िस में कुछ खा लूँगा।"

"मेरे होते हुए ऑफ़िस में खाना पड़े तुम्हें तो लानत है मुझ पर। तुम बस तैयार हो कर आओ नाश्ता टेबल पर मिलेगा तुम्हें", मधु ने कहा और जल्दी से बेडरूम से बाहर निकल गयी।

"तुम्हें घर में अकेले डर तो नहीं लगेगा मधु?", मानव ने नाश्ता करते हुए मधु से पूछा। मधु भी उसके साथ नाश्ता कर रही थी।

दोनों एक ही प्लेट से खा रहे थे। ऐसा नहीं था कि उनके पास प्लेटें नहीं थी लेकिन मधु ने कहा था उसे मानव के साथ एक ही प्लेट में खाना अच्छा लगता है।

“डर कैसा? तुम्हारे इंतज़ार में समय यूँ गुजर जाएगा”, मधु ने मुस्कुराते हुए कहा।

“लोग कहते हैं इंतज़ार में समय बहुत धीरे और मुश्किल से गुजरता है। इसलिए तुम थोड़ा आराम कर लेना। कल से काम ही किए जा रही हो और रात को मैंने भी कई बार जगाया तुम्हें”, मानव ने मुस्कुराते हुए कहा।

“तुम वहाँ काम करोगे और मैं यहाँ आराम से सोऊँगी? ऐसा हो ही नहीं सकता। और जहाँ तक तुम्हारे रात को जगाने का सवाल है तो मैं रात सोई ही कहाँ? तुम ख़ुद नहीं जगते थे, मैं जगाती थी तुम्हें”, मधु ने हँसते हुए कहा। उसकी हँसी पूरे अपार्टमेंट में गूँज रही थी।

“इसी लिए कह रहा हूँ, सो जाना थोड़ी देर। नहीं तो बीमार पड़ोगी।”

“मुझे तुम्हारे बारे में सोचने और तुम्हें प्यार करने से फ़ुरसत मिलेगी तब सोऊँगी ना। तुम मेरी फ़िक्र मत करो। मुझे मालूम है मुझे क्या करना है।”

“इतना प्यार करती हो मुझसे?” मानव ने आँखों में आँखें डालते हुए बड़े प्यार से पूछा।

“तुम जितना सोच सकते हो उससे भी कही ज़्यादा”, मधु ने कहा।

“अगर किसी वजह से हमारी शादी नहीं हो पाती तो?”

"मैं निश्चित रूप से जान दे देती। अगर तुम मुझसे प्यार नहीं करते तो अलग बात थी। मगर जब एक बार मुझे यक़ीन हो गया कि तुम भी मुझे प्यार करते हो तब मुझे तुमसे कोई अलग नहीं कर सकता था।"

"अच्छा अब ये जान देने की बातें मत करो। अब तो सब ठीक है। मैं चलता हूँ अब", मानव ने नाश्ता ख़त्म करके टेबल से उठते हुए कहा।

"शाम को कब तक आओगे?"

"आते-आते सात बज जाएँगे।"

"ये दोपहर के खाने के लिए तुम्हारा टिफ़िन", मधु ने मानव को टिफ़िन थमाते हुए कहा।

दोनों दरवाज़े तक आ गए।

"अच्छा चलता हूँ मधु। अपने ख़्याल रखना। शाम को मिलते हैं", मानव ने दरवाज़े की नाब को खोलने के लिए घुमाते हुए कहा।

मधु ने झट से उसका हाथ पकड़ लिया।

"अरे जाने से पहले एक बार गले तो लगा लो। मैं जानती हूँ मन तुम्हारा भी कर रहा है मगर तुम शरमाते हो। मुझसे क्या शरमाना?" मधु ने मुस्कुराते हुए कहा।

मानव मानो ये सुनने का ही इंतज़ार कर रहा था। उसने झट से मधु को सीने से लगा लिया और उसके माथे पर एक चुम्बन दे दिया। मधु ने अपना सिर उठा कर अपने होंठ मानव की ओर कर दिए। मानव के होठों ने जल्दी से उन्हें अपने भीतर दबोच लिया।

"good! अब जाओ। रोज़ जाने से पहले और आने के बाद मुझे ऐसा ही प्यार चाहिए", मधु मानव के सीने से अलग होते हुए बोली।

मानव ने झट से दरवाज़ा खोला और बाहर निकल गया।

मानव शाम को दरवाज़े पर पहुँचा ही था और दस्तक देने जा रहा था कि दरवाज़ा खुल गया और मधु सामने खड़ी मुस्कुरा रही थी।

“अरे! तुमने दरवाज़ा कैसे खोल दिया? अभी तो मैंने खटखटाया भी नहीं था।”

“तुम्हारे कदमों की आहट पहचानती हूँ मैं।”

“सुबह से दरवाज़े पर ही खड़ी थी क्या?” मानव ने मधु को अपनी बाँहों में भरते हुए पूछा।

“अरे बाबा नहीं! तुमने कहा था न कि तुम सात बजे तक आओगे तो हाँ पिछले आधे घंटे से ज़रूर दरवाज़े पर तुम्हारी आहट का इंतज़ार था। वरना देखो दिन भर मैंने क्या किया है”, मधु ने मानव को कमरे के चारों ओर इशारा करते हुए कहा।

मानव ने देखा, मधु ने सचमुच घर को पूरा बदल दिया था। हर चीज़ अपनी जगह पर रखी हुई थी। मानव आश्चर्य से पूरे घर को देख रहा था।

“वाह मधु क्या बात है! अब ये घर, सच में घर लग रहा है।”

“तुम जल्दी से हाथ-मुँह धो कर आ जाओ। मैंने चाय और पकौड़ों की पूरी तैयारी कर ली है। गरम-गरम पकौड़े खाते हैं और चाय पीते हैं”, मधु ने कहा और किचन की ओर चली गयी।

“अभी आता हूँ”, मानव ये कहते हुए बेडरूम में चला गया।

“वाह! मज़ा आ गया। गरम-गरम पकौड़े और चाय का अपना अलग मज़ा है। क्या पकौड़े बनाए है तुमने, मधु”, मानव ने एक पकौड़े को अपने मुँह में डालकर चाय की चुस्की लेते हुए कहा।

“मुझे पता है तुम्हें पकौड़े बहुत पसंद है। तो मैंने सोचा क्यों न आज ही बनाऊँ तुम्हारे लिए”, मधु ने भी चाय के चुस्की लेते हुए कहा। वो मानव की बग़ल में ही सोफ़े पर बैठी हुई थी।

“आज दिन भर घर की सफ़ाई करती रही। बहुत थक गयी होगी तुम”, मानव ने कहा।

“अपने घर की सफ़ाई में क्या थकना? तुम थक सकते हो क्योंकि तुम ऑफ़िस में काम करते हो। ये तो मेरा घर है। मैं घर के काम करने में कभी नहीं थकती और ऊपर से जब ये उम्मीद हो कि शाम को तुम आ रहे हो तो फिर थकान महसूस ही नहीं होती है”, मधु ने कहा और अपना सिर मानव के कंधे पर रख दिया।

“और अगर मैं थक भी जाऊँ तो भी तुम्हारे कंधे पर सिर रखते ही सारी थकान मिट जाती है”, मधु ने एक हाथ से मानव के सीने को सहलाते हुए कहा।

“ख़ैर बताओ! कुछ खाया दिन में या सिर्फ़ काम ही किया?” मानव ने मधु में गले में बाँहें डालते हुए पूछा।

“दिन में कुछ नहीं खाया। सामान्यतः मैं दिन में नहीं खाती हूँ।”

“क्यों? इस तरह तो बीमार पड़ जाओगी तुम।”

“भूख नहीं लगती है इसलिए नहीं खाती हूँ ना। और कोई वजह नहीं है”, मधु ने कहा।

“भूख नहीं लगती है? क्यों? चलो किसी डॉक्टर से दिखा देते हैं तुम्हें”, मानव ने चिंता ज़ाहिर की।

“क्यों? डॉक्टर को क्या दिखाना है? भूख नहीं लगती है इसलिए? भूख नहीं लगना कोई बीमारी थोड़ी है। और किसने कहा मुझे भूख नहीं लगती? मैंने तुम्हारे साथ breakfast किया था। तुम तो दो पराँठे खा के चले गए थे। तुम्हारे जाने के बाद मैंने दो पराँठे और खाए। और देखो अभी तुम्हारे साथ पकौड़े खा रही हूँ और फिर रात को डिनर भी करूँगी। इसका मतलब है मुझे भूख लगती है। हाँ? मैं सिर्फ़ इसलिए नहीं खाती हूँ कि दोपहर हो गयी है तो लंच करना

चाहिए। मैं तभी खाती हूँ जब मुझे सही में भूख लगती है। इसलिए तुम मेरी फ़िक्र मत करो। बेवजह मुझे बीमार बना रहे हो।"

"लेकिन लंच स्किप करना सही नहीं है ना", मानव की आवाज़ में अभी भी मधु के लिए चिंता थी।

"तुमने कभी आयुर्वेद के बारे में सुना है या पढ़ा है? आयुर्वेद के अनुसार हमें सिर्फ़ एक बार खाना चाहिए दिन में। हमारे शरीर को तीन-चार बार खाने की ज़रूरत नहीं है। खाना तभी खाना चाहिए जब आपको भूख लगी हो", मधु ने मानव को समझाते हुए कहा।

"लेकिन मुझे तो तीनों समय भूख लगती है", मानव ने आश्चर्य से कहा।

"तो ठीक है तुम तीन वक़्त खाओ। जब तुम मेरे पास रहोगे तो मैं भी तुम्हारे साथ कुछ खा लूँगी। चूँकि मेरी आदत ही ऐसी है इसलिए मुझे लंच के समय सामान्यतः भूख नहीं लगती है।"

"अच्छा छोड़ो इन सब बातों को। मुझे तुम्हारी फ़िक्र हो रही थी। इसलिए कह दिया मैंने। लेकिन तुम ठीक हो तो मुझे कोई ऐतराज नहीं है। चलो तुम्हें एक खुशख़बरी देता हूँ", मानव ने चहकते हुआ कहा।

"खुशख़बरी? क्या है? बोलो", मधु भी चहक कर बोली और मानव के सीने से हट कर उसकी आँखों में देखने लगी।

"14^{th}February, तुम्हारे जन्मदिन से मैंने एक हफ़्ते की छुट्टी ली है और हम दोनों हनीमून पर चलेंगे", मानव ने मधु का हाथ अपने हाथों में लेते हुए कहा।

"ये तो सच में ख़ुशी की बात है। लेकिन 14^{th}February सिर्फ़ मेरा नहीं हम दोनों का जन्मदिन है। हम दोनों साथ में समय

गुज़ारेंगे। मगर इसके लिए कही जाने की क्या ज़रूरत है। हम दोनों जहाँ होंगे हनीमून वही हो जाएगा", मधु ने बड़े प्यार से कहा।

"अरे नहीं! थोड़ा US भी घूम लेते हैं। घर में तो उसके बाद रहना ही है।"

"ठीक है। मुझे बताना तुम, मुझे जाने के लिए क्या-क्या तैयारियाँ करनी है।"

"हाँ बता दूँगा। अभी तो एक हफ़्ते से ज़्यादा समय है," दोनों इसी तरह काफ़ी देर तक बातें करते रहे। रात को डिनर के बाद एक दूसरे की बाँहों में सो गए।

13th February को रात के 12 बजे, यानी 14th February को मधु ने मानव को उठाया। मानव ने अनमने आँख खोली। वो पूरी तरह नींद में था।

"HAPPY BIRTHDAY, 'मन'", मधु ने मानव के होठों को चूमते हुए कहा।

"सुबह हो गयी क्या?" मानव ने नींद में ही आँखों को मलते हुए पूछा।

"हाँ उठो। और इधर आओ मेरे साथ", मधु ने बिस्तर से उठते हुए मानव से कहा।

"अरे अभी रात के 12 बजे हैं, मधु। बर्थ डे कल है", मानव ने अपनी घड़ी की ओर देखते हुए कहा।

"14th February हो चुका है ज़नाब। तुम उठो तो सही। जाओ जल्दी से मुँह धो कर dinning टेबल पर आओ", मधु ने मानव को बिस्तर से उठा कर बाथरूम की ओर धकेलते हुए कहा।

"अच्छा बाबा! तुम चलो मैं आता हूँ", मानव ने बाथरूम की ओर जाते हुए कहा।

मानव जब dining table पर पहुँचा तो उसने देखा एक छोटा-सा बड़ा प्यारा केक रखा हुआ है टेबल के बीचो-बीच। केक पर बड़े अच्छे अक्षरों में HAPPY BIRTHDAY और उसके नीचे एक बड़ा सा M लिखा हुआ था। और केक के चारों ओर मोमबत्तियाँ लगी हुई थी।

"WoW, ये तुमने बनाया मधु? ये बहुत ही प्यारा केक है।

"तुम्हें अच्छा लगा?"

"बहुत ही सुंदर है मधु।"

"चलो दोनों मिलकर ये केक काटते हैं। मैं पहले मोमबत्तियाँ जलाती हूँ। लेकिन रुको मैं पहले अमन भैया और राखी को फ़ोन करती हूँ। वे दोनों मेरे फ़ोन का इंतज़ार कर रहे होंगे", मधु ने कहा और फ़ोन का रिसीवर उठाकर नम्बर डायल करने लगी।

फिर अमन और राखी ने दोनों को जन्मदिन की बधाई दी। उसके बाद दोनों ने मिलकर केक काटा और एक-दूसरे को खिलाया।

"It was a very pleasant surprise, Madhu. मैं तुम्हारे लिए कोई गिफ़्ट भी नहीं ला सका। मैंने सोचा जब कल हनीमून पर जाएँगे तो वहीं तुम्हें कह दूँगा अपनी पसंद से कुछ भी ले लो।"

"तुम्हारे साथ गुज़ारा हुआ हर पल ही मेरे लिए गिफ़्ट है। हमारे बीच औपचारिकताओं की कोई जगह नहीं है" मधु ने मानव के सीने से लगते हुए कहा।

मानव ने भी उसे अपनी बाँहों में भर लिया।

"चलो अब सोने चलते हैं मधु। कल ग्यारह बजे के आसपास निकलेंगे हम", मानव ने कहा।

सुबह आठ बजे मधु ने मानव को उठाते हुए कहा, "'मन', उठो आठ बज गए हैं। तुमने कहा था कि ग्यारह बजे तक निकलना है।"

"थोड़ी देर मेरी बाँहों में आओ मेरी जान। आज ऑफ़िस नहीं जाने का कुछ तो फ़ायदा हो", मानव ने मधु तो अपनी ओर खींचते हुए कहा। मधु भी बिना विरोध के उसकी बाँहों में आ गयी मानो वो भी यही चाहती थी।

"'मन', मैं नहा चुकी हूँ। और अभी सामान भी पैक करना है", मधु कह तो रही थी मगर मानव के सीने में चिपकी जा रही थी।

"अभी बहुत समय है। बस थोड़ी देर प्यार कर लेने दो", मानव ने कहा और मधु को ज़ोर से अपनी ओर खींच लिया और उसके होठों को अपने होठों के बीच दबोच लिया।

थोड़ी ही देर में दोनों एक-दूसरे के अंदर थे।

जब तूफ़ान शांत हुआ तो मधु ने मानव की बाँहों में उसके सीने को सहलाते हुए पूछा, "तुम्हारा मन नहीं भरता?"

"किस चीज़ से? तुम्हें प्यार करने से? तुम्हें प्यार करने से मेरा मन कभी नहीं भर सकता", मानव ने मधु के माथे को चूमते हुए उसकी पीठ पर अपना हाथ फेरते हुए कहा।

"सच में? लोग कहते हैं शादी के कुछ सालों के बाद प्यार कम हो जाता है।"

"हमारा प्यार कभी कम नहीं होगा। ये वक़्त के साथ और बढ़ेगा। ठीक कहा ना मैंने?"

"मेरा प्यार तो कभी कम नहीं होगा तुम्हारे लिए मगर लोग कहते हैं मर्द लोग वक़्त के साथ अपनी पत्नी से बोर हो जाते हैं और उन्हें उनकी बीबी पहले जैसी attractive नहीं लगती है। मैंने अपने घर में ही देखा है", मधु अभी भी मानव के सीने को सहला रही थी।

"मैं लोगों के बारे में कुछ नहीं कह सकता मगर मुझे प्यार तुम्हारे दिल से है न कि केवल तुम्हारे ज़िस्म से। मुझे तुम्हारा दिल सबसे ज़्यादा ख़ूबसूरत लगता है। इसी लिए मुझे तुम्हें हमेशा प्यार करने को मन करता है।"

"मुझे भी तुम्हारा प्यार करना बहुत अच्छा लगता है।"

अचानक दरवाज़े की डोर-बेल बजने की आवाज़ सुनाई दी।

"अरे इतनी सुबह कौन आ गया?" मधु झट से उठ कर अपने कपड़े ठीक करते हुई बोली।

"जा कर देख लो। मैं जब तक ब्रश करता हूँ", मानव ने बिस्तर से उतरते हुए कहा।

"तुम जा कर देखो 'मन'। पता नहीं कौन है", मधु ने झट से कहा।

"अरे बाबा! कोई भी हो तुम जा कर देख लो ना। मैंने अभी ब्रश भी नहीं किया है", मानव ने कहा और उठ कर बाथरूम की ओर जाने लगा।

दरवाज़े पर घंटी फिर से बजी।

मधु जल्दी से बेडरूम से बाहर निकल गयी। मधु ने Keyhole से देखा। उसे एक गोरा आदमी दिखाई दिया जिसने सूट पहना हुआ था।

"Yes?" मधु ने दरवाज़ा खोलते ही कहा।

"Good Morning Mam! Happy Birthday to You. I am David from Knapp Chevrolet dealership. I am here to deliver your brand-new Car Impala. I have parked the car outside. Please come and have a look. This is the papers and two sets of keys of the car", उस आदमी ने बड़े अदब से मधु को कहा और उसकी ओर एक फ़ाइल और चाभी बढ़ाई।

“Good morning and thank you for the wishes. But I think you are at wrong address. We didn’t buy any car. But I am confused too how do you know it is my birthday today”, मधु की आवाज़ में आश्चर्य और असमंजस दोनों था। उसे एक बात का यक़ीन था कि ये आदमी ग़लत address पर है लेकिन उसे birthday के बारे में कैसे पता है, ये बात मधु को परेशान कर रही थी।

“Mam, I am at the correct address. Are you Madhulika Gautam?”, उस आदमी ने पेपर खोल कर उस पर लिखे address और नाम को पढ़ते हुए कहा और पेपर मधु की ओर बढ़ा दिया।

मधु उसके मुँह से अपना नाम सुन कर और चौंक गयी।

“Yes my name is Madhulika Gautam and the address written on the paper is mine but I did not buy any car”, मधु ने पेपर को पढ़ते हुए आश्चर्य से कहा। पेपर पर सच में उसी का नाम और इसी अपार्टमेंट का address लिखा हुआ था।

“Mam, then this is your car. Congratulations. May be someone else bought for you. You should be happy”.

“Will you please wait here for a moment? Let me call my husband.”

“sure” David ने कहा।

मधु जल्दी से पेपर के साथ बेडरूम की ओर भागी।

“‘मन’, अरे कोई गोरा आदमी किसी car कम्पनी से आया है और कह रहा है कि वो एक कार ले कर आया है जो मैंने ख़रीदी है। ये पेपर देखो इसमें मेरा नाम और इस अपार्टमेंट का address भी लिखा हुआ है। यही नहीं उसको ये भी पता है कि आज मेरा जन्मदिन

है", मधु एक ही साँस में बोलती जा रही थी। उसकी आवाज़ में चिंता थी। उसने पेपर मानव की ओर बढ़ा दिए।

"अरे पहले शांत हो जाओ। मैं देखता हूँ", मानव ने उसके हाथ से पेपर लेते हुए कहा। "शायद तुम्हारी मातारानी ने जन्मदिन पर तुम्हारे लिए ये सौग़ात भेजी हो", मानव ने शांति से कहा। उसकी आवाज़ में कोई आश्चर्य या चिंता नहीं थी।

"मज़ाक़ मत करो 'मन'। मेरी जान निकली जा रही है और तुम्हें कोई फ़र्क़ ही नहीं पड़ रहा है", मधु ने थोड़ा गुस्से में कहा।

"अच्छा बाबा! तुम पहले शांत तो हो जाओ। चलो देखते हैं, माजरा क्या है", मानव ने कहा और कमरे से बाहर निकल गया। मधु उसके पीछे-पीछे आ रही थी। वो अभी-भी घबराई हुई थी।

"Hello David! Good morning! Thanks for coming this early. Meet my wife Madhulika. It was surprise gift for her, and I didn't tell her anything about it. That is why she freaked out", मानव ने मुस्कुराते हुए डेविड से कहा और हाथ मिलाने लगा।

डेविड ज़ोर से हँस पड़ा। उसने मधु को ओर देख कर कहा, "I am sorry Mam, if I troubled you. Mr. Manav told me that it is surprise birthday gift for you. So, I didn't want to ruin the surprise straight away. I must say your husband loves you a lot".

मधु को अब तक सारी बात समझ में आ गयी थी। वो मुस्कुराने लगी मगर उसके चेहरे पर अभी भी अविश्वसनीय भाव थे।

"Let's go and see the car", डेविड ने कहा और बाहर की ओर जाने लगा।

मानव ने मधु का हाथ पकड़ा और मुस्कुराते हुए उसकी ओर देखा और दोनों डेविड के पीछे-पीछे चलने लगे। मानव ने महसूस किया कि मधु के पैर थोड़े लड़खड़ा रहे थे। उसने बड़े प्यार से उसकी ओर देखा और आँखों-ही-आँखों में बड़े प्यार से कहा, "Relax मधु"

डेविड एक लाल रंग की चमचमाती कार के पास आ कर रुक गया और बोला, "Here it is".

कार सच में बहुत ख़ूबसूरत थी। मधु ने इतनी ख़ूबसूरत कार पहले नहीं देखी थी। हालाँकि उसके बचपन से उसके घर एक सफ़ेद रंग की Ambassador कार थी मगर उस कार और इसमें कोई तुलना ही नहीं की जा सकती थी।

मानव ने ड्राइवर साइड का गेट खोला और मधु की ओर इशारा करते हुए कहा, "बैठो मधु"

"मैं? नहीं, तुम बैठो 'मन'", मधु की आवाज़ से nervousness साफ़ झलक रही थी।

"मधु, relax, ये हमारी पहली कार है। तुम सबसे पहले बैठो, मैं दूसरी तरफ़ से आ रहा हूँ", मानव ने मधु को बड़े प्यार से कहा।

"लेकिन मैं इसे चला नहीं सकती। मैं India में कभी-कभी चलाती थी मगर ये कार बिलकुल अलग है और मेरे पास यहाँ का license भी नहीं है", मधु ने कहा। वो अभी भी बुरी तरह नर्वस थी।

"अरे बाबा! अभी चलाने को कौन कह रहा है। तुम बस अंदर बैठो। तुम इस घर की लक्ष्मी हो। सबसे पहले तुम्हारे कदम इस कार में पड़ने चाहिए", मानव ने उसकी पीठ पर हाथ फेरते हुए कहा।

मधु कार की driving सीट पर बैठ गयी। मानव दूसरी ओर पैसेंजर सीट से अंदर आ कर बैठ गया।

डेविड चुपचाप खड़ा सब देख रहा था और इनकी बातों को समझने की कोशिश कर रहा था। वो भले इनकी बातें नहीं समझ पा रहा था मगर इनके जज़्बात और इनके बीच का प्यार उसे साफ़ दिखाई दे रहा था।

“कैसा लगा मेरा surprise?” मानव ने पैसेंजर सीट पर बैठते ही मधु की ओर देख कर कहा।

मधु ने मानव की ओर देखा। उसकी आँखों से आँसुओं की बूँदें छलक कर उसके गालों पर आ गयी थी। वो बस अपनी गीली आँखों से बड़े प्यार से मानव को देखे जा रही थी। वो कुछ बोल ही नहीं पा रही थी।

“तुम रो क्यों रही हो?” मानव ने उसके गालों से आँसुओं को अपने हाथों से पोछते हुए पूछा।

“ये आँसू ख़ुशी के हैं, ‘मन’। मैं बता नहीं सकती मैं कितनी खुश हूँ। ये मेरी ज़िंदगी का अब तक का सबसे बड़ा surprise है।”

“अच्छा बाबा! अब खुश हो जाओ और enjoy करो। कार को ठीक से देखो। रंग कैसा लगा? अंदर का सब कैसा है? कुछ बदलना हो तो अभी बदल सकते हैं। मैं चूँकि तुम्हें surprise देना चाहता था इसलिए इसके selection के समय तुम्हें नहीं ले जा सका। लेकिन मैंने इन्हें कह दिया था कि अगर मेरी wife को कुछ भी पसंद नहीं आया तो वे उसे बदल देंगे।”

“’मन’, इसका सब कुछ बहुत अच्छा है। मैं भी तुम्हारे साथ जाती तो लाल रंग की ही कार लेती”, मधु ने कहा। उसकी आवाज़ में ख़ुशी और उत्तेजना दोनों थी।

“मैं बहुत खुश हूँ कि तुम्हें ये कार पसंद आयी। आज इसी में हम दोनों हनीमून पर एक हफ़्ते के लिए जाएँगे”, मानव ने मुस्कुराते हुए कहा।

दोनों ने डेविड का धन्यवाद किया और घर में वापस आ गए। अंदर आकर मधु ने सबसे पहले कार की चाभी अपनी मातारानी के चरणों में रख दी।

फिर दोनों अपने हनीमून पर जाने की तैयारी करने लगे।

दिन के क़रीब ग्यारह बजे मधु और मानव अपनी नयी चमचामती लाल रंग की कार में बैठ कर चल पड़े। मंज़िल थी Colorado Spring। मानव गाड़ी चला रहा था। उसने अपने एक हाथ से मधु का हाथ थामा हुआ था।

"मुझे पता नहीं था तुम्हें ड्राइविंग आती है", मधु ने कहा।

"पति के गुण उसकी बीवी को धीरे-धीरे पता चले तो ही अच्छा होता है। एक बार में ही सब पता चल जाए तो बीवी की उम्मीदें बढ़ जाती हैं और फिर उन उम्मीदों पर खरा उतरना पति के लिए मुश्किल हो जाता है", मानव ने मुस्कुराते हुए कहा।

"अच्छा जी, IIT में कोई subject पतियों पर भी था क्या?" मधु ने भी मुस्कुराते हुए जवाब दिया।

मानव ज़ोर से हँस पड़ा।

"मुझे पता था तुम कार चलाती हो। मुझे तो इंडिया में ये सब कुछ भी नहीं आता था। जब यहाँ Masters करने, MIT में आया था, तब एक दोस्त की गाड़ी से सीखा और फिर वही पर लाइसेन्स भी ले लिया था। फिर बीच-बीच में कभी-कभी किसी colleague की car चला लेता था। यहाँ पर ड्राइविंग जानना बहुत ज़रूरी है। हनीमून से आने के बाद तुम भी लाइसेन्स ले लो ताकि तुम भी चला सको।"

"बिलकुल। मुझे भी इस कार को ड्राइव करने का बहुत मन कर रहा है। वैसे मैंने तुमसे कभी पूछा नहीं, तुम्हें कितनी सैलरी मिलती है? कार ख़रीदने के लिए इतने पैसे कहाँ से आए?" मधु ने पूछा।

"मधु ये अमेरिका है। यहाँ कार ख़रीदने के लिए तुम्हारे पास कार के पूरे पैसे होने की कोई ज़रूरत नहीं है। तुम्हारे पास बस एक अच्छी-सी नौकरी होनी चाहिए। फिर हर चीज़ क्रेडिट पर ले सकते हो और हर महीने थोड़ा-थोड़ा करके installment में पैसे चुका सकते हो। इस कार को हमें अगले पाँच साल में पूरे पैसे चुकाने है", मानव ने समझाया।

"ये तो बहुत अच्छा तरीक़ा है।"

"मेरा अगला target एक-दो साल के अंदर एक अच्छा-सा घर लेना है।"

"एक-दो साल में ले सकते हैं?" मधु ने आश्चर्य से पूछा।

"अरे ले तो अभी भी सकते हैं। जितना किराया देते हैं अभी हम उस से थोड़ा-सा ज़्यादा अगले तीस साल तक pay करना पड़ेगा। लेकिन मैं घर थोड़ा अच्छा और बड़ा लेना चाहता हूँ। आख़िर वो हमारे सपनों का महल होगा। इसलिए एक-दो साल बाद लूँगा। हमारा पहला बच्चा नए घर में आएगा", मानव ने कहा।

"अभी मुझे चार-पाँच साल तक बच्चा नहीं चाहिए", मधु ने झट से कहा।

"अरे क्यों? तुम्हें बच्चे पसंद नहीं हैं?" मानव ने आश्चर्य से पूछा।

"नहीं, ऐसी बात नहीं है। मुझे बच्चे बेहद पसंद हैं। और क्यों पसंद नहीं होंगे? वे तो हमारे प्यार की निशानी होंगे। लेकिन अभी मैं तुम्हारा प्यार किसी के साथ बाँटना नहीं चाहती। अपने बच्चों के साथ भी नहीं। मैं बस तुमसे भरपूर प्यार करना चाहती हूँ और कुछ नहीं। हमारे बीच बस प्यार ही प्यार होगा।"

"चार-पाँच साल? मुझे तो ऐसा लगता है हम जिस तरह से एक-दूसरे से प्यार कर रहे हैं कहीं तुम already pregnant ना हो गयी हो", मानव ने शरारत भरे अंदाज में कहा।

"इसलिए कहती हूँ ध्यान रखो। सावधानी बरतो। देखो 'मन', मुझे अभी pregnant नहीं होना है", मधु मानो एलान कर रही हो।

"फिर भी मधु, चार-पाँच साल बहुत होते हैं। इसे एक-दो साल में बदल दो। यक़ीन करो बच्चा आने के बाद भी तुम्हारे प्रति मेरे प्यार में कोई कमी नहीं होगी", मानव ने फिर से मुस्कुराते हुए कहा।

"तुम्हारे प्यार में गर कमी हुई तो मैं जी नहीं पाऊँगी, 'मन'। मेरे जीवन के बस दो ही सपने हैं, तुम्हें सफलता की बुलंदियों पर देखना और आज तुम जितना प्यार मुझे देते हो वही प्यार ज़िंदगी भर तुमसे पाना। इसलिए, प्लीज़ अपने प्यार में कभी-भी कमी मत होने देना", मधु ने भावुक होते हुआ कहा।

"अरे यार अब उदास मत हो। हम अपने हनीमून पर जा रहे हैं। बाहर देखो, कितने ख़ूबसूरत रास्ते हैं। हमें अगले एक हफ़्ते तक बस प्यार-ही-प्यार करना है।"

"हाँ लेकिन सावधानी से। I should not get pregnant. OK?"

"वो ध्यान आप रखो मैडम। हमें तो आप को उस हालत में देख कर कंट्रोल करना मुश्किल होता है।"

"अच्छा जी, करते तुम हो और कंट्रोल मुझे करना है।"

मानव ज़ोर से हँस पड़ा।

मानव और मधु को US में आए एक साल से ज़्यादा हो चुका था। वो अभी-भी उसी किराए के घर में रह रहे थे। ज़िंदगी में सब कुछ अच्छा चल रहा था। मानव जब शाम को घर वापस आता तो मधु उसे दरवाज़े पर ही खड़ी मिलती। उसे आज तक ये समझ में नहीं आया था कि उसके कॉल बेल बजाने से पहले ही मधु दरवाज़ा कैसे खोल देती थी। जैसे ही वो फ़्रेश हो कर आता, सोफ़े के सेंटर

टेबल पर मधु गरम-गरम चाय और कुछ ताज़ा बने नाश्ते के साथ मिलती। वे दोनों आज भी घर पर एक ही प्लेट में खाना-खाते थे। मधु ने भी ड्राइविंग करनी शुरू कर दी थी। ये दोनों अगर कार में होते तो अधिकतर मधु ही ड्राइव करती। यहाँ तक कि उसे रास्तों के बारे में मानव से ज़्यादा पता था। अक्सर weekend पर दोनों कहीं-न-कहीं घूमने चले जाते थे। ऑफ़िस में भी मानव का प्रमोशन हो गया था। वहाँ भी सब लोग उससे बहुत खुश थे। अमन और राखी से भी अक्सर बातें होती रहती थी। वे दोनों भी मानव और मधु की ज़िंदगी की तरक़्क़ी से खुश थे। मधु अपनी माँ, दीदी और भाई से बातें कर लिया करती थी। वे लोग मानव से भी बातें किया करते थे। वे लोग भी मधु और मानव से बहुत खुश थे। बस मधु के पिताजी अब भी मधु से बात नहीं करते थे। इस बात का मलाल मधु को हमेशा रहता था मगर मानव उसे समझाता था कि वक़्त के साथ सब ठीक हो जाएगा और मधु के पिताजी भी उन दोनों को माफ़ कर देंगे। दोनों ये चाहते थे कि अमन और राखी एक बार यहाँ घूमने आए। अमन और राखी ने अपने पासपोर्ट भी बना लिए थे। मानव अब एक घर लेना चाहता था और ये तय हुआ था कि अमन और राखी उनके नए घर के गृह-प्रवेश में आएँगे। मानव और मधु ने घर देखना भी शुरू कर दिया था मगर अभी तक कोई पसंद नहीं आया था।

तीन-चार महीने के अथक प्रयास के बाद अंततः मधु और मानव ने एक custom built घर के लिए finalize कर दिया। ये घर अभी बन ही रहा था। क़रीब सात-आठ महीनों में ये तैयार होने वाला था। दोनों इस बात से बहुत खुश थे कि अब सात-आठ महीनों बाद वे अपने घर में होंगे।

"'मन'", दोनों प्यार करके थक कर अभी-अभी एक-दूसरे की बाँहों में हाँफते हुए लेटे ही थे कि मधु ने मानव के सीने के बालों को अपनी उँगलियों से सहलाते हुए कहा।

"हूँ"।

"I think we should see a doctor", मधु ने धीरे से कहा।

"क्यों क्या हुआ?" मानव चौंक कर उठ गया।

"अरे आओ बाँहों में। ऐसी कोई सीरियस बात नहीं है। I have missed my period for more than a week now."

"Oh! ये बात है। तुमने तो डरा ही दिया था। मैं पता करके किसी अच्छे Gynecologist से appointment लेता हूँ।"

"अगर मैं सच में pregnant हुई तो?"

"तो क्या? ये तो ख़ुशी की बात है। इसमें टेन्शन लेने की क्या बात है?"

"लेकिन फिर भी। हम अभी घर ले रहे हैं और इस बीच में ये एक और टेन्शन। एक बार घर में चले जाते फिर ये होता तो अच्छा होता।"

"अरे ठीक है मधु। तुम चिंता मत करो। अगर तुम pregnant हुई तो तुम्हारा सारा ख़्याल मैं रखूँगा। आज तक तुम मेरा ख़्याल रखती थी। अब मेरी बारी है।"

हुआ वही जिसकी आशंका थी। मधु सच में pregnant थी।

"'मन', इस बात से मैं बेहद खुश हूँ कि तुम्हारे प्यार का बीज मेरे अंदर अंकुरित हो रहा है। हम अपने जीवन के एक अलग phase में जा रहे हैं। लेकिन थोड़ा डर भी लग रहा है। मैंने देखा है जब मेरी दीदी pregnant हुई थीं सभी लोग उनका कितना ख़्याल रखते थे। यहाँ हम दोनों के सिवा कोई और नहीं है। कहीं कुछ ग़लत न हो जाए हमसे", मधु ने डॉक्टर के पास से आते हुए कहा।

"अरे तुम बेवजह फ़िक्र कर रही हो। हम दोनों मिलकर सब सम्भाल लेंगे।"

"हाँ, लेकिन अभी हमारे घर का भी चल रहा है और अब ये भी", मधु ने फिर से कहा।

"मधु, मैं हूँ ना। मैं सब सम्भाल लूँगा। तुम बस अपना ध्यान रखो। गाड़ी अब तुम बिलकुल नहीं चलाओगी। जहाँ भी तुम्हें जाना है, हम दोनों साथ जाएँगे। कोई भी वजन वाली चीज़ बिलकुल नहीं उठाओगी। अपने खाने-पीने का ख़्याल रखोगी। खुश रहोगी और किसी बात की चिंता नहीं करोगी।"

"अच्छा डॉक्टर साहब! और क्या-क्या करूँ", मधु ने हँसते हुए कहा।

"मुझसे ढेर सारा प्यार करो", मानव ने मधु का हाथ अपने हाथों में लेते हुए कहा।

"वो तो तुम नहीं भी कहो फिर भी करूँगी तुमसे। वैसे भी आज तुम पे बहुत प्यार आ रहा है। एक अज़ीब-सा एहसास है कि हमारे प्यार की निशानी कृष्णा आने वाला है।"

"'कृष्णा'? तुम्हें कैसे मालूम लड़का ही होगा?"

"तुम देखना लड़का ही होगा। वैसे कृष्णा नाम कैसा लगा?"

"बहुत प्यारा नाम है।"

मधु और मानव Houston airport पर अमन, सरिता और राखी को receive करने के लिए खड़े थे। मधु अब आठ महीने से pregnant थी जो उसके पेट के उभार से साफ़ दिखाई दे रहा था। इनके नए घर का गृह-प्रवेश दो दिनों के बाद था इसीलिए अमन, सरिता और राखी यहाँ आ रहे थे। मधु बहुत चाहती थी कि उसके

घर से उसकी माँ और पिताजी भी आएँ मगर उसके पिताजी ने साफ़ मना कर दिया था। मानव और मधु ने सोचा था कि मधु के पिताजी मधु की pregnancy के बारे में जानकर उन्हें माफ़ कर देंगें लेकिन वे अब भी नाराज़ ही थे। अब तो इनकी शादी को तीन साल हो गए थे मगर मधु के पिताजी ने कभी भी उससे बात नहीं की थी। हाँ! मधु की बात अपनी माँ, दीदी और भाई से होती रहती थी। मधु की माँ, मधु की pregnancy में मदद करने के लिए यहाँ आना चाहती थी मगर अपने पति को नाराज़ नहीं करना चाहती थी। मधु की दीदी भी अपनी ससुराल में व्यस्त थीं इसलिए चाह कर भी इनकी मदद के लिए नहीं आ पा रहीं थीं। अमन को सिर्फ़ तीन हफ़्ते की छुट्टी मिली थी। इसलिए प्लान ये था कि गृह-प्रवेश के दो हफ़्ते के बाद अमन अपनी पत्नी सरिता के साथ वापस लौट जाएगा और राखी, मधु की delivery तक यही रुक जाएगी और delivery के कुछ हफ़्तों के बाद एक बार मधु सब कुछ सम्भाल ले तो ही वापस भारत जाएगी। मधु और मानव बहुत बेसब्री से airport पर इन तीनों का इंतज़ार कर रहे थे। दोनों बहुत खुश थे क्योंकि क़रीब-क़रीब तीन साल के बाद वे इनसे मिलने वाले थे। Flight land हुए आधे घंटे से ज़्यादा हो चुका था। अमन, सरिता और राखी कभी भी बाहर आ सकते थे अब।

अचानक मानव ने देखा कि अमन, सरिता और राखी तीनों गेट से बाहर आ रहे थे। सबसे पहले राखी की नज़र मानव पर पड़ी।

“मानव भैया”, राखी ज़ोर से चिल्लाकर भाग कर मानव के गले लग गयी।

सब एक-दूसरे से गले मिल तो रहे थे मगर सब की आँखों में आँसू थे।

“सफ़र कैसा रहा, अमन?” मानव ने कार स्टार्ट करते ही आगे की सीट पर बैठे अमन से पूछा। तीनों लेडीज़ पीछे बैठी हुई थीं और सामान डिग्गी में रख दिया गया था।

"अब क्या बताऊँ यार? हम तीनों पहली बार फ़्लाइट में बैठे हैं और वो भी अमेरिका आने के लिए। इतनी लम्बी फ़्लाइट में भी मुझे नींद नहीं आयी या यूँ कहूँ कि मैं सो कर समय नहीं बरबाद करना चाहता था। मैं हर पल एक अजीब-सी ख़ुशी महसूस कर रहा था जो शब्दों में मैं बयाँ नहीं कर सकता। हम तीनों ये दिन तेरी वजह से देख पा रहे हैं मेरे यार वरना हम कब अमेरिका आते", कहते-कहते अमन की आवाज़ भर्रा गयी थी।

"I am proud of you, Manav. जब भी तेरे बारे में सोचता हूँ कि तू कहाँ से निकल कर आज कहाँ पहुँचा है तो सीना गर्व से फूल जाता है कि तू मेरा दोस्त है", अमन बोलता चला गया।

"अब इतना भावुक मत हो अमन। आज मैं जो भी हूँ, जहाँ भी हूँ, ये तेरे बिना सम्भव नहीं था। जब से तू मेरी ज़िंदगी में आया तब से मेरी ज़िंदगी बदल गयी। तेरे से पहले मेरी ज़िंदगी में मेरी परेशानियाँ और मेरे संघर्ष ही हमसफ़र थे। तेरे आने के बाद मुझे याद नहीं कि मैं कभी परेशान भी हुआ हूँ। मेरी सारी परेशानियाँ तेरे पास आ कर ख़त्म हो जाती थीं। तेरी वजह से मुझे परिवार मिला। राखी जैसी बहन मिली और उसकी वजह से मधु मेरी ज़िंदगी में आयी और फिर सब कुछ बदल गया। मैं जब भी सोचता हूँ तो लगता है तू भगवान का दूत बन कर आया है मेरी ज़िंदगी में", ये कहते हुए मानव की आवाज़ भी भर्रा गयी और वो बोलते-बोलते रुक गया क्योंकि उसकी आवाज़ नहीं निकल रही थी।

अमन ने बड़े प्यार से अपना हाथ मानव के कंधे पर रखा। पीछे सीट पर बैठी तीनों लेडीज़ भी इन दोनों दोस्तों की बात सुन कर भावुक हुए बिना नहीं रह सकीं। तीनों की आँखों से आँसू छलक रहे थे।

अपने आप को थोड़ा सम्भालने के बाद मानव ने फिर से बोलना शुरू किया, "आज भी यहाँ तू सब कुछ छोड़ के सरिता भाभी और

राखी के साथ मेरी और मधु की ख़ुशी के लिए आया है। राखी हमारी मदद के लिए यहाँ रुक रही है। तुम लोग यहाँ घूमने नहीं आए हो बल्कि मेरे और मधु की मदद के लिए आए हो। मैं तो तेरी और सरिता भाभी की शादी में भी नहीं आ पाया था। इस ज़माने में कौन किसके लिए इतना करता है यार"।

"मानव भैया, एक बात ग़लत कही आपने। मैंने आपको और मधु को नहीं मिलाया था। आप दोनों ख़ुद एक-दूसरे से मिल लिए थे और ये जो मेरी सहेली है ना ये तो पहली ही मुलाक़ात में आप पर लट्टू हो गयी थी", राखी ने माहौल को थोड़ा हल्का करने के लिए हँसते हुए कहा।

उसकी ये बात सुन कर सब लोग हँस पड़े।

"अरे मधु, तुमने कभी मुझे बताया नहीं कि तुम पहली मुलाक़ात में ही मुझ पर लट्टू हो गयी थी", मानव ने छेड़ते हुए कहा।

"अरे भैया! इन मैडम का इतना बड़ा लड्डू जैसा पेट देख कर भी आप को अब तक समझ नहीं आया ये आप पर कितना मरती है।"

राखी की बात सुन कर सब ज़ोर से हँस पड़े।

"घर चल तुझे बताती हूँ, बच्चू", मधु ने राखी की पीठ पर एक थप्पड़ मारते हुए कहा।

सब फिर ज़ोर से हँस पड़े।

"देख तू मेरी सहेली भी है और भाभी भी। दोनों ओर से तुझसे मज़ाक़ का रिश्ता है मेरा। By the way, तू मेरी सहेली है या भाभी? क्या कहूँ तुझे?"

"तू अपने मानव भैया की बहन ही रह लेकिन मेरी तो तू सहेली ही रहेगी। तू मुझे सहेली की तरह मिली थी अब मैं तुझे अपनी ननद

नहीं समझ सकती", मधु ने प्यार से राखी को अपनी ओर खींचते हुए एक हाथ से उसके गाल पर चुटकी काटते हुए कहा।

राखी ने मधु को अपने गले लगाते हुए कहा, "तू तो मेरी जान है"।

सरिता चुपचाप बैठी इन दोनों सहेलियों का प्यार देख रही थी। मानव और अमन भी मुस्कुरा रहे थे।

"मानव, मेरी समझ से तेरी इस तरक़्क़ी में मधु का साथ और त्याग हम सबसे बड़ा है। तेरी मेहनत, तेरी परेशानियाँ और हम सब का थोड़ा-बहुत सहयोग सब को मिलाकर अगर तराज़ू के एक पलड़े में रख दें तो भी मधु का पलड़ा हमेशा भारी रहेगा। अपने घर-परिवार को छोड़ कर एक अंजान देश में एक अंजान शख़्स के साथ जीवन भर रहने का फ़ैसला करना सुनने में भी कितना मुश्किल लगता है मगर इसने वो किया है। पिछले तीन सालों से इसने अपने घर वालों को देखा भी नहीं है फिर भी इसके चेहरे पर कोई मलाल नहीं है। ऐसा त्याग शायद ही कोई कर पाए। इसलिए तू बहुत ख़ुशक़िस्मत है कि तुझे इसके जैसी जीवन-संगिनी मिली।"

"मैं तेरी बात से पूरी तरह सहमत हूँ अमन। मधु मेरी ख़ुशियों की शुरुआत है और ये ही मेरी ज़िंदगी का सारांश है। इसके बिना मैं अपनी ज़िंदगी की अब कल्पना भी नहीं कर सकता। मधु ने मेरे जीवन को जो पहले बंजर रेगिस्तान जैसा था, एक गुलज़ार बना दिया है। जब से ये मेरी ज़िंदगी में शादी कर के आयी है, मुझे याद नहीं मैं कभी उदास भी हुआ हूँ। पिछले तीन साल में जो तरक़्क़ी मैंने की है वो सिर्फ़ परियों की कहानियों में ही सम्भव है। और ये सब मधु का मेरी ज़िंदगी में आने के बाद ही हुआ है। ये तो मुझसे न तो कभी नाराज़ होती है, ना रूठती है, न कुछ माँग करती है, ना शिकायत करती है, न कभी झगड़ा करती है, बस प्यार करती है। ये मुझे इतनी अच्छी तरह समझती है कि मुझे डर लगता है कि ये कहीं कोई

अंतरायामी देवी तो नहीं है। मुझे आज तक नहीं पता कि मेरे दरवाज़ा खटखटाने से पहले ही ये दरवाज़ा कैसे खोल देती है, मेरा ऑफ़िस में पालक-पनीर की सब्ज़ी खाने को मन करता है और टिफ़िन खोलता हूँ तो वही सब्ज़ी होती है, ऑफ़िस से निकलते समय सोचता हूँ कि घर जा कर मधु को चाय के साथ प्याज़ के पकौड़े बनाने को कहूँगा और घर पहुँचता हूँ तो देखता हूँ कि घर में प्याज़ के पकौड़े ही बन रहे होते हैं। तीन साल में दो प्रमोशन मिले हैं मुझे, यहाँ लोगों को पाँच-पाँच साल तक कोई प्रमोशन नहीं मिलता है। इतने कम समय में ज़ीरो से शुरू कर के आज अमेरिका में हमारा अपना घर होने जा रहा है। ये सब मधु का मेरी ज़िंदगी में आने के बाद ही हुआ है", मानव बोलता चला गया और सब सुन रहे थे।

"अब मैं बोलूँ कुछ", मधु ने अपनी आँखों को पोछते हुए कहा। जो मानव की बातें सुन कर रोने लगी थी।

सब ने बस मधु की ओर देखा। कोई कुछ बोला नहीं।

"मैं कोई देवी वग़ैरह नहीं हूँ। एक बिलकुल साधारण-सी लड़की हूँ। जिसने तुमसे बहुत प्यार किया है। और ये प्यार भी मैंने कुछ सोच-समझ कर नहीं किया। बस हो गया। मुझे लगता है मुझे मातारानी ने बस तुम्हारे लिए ही बनाया है। इसलिए तुमसे मिलते ही तुमसे प्यार हो गया। तुम मेरी ज़िंदगी में आए और आज मैं तुम्हारी बीबी हूँ, इससे बड़ी मेरी ज़िंदगी कि न तो कोई उपलब्धि थी, न है और न ही इससे ज़्यादा मुझे कोई चाह है। मैं अपने घर वालों को बिलकुल miss नहीं करती हूँ क्योंकि तुम मेरे साथ हो। मैं तुमसे इतना प्यार करती हूँ कि तुम मुझसे कभी दूर होते ही नहीं हो। तुम ऑफ़िस में होते हो तो भी मेरे साथ ही होते हो। तुम्हारे कदमों की आहट से मुझे पता चल जाता है कि तुम आए हो। बस दरवाज़ा खोल देती हूँ। मैं आँख बंद करके सोचती हूँ कि तुम आज क्या खाना चाहोगे, जो मेरा दिल कहता है वो बना देती हूँ। अब मैं जो बनाती हूँ वो ही तुम्हें अच्छा लगता है तो इसमें मैं अंतरायामी कैसे हो गयी? तुम नाराज़

होने की कोई वजह दो तब तो तुमसे नाराज़ होऊँ। तुम मुझे प्यार करने में कुछ कमी करो, तब न तुमसे रूठूँ। मैं अभी सोचती भी नहीं हूँ, उससे पहले तुम वो चीज़ मुझे ला देते हो, तो तुम ही बताओ मैं क्या माँगूँ? और मातारानी ने इतनी समझ तो दी ही है मुझे कि मुझे पता है कि इस ज़िंदगी के दिन सीमित हैं और ये उम्र तुम्हारे प्यार के लिए ही कितनी थोड़ी है, तो फिर मैं झगड़ा करके समय बरबाद करूँ, इतनी मूर्ख नहीं हूँ मैं।"

मधु बोल कर चुप हो गयी और फिर से अपनी आँखों को पोंछने लगी।

राखी उसे अपने गले से लगा कर उसकी पीठ को सहलाने लगी।

"अरे यार! तुम दोनों इतने प्यार की बातें करोगे तो मेरे और सरिता को तो complex ही हो जाएगा कि हम दोनों जो करते हैं वो प्यार भी है या नहीं", अमन ने माहौल तो फिर से थोड़ा हल्का बनाने के लिए हँस के कहा। उसकी बात पर सब हँस पड़े।

"अच्छा चलो अब अपना घर आ गया", मानव ने अपने apartment के बाहर कार पार्क करते हुए कहा।

"ये है हमारा पहला घर। भले ये किराए का है लेकिन बहुत-सी हसीन यादें जुड़ी हैं इसके साथ। अब तो बस चंद दिन ही रहना है इसमें इसलिए मुझे ख़ुशी है कि आप लोगों ने भी आज हमारा ये पहला घर देख लिया", सब लोगों के घर में आते ही मधु ने कहा।

"तुम्हारा ये घर भी बहुत ख़ूबसूरत है मधु। कितने सलीके से एक-एक चीज़ रखी है तुमने। मानो हर चीज़ अपनी जगह पर मुस्कुरा रही है। मैंने इतने सलीके से सजा घर आज तक नहीं देखा है", इस बार सरिता ने पहली बार कुछ बोला। वो ख़ुशी और आश्चर्य से सब कुछ देख रही थी।

"भाभी, मुझे बिलकुल भी आश्चर्य नहीं हुआ। मैंने मधु के कमरे को इसके घर में देखा है। ये जहाँ भी रहती है उसे ख़ूबसूरत बना देती है। इसलिए मुझे यक़ीन था कि ये अपने घर को बहुत ख़ूबसूरती से सजा कर रखती होगी भले घर कैसा भी हो", इस बार तारीफ़ करने की बारी राखी की थी।

"मैं मानव के साथ रहा हूँ। इसलिए ये सोच रहा हूँ कि मधु को इस घर को इस तरह रखने के लिए कितनी मेहनत करनी पड़ती होगी। मानव का तो तौलिया, कच्छा, बनियान सब बिस्तर या टेबल पर ही रहता था हॉस्टल में", अमन ने मुस्कुराते हुए कहा।

उसकी बात सुनकर सरिता और राखी ज़ोर से हँस पड़ी।

"ये, इतने भी बुरे नहीं हैं अमन भैया। वे जब नहाने जाते हैं मुझे पता होता है इनका तौलिया, कच्छा, बनियान कहाँ होगा क्योंकि मैंने देखा है वो इतने सालों में बाथरूम में ठीक एक ही जगह मिलता है मुझे। इनकी छोटी-छोटी आदत से अब वाक़िफ़ हूँ मैं, इसलिए ये मेरा काम बढ़ाते नहीं है बल्कि हर वक्त मदद ही करते हैं। और ऐसे भी इन्हें ऑफ़िस जाना होता है वहाँ से थक कर आते हैं। मैं तो घर में दिन-भर अकेली रहती हूँ तो ये सब काम करके मेरा भी समय पास हो जाता है और जब ये शाम को आते हैं और साफ़-सुथरे घर में हम बैठते हैं तो उस ख़ुशी के सामने ये काम तो कुछ भी नहीं है", मधु ने झट से कहा। उसकी बातों से लगा कि अमन का मानव के लिए ऐसा कहना और सरिता और राखी का उस पर हँसना उसे अच्छा नहीं लगा।

"मैं जानता हूँ मानव घर ठीक रखने में तो तुम्हारी कोई मदद नहीं करता होगा। मैने देखा है इसे, इसको इन सब से कोई फ़र्क़ ही नहीं पड़ता था। होस्टल में हम रूम पार्ट्नर थे। मैं इसकी इस आदत से बहुत परेशान रहता था। मैं ही सब कुछ ठीक करता रहता था। इस पर गुस्सा भी आता था। कई बार इसको कहा भी मगर एक-दो

दिन बाद फिर से वही। तुम्हारी बातों से लगता है आज भी ऐसा ही है ये। इसकी ये आदत सुधारो ज़रा। कोई गेस्ट अचानक आ जाए और तौलिया यहाँ सोफ़े पर पड़ा हो या ये चाय की प्याली उस टेबल पर पड़ी हो तो तुम्हें तो बुरा लगेगा ना क्योंकि तुम घर इतना साफ़ रखती हो।"

"अमन भैया सबसे पहले तो मैं घर किसी दूसरे को impress करने के लिए नहीं साफ़ रखती हूँ। मैं इसलिए साफ़ रखती हूँ कि मुझे अच्छा लगता है। मुझे साफ़ घर में 'मन' के साथ बैठ कर बातें करना बहुत अच्छा लगता है। आप इनसे पूछ लो मैं week days में इनके सामने घर कभी साफ़ नहीं करती हूँ। बस किचन में खाना बना कर बर्तन साफ़ कर के रख देती हूँ। और उस समय भी ये किचन में मेरे साथ होते हैं। ये मेरी मदद करना चाहते हैं मगर मैंने ही इन्हें कहा है कि आप बस मेरे पास रहो और बातें करो। मैं बात करते-करते काम ख़त्म कर देती हूँ। weekends में भी मैं घर साफ़ नहीं करती हूँ। जब 'मन' घर पर होते हैं मैं एक मिनट भी बरबाद करना नहीं चाहती हूँ। और दूसरी बात अमन भैया, यहाँ कोई यूँ ही आता भी नहीं है। सब पहले से बता कर आते हैं।"

"SORRY, SORRY मधु। मैं भी किसके सामने किसकी बुराई करने लगा। मधु के सामने मधु के 'मन' के बारे में कुछ भी ऐसा-वैसा कहना मुश्किल है। पर क्या करूँ मधु, इसका लंगोटिया यार जो हूँ। इसकी तारीफ़ भी करूँगा और इसकी कमियाँ भी तुम्हें बताऊँगा। मुझे मालूम है मानव बहुत दोस्त नहीं बनाता है। तुम लोगों के दोस्त हैं यहाँ पर?" अमन ने हँसते हुए पूछा।

"हाँ 'मन' थोड़े सीधे-सादे हैं और शर्मीले हैं। मैं जानती हूँ ये। लेकिन आपको आश्चर्य होगा, हमारे इतने कम समय में ही बहुत सारे दोस्त बन गए हैं।"

"लेकिन ये सारा क्रेडिट मधु को जाता है अमन। ये सब के साथ रिश्ते बना के रखना जानती है। जितने भी दोस्त हैं उनके परिवार के सभी लोगों के जन्मदिन, Anniversary सब कुछ इसने लिख कर रखा हुआ है। सब से regularly बातें करती रहती है। लोग इसकी बहुत इज़्ज़त करते हैं। मुझे लगता है मधु मेरी compliment है। जो कमियाँ मेरे अंदर है वे सभी खूबियाँ इसके अंदर हैं", मानव ने कहा।

"मुझे पता है मानव भैया आप दोनों एक-दूसरे के लिए बने हो। मेरे लिए तो You two are perfect couple", इस बार राखी ने झट से कहा।

"अच्छा बाबा! अब तुम लोग जल्दी से नहा कर फ़्रेश हो जाओ फिर सब लोग मिल कर खाना खाते हैं। कल तुम्हें हम अपने नए घर ले जाएँगे। उसके बाद गृह-प्रवेश के सामान की एक लिस्ट भी पंडित जी ने दी है। वो सब लेने चलेंगे", मानव ने कहा।

"और भी कुछ लोग आ रहे हैं क्या गृह-प्रवेश की पूजा में", अमन ने पूछा।

"हाँ क़रीब पचास लोग होंगे।"

"पचास लोग? उनके खाने का क्या इंतजाम है?" अमन ने पूछा।

"वो सब कुछ हो गया है। तू उसकी चिंता मत कर। एक restaurant में ऑर्डर दे दिया है। वे लोग समय पर खाना ले कर आ जाएँगे और वे ही इसे manage करेंगे। मधु एक केक बना रही है। उसे भी वहाँ काटेंगे अंत में।"

"WoW! Excellent! मधु के हाथों का केक खाए हुए वर्षों हो गए हैं अब। मज़ा आएगा", अमन ने कहा।

फ़्रेश होने के बाद सभी दोस्तों ने मिलकर खाना खाया। खाने के बाद अमन उठ कर कमरे में गया और थोड़ी देर बाद राधे-कृष्ण की बड़ी से संगमरमर की मूर्ति ले कर आया।

"ये लो मधु। ये रहे तुम्हारे राधा-कृष्ण। बहुत सम्भाल के लाया हूँ इन्हें। तुमने कहा था तो इसके लिए मैं जयपुर गया और वहाँ से ले कर आया," अमन ने मूर्ति सामने टेबल पर रखते हुए कहा।

"Thank You अमन भैया। बहुत ही प्यारी और ख़ूबसूरत मूर्ति है ये। हमने अपने नए घर में एक कमरा इनके लिए रखा है। गृह-प्रवेश के दिन इनकी स्थापना करेंगे वहाँ। Thank You once again. कितने की है ये।"

"ये हमारी तरफ़ से तुम दोनों के लिए गिफ़्ट है। ये तुम्हारे मंदिर में रहेंगे तो हमें भी ऐसा लगेगा कि हमारा कोई अंश तो तुम दोनों के पास है। हम इंडिया में ये सोच कर खुश हो लिया करेंगे कि जब भी तुम इन्हें देखोगी, तुम्हें हमारी याद आएगी", अमन ने मुस्कुराते हुए कहा।

"तुम लोगों की याद तो हर रोज़ आती है मेरे यार। तुम्हें याद करने के लिए हमें इस मूर्ति को देखने की ज़रूरत नहीं है। लेकिन देख कर ही ये मूर्ति काफ़ी महँगी लग रही है। प्लीज़ मुझे क़ीमत बता दें", इस बार मानव ने कहा।

"ये गिफ़्ट हम सब की तरफ़ से तुम दोनों के लिए है और आज के बाद इसकी क़ीमत के बारे में कोई बात नहीं करेगा", अमन ने गम्भीर हो कर आदेश के अंदाज में कहा।

मानव चुपचाप मुस्कुराता रहा। मधु भी मानव की ओर देखकर मुस्कुरा दी।

अगली सुबह breakfast के बाद सभी लोग नए घर की ओर निकल पड़े।

"घर यहाँ से क़रीब आधे घंटे की ड्राइविंग distance पर है", मानव ने गाड़ी स्टार्ट करते ही कहा।

"भैया मुझे आपकी ये कार बहुत ही अच्छी लगी। इंडिया में ऐसी कार देखने को नहीं मिलती है", सरिता ने कहा।

"हाँ सच में भाभी। कितनी comfortable हैं न हम पाँच लोगों के लिए", राखी ने कहा।

"तुम सब को पता है ये कार मेरा US का फ़र्स्ट birthday गिफ़्ट था और वो भी आने के दस दिनों के बाद ही मिला था मुझे। वो भी इतने अनोखे अंदाज में कि तुम सब सुन कर हैरान हो जाओगे", मधु ने मुस्कुराते हुए कहा।

"Birthday गिफ़्ट में इतनी ख़ूबसूरत कार! क्या बात है? और वो अनोखा अंदाज क्या था मानव भैया का", सरिता ने आश्चर्य से चिल्लाते हुए कहा।

मधु ने उन्हें पूरी कहानी सुनाई कैसे डेविड कार लेकर सुबह-सुबह आया था जिस दिन इन्हें हनीमून के लिए निकलना था। सब ये कहानी सुनकर बहुत हँसे।

"मानना पड़ेगा मानव भैया। क्या रोमांटिक अंदाज है", राखी ने कहा।

मानव पूरे समय मुस्कुरा रहा था।

मानव ने जैसे ही कार अपने नए घर के driveway पर पार्क की, राखी आश्चर्य से चिल्ला पड़ी, "ये है आप लोगों का घर! WoW ये तो महल है।"

"वाक़ई मानव, मैंने तो सपने में भी नहीं सोचा था, अरे सोचा क्या देखा भी नहीं है ऐसा घर और वो भी मेरे यार मानव का। क्या कहने! Proud of you my friend", अमन ने भी आश्चर्य से कहा और मानव को अपने गले से लगा लिया।

"अच्छा चल, अंदर चलते हैं पहले और पूरा घर देख फिर बता कैसा लगा तुझे", मानव ने धीरे से कहा।

"चल, मैं अंदर से देखने के लिए बेताब हूँ।"

घर वाक़ई बेहद ख़ूबसूरत था। पाँच bedrooms थे, सभी bedrooms के साथ बाथरूम attached था, एक ऑफ़िस रूम था, एक रूम और था जिसे मधु ने पूजा रूम बनाने का सोचा था, दो लिविंग rooms, दो dinning place, एक बड़ा- सा किचन, एक gym, एक game room और एक media रूम था। घर में दो floors थे और बीच से एक सीढ़ी दूसरे floor के लिए जाती थी। क़रीब एक एकड़ का बड़ा-सा backyard था जिसके एक तरफ़ swimming पूल था। तीन कार रखने के लिए बड़ा-सा garage था। पूरा घर क़रीब-क़रीब furnished था बस अधिकतर दीवारें अभी ख़ाली थी। अमन, राखी और सरिता घर देखकर बहुत खुश हुए। उनकी बातों से ही लग रहा था कि उन्होंने ऐसा घर पहली बार देखा है।

"इतने बड़े घर में तुम दो लोग रहोगे?" अमन ने आश्चर्य से पूछा।

"अमन भैया मैंने मन से कहा था इतना बड़ा घर लेने की क्या ज़रूरत है मगर इनका कहना है कि घर एक ही बार लेना है जहाँ पूरी ज़िंदगी गुज़ारनी है तो वो अच्छा और बड़ा होना चाहिए भविष्य को ध्यान में रखते हुए।"

"मेरी समझ से मानव भैया ने बिलकुल सही सोचा। एक-दो महीने बाद ही तुम तीन होने वाले हो और फिर चार और फिर पाँच और फिर छह।"

"अरे अब तो ब्रेक लगा राखी। पागल हो गयी है क्या? दो बच्चों से ज़्यादा तो सोचना भी ग़लत है", मानव ने राखी को बीच में ही टोकते हुए कहा।

“अच्छा चलिए दो बच्चे और फिर उनके बच्चे भी होंगे और हम लोग भी तो आएँगे। इसलिए बड़ा घर अच्छा है। आपने ठीक किया मानव भैया।”

“अच्छा ‘मन’, जो पंडित जी ने लिस्ट दी थी वो कहाँ है? हमें गृह-प्रवेश की पूजा के लिए सामान भी तो लेना है।”

“हाँ चलते हैं। सामान ले कर सब यही रख जाते हैं फिर घर चल कर लंच करेंगे”, कहते हुए मानव घर में लॉक लगाने लगा।

“तुम भी कार चलाती हो मधु?” कार की ओर आते हुए सरिता ने पूछा।

“हाँ चलाती हूँ।”

“अरे ये तो इंडिया में भी चलाती थी भाभी। मधु तुम ही चलाओ। भाभी आप आगे बैठो। मैं, अमन और राखी पीछे बैठते हैं”, मानव ने चाभी मधु की ओर बढ़ाते हुए कहा।

“हाँ मधु तुम चलाओ। तुम्हें मैंने इंडिया में भी चलाते हुए नहीं देखा है”, राखी ने कहा।

फिर तीनों सब सामान ले घर में रख कर अपने अपार्टमेंट की ओर चल पड़े। गाड़ी अभी भी मधु ही चला रही थी। इस बार राखी आगे बैठी हुई थी।

गृह-प्रवेश की पूजा बहुत अच्छी तरह सम्पन्न हो गयी। सभी मेहमान घर देखकर बहुत खुश हुए और मानव और मधु को नए घर के लिए शुभकामनाएँ दीं। मानव ने एक कैमरा भी ख़रीदा हुआ था। पूरे प्रोग्राम और guests के खूब सारे फ़ोटो लिए गए। मेहमानों के चले जाने के बाद सब एक साथ सोफ़े पर बैठे हुए बातें कर रहे थे। बस मधु चाय बनाने गयी हुई थी।

“मधु, तुमने अमन और राखी को इनके कमरे दिखा दिए हैं ना? एक बार फिर चेक कर लेना प्लीज़ उसमें सब ठीक है ना”, मधु जैसे चाय ले कर आयी तो मानव ने कहा।

“मानव भैया, मधु ने हमें पहले ही सब दिखा दिया है। कमरों में सब कुछ है। आप चिंता मत करो। और वैसे भी हम मेहमान थोड़ी हैं। ये घर हम सब का है। कुछ ज़रूरत हुई तो ले लेंगे”, राखी ने झट से कहा।

“अरे मानव तू बेकार में मधु को परेशान कर रहा है फिर से देखने के लिए कह कर। कुछ भी चाहिए तो हम ले लेंगे। वैसे मधु ने दिन में ही हमें अपना कमरा दिखा दिया था। हमारा सब सामान हमारे कमरे में हीं है।”

“अरे अमन भैया इसमें कोई परेशानी नहीं है। मैं एक बार जल्दी से देख कर आ जाती हूँ।”

“तुम बैठो यहाँ और चाय पीओ। कहीं जाने की ज़रूरत नहीं है। जब हम कमरे में जाएँगे तो देख लेंगे और कुछ ज़रूरत होगी तो माँग लेंगे तुमसे”, अमन ने थोड़ा डाँटते हुए कहा।

मधु मुस्कुरा कर बैठ गयी और चाय पीने लगी।

अगले दिन जब मधु किचन में नाश्ता बना रही थी और सरिता उसकी मदद कर रही थी तभी उसने पूछा, “मधु, तुमने यहाँ job करने के लिए नहीं सोचा? मानव भैया ने मना किया क्या?”

“इन्होंने ने कभी मना नहीं किया भाभी। हम दोनों यहाँ आए ही थे, शायद पहले हफ़्ते में ही इन्होंने ने मुझे कहा था job करने के लिए। मगर मैंने ही मना कर दिया। मैंने कहा कि मैं घर सम्भालना चाहती हूँ। अगर ज़रूरत हुई तभी मैं जॉब करूँगी”, उसके बाद हमने इस बारे में कभी बात नहीं की।

"फिर दिन भर अकेले घर में तुम्हारा समय कैसे गुजरता है?"

"मैं बस घर और 'मन' के बारे में सोचती रहती हूँ और शाम कैसे हो जाती है मुझे पता ही नहीं चलता है। घर में TV भी है मगर मेरा अकेले देखने का मन ही नहीं होता है।"

"पैसे कमाने में तो कोई बुराई नहीं है। अगर तुम भी कुछ पैसे कमाओगी तो घर का ही फ़ायदा होगा और साथ ही अगर तुम्हें कुछ ख़ुद के लिए ख़रीदना हो तो किसी से पूछने की ज़रूरत नहीं है।"

"पूछने की ज़रूरत तो मुझे आज भी नहीं है भाभी। हमारा एक ही बैंक account है जो joint है। वो account मैं ही सम्भालती हूँ। 'मन' तो कभी बैंक जाते ही नहीं हैं। हम शॉपिंग करने भी एक साथ ही जाते हैं। उनको कैश की ज़रूरत होती है तो मुझसे माँगते हैं। उनकी सैलरी सीधे इस account में डिपॉज़िट होती है। उन्हें पता भी नहीं होता हैं कि सैलरी डिपॉज़िट हुई या नहीं। मैं ही देखती रहती हूँ। उनको ये भी पता नहीं है कि उनकी सैलरी exactly कितनी है। मुझे पता है। हमारे बीच पैसों को लेकर कभी कोई बात नहीं होती है।"

"मैं जानती हूँ मानव भैया बहुत अच्छे हैं मगर तुम्हारी खुद की financial security भी बहुत ज़रूरी है मधु। यहाँ मैंने सुना है तलाक़ वग़ैरह भी बहुत होते हैं। भगवान न करे मगर ऐसा कुछ आगे कभी तुम दोनों के बीच हुआ तो तुम क्या करोगी? मुझे तुम्हारी फ़िक्र है इसलिए कह रही हूँ। तुम अन्यथा मत लेना।"

"मैं समझ रही हूँ आप जो कह रही हैं भाभी। 'मन' के बिना तो मैंने कभी अपनी ज़िंदगी की कल्पना भी नहीं की है। अगर वे ही मेरी ज़िंदगी में नहीं रहेंगे तो मैं पैसे का क्या करूँगी। मुझे उनके प्यार के अलावा कुछ नहीं चाहिए। माफ कीजिएगा मैं ऐसी ही हूँ भाभी।"

"आप लोग ये क्या बेकार की बातें कर रहे हैं? भाभी मैंने सुना आप क्या कह रही थीं। मानव भैया और मधु का प्यार बिलकुल

अलग है। हम समझने की कोशिश भी करेंगे तो भी समझ नहीं पाएँगे। ये दोनों एक-दूसरे के लिए ही बने हैं। इनका रिश्ता एक-दूसरे की रूह से है। उस दिन नहीं कहा मानव भैया ने कि वे जो सोचते हैं वो भी मधु को पता चल जाता है। ये दोनों हमारी तरह नहीं हैं। इनमें कुछ खास बात तो है तभी देखिए कहाँ-से-कहाँ पहुँचे हैं बिना किसी सहारे के। इसलिए आप बिलकुल चिंता मत कीजिए। इनके साथ ऐसा कुछ भी बुरा नहीं होगा", राखी ने कहा जो शायद इन दोनों की बातें सुन रही थी।

"अरे मैं तो ऐसे ही पूछ रही थी। मधु तुम बुरा नहीं मानना प्लीज़", सरिता ने कहा।

"नहीं भाभी इसमें बुरा मानने की क्या बात है। आप को मेरी फ़िक्र है तभी तो पूछ रही थीं आप", मधु ने सरिता के कंधे पर हाथ रखते हुए कहा।

तीन हफ़्ते तो मानो पंख लगा कर तेज़ी से उड़ गए। अमन और सरिता भी इंडिया वापस चले गए थे। राखी, मधु और मानव के साथ ही रुक गयी थी और मधु की देख-भाल कर रही थी। अब मधु की delivery किसी भी दिन हो सकती थी। इसलिए राखी हमेशा उसके साथ रहती थी। यहाँ तक कि रात को भी राखी ही मधु के साथ सोती थी। मानव अलग कमरे में सोता था।

एक दिन जब मानव ऑफ़िस में था और राखी और मधु अकेले घर पर थे तो मधु ने पूछा, "राखी तू शादी कब कर रही है? तू मुझसे कुछ महीने ही छोटी है। तेरी शादी की बात चल रही है कही?"

"हाँ भैया के एक दोस्त हैं जो उनसे एक-दो साल छोटे हैं। हम दोनों एक दूसरे को पसंद करते हैं। उनके घरवालों से भी बात हो

गयी है। वे भी राज़ी हैं। शायद अगले साल शादी होगी। तुम्हें और मानव भैया को आना ही होगा। मैंने बता दिया है भाई को कि बिना तुम दोनों के मैं शादी नहीं करने वाली", राखी ने मुस्कुराते हुए कहा।

"अरे हम तो आएँगे ही। मगर ये जनाब है कौन? कभी बताया नहीं तूने?"

"अरे ये एक साल पहले की ही बात है। उनका नाम अमित है। भैया ने ही मिलवाया था उनसे। मैंने सोचा एक बार शादी की बात हो जाए फिर बताती हूँ तुम्हें। मुझे आश्चर्य है भाई ने मानव भैया को भी नहीं बताया अभी तक।"

"बताया होगा शायद लेकिन 'मन' ने मुझे नहीं बताया अभी तक", मधु ने कहा।

"हो ही नहीं सकता मैडम कि मानव भैया को पता हो और वे तुम्हें नहीं बताएँ।"

"हो सकता है भूल गए हों।"

"IIT के topper हैं मानव भैया। कुछ भूलते नहीं हैं। उनकी memory बहुत अच्छी है।"

"अच्छा! बड़ी आयी अपने भैया की तारीफ़ करने वाली। वैसे तू सही कह रही है। मानव की यादाश्त बहुत अच्छी है। और मेरी यादाश्त बहुत ख़राब है। दिन पर दिन ख़राब होती जा रही है लगता है। घर में सब सामान एक ही जगह पर मैं ही रखती हूँ और मैं ही भूल जाती हूँ कहाँ रखी है। 'मन' से पूछती हूँ तो वे झट से बता देते हैं," मधु ने मुस्कुराते हुए कहा।

"अजी आपको उन्हें प्यार करने या याद करने से फ़ुरसत मिले तब ना। उनकी कोई बात भूलती हो तुम? बताओ", राखी ने छेड़ते हुए पूछा।

"नहीं 'मन' की कोई बात नहीं भूलती", मधु ने शर्माते हुए कहा।

"आए हाय! अभी भी दुल्हन की तरह शरमा रही है। भैया के बारे में न सोच कर दूसरी चीजों के बारे में भी सोचा कीजिए मैडम, तब तो चीजें याद रहेंगी ना।"

दोनों ज़ोर से हँस पड़ी।

राखी की आवाज़ से अचानक मानव की नींद खुली तो देखा कि राखी सामने खड़ी कह रही थी, "भैया, मधु को हॉस्पिटल ले कर जाना होगा। उसे बहुत दर्द हो रहा है। I think it is the time".

मानव ने घड़ी देखी। रात के क़रीब तीन बज रहे थे। वो जल्दी से उठा और मधु के कमरे की ओर भागा। मधु दर्द में तड़प रही थी। मानव ने मधु को कभी भी इतने दर्द में नहीं देखा था। वो जल्दी से living रूम के पास आया और फ़ोन उठा कर 911 dial करने लगा। उस तरफ़ से आवाज़ आयी तो उसने उन्हें सब कुछ बताया।

मानव ने फ़ोन रखते ही राखी से कहा, "तुम जल्दी से कुछ पहन लो। मैं भी जल्दी से change कर लेता हूँ। अभी थोड़ी देर में ambulance आने वाली है।"

मानव और राखी ambulance से मधु तो लेकर हॉस्पिटल पहुँचे। डॉक्टर मधु को लेकर labor room में चले गए। एक डॉक्टर ने रूम से बाहर आ कर मानव और राखी से कहा कि चिंता की कोई बात नहीं है। मधु ठीक-ठाक है। डॉक्टर ने इन दोनों से रूम में आने के लिए कहा। मानव मधु को दर्द में नहीं देख सकता था इसलिए नहीं गया। राखी डॉक्टर के साथ रूम में चली गयी थी। मानव बाहर बेसब्री से इधर-उधर टहल रहा था। उसके चेहरे से ही लग रहा था कि वो बहुत तनाव में है। वो आँख बंद करके मातारानी से प्रार्थना करने लगा कि मधु के दर्द को कम कर दें।

क़रीब-क़रीब एक घंटे के बाद रूम का दरवाज़ा खुला और राखी ख़ुशी से भागते हुए मानव से लिपट कर चिल्लाई, "भैया लड़का हुआ है। आप दोनों का कृष्णा आ गया। बहुत cute है भैया। मुबारक हो।"

"मधु कैसी है?"

"वो बिलकुल ठीक है भैया।"

"तुमने देखा पूरे रास्ते उसे बहुत दर्द हो रहा था न। अब दर्द कैसा है? अब दर्द कम हो गया?"

"अरे भैया! इसमें दर्द होता ही है। अब बिलकुल ठीक है वो। अब कोई दर्द नहीं है उसे। आप खुश हो जाओ अब। मैं देख रही हूँ आप अब भी मधु को लेकर परेशान हैं। कृष्णा के आने की जैसे आपको कोई ख़ुशी ही नहीं है।"

"ऐसी बात नहीं है राखी। मैंने मधु को कभी दर्द में नहीं देखा न इसलिए परेशान हूँ।"

"मेरे प्यारे भैया, चलो मेरे साथ आप। जब तक आप मधु को देखेंगे नहीं तब तक आप परेशान ही रहेंगे मैं जानती हूँ", राखी ने कहा और हाथ पकड़ कर खींचती हुई रूम की ओर चल दी।

रूम में एक बेड पर मधु लेटी हुई थी। उसकी आँखें वार्ड के दरवाज़े पर ही टिकी हुई थी मानों किसी के आने का इंतज़ार हो। दरवाज़ा खुला और राखी और मानव अंदर दाख़िल हुए। मानव को देखते ही मधु के चेहरे पर बड़ी-सी मुस्कान, गाल पर बड़े-बड़े डिम्पल और आँखों में चमक सब एक साथ आ गयी।

"ये लो अपने प्यारे 'मन' को मधु। ये जनाब बाहर खड़े अब तक यही सोच कर परेशान हैं कि तुम दर्द में हो। मैंने कृष्णा के आने की ख़बर दी फिर भी ये तुम्हारे दर्द को लेकर ही परेशान हैं। मैंने इतना प्यार करने वाला पति नहीं देखा", राखी ने हँसते हुए कहा।

“मैं बिलकुल ठीक हूँ ‘मन’”, मधु ने मुस्कुराते हुए कहा।

“अब दर्द नहीं है ना”, मानव ने मधु के सिर पर बड़े प्यार से हाथ फेरते हुए कहा।

“नहीं कोई दर्द नहीं है अब। जो थोड़ा-बहुत था वो तुम्हारे प्यार भरे हाथों के छूते”। ही ग़ायब हो गया, मधु ने फिर से मुस्कुराते हुए कहा।

“Oh My God! ये प्राइवेट रूम है। कोई नहीं है यहाँ पर। आप लोग एक-दूसरे से प्यार-व्यार कर लो तब तक मैं बाहर जाती हूँ। वैसे कृष्णा कहाँ है, मधु?”

“उसे डॉक्टर कहीं ले कर गए हैं। कह रहे थे उसका weight लेना है और कुछ चेक अप भी करने हैं”, मधु ने कहा।

“perfect! तो मैं चली बाहर कृष्णा को खोजने और आप दोनों जब तक अकेले में जो भी करना है कर लो। मधु, ज़रा मेरे भैया को अपने गले लगा कर प्यार कर लो ताकि ये जो अंदर से अभी-भी रो रहे हैं न तुम्हारे उस दर्द की वजह से, उस से इनको आराम मिल जाए”, राखी ने हँसते हुए कहा और झट से कमरे से बाहर निकल गयी।

“यहाँ आओ मेरे पास ‘मन’। क्या हुआ? क्यों परेशान हो? देखो मैं बिलकुल ठीक हूँ”।

“मैं तुम्हें दर्द में छटपटाते देख कर बहुत डर गया था मधु”, मानव ने झुक कर मधु के चेहरे को अपने दोनों हाथों में ले कर उसके होठों को चूमते हुए कहा।

“ये दर्द delivery के समय हर लड़की को होता है। मेरी delivery तो ऩॉर्मल हुई है। कुछ लोगों को तो operation कर के baby को निकालना पड़ता है। हमारे कृष्णा ने मुझे बहुत कम परेशान किया और बहुत आसानी से बाहर आ गया।”

मानव ने मधु को थोड़ा-सा ऊपर उठा कर अपने सीने से लगा लिया। अब उसकी धड़कने थोड़ी ऩॉर्मल हो रही थी। मानव मधु का हाथ अपने हाथों में लेकर वही उस के पास एक कुर्सी पर बैठ गया।

थोड़ी देर बाद रूम का दरवाज़ा खुला और एक डाक्टर, नर्स और राखी कमरे में दाख़िल हुए। राखी की गोद में कृष्णा था।

"Hello Madhu! How are you feeling now?" मुस्कुराते हुए doctor ने मधु से पूछा।

"I am fine doctor".

"Great. Your baby is perfectly fine. We will keep you and your baby just for few hours under our observations and then you can go to your home. Before you go, we will give you the birth certificate of the baby as well as his vaccination chart with schedule. So please visit us for vaccination as per the schedule".

"Sure doctor, we will. He is my husband Manav. I do not know whether you met him or not".

"No, I didn't meet him. But I saw him outside walking anxiously. So, I guessed he must be the father. Hello Mr. Manav! Congratulations. Since it is your first baby, I can understand your anxiety. But now everything is fine. So, relax and enjoy the parenthood", डॉक्टर ने मानव से हाथ मिलाते हुए कहा।

क़रीब पाँच घंटे के बाद, मानव, मधु और राखी कृष्णा को ले कर हॉस्पिटल से discharge हो कर घर पहुँचे। घर आते ही सब से पहले

राखी ने इंडिया फ़ोन कर के अमन को ये समाचार दिया और फिर मधु ने अपनी माँ को फ़ोन किया और बताया। सब लोग ये समाचार सुन कर बहुत खुश हुए।

क़रीब बीस दिन के बाद राखी इंडिया वापस चली गयी। मानव, मधु और कृष्णा तीनों राखी को airport पर छोड़ने गए थे। जाते वक्त राखी की आँखों में आँसू थे। वो कृष्णा से बहुत प्यार करने लगी थी। दिनभर कृष्णा के साथ ही खेलती रहती थी।

"'मन', पिताजी ने अब भी हमें माफ़ नहीं किया। कम-से-कम एक बार फ़ोन कर के कृष्णा के बारे में तो पूछ सकते थे", मानव की बाँहों में एक रात मधु ने कहा। उसकी आवाज़ में दर्द था।

"हर चीज़ का एक समय होता है मधु। वो समय भी आएगा जब तुम्हारे पिताजी हमें माफ़ करे देंगे और सब ठीक हो जाएगा। तुम परेशान मत हो", मानव ने कहते हुए मधु को अपने सीने में भींच लिया।

तेरे अश्क़ की हर बूँद से, है रिश्ता सनम मेरी आँख का
तुझे एक पल भी गर ग़म मिले, मेरी हर खुशी फिर बेकार है

अपने तो अपने होते हैं

हाथ माँ का अगर जो तेरे सर पे है
इससे बढ़कर तो कोई दुआ हीं नहीं

मानव और मधु क़रीब पाँच साल के बाद पहली बार भारत जा रहे थे। राखी की शादी थी वहाँ। दोनों फ़्लाइट में बैठे हुए थे और कृष्णा जिसका पहला जन्मदिन इसी महीने मनाया गया था, वह मानव की गोद में बैठा आश्चर्य से इधर-उधर देख रहा था। उसके लिए फ़्लाइट का यह पहला सफ़र था। फ़्लाइट हवा को चीरती हुए तेज़ी से चली जा रही थी।

"याद है तुम्हें 'मन' जब हम भारत से यहाँ आ रहे थे, हम दोनों कितने मानसिक दबाब में थे। मैं तो फिर भी ठीक थी क्योंकि मैं तुम्हारे साथ थी मगर तुम्हारे चेहरे से तो टेन्शन साफ़ झलक रही थी। तुमने वे फ़्लाइट बिलकुल भी enjoy नहीं की थी।"

"वो सफ़र कैसे भूल सकता हूँ मधु। तुमसे शादी के बाद शादी की चिंता तो समाप्त हो गयी थी लेकिन एक चिंता अभी भी दिलो-दिमाग पर छाई हुई थी कि तुम अपने माता-पिता और सम्बन्धियों से इतनी दूर यहाँ अमेरिका में रह पाओगी या नहीं", मानव ने मुस्कुराते हुए कहा।

"सच कहूँ तो मेरी टेन्शन बिलकुल अलग थी तुमसे। मैं ये सोच-सोच कर परेशान हो रही थी कि मैं तुम्हारी अपेक्षाओं पर खड़ी उतर पाऊँगी या नहीं। यह सही था कि हम काफ़ी सालों से एक-दूसरे से प्यार कर रहे थे मगर हमने एक-दूसरे के साथ समय नहीं गुज़ारा

था। इसलिए एक-दूसरे की आदतों, कमियों और खूबियों से बिलकुल अंजान थे। मैं ऐसा सोचती थी कि कहीं तुम्हें ऐसा न लगे कि ये कैसी लड़की से तुमने शादी कर ली।"

"तुम ये सोचकर परेशान थी?" मानव ने ज़ोर से हँसते हुए कहा।

"हाँ।"

"यह तो मेरे दिमाग़ में भी नहीं आया था कि तुम ऐसा सोच रही थी। मुझ जैसे अनाथ और परिवार के लिए तरसे हुए लड़के की ज़िंदगी में तुम जैसी ख़ूबसूरत और अच्छी लड़की का आना किसी सपने से कम नहीं था। इससे बढ़कर तो मैं कुछ सोच भी नहीं सकता था। अच्छा यह बताओ, अब पाँच साल के बाद तुम्हें मेरे साथ कैसा लग रहा है?" मानव ने मधु को शरारत से देखते हुए पूछा

"मैंने जब से होश सम्भाला था मैंने हमेशा तुम जैसे जीवन-साथी की कल्पना की थी लेकिन इतनी ख़ूबसूरत ज़िंदगी जो मैं तुम्हारे साथ जी रही हूँ, ये तो कल्पना से भी परे थी मेरे लिए। मातारानी ने तुम्हें मेरी ज़िंदगी में देकर मेरी सारी मनोकामनाएँ पूरी कर दीं। अब मैं उनसे कुछ नहीं माँगती बस उनका धन्यवाद करती हूँ हर पल।"

"मेरी ज़िंदगी भी तुम्हारे आने से बदली है, मधु। वरना तुम जानती ही हो, मेरा बचपन कैसा गुजरा है। बस एक ही दुःख होता है कि मेरे नाना-नानी मुझे सफल होता हुआ नहीं देख पाए। माता-पिता की तो अब बहुत याद भी नहीं है मुझे मगर नाना-नानी ने बहुत कुछ सहा था मुझे पढ़ाने-लिखाने के लिए। काश वे देख पाते कि उनकी मेहनत और आशीर्वाद कितना फला-फूला है।"

"वे ऊपर से तुम्हें देख रहे हैं 'मन'। उनका आशीर्वाद हमेशा हमारे साथ है", मधु ने मानव के हाथ को अपने हाथों में लेते हुए कहा।

"इस बार हम एक-दो दिनों के लिए इलाहाबाद भी चलेंगे। चाचा-चाची से भी मिल लेंगे और थोड़ी देर के लिए वहीं से तुम्हें अपने गाँव भी ले चलूँगा। वहाँ यूँ तो अब कुछ भी नहीं है मगर फिर भी चलेंगे।"

"हाँ ज़रूर चलेंगे। मुझे भी तुम्हारी जन्मभूमि देखनी है। तुम्हारे चाचा-चाची का भी आशीर्वाद लेना है मुझे।"

कृष्णा मानव की गोद में ही सो चुका था। हवाई-जहाज़ बादलों के बीच से होता हुआ अपनी रफ़्तार से बढ़ता जा रहा था।

राखी की शादी बहुत ही अच्छे से हो गयी थी। वे सुबह ही विदा होकर अपने ससुराल गयी थी। शादी में मधु की माँ, दीदी और छोटा भाई भी आए हुए थे। सब लोग इतने वर्षों के बाद मधु से मिलकर बहुत खुश हुए थे। वे लोग मानव से मिलकर भी बहुत खुश थे। मधु का भाई और दीदी तो पहली बार मानव को देख रहे थे। कृष्णा तो उन सबका दुलारा बन गया था। सभी अपने-अपने घरों के लिए कल निकलने वाले थे। राखी की बिदाई से सब लोग थोड़े उदास थे और कमरे में बैठकर चाय पी रहे थे।

"मधु मैं जानती हूँ तेरे पापा अब भी तुमसे थोड़े नाराज़ हैं मगर उन्होंने हमें यहाँ आने से नहीं रोका। ये अच्छी बात है", मम्मीजी ने कहा।

"आपने उन्हें आने के लिया कहा था?"

"हाँ, कहा था लेकिन उन्होंने आने से मना कर दिया। मुझे मालूम है वे दिल के बुरे नहीं है। बस नाराज़ हैं तुमसे थोड़े। लेकिन अब उनकी ये नाराजगी थोड़ी-थोड़ी कम हो रही है ये तो मैं जानती हूँ। आजकल जब भी तेरा फ़ोन आता है वे आसपास ही रहते हैं। ऐसा जताते ज़रूर हैं जैसे उन्हें कुछ सुनाई नहीं दे रहा है मगर उनका सारा ध्यान उस वक़्त फ़ोन पर तुमसे हो रही बातचीत पर ही रहता है।"

“मैं जानती हूँ मम्मी मगर एक बात समझ में नहीं आती है, अब पाँच साल हो गए हैं। कृष्णा हो गया है। अब तो उन्हें समझना चाहिए”, मधु ने थोड़ी नाराज़गी से कहा।

“एक-दो दिन के लिए तुम और कृष्णा चलो हमारे साथ। तुम दोनों से मिलकर शायद उनका गुस्सा कुछ कम हो जाए”, मम्मी ने बड़े प्यार से कहा।

“और ‘मन’?”

“मानव भी आ सकता है, बस यही डर है कि कहीं वे मानव को कुछ ऐसा न कह दें जो उस को बुरा लग जाए। इसलिए इस बार बस तुम और कृष्णा चलो। तुम दोनों से मिलकर उनका गुस्सा जरूर कम हो जाएगा और फिर अगली बार तुम सब वहीं आना।”

“मम्मी, जहाँ ‘मन’ नहीं जा सकते, वहाँ मैं किसी क़ीमत पर नहीं जाऊँगी”, मधु ने स्पष्ट रूप से कह दिया।

“तुम्हारा उनसे मिलने को मन नहीं करता है?”

“बहुत करता है मगर उनकी सोच ग़लत है। वे जब तक अपनी सोच नहीं बदलेंगे मैं नहीं जाऊँगी।”

“वे तुम्हारे पापा हैं मधु। उनके बारे में ऐसे मत बोलो। तुम जाओगी तो उन्हें अच्छा लगेगा और हो सकता है उसके बाद सब ठीक हो जाए। तुम बेटी हो उनकी। तुम थोड़ा झुक जाओगी तो क्या हो जाएगा?” मम्मी ने कहा।

“मम्मी, आपको क्या लगता है मैं आना नहीं चाहती हूँ? मैं उनसे, चाचा-चाची और पूरे परिवार से नहीं मिलना चाहती हूँ?” मधु के होंठ काँप रहे थे ये कहते हुए और आँखें छलक रही थी।

मानव, अमन और उसके माता-पिता भी वहीं थे और सब सुन रहे थे। मानव उठकर मधु के पास आ गया और उसकी पीठ सहला कर उसे सांत्वना देने लगा।

"तो चलो ना", मम्मी ने कहा।

"मेरे लिए 'मन' सब कुछ हैं। जब तक पिताजी इन्हें दिल से नहीं अपनाएँगे और इन्हें ख़ुद आने के लिए नहीं कहेंगे, मैं नहीं आऊँगी। मेरे लिए इनके स्वाभिमान से बड़ा कुछ भी नहीं है।"

"अरे! इसमें मानव के स्वाभिमान की बात कहाँ से आ गयी? तुम्हारे पापाजी बस नाराज़ हैं अभी। तुम्हारे जाने से हो सकता है ये मनमुटाव ख़तम हो जाए और फिर अगली बार मानव भी आ जाएँगे वहाँ। मानव तुम्हीं समझाओ न इसे।"

"मधु, मम्मीजी ठीक ही कह रही हैं। तुम और कृष्णा चले जाओ दो-तीन दिन के लिए। तुम्हारे जाने से शायद अच्छा ही होगा", मानव ने कहा।

"Please 'मन'! तुम मुझे समझाने की कोशिश मत करो क्योंकि इस बारे में मैं तुम्हारी बात भी नहीं मानने वाली हूँ। मैं जानती हूँ तुम सीधे-सादे हो। इसलिए तुम्हारे स्वाभिमान की रक्षा करना मेरा धर्म है। जैसा मैं कह चुकी हूँ, मैं वहाँ तब तक नहीं जाऊँगी जब तक पापाजी खुद तुम्हें वहाँ आने के लिए ना कहें। मैं इस बारे में और कोई बात नहीं करना चाहती", मधु ने कहा और उठकर वहाँ से चली गयी।

"कोई बात नहीं मानव। ये भी अपने पापा पर ही गयी है", माँ की आवाज़ में थोड़ी निराशा थी।

"माँ, मधु ठीक ही कह रही है। पिताजी को पहले इनसे बात करनी चाहिए और विशेषकर मानव से और उन्हें मानव को घर आने के लिए आमंत्रित करना चाहिए। मैं भी मधु की जगह होती तो नहीं जाती", इस बार मधु की दीदी ने कहा।

फिर किसी ने कुछ नहीं कहा। मानव बस धीरे-धीरे मुस्कुरा रहा था।

उस रात जब सब सोने के लिए चले गए तो मधु ने मानव से कहा, “Sorry ‘मन’, मुझे दिन में तुमसे इस तरह से बात नहीं करनी चाहिए थी मगर तुम ही बताओ मैंने कुछ ग़लत कहा क्या?”

“इसमें sorry कहने की कोई बात नहीं है, मधु। तुमने कुछ भी ग़लत नहीं कहा मगर कभी-कभी रिश्तों के लिए सही-ग़लत के बारे में न सोचकर वह करना चाहिए जिससे बिगड़े हुए रिश्ते फिर से बन जाएँ। वे तुम्हारे पिताजी हैं। इसलिए वे हमारे लिए आदरणीय हैं और हमेशा रहेंगे। उनकी नाराज़गी मिटाने के लिए हमें सही-ग़लत के बारे में न सोचकर वह सब कुछ करना चाहिए जिससे उनकी नाराज़गी ख़त्म हो जाए।”

“‘मन’, मैं इसलिए माँ के साथ नहीं जाना चाहती क्योंकि मुझे डर है कि अगर मैं तुम्हारे बिना बस कृष्णा को लेकर चली गयी तो हो सकता है पापाजी तुम्हें कभी नहीं अपनाएँ। वे इसी बात से खुश हो जाएँ कि मैं और कृष्णा तो अब उनके पास आते-जाते रहेंगे। मेरे ना जाने से शायद उन्हें अपनी गलती का एहसास ज़्यादा हो। मेरे लिए तुम्हारी इज़्ज़त से बढ़कर कुछ-भी नहीं है। उन्हें अपनी ज़िंदगी में और अपने घर में तुम्हें वो स्थान देना ही पड़ेगा जो तुम deserve करते हो।”

“अच्छा बाबा! अब छोड़ो। चलो सोते हैं। कृष्णा भी देखो सो गया है। कल तुम्हारे घरवाले अपने-अपने घर चले जाएँगे। परसों हमें भी निकलना है। पहले हम कानपुर चलेंगे। मुझे IIT में अपने कुछ professors से मिलना है। फिर उसके बाद इलाहाबाद चलेंगे। वहाँ चाचा जी से मिलना है और फिर अपने और नाना-नानी के गाँव भी चलेंगे।”

“तुम्हारे चाचा-चाची जी के घर पहली बार जा रहे हैं हम। उनके लिए कुछ लेकर जाना चाहिए। कल जब मातारानी के मंदिर जाएँगे तब वहाँ से आते समय मार्केट से सब कुछ ख़रीद लेंगे। यहाँ के पेड़े बहुत मशहूर हैं। चाचा-चाची जी के लिए वे भी ले लेंगे।”

"ठीक कह रही हो तुम। पेड़े तो मुझे IIT के अपने professors के लिए भी लेने हैं। वहाँ से निकलने के बाद पहली बार उनसे मिलने जा रहा हूँ। कल ख़रीद लेंगे सब। परसों सुबह सात बजे की ट्रेन से निकल जाएँगे ताकि दोपहर तक कानपुर पहुँच जाएँ। कानपुर से देर रात की ट्रेन है इलाहाबाद के लिए। वहाँ दो रात रुक जाएँगे।"

बातें करते-करते दोनों कब सो गए उन्हें पता भी नहीं चला।

अगले दिन सुबह ही मधु की माँ, दीदी और भाई चले गए। मधु अपने पापाजी के लिए भी US से एक अच्छा-सा गिफ़्ट लाई थी जो उसने अपनी माँ के हाथ भेज दिया था।

उनके जाने के कुछ ही घंटों के बाद मधु और मानव कृष्णा के साथ मातारानी के मंदिर चले गए। अमन उनके साथ नहीं जा पाया क्योंकि अभी भी घर में कुछ नज़दीकी मेहमान थे ही। मधु और मानव जब सब कुछ ख़रीद कर वापस आए तो क़रीब-क़रीब शाम हो चुकी थी। खाना खाकर वे जल्दी ही सोने चले गए क्योंकि उन्हें सुबह ही कानपुर के लिए निकलना था। अमन भी जाना चाहता था मगर उसे भी अगले दिन ही सरिता के साथ दिल्ली के लिए निकलना था क्योंकि उसे अपना ऑफ़िस join करना था।

मधु और मानव जब कानपुर station पर उतरे तो दोपहर का क़रीब एक बज रहा था।

"मधु, हम कानपुर में हैं। तुम चाहो तो एक बार अपने घर जा सकती हो। हमारी इलाहाबाद की ट्रेन देर रात को है। मैं IIT चला जाता हूँ, तुम अपने घर पर सबसे मिलकर आ जाओ", मानव ने ट्रेन से उतर कर चलते हुए कहा।

"मैं कह चुकी हूँ 'मन', मैं तुम्हारे बिना अपने घर नहीं जाऊँगी और हम भी तभी जाएँगे जब पापाजी तुम्हें खुद आने के लिए कहेंगे।"

"चूँकि हम इसी शहर में हैं इसलिए मैंने तुमसे पूछ लिया। मैं ये कहना चाहता हूँ मधु कि तुम्हारे जाने से मुझे कोई बुरा नहीं लगेगा बल्कि मैं तो ख़ुद चाहता हूँ कि तुम जाओ। अपनों से क्या शिकायत रखना।"

"मैं जानती हूँ 'मन'। तुम सफ़ाई क्यों दे रहे हो? मैं इसलिए नहीं जाना चाहती हूँ क्योंकि मेरा तुम्हारे बिना जाना सही नहीं है और तुम्हारा मेरे पापाजी के आमंत्रण के बिना वहाँ जाना सही नहीं है। इसलिए, Let's not discuss it any more. समय के साथ सब अपने-आप सही हो जाएगा।"

मानव मुस्कुरा कर रह गया।

मानव और मधु दोनों IIT पहुँचे। मानव के professors, मानव से मिलकर बहुत खुश हुए। उन्होंने स्टूडेंट के साथ एक function भी रखा था जहाँ मानव ने स्टूडेंट के साथ अपने अनुभव share किए और उनके बहुत सारे सवालों के जवाब भी दिए। मधु भी मानव के साथ थी। उसका पूरा समय कृष्णा को सम्भालने में जा रहा था जो यहाँ से वहाँ भाग रहा था। मानव और मधु जब IIT से निकले तो अँधेरा हो चुका था। एक restaurant में dinner करने के बाद वे सीधे स्टेशन पहुँचे। ट्रेन आने में अभी तीन घंटे की देरी थी। वे waiting room में चले गए।

मानव के चाचा-चाची, मानव, मधु और कृष्णा से मिलकर बहुत खुश हुए। सारा दिन उन्होंने साथ ही बिताया। डिनर के बाद चाचा-चाची से विदा लेकर वे होटल में आ गए।

अगले दिन मानव, मधु और कृष्णा को अपने नाना-नानी के गाँव ले गया। गाँव के बहुत सारे लोग मानव को जानते थे। मधु के लिए किसी भी गाँव को इतने नज़दीक से देखने का पहला अनुभव था। गाँव के लोग भी मानव और उसके परिवार से मिलकर खुश थे।

मानव की एक महीने की छुट्टियाँ मानो पालक झपकते ही गुजर गयी थीं। वे दोनों दिल्ली Airport के गेट पर बैठे अपनी फ़्लाइट का इंतज़ार कर रहे थे। कृष्णा पास में ही यहाँ-वहाँ दौड़ रहा था।

"मन', मैं ज़रा बाथरूम से आती हूँ। तुम कृष्णा का ध्यान रखना।"

"ठीक है। वे देखो सामने ही बाथरूम है", मानव ने हाथ से इशारा करते हुए कहा।

मधु चली गयी और मानव कृष्णा के साथ खेलने लगा। मानव को कृष्णा के साथ खेलते हुए क़रीब आधा घंटा हो गया था। उसने बाथरूम की ओर देखा। मधु कहीं भी नज़र नहीं आ रही थी। वे कृष्णा को गोद में लेकर बाथरूम की ओर गया। चूँकि वह ladies बाथरूम था, इसलिए वह वहीं खड़े होकर मधु का इंतज़ार करने लगा। वह इधर-उधर दूर-दूर तक देख रहा था। लेकिन मधु कहीं भी नज़र नहीं आ रही थी। उसी समय एक लेडी बाथरूम से निकली।

"Excuse me", मानव ने बड़े अदब से कहा।

"जी, कहिए।"

"मेरी wife, क़रीब आधा घंटा पहले बाथरूम गयी थीं। अभी तक नहीं आयी हैं। आप प्लीज़ अंदर जाकर एक बार देख लेंगी कि वे वहाँ हैं या नहीं। उन्होंने नीले रंग का सलवार-सूट पहना हुआ है। उनका नाम मधु है।"

“वे इसी बाथरूम में गयी थीं?” उस लेडी ने पूछा।

“मैंने उन्हें अंदर जाते तो नहीं देखा था मगर मैंने उन्हें इसी ओर आते हुए देखा था।”

“आप चिंता नहीं कीजिए। मैं अभी देखकर आती हूँ”, कहते हुए वह लेडी बाथरूम में

चली गयी।

मानव वहीं कृष्णा को गोद में लिए इंतज़ार करने लगा। चिंता की रेखाएँ उसके चेहरे पर साफ़ दिखाई दे रही थी। वे यहाँ-वहाँ भी देख रहा था कि कहीं मधु दूसरी ओर तो नहीं चली गयी।

“अंदर तो कोई भी नहीं है। आप sure हैं वे इसी बाथरूम में गयी थीं?” लेडी बाथरूम से बाहर आते ही बोली।

“मैंने उन्हें इसी बाथरूम की ओर आने के लिए कहा था और वे इसी तरफ़ आयी भी थी। Anyway! आप का बहुत-बहुत शुक्रिया। मैं दूसरे बाथरूम की ओर जाकर देखता हूँ।”

“इसमें शुक्रिया की कोई बात नहीं है। लेकिन आप चिंता मत कीजिए। Airport से कहाँ जाएँगी वे। हो सकता है उस ओर कुछ ख़रीदने चली गयी हों”, उस लेडी ने मानव को सांत्वना देते हुए कहा और आगे चली गयी।

मानव वहीं खड़ा इधर-उधर देखते हुए सोचने लगा उसे क्या करना चाहिए। मधु बिना उसे बताए कहीं कुछ ख़रीदने जा नहीं सकती थी। सामने गेट के पास सीट पर उसका सामान भी पड़ा हुआ था। वे धीरे-धीरे चारों ओर देखते हुए अपनी सीट की ओर जाने लगा। अभी वे अपनी सीट के पास पहुँचा ही था कि दूर दूसरी ओर से उसे मधु आती हुई दिखाई दी। वे इधर-उधर देख रही थी मानो किसी को ढूँढ रही हो। अचानक उसकी नज़र दूर खड़े मानव पर पड़ी जो उसी की

ओर देख रहा था। उसने वहीं से हाथ हिलाया और उसके चेहरे पर मुस्कान खिल उठी जिसे मानव उतनी दूर से भी साफ़ देख सकता था। मानव ने देखा मधु के साथ ही एक आदमी चल रहा था। मधु ने उस आदमी से मानव की ओर इशारा करके कुछ कहा। मानव उस आदमी को पहचानने की कोशिश कर रहा था। इतनी देर में मधु क़रीब आ गयी।

"तो ये हैं आपके पति", उस आदमी ने मानव की ओर देखते हुए कहा।

"जी हाँ। Thank you very much. 'मन' ये airport security से हैं। मैं गुम हो गयी थी। मुझे gate नम्बर भी याद नहीं था। बस इतना पता था कि हमारी फ़्लाइट London की है। ये मुझे यहाँ तक ले आए।"

"You are welcome Mam. अब आप गुम मत होईएगा। कम-से-कम अपना गेट नम्बर और फ़्लाइट नम्बर याद रखिएगा", उस आदमी ने मुस्कुराते हुए कहा और चला गया।

"तुम चली कहाँ गयी थी और गुम कैसे हो गयी?"

"अरे क्या बताऊँ? बाथरूम से निकल कर पता नहीं मैं किस ओर चली गयी। तुम कहीं नज़र नहीं आ रहे थे। मैं आगे बढ़ते चली गयी मगर तुम कहीं नहीं दिखे। फिर मैं बहुत घबरा गयी और मुझे बहुत डर लगने लगा। मैं समझ नहीं पा रही थी कि मैं क्या करूँ। जब कुछ समझ नहीं आया तो मैंने एक security के आदमी से पूछा। अच्छा हुआ मुझे इतना याद था कि हमारी पहली फ़्लाइट लंदन की थी। उस security वाले ने फिर मुझे इस भैया के साथ भेजा कि वे मुझे लंदन वाली फ़्लाइट के गेट पर ले आए", मधु के चेहरे पर डर अभी थी साफ़ झलक रहा था।

"तुम इस सामने वाले बाथरूम में तो गयी थी", मानव ने बाथरूम की ओर हाथ से इशारा करते हुए कहा।

"पता नहीं मुझे क्या हो गया था। बाद में तो मैं इतना घबरा गयी थी कि मुझे कुछ भी याद नहीं आ रहा था। मैं तुम्हें बता नहीं सकती, मैं कितना डर गयी थी।"

"तुम्हारे चेहरे से साफ़ दिख रहा है तुम कितनी परेशान थी। मैं भी बहुत डर गया था। यहाँ सामान और कृष्णा दोनों थे। मैं समझ नहीं पा रहा था तुम्हें कैसे तलाश करूँ। Thank God तुम आ गयी।"

"I am sorry, 'मन'। ना जाने क्या हो गया था मुझे।"

"ख़ैर! छोड़ो अब। सब ठीक हो गया और अब तुम मेरे पास हो।"

फ़्लाइट में boarding की घोषणा हो गयी थी। मधु और मानव बोर्डिंग की क़तार में खड़े अपनी बारी का इंतज़ार कर रहे थे। कृष्णा उनके पास ही मानव की उँगलियाँ पकड़े खड़ा था।

"मिल गयी आपकी बीबी?"

मानव ने देखा वही लेडी मुस्कुराते हुए पूछ रही थी जो थोड़ी देर पहले बाथरूम में मधु को खोजने गयी थी।

"जी हाँ! यही मधु हैं", मानव ने मुस्कुराते हुए मधु की ओर इशारा करके जवाब दिया।

"माशा अल्लाह! ये इतनी ख़ूबसूरत हैं कि ये तो अँधेरों में भी खो नहीं सकतीं। मैंने कहा था आपसे airport में कोई गुम नहीं हो सकता।"

फिर वह मधु की ओर मुख़ातिब होते हुए बोली, "वैसे आपके पति आपसे बहुत प्यार करते हैं। आप थोड़ी देर के लिए इनकी आँखों से ओझल हुई थीं तो ये बहुत परेशान हो गए थे।"

“शुक्रिया आपका”, मधु ने मुस्कुरा कर जवाब दिया।

“वैसे मेरा नाम प्रतिमा है। मैं लंदन में रहती हूँ। आप लोग भी वहीं रहते हैं क्या?”

“जी नहीं, हम अमेरिका में रहते हैं। लंदन से दूसरी फ़्लाइट है हमारी”, मधु ने जवाब दिया।

“Oh Nice! चलिए कुछ घंटों के लिए ही सही हम एक-दूसरे के हमसफ़र तो हुए। ये आपका बेटा है? बहुत ही cute है।”

“जी Thank You”, मधु ने फिर से मुस्कुराकर कहा।

Flight अपनी गति से आगे बढ़ रही थी। मानव और मधु ने अभी-अभी खाना ख़त्म किया था। कृष्णा मानव की गोद में सो चुका था।

“‘मन’, मुझे ये सोचकर अभी भी अंदर से बहुत घबराहट हो रही है और डर लग रहा है कि मैं airport पर गुम हो गयी थी। मैं बता नहीं सकती तुम्हें कि मेरी क्या हालत थी। मैं इतना घबरा गयी थी कि मुझे कुछ भी याद नहीं आ रहा था। वे तो शुक्र है मुझे थोड़ी देर बाद ये तो याद आया कि हमारी फ़्लाइट लंदन की थी। वरना मैं तो तुम्हारे पास पहुँच ही नहीं पाती”, मधु ने मानव का हाथ अपने हाथ में लेते हुए कहा। उसके चेहरे पर परेशानी साफ़ झलक रही थी। मानव ने महसूस किया मधु का हाथ अभी भी काँप रहा था।

मानव ने अपना दूसरा हाथ मधु के काँपते हाथों पर रखा।

“तुम बेकार में इतना टेन्शन ले रही हो, मधु। Airport इतनी छोटी-सी जगह है कि वहाँ कोई गुम नहीं हो सकता। तुम बस बाथरूम से दूसरी ओर निकल गयी थी। हो जाता है ऐसा कभी-कभी। और तुम्हें क्या लगता है मैं तुम्हें छोड़कर चला जाता?”

“नहीं, तुम मुझे छोड़कर नहीं जाते मगर तुम मुझे खोजते कैसे?”

“अरे यार! Airport पर 12-15 तो गेट हैं। तुम यूँ ही हर गेट पर घूमते हुए मेरे पास पहुँच ही जाती।”

“मुझे यही तो समझ नहीं आ रहा था कि मुझे हर गेट पर जाना है। मैं बहुत घबरा गयी थी। मेरा मस्तिष्क मानो सुन्न पड़ गया था।”

“कभी-कभी हम जब घबरा जाते हैं तो ऐसा हो जाता है। तुम बेकार में इतना सोच रही हो। अब फ़्लाइट का आनंद उठाओ। इस बार शादी के बाद पहली बार मम्मी, दीदी और भाई से मिलकर कैसा लगा?” मानव ने विषय बदलते हुए पूछा।

“बहुत अच्छा लगा। लेकिन मुझे तुम्हारे चाचा-चाची से मिलकर और तुम्हारे गाँव जाकर बहुत अच्छा लगा।”

“अच्छा होता अगर तुम अपने घर चली जाती और अपने पापा से भी मिल लेती।”

“मैं जानती हूँ ‘मन’ लेकिन उसके लिए मेरे पापा को अपनी सोच बदलनी पड़ेगी और तुम्हें आदर-सम्मान के साथ बुलाना होगा।”

“मेरी समझ से अगर तुम चली जाती तो अच्छा होता। उनकी नाराज़गी थोड़ी कम हो जाती।”

“मैं अपने पापा को तुमसे अच्छा जानती हूँ ‘मन’। मुझ पर यक़ीन रखो मैं जो कर रही हूँ वो ठीक कर रही हूँ। मुझे हैंडल करने दो इसे। मम्मी, दीदी और भाई से तो मुलाक़ात हो गयी। उनसे बातें भी होती ही रहती हैं। वक़्त के साथ सब ठीक हो जाएगा।”

“ये हुई ना बात मेरी मधु जैसी। अभी थोड़ी देर पहले बेकार में इतनी घबराई हुई थी”, मानव ने मुस्कुराते हुए कहा।

“वो तो मैं जब भी उस समय अपनी हालत पर सोचती हूँ तो घबरा जाती हूँ। एक बार के लिए सोचो ‘मन’ अगर मुझे ये भी याद नहीं आता कि मेरी लंदन की फ़्लाइट है तो?”

“तुम्हें मेरी शक्ल और मेरा नाम याद था?” मानव ने पूछा।

“हाँ! वे मैं कैसे भूल सकती हूँ”, मधु झट से बोली।

“तुम सब़ कुछ भूल जाओ बस मुझे याद रखना, बाक़ी सब मैं सम्भाल लूँगा”, मानव ने मधु की आँखों में देखते हुए कहा।

“अच्छा मानो! मैं तुम्हें भी भूल गयी तो?” इस बार मधु ने मानव को छेड़ते हुए मुस्कुरा कर कहा।

“ऐसा मत कहो, मधु। मैं कल्पना भी नहीं कर सकता कि तुम मुझे भूल जाओ”, ये कहते-कहते मानव उदास हो गया।

“मैं तो मज़ाक़ कर रही थी। मैं भला तुम्हें कैसे भूल सकती हूँ। सब कुछ भूल सकती हूँ मगर तुम्हें नहीं। मैं मरने के बाद भी तुम्हें नहीं भूल सकती।”

“तो फिर कोई गल नहीं कुड़िये। तू बस मुझे याद रख फिर उसके बाद भले पूरे जमाने को भूल जा, मैं तुझे गुम नहीं होने दूँगा”, मानव ने बड़े प्यार से कहा।

“इतना प्यार करते हो मुझसे?” मधु ने मुस्कुराते हुए पूछा।

“इससे भी ज़्यादा।”

“अच्छा! कभी जताते तो हो नहीं”, मधु ने छेड़ते हुए कहा।

“अच्छा जी! मैं जताता नहीं हूँ? ये सही है तुम मुझसे ज़्यादा प्यार जताती हो मगर मैं भी जताता तो हूँ ना वरना ये कहाँ से आता?” मानव ने कृष्णा की ओर इशारा करते हुए मुस्कुरा कर कहा।

“हाँ बस उसी एक समय बहुत प्यार जताते हो तुम”, मधु ने फिर से छेड़ते हुए कहा।

मानव मुस्कुरा कर दूसरी ओर देखने लगा।

समय कब किसी के लिए रुकता है। वह अपनी रफ़्तार से बढ़ता जा रहा था। मानव और मधु भी अपनी ज़िंदगी में खुश थे। कृष्णा 2nd grade में पढ़ रहा था। उनका दूसरा बेटा कन्हैया भी तीन साल का हो चुका था। मानव अपने career में अच्छा कर रहा था। मधु घर और बच्चों में व्यस्त रहती थी। भारत भी दोनों क़रीब-क़रीब हर साल जाते ही थे अब। उनकी ज़िंदगी में सब कुछ ठीक चल रहा था। बस अभी भी मधु के पापाजी की नाराज़गी ख़त्म नहीं हुई थी। यही एक मलाल उन्हें अभी भी था।

“क्या हुआ मधु? सब ठीक है?” मधु ने जैसे ही दरवाज़ा खोला, मानव ने उसे उदास देख कर पूछा।

“कृष्णा और कन्हैया कहाँ हैं?” मानव ने फिर झट से पूछा।

“दोनों भाई कृष्णा के कमरे में हैं। तुम फ़्रेश हो लो मैं चाय लेकर आती हूँ”, मधु की आवाज़ में उदासी थी।

“चाय बाद में। तुम बैठो यहाँ पहले और बताओ उदास क्यों हो? तबियत ठीक है तुम्हारी?” मानव ने मधु का हाथ पकड़ कर सोफ़े पर बिठाते हुए कहा। वह भी मधु की बग़ल में बैठ गया।

“माँ का फ़ोन आया था। पापा को कैंसर है”, मधु यह कह कर मानव के कंधे से लग कर रोने लगी।

“What? Cancer? वे इतने sure कैसे हो सकते हैं कि cancer ही है?”

"दिल्ली में test किए थे और रिपोर्ट के बाद डॉक्टर ने बताया, फिर वे लोग Bombay गए और वहाँ डॉक्टर ने फिर से टेस्ट किया और confirm कर दिया। वहाँ इसका कोई treatment नहीं है। पापा अब घर आ गए हैं", मधु रोते हुए ही बोल रही थी।

"तुम पहले चुप हो जाओ", मानव ने मधु के सिर को अपने कंधे से अलग करके अपने हाथों से उसके आँसुओं को पोछते हुए कहा।"

"अब मेरी बात ध्यान से सुनो", मानव ने कहा और कहता चला गया, "यहाँ Houston में MD ANDERSON विश्व का सबसे बड़ा कैंसर हॉस्पिटल है। हम पापाजी का इलाज यहाँ पर करवाएँगे और तुम्हारी मातारानी ने चाहा तो वे बिलकुल ठीक हो जाएँगे। तुम उनकी चिंता बिलकुल मत करो, मैं हूँ ना। मैं सब ठीक कर दूँगा।"

"वहाँ Bombay में भी डॉक्टर ने यही कहा था कि अगर उनका इलाज हो सकता है तो सिर्फ़ अमेरिका में", मधु ने कहा। अब वो थोड़ा संभल चुकी थी। शायद मानव की बात ने उसके बुझे हुए दिल में एक रोशनी जला दी थी।

"अरे पगली! अमेरिका में, वो भी Houston में, जहाँ हम रहते हैं। ये मातारानी की कृपा है हम लोग यहीं हैं।"

"क्या वे आएँगे यहाँ पर?" मधु फिर उदास हो गयी।

"अरे! क्यों नहीं आएँगे? कोई भी नाराज़गी ज़िंदगी से बड़ी नहीं होती। उन्हें आना ही पड़ेगा। मैं बात करूँगा उनसे।"

मानव की बातों का मधु पर असर हुआ। अब वे थोड़ा नॉर्मल दिख रही थी।

"अच्छा मैं ज़रा फ्रेश होकर आता हूँ। तुम चाय बना लो। फिर बैठकर आराम से आगे के बारे में बात करते हैं। और हाँ! पहले जाकर उन दोनों बदमाशों को देखो। कुछ आवाज़ नहीं आ रही है। अभी तक

मेरे पास भी नहीं आए। ज़रूर कुछ गड़बड़ कर रहे होंगे", मानव ने उठकर बेडरूम की ओर जाते हुए कहा।

मानव बाथरूम से फ्रेश होकर निकला ही था कि कन्हैया डैडी-डैडी कहते हुए उसकी टाँगों से लिपट गया।

"कैसा है मेरा कान्हा?" मानव ने कन्हैया को झट से अपनी गोद में उठा लिया और उसके गालों को अपने होठों से चूमते हुए प्यार से कहा।

"My डैडी", कन्हैया हँसते हुए मानव के गले से लग गया।

"Dad! When did you come?" कृष्णा ने कमरे में आते हुए कहा। शायद उसने मानव और कन्हैया की आवाज़ सुन ली थी।

"मुझे आए तो आधा घंटा हो गया। तुम कहाँ थे?"

"I was in my room doing my homework".

"स्कूल में कैसा रहा आज?"

"It was fun dad. I got 100% in maths test today", कृष्णा ने चहकते हुए कहा।

"Very good. Keep it up. चलो तुम्हारी mom इंतज़ार कर रही होगी चाय पर", मानव ने कहते हुए dining area में प्रवेश किया। मधु चाय ट्रे में लेकर किचन से आ ही रही थी।

"Fresh हो लिए तुम? कान्हा नीचे आओ। डैडी को चाय पीने दो।"

"रहने दो इसे मेरे ही पास", मानव ने कन्हैया के गालों को फिर से चूमते हुए कहा। कन्हैया जोर से हँस पड़ा।

“अरे ये चाय पीने नहीं देगा। एक मिनट शांत बैठता है कभी ये? चाय गिरा देगा अपने पर भी और तुम पर भी। चलो आओ मेरे पास”, मधु ने कन्हैया को अपनी गोद में लेते हुए कहा।

“नहीं, मुझे डैडी के पास रहना है”, कन्हैया और ज़ोर से मानव से चिपट गया।

“देखो मैं तुम्हारे लिए क्या लाई हूँ? तुम्हारी favorite cookies और केक भी। पहले तुम खा लो फिर डैडी के पास चले जाना। तब तक डैडी भी चाय पी लेंगे”, मधु ने कन्हैया को अपनी गोद में लेते हुए कहा।

“केक”, कन्हैया खिलखिलाकर हँसने लगा और मधु की गोद से उतरने लगा।

“अरे तुम गोद से कहाँ उतर रहे हो, मैं खिला देती हूँ”, मधु ने कन्हैया को नीचे की कुर्सी पर बिठाते हुए कहा।

“No”, कन्हैया ने सामने रखे प्लास्टिक के baby-spoon से थोड़ा केक अपने मुँह में डालते हुए कहा।

“अरे बेटा! गिर जाएगा तुमसे।”

“No”

“इसने जब से ‘Yes’, ‘No’ बोलना सीख लिया है तब से बहुत ज़िद्दी हो गया है। अपना कोई काम मुझे करने ही नहीं देता। झट से कह देता है ‘No’, मधु ने मानव की ओर देखकर मुस्कुराते हुए कहा।

“मेरा बेटा अपना काम खुद करना चाहता है। इसमें क्या problem है? क्यों कान्हा?” मानव ने कान्हा की ओर मुस्कुराकर देखते हुए पूछा।

कन्हैया केक का एक ओर टुकड़ा अपने मुँह में डालकर खिलखिला कर हँस पड़ा।

मानव भी मधु की ओर देखकर मुस्कुराने लगा जो कान्हा को खिलखिलाते हुए देखकर मुस्कुरा रही थी। कान्हा के भी दोनों गालों पर मधु की ही तरह डिम्पल पड़ते थे।

"जब यह केक नीचे गिराएगा न तब दिखाऊँगी तुम्हें ये अपना काम खुद कैसे करता है", मधु ने शिकायत भरे अंदाज में मगर बड़े प्यार से कहा। वह अभी भी कान्हा की ओर ही देख रही थी और मुस्कुरा रही थी।

"कान्हा नीचे नहीं गिराएगा। क्यों कान्हा? और अगर गिर भी गया तो कोई बात नहीं, डैडी साफ़ कर देंगे", मानव ने कान्हा के डिम्पल पर अपनी ऊँगली फेरते हुए बड़े प्यार से कहा।

कन्हैया खिलखिला कर ज़ोर से हँस पड़ा। शायद मानव के स्पर्श से उसे गुदगुदी हो रही थी।

मधु मुस्कुराते हुए प्यार से बाप-बेटे का लाड़ देख रही थी।

मानव, कन्हैया और कृष्णा दोनों के साथ बहुत अच्छा था। दोनों भी अधिकतर मानव के आसपास ही रहते थे। बचपन से ही जब भी दोनों कभी रोते थे, मानव की गोद में आते ही चुप हो जाते थे। मधु को भी आश्चर्य होता था। मानव के स्पर्श में ही शायद कुछ ऐसा था। मानव घर आने के बाद अधिकतर इन दोनों के साथ ही खेलता था। कृष्णा जब से स्कूल जाने लगा था, उसकी पढ़ाई की देख-रेख वैसे तो मधु ही करती थी मगर मानव भी उसकी पढ़ाई पर पूरा ध्यान रखता था।

"Dad! Mom was crying today. When I came from school, she was sad and once I saw her crying. I asked her but she did not tell me the reason. Did you fight with her?" अचानक कृष्णा ने पूछा।

"No बेटा। तुम्हारे नाना बीमार हैं। इसलिए वे रो रही थीं।"

"नाना, who is nana?" कृष्णा ने आश्चर्य से पूछा।

"Your mom's dad".

"Oh! You mean grand pa?"

"और अंग्रेज बनाओ इसे", मधु ने थोड़ा गुस्से में कहा।

"Mom, I didn't know what 'nana' means. Now I know your dad is my 'nana'".

"अच्छा? Then what about your dad's father?

"He is also grand pa. But I know he is no more".

"इसीलिए कहती हूँ न हिंदी सीखो। हिंदी में दो word हैं इसके लिए, 'दादा' और 'नाना'। no confusion".

"I know Hindi Mom", कृष्णा ने थोड़ा गुस्से में कहा।

"देखो, अंग्रेज बना दिया है पूरा इसे", मधु ने गुस्से में मगर मुस्कुराते हुए मानव से कहा।

"मैंने? अरे! ये तो पैदा हुआ है यहाँ। यहीं की भाषा बोलेगा ना", मानव ने हँसते हुए कहा।

"पैदा किसने किया है?" मधु के कहा।

"मैंने? क्या हो गया है तुम्हें मधु?"

इन दोनों की बात सुनकर कृष्णा ज़ोर से हँस पड़ा। उसे देखकर कन्हैया भी खिलखिला पड़ा।

"हँस तो ऐसे रहा है मानो सब समझ में आ रहा हो", मधु ने कृष्णा की ओर इशारा करते हुए कहा।

"Mom, I am not a kid anymore. I understand everything", कृष्णा ने मुस्कुराते हुए कहा।

"फिर हिंदी में क्यों नहीं बात करता हमसे? हम हिंदी में बोलते हैं और English में जवाब मिलता है", मधु ने कृष्णा से पूछा।

"क्योंकि आप दोनों को 'इंग्लिश' आता है", कृष्णा ने मुस्कुराते हुए बोला।

"English 'आता' नहीं, English 'आती' है। इसीलिए कहती हूँ, हम लोगों से हिंदी में ही बात किया कर। हिंदी सुधर जाएगी तेरी।"

"Mom, your 'Hindi' is a complicated language".

"My 'Hindi'? तुम्हारी language कौन-सी है?"

"Obviously, English"

"देख लो इसे, ये तो हिंदी को अपनी भाषा मानता ही नहीं है", मधु ने मानव की ओर देखते हुए शिकायत के लहजे में कहा।

"शांति, शांति, शांति। भाषा पर बहस फिर कभी कर लेंगे। अभी कुछ important बातें करनी हैं। कृष्णा, तुम दोनों भाई मेरे बेडरूम या अपने कमरे में जाओ। अभी तुम जा कर पढ़ो और अपने भाई कान्हा का भी ख़्याल रखना। मुझे और तुम्हारी mom को India में तुम्हारे नाना से बातें करनी हैं", मानव और मधु ने कृष्णा को समझाते हुए कहा।

"Is nana seriously sick dad?"

"Yes, little serious. But he will be fine. Don't worry".

कृष्णा, कन्हैया को लेकर अपने कमरे में चला गया।

"मम्मी, उठ गयी होंगी क्या या थोड़ी देर और रुककर call करें?" मानव ने पूछा।

"मम्मी और पापा बहुत जल्दी उठते हैं। वहाँ तो आठ बजने वाले होंगे। उठ गए होंगे अब तक तो।"

"ठीक है तो call करो।"

मधु, फ़ोन उठा कर लायी और call करने लगी। उसने फ़ोन का स्पीकर on कर दिया था। फ़ोन की घंटी की आवाज़ सुनाई दे रही थी।

"हेलो"

"प्रणाम मम्मी! मैं मधु बोल रही हूँ। कैसी हैं आप? पापा कैसे हैं?"

"खुश रहो। मैं ठीक हूँ। तुम्हारे पापा वैसे तो ठीक ही हैं।"

"मम्मी, 'मन' भी यहीं हैं और आपको सुन रहे हैं।"

"चरण-स्पर्श मम्मीजी।"

"हमेशा खुश रहो मानव। तुम्हें तो मधु ने बताया ही होगा बेटा। मेरा तो सब कुछ लुट गया अब। समझ ही नहीं आ रहा क्या करूँ", ये कहते हुए मधु की मम्मी रो पड़ी।

"मम्मीजी, प्लीज़ सम्भालिए अपने-आप को। इस तरह हिम्मत हारने से कुछ नहीं होगा।"

"बेटे! हिम्मत रखने के लिए कुछ हो भी तो। यहाँ के डॉक्टर ने तो जवाब दे दिया है कि वे कुछ भी नहीं कर सकते हैं। इन्हें घर पर भेज दिया है", मम्मीजी फिर से रो पड़ीं।

"मम्मी जी, यहाँ Houston, जिस शहर में हम रहते हैं, वहीं विश्व का सबसे बड़ा कैंसर हॉस्पिटल है। आप उन्हें लेकर आ जाइए। मुझे उम्मीद है यहाँ वे ठीक हो जाएँगे।"

"बेटे! Bombay में भी डॉक्टर ने यही कहा था कि अगर कुछ उम्मीद है तो वे अमेरिका में ही हो सकता है। लेकिन वो बहुत महँगा

पड़ेगा। तुम्हें शायद पता नहीं है, अब हम financially पहले जैसे नहीं हैं। आज से पाँच साल पहले ही मधु के पापा और चाचा में business का बँटवारा हो गया था। उसके बाद से business बहुत down हो गया है। अब financially हमारे पास इतना नहीं है कि हम इन्हें वहाँ लाकर इलाज करा सकें", मम्मी ने बहुत उदास होकर कहा।

"मम्मीजी कैसी बात कर रही हैं आप? मैं और मधु यहाँ पर हैं। फिर कैसी चिंता है आप को। आप बस पापाजी को लेकर आ जाइए बाक़ी हम दोनों सम्भाल लेंगे। सोचिए, मातारानी की कृपा ही है कि मैं और मधु उसी शहर में हैं जहाँ पापाजी का इलाज हो सकता है। अपना घर है यहाँ पर। फिर क्या फ़िक्र करनी है। मैं वीज़ा के लिए पेपर भेजता हूँ आपको। आप दिल्ली चले जाइए वहाँ मेरा मित्र अमन है। उसे आप जानती ही हैं। मैं उसे सब कुछ बता दूँगा। वे सब सम्भाल लेगा वहाँ पर और एक बार आप लोग यहाँ आ गए तो हम लोग हैं ही।"

"बेटे! ये सम्भव नहीं है। हमारे यहाँ अपनी बेटी के घर का पानी भी नहीं पीते हैं। हम तुमसे मदद लें ये ठीक नहीं होगा।"

"किस जमाने में रह रही हैं मम्मीजी आप? समय बदल गया है। बेटे और बेटी में कोई अंतर नहीं है अब। और आप मुझे बेटा भी कह रही हैं और फिर पराया भी कर दे रही हैं। आप के तो दो-दो नाती हैं अब। और सब से बड़ी बात ये है कि ये समय इन बेकार की बातों को सोचने का नहीं है। ये पापाजी को बचाने का समय है। इंसान की ज़िंदगी से बड़ी कोई चीज़ नहीं है", मानव ने समझाते हुए कहा।

"बेटे! मैं तो तुम्हें अपना बेटा ही मानती हूँ। मैं तो इन्हें बचाने के लिए किसी भी हद तक जाने को तैयार हूँ। मैं तो चाहती हूँ कि अगर थोड़ी-सी भी उम्मीद इनके ठीक होने की वहाँ पर है तो मैं इन्हें लेकर वहाँ आ जाऊँ। मगर मुझे लगता नहीं है कि ये तुम्हारे पास आने के लिए तैयार होंगे।"

"मम्मीजी उन्हें यहाँ नहीं आने का तो option ही नहीं है। हम सबको मिलकर उन्हें ठीक करना है। उन्हें यहाँ आना ही होगा। मैं अभी बात कर सकता हूँ उनसे?"

"तुम बात करोगे?" मम्मीजी ने झट से पूछा।

"क्यों नहीं? वे मेरे भी पापाजी हैं।"

"ठीक है मैं उन्हें फ़ोन देती हूँ", मम्मीजी ने कहा।

मधु बैठी चुप-चाप सुन रही थी।

मानव ने गहरी साँस ली। वे पहली बार मधु के पापा से बात करने जा रहा था। दिलो-दिमाग़ में एक भूचाल-सा चल रहा था। मगर वो बस मधु के पापा की बीमारी पर अपना ध्यान केंद्रित कर रहा था। वो और सभी बातों को भुला देना चाहता था। वो सोच रहा था कि उसे अपने पिता से बात करनी है जो एक जानलेवा बीमारी से पीड़ित हैं। पिता उससे थोड़े नाराज़ हैं और उसे उन्हें मनाना है। उसका दिमाग़ इसी उधेड़बुन में तेज़ी से भाग रहा था।

"हेलो", दूसरी तरफ़ से एक भारी-सी आवाज़ आयी जिसने मानव को अंदर तक हिला दिया। मधु ने अपना हाथ मानव के हाथ पर रख दिया था। मानो उसे मानव के अंदर की घबराहट महसूस हो रही थी। वो वर्षों के बाद अपने पापा की आवाज़ सुन रही थी। मानव ने मधु की ओर देखा। उसकी आँखें डबडबा रही थी जैसे आँसू ढलकने ही वाले हों। मधु की इन डबडबाई आँखों ने मानो मानव को एक नयी हिम्मत दे दी हो।

"चरण-स्पर्श पापाजी। मेरा नाम मानव है। बचपन में ही मेरे माता-पिता का हाथ मेरे सर से उठ गया था। वर्षों बाद जब मधु मेरी ज़िंदगी में आयी तो मुझे लगा कि एक और माता-पिता मिल गए हैं। लेकिन मेरी बदक़िस्मती तो देखिए, माँ का आशीर्वाद तो मिल गया मगर इतने साल हो गए आज तक अपने पिता के आशीर्वाद

से फिर भी वंचित हूँ। लगता है पिता का आशीर्वाद मेरे नसीब में ही नहीं है। मेरी इस बदनसीबी का साया उस इंसान पर भी पड़ गया जिसे मैं अपनी ज़िंदगी में सबसे ज़्यादा प्यार करता हूँ। मेरे मधु की ज़िंदगी में आने के बाद वे भी अपने पिता का आशीर्वाद नहीं पा सकी। ख़ैर! अपने नसीब से लड़ने के लिए आज फ़ोन नहीं किया है मैंने आपको। मुझे मालूम है आप मधु और मुझसे अब भी नाराज़ हैं। आज जब मैं खुद बाप बन चुका हूँ तो एहसास हुआ है कि आपकी नाराज़गी अपनी जगह पर जायज़ भी है। ख़ैर पापाजी ये गिले-शिकवे तो होते रहेंगे लेकिन आपसे विनती हैं कि मेरी और मधु की गलती की सज़ा प्लीज़ मम्मीजी को मत दीजिए। आपके सिवा उनका है कौन? आप नहीं रहेंगे तो कैसे जी सकेंगी वे? मातारानी का करिश्मा देखिए, आपकी बीमारी का इलाज अगर हो सकता है तो वे हमारे ही शहर में हो सकता है। कैंसर का विश्व का सबसे बड़ा हॉस्पिटल हमारे शहर Houston में ही है। आप, मम्मीजी के साथ बस यहाँ आ जाइए और मुझे और मधु को एक मौक़ा दीजिए कि हमने जो आपका दिल दुखाया है इसके लिए माफ़ी माँग सकें। और मुझे यक़ीन है कि मातारानी की कृपा से आप यहाँ से बिलकुल ठीक होकर जाएँगे", मानव बोलता चला गया। मधु की दोनों आँखों से आँसुओं की धारा उसके गालों से होकर नीचे मानव के हाथ को गीला कर रही थी। ये आँसू जज़्बात के साथ-साथ ख़ुशी के भी थे कि उसके 'मन' ने पहली बार उसके पापा से बात की थी और वो भी कितनी समझदारी से। मानो बरसों से उसके दिल में जो दबा हुआ था उस जज़्बात का सैलाब एक ही बार में बाहर आ गया था।

दूसरी ओर से बिलकुल खामोशी थी।

"पापाजी, आप मेरी बात सुन रहे हैं?" मानव ने पूछा।

फिर थोड़ी देर खामोशी रही और एक खाँसने की हल्की-सी आवाज़ आई।

"हाँ बेटे! सब सुन रहा हूँ मैं। बस समझ में नहीं आ रहा है कि क्या बोलूँ। क़रीब दो साल पहले जब मेरा business नीचे ही जाता जा रहा था तो एक दिन मुझे अपनी गलती का एहसास हुआ था। मैं तो अपने घर की लक्ष्मी, मेरी मधु से ही मुँह मोड़कर बैठा हुआ था। उसके जन्म के बाद ही ये business इतना बड़ा बना था और मैं अपने अहंकार के कारण उससे रूठा हुआ था। वो भी किसलिए? क्या गुनाह किया था उसने? अपना मन-पसंद जीवन-साथी ही तो चुना था उसने। आज तुमने पहली बार मुझसे बात की और तुम्हारी बात सुनकर मुझे ये एहसास हो गया कि उसका चयन कितना सही था। मैं चाहकर भी उसके लिए तुम जैसा जीवन-साथी नहीं चुन सकता था। ख़ैर! भगवान ने मेरे गुनाह की सज़ा मुझे दे दी है।"

मधु मानव के कंधे में मुँह छुपाकर रोए जा रही थी।

"पापाजी ऐसा मत कहिए। आपने कोई गलती नहीं की है। आपने जो किया वो कोई भी पिता उन परिस्थितियों में करता। आप बस यहाँ आ जाइए ताकि आपका इलाज हो सके और आप बिलकुल ठीक हो सकें।"

"बेटे, मुझे मरने का डर नहीं है। आज नहीं तो कल सबको मरना ही है। लेकिन मरने से पहले मैं एक बार तुम, मधु और तुम्हारे बच्चों से मिलना चाहता हूँ। इसलिए ज़रूर आऊँगा वहाँ। मेरी बिटिया मधु की आवाज़ सुनना चाहता हूँ। वो है वहाँ?"

"पा.पा, आप बस आ जाइए यहाँ", मधु रोते हुए किसी तरह बस इतना ही बोल सकी।

"अरे! तू रो क्यों रही है बेटा? मैं ठीक हूँ। बस जाने से पहले तुझसे मिलना चाहता हूँ।"

"आप please ऐसा मत बोलिए पापा। आप ठीक हो जाएँगे", मधु रोते हुए बोल रही थी।

"पापाजी आप ऐसा सोचिए भी मत। यहाँ विश्व का सबसे बड़ा कैंसर हॉस्पिटल है। आप बिलकुल ठीक हो जाएँगे", इस बार मानव बोला।

"बेटा! मुझे सच में कोई डर नहीं है। जब से पता चला है बस यही सोच रहा था तुम लोगों से कैसे मुलाक़ात होगी। अब तो वहीं आ रहा हूँ तो ये चिंता भी चली गयी। अब तो ख़ुश हूँ।"

"ठीक है पापाजी। मैं मम्मीजी से बात करता हूँ आपकी सब reports मुझे भेज देने के लिए ताकि आपके आने के पहले से ही मैं यहाँ के doctors को आपकी रिपोर्ट दिखा दूँगा जिससे आप जैसे यहाँ पहुँचे आपका इलाज तुरंत शुरू हो सके।"

"बेटा, तुम फ़िक्र मत करो। मैं भिजवा दूँगा। अभी तो मैं ठीक हूँ", पापाजी ने झट से कहा।

"ये हुई न बात। आप हमेशा इसी तरह ख़ुश रहा कीजिए। बहुत जल्द सब कुछ ठीक हो जाएगा। मैं वीज़ा के लिए पेपर जल्द ही भिजवाता हूँ ताकि आप जल्द यहाँ आ जाएँ।"

"ठीक है बेटे। तुम सब लोग कैसे हो?"

"हम सब ठीक हैं। आप मधु से बात कीजिए। मैं बच्चों को आपसे बात कराने के लिए लेकर आता हूँ", मानव ने कहा और फ़ोन का स्पीकर मधु की ओर सरका दिया और खुद उठ कर कृष्णा और कन्हैया को बुलाने चला गया।

मानव जब वापस आया तो मधु बड़े प्यार से बातें कर रही थी। अब वो मुस्कुरा रही थी। मानव ने देखा कि पापाजी भी अब मधु से हँस-हँस कर बातें कर रहे थे। कृष्णा ने भी उनसे बातें की। कन्हैया भी बीच-बीच में हँसता और कुछ बोल देता।

फ़ोन पर बात करने के बाद मधु थोड़ी ख़ुश थी। आज दिन भर जब से उसे अपने पापा के कैंसर का पता चला था, वे बहुत दुःखी और परेशान थी। उनसे वर्षों के बाद आज बात करके उसे बहुत अच्छा लगा था। उसने कन्हैया को चेक किया और देखा कि वे अपने छोटे-से बिस्तर पर गहरी नींद में सो रहा था। मानव बिस्तर पर लेटा कोई मैगज़ीन पढ़ रहा था।

"लाइट बंद कर दूँ?" मधु ने मानव से पूछा।

"हाँ, मैं तो तुम्हारा ही इंतज़ार कर रहा हूँ", मानव ने मैगज़ीन side-table पर रखते हुए कहा।

मधु लाइट बंद करके बिस्तर पर आ गयी और झट से मानव की बाँहों में समा गयी।

"I AM PROUD OF YOU", मधु ने बड़े प्यार से कहा।

"क्यों क्या हुआ?"

"तुमने पापाजी से कितनी अच्छी तरह से बात की।"

"तुमने क्या सोचा था, मैं झगड़ा करूँगा उनसे?" मानव ने मधु को अपने और क़रीब खींचते हुए पूछा।

"अरे नहीं, मैं तो डर गयी थी जब मम्मी ने अचानक फ़ोन पापा को दिया तो। मेरी तो समझ में ही नहीं आ रहा था कि तुम बात क्या करोगे। मगर तुमने तो कमाल कर दिया। तुमने पहले से सोचकर रखा था क्या कि तुम क्या बोलोगे?" मधु ने पूछा।

"पहले से कैसे सोचकर रख सकता था ये सब? मैंने सिर्फ़ इतना सोचा कि अपने पापा से बात कर रहा हूँ जो हमसे नाराज़ हैं। उस समय तुम्हारी आँखों में झिलमिलाते आँसुओं की बूँदों ने मुझे और हिम्मत दे दी। मैं तुम्हारी आँखों में आँसू नहीं देख सकता। मैं अंदर

तक हिल जाता हूँ। बस उसके बाद क्या था मैं बस यूँ ही कहता चला गया।"

"इसीलिए तुम पर नाज़ करती हूँ मैं। तुम लोगों से हमेशा अलग सोचते हो। मैं सुबह से दुःखी और परेशान थी। समझ में नहीं आ रहा था क्या करूँ। अब ऐसा लग रहा है जैसे पापा ठीक हो जाएँगे। सब तुम्हारी वजह से।"

"मुझे इस समय तुम्हारे इस नाज़ की नहीं तुम्हारे प्यार की ज़रूरत है", मानव ने मधु को अपनी बाँहों में भींचते हुए बड़े प्यार से कहा।

मधु भी सब कुछ भूल कर मानव की बाँहों में समा गयी।

उधर भारत में अमन, मधु की मम्मी और पापा को अमेरिकन वीज़ा दिलाने में मदद कर रहा था। इधर मानव ने सारी reports यहाँ एक specialist को दिखाईं। उसके अनुसार कैंसर अभी भी stage-1 पर था जिसके ठीक होने की सम्भावना बहुत ज़्यादा थी। ये सुनकर मधु के मम्मी-पापा, भाई-बहन और सभी सगे-सम्बन्धी बहुत ही खुश थे।

आख़िर वह दिन आ ही गया जब मधु के मम्मी-पापा Houston पहुँचने वाले थे। मानव, मधु, कृष्णा और कन्हैया सब Houston airport पर उन्हें लेने पहुँचे थे।

मम्मी-पापा जैसे ही ट्रॉली लेकर बाहर आए, मधु दौड़कर उनके पैर छूने के लिए झुकी। उसके पापा ने झट से उसे अपनी बाँहों में भरते हुए कहा, "अरे पगली, बेटियाँ माँ-बाप के पैर नहीं छूतीं।"

"आशीर्वाद तो ले सकती हैं?" मधु ने रोते हुए कहा।

“बिलकुल ले सकती हैं। मेरा तो हर आशीर्वाद तेरे साथ है बेटा। बस तू रोना बंद कर नहीं तो हमें भी रोना आ जाएगा”, पापा ने मधु के आँसू पोंछते हुए कहा।

“मैं तो पैर छू सकता हूँ?” मानव ने मधु के पापा के पैरों पर झुकते हुए कहा।

“अरे नहीं बेटा! तुम दामाद हो। तुम से भी पैर नहीं छुआ सकता मैं”, पापा ने मानव को रोकते हुए कहा।

“नहीं पापाजी मैं आपका बेटा हूँ दामाद नहीं। मुझसे पैर छूने का हक़ मत छिनिए”, ये कहते हुए मानव ने उनके कदमों पर झुककर उनके पैरों को छू लिया।

“हमेशा ख़ुश रहो और चिरंजीवी बनो”, मधु के पापा ने मानव को अपने गले से लगा लिया।

मानव ने मधु की माँ के पैरों को छूकर भी आशीर्वाद लिया।

कृष्णा और कन्हैया सब कुछ समझने की कोशिश कर रहे थे। अचानक मधु के पापा की नज़र उन दोनों पर पड़ी। उन्होंने झट से कन्हैया को अपनी गोद में उठा लिया और कृष्णा को अपनी ओर खींचकर अपने सीने से लगा लिया।

ये सब देखकर मधु को क़ैसर जाफ़री साहब का एक शेर याद आ गया।

कितने दिनों के प्यासे होंगे यारो सोचो तो
शबनम का कतरा भी जिनको दरिया लगता है।

मधु ने मन में ही इस शेर को सोचा। उसके होठों पर मुस्कुराहट खिल उठी मगर आँखों में अभी भी नमी थी। इस दिन का सपना वे वर्षों से देख रही थी। मातारानी की कृपा से ये सपना आज पूरा हुआ था जब उसके मम्मी-पापा यहाँ अमेरिका उसके पास आए थे

और उसके पापा ने मानव को गले से लगा लिया था। उसने धीरे से आसमान की ओर देखा और मातारानी का धन्यवाद किया।

सब लोग airport से घर के लिए रवाना हो गए थे। मधु के पापा आगे की सीट पर मानव के पास बैठे थे जो ड्राइव कर रहा था। मधु और मम्मी पीछे बैठी थीं। कृष्णा दोनों के बीच में बैठा था और कन्हैया कभी मधु की गोद में तो कभी मधु की मम्मी की गोद में घूम रहा था।

"यहाँ के रोड कितने अच्छे हैं और ज़मीन कितनी ज़्यादा है। आबादी भी कम है। लोग दिखते ही नहीं है", पापाजी ने बाहर देखते हुए आश्चर्य से कहा।

"आपने ठीक कहा पापाजी। अमेरिका के पास ज़मीन भारत से क़रीब-क़रीब दोगुना है और आबादी तो 10% के आस-पास है।"

"मैं तुम्हारा NASA देखना चाहता हूँ। देख सकते हैं ना?"

"अरे बिलकुल देख सकते हैं पापाजी। आप ठीक हो जाएँ फिर एक दिन सब लोग चलेंगे।"

"अरे हाँ! अभी तो यह समस्या भी है। यहाँ आकर मैं भूल ही गया था कि मैं तो इलाज कराने के लिए आया हूँ।"

"इलाज तो हो ही जाएगा। फिर NASA भी दिखाऊँगा आपको। और भी बहुत-सी जगहें हैं यहाँ देखने के लिए। वे सब मिलकर देखेंगे हम सब आपके हिंदुस्तान जाने से पहले।"

यूँ ही बातें करते-करते मानव ने गाड़ी अपने घर के सामने driveway पर पार्क की।

"ये घर है तुम लोगों का?"

"जी पापाजी।"

“वाह! क्या शानदार घर है तुम लोगों का! बिलकुल महलों जैसा”, मधु के पापा की आवाज़ में गर्व था।

“ये सब आप लोगों के आशीर्वाद का फल है।”

“अरे नहीं मानव, ये सब तुम्हारी लगन और मेहनत से हुआ है”, पापाजी ने कार से उतरते हुआ कहा।

“मेहनत तो मैं बचपन से ही करता था पापाजी मगर ये सब मधु की मेरी ज़िंदगी में आने के बाद हुआ है”, मानव ने कार की डिग्गी से सूटकेस निकालते हुए कहा।

मम्मी जी को छोड़कर सब लोग गाड़ी से नीचे उतर चुके थे। मधु घर का दरवाज़ा खोल रही थी।

“मम्मीजी?” मानव ने कार का दरवाज़ा खोलते हुए कहा।

अपनी आँखों को अपने साड़ी के पल्लू से पोंछते हुए मधु की मम्मी गाड़ी से नीचे उतरने लगीं।

“क्या हुआ मम्मीजी?”

“अरे कुछ नहीं मानव, तुम दोनों का इतना अच्छा घर देखकर शायद थोड़ी emotional हो गयी हैं”, पापा जी ने कहा।

“आइए मम्मीजी”, मानव ने उनका हाथ थामकर उनको गाड़ी से नीचे उतरने में मदद की।

सब लोग घर के दरवाज़े की ओर चल पड़े जहाँ मधु दरवाज़ा खोले सबका इंतज़ार कर रही थी।

मधु की मम्मी ने घर के अंदर आते ही मधु को अपने गले से लगा लिया।

“क्या हुआ मम्मीजी?”

“क्या हुआ इन्हें?” मधु ने मानव की ओर देखकर पूछा।

“कुछ नहीं थोड़ा emotional हो गयी हैं”, मानव ने मुस्कुराते हुए कहा।

मधु भी ज़ोर से अपनी मम्मी के गले से लगकर उनकी पीठ पर हाथ फेरने लगी।

“आप सब यहाँ सोफ़े पर बैठिए, मैं जल्दी से चाय बनाकर लाती हूँ।”

“नहीं, पहले हम तुम्हारा पूरा घर देखेंगे”, मम्मीजी अब थोड़ा संभल चुकी थीं।

“आप लोग थक गए होंगे। बहुत लम्बी फ़्लाइट होती है। पहले चाय पी लीजिए फिर आराम से घर देख लीजिएगा”, मधु ने कहा।

“मेरी सारी थकान तुम्हारे शानदार घर को देखकर ही मिट चुकी है। बस सबसे पहले पूरा घर दिखाओ मुझे फिर बैठूँगी मैं।”

“अच्छा चलिए”, मधु ने मुस्कुराते हुए कहा।

“मधु, तुम मम्मीजी और पापाजी को घर दिखाओ। जब तक मैं इनका सामान इनके कमरे में रख देता हूँ और चाय के लिए पानी चढ़ा देता हूँ।”

“ठीक है, ‘मन’। आइए मम्मी। आप भी आइए पापा। चलिए आप दोनों को पहले घर ही दिखाती हूँ।”

मधु, मम्मी-पापा को लेकर घर के अंदर चली गयी। मानव, सब सामान नीचे के ही एक बेडरूम में रखने लगा।

“पापा, आप और मम्मी पहले चाय पीएँगे या पहले आपको आपके कमरे में फ़्रेश होने के लिए ले चलूँ”, मधु अपने मम्मी-पापा को घर दिखाकर वापस लिविंग रूम में आ गयी थी।

"मधु, चाय मैंने already बना ली है। पहले मम्मी-पापा को चाय पी लेने दो, फिर फ्रेश हो लेंगे। मैंने इनका सामान भी इनके रूम में रख दिया है।"

"हमारी थकान तो तुम्हारे शानदार घर को देखकर ही मिट चुकी है लेकिन मानव के हाथ की बनी चाय पीने की उत्सुकता जग गयी है", मम्मी ने मुस्कुराते हुए कहा।

"मम्मीजी मुझे चाय के अलावा कुछ बनाना नहीं आता है। चाय भी कभी-कभी ही अच्छी बनती है। मधु तो किचन में मुझे कुछ करने ही नहीं देती है।"

"अरे मानव बेटे मैं तो चाय भी नहीं बना पाता हूँ", मधु के पापा ने झट से मुस्कुराते हुए कहा।

"आप लोग यहाँ breakfast टेबल पर बैठिए मम्मी। 'मन', तुम भी आ जाओ, मैं चाय लेकर आती हूँ।"

सब लोग breakfast टेबल पर बैठ गए। कृष्णा अपने नाना की बग़ल में बैठा था और कन्हैया अपनी नानी की गोद में। मधु एक बड़ी-सी ट्रे में चाय के चार कप और एक प्लेट में कुछ समोसे और दूसरी प्लेट में कुछ roasted dry fruits लेकर आयी और ट्रे उसने टेबल पर रख दी।

"कृष्णा मैं तुम्हारे और कान्हा के लिए दूध लेकर आ रही हूँ। कान्हा, तुम नानी की गोद से नीचे उतर जाओ। उन्हें चाय पीने दो।"

"नहीं, ये कान्हा मेरी गोद में ही बैठेगा। क्यों कान्हा, तुम नानी की गोद में ही रहोगे ना?"

कन्हैया खिलखिलाकर हँस पड़ा।

"मम्मी, इसे गोद में बिठाकर चाय पीने में दिक़्क़त होगी आपको। आप आराम से पहले चाय पी लो फिर इसे गोद में ले लेना।"

"अच्छा! ख़ुद तो हमेशा मेरे चाय पीते समय कहीं से भी आकर मेरी गोद में ही बैठती थी और आज जब मैं चाहती हूँ कि ये मेरी गोद में बैठे तो इसे उतरने के लिए कह रही हो।"

मानव मम्मी जी की बात सुनकर मुस्कुरा पड़ा और कृष्णा ज़ोर से हँस पड़ा। कन्हैया भी कृष्णा को देखकर हँस पड़ा।

"तू क्यों हँस रहा है?" मधु ने कुछ झेंपते हुए कन्हैया के गाल को प्यार से सहलाते हुए कहा। वह दूध के दो कप लेकर आ चुकी थी।

"अच्छा चलो अब दूध पी लो। आओ पिला दूँ तुम्हें", मधु ने कन्हैया को अपनी बाँहें फैलाकर बुलाते हुए कहा।

"अरे रहने दे इसे मेरे पास। मैं दूध पिला देती हूँ।"

"अरे मम्मी आप चाय पीयो ना। मैं दूध पिला देती हूँ। आप फिर खेलती रहना इससे।"

"नहीं! तू बैठकर चुपचाप चाय पी और मुझे अपनी बरसों की प्यास बुझाने दे। तू समझ भी नहीं सकती कि आज मैं कितनी खुश हूँ। पहली बार कान्हा को देख रही हूँ। कृष्णा से तो एक बार मिल चुकी हूँ जब तुम सब भारत आए थे। मेरी थकान तो तुम सबसे मिलकर कब की ख़त्म हो गयी है। यह मातारानी की ही दया है कि उन्होंने मुझे आज ये दिन दिखाया है", मधु की मम्मी फिर से थोड़ी emotional हो गयीं।

"अच्छा मम्मी बैठा रहने दो इस शैतान को अपनी गोद में मगर आप चाय भी पीती रहो", मधु ने मानो हार मानते हुए कहा।

"तुम लोगों का घर बहुत शानदार है। मैंने ऐसा घर अपनी ज़िंदगी में पहली बार देखा है", पापा जी ने चाय की चुस्की लेते हुए कहा।

"यह सब मातारानी की दया और आप बुज़ुर्गों के आशीर्वाद से हुआ है, पापा।"

"वे तो ठीक है मधु लेकिन ये तुम दोनों की मेहनत और एक दूसरे के प्रति प्यार की वजह से सम्भव हुआ है।"

मानव को पापा के मुँह से अपने प्यार की तारीफ़ सुनकर बहुत अच्छा लग रहा था।

"मेहनत तो सब 'मन' ने की है पापा। मैंने तो बस इनका साथ दिया है।"

"पापा, इतने बड़े घर को ठीक से रखने के लिए मधु दिनभर लगी रहती है। मैं इतना बड़ा घर नहीं लेना चाहता था मगर मधु बड़ा घर चाहती थी। मैंने यह बात हमेशा देखी है कि मधु की सोच बहुत दूर की और अच्छी होती है। इसलिए, मेरा काम आसान हो जाता है। जो ये कहती है कर दो, मैं कर देता हूँ", मानव ने मुस्कुराते हुए कहा।

"मातारानी तुम दोनों का यह प्यार हमेशा बनाए रखे", यह कहते हुए मम्मीजी का गला भर आया था।

"आप लोग चाय पी लीजिए फिर मैं आपको आपका कमरा दिखा देती हूँ और आप लोग फ़्रेश होकर थोड़ी देर आराम कर लीजिए तब तक मैं डिनर बना लेती हूँ।"

"मैं तो तुम लोगों से मिलकर ही फ़्रेश महसूस कर रहा हूँ। लेकिन हाँ नहाना चाहता हूँ।"

"आप दोनों को समय के अंतर की वजह से नींद भी आ रही होगी। थोड़ी देर सो जाइए।"

"नहीं मानव, सोना तो रात में ही है। अपने समय पर। तब जाकर ये body cycle ठीक हो पाएगा।"

मधु ने चाय पीने के बाद मम्मी-पापा को उनके कमरे में ले जाकर सब कुछ दिखा दिया था ताकि उन्हें कोई परेशानी ना हो।

पापाजी बाथरूम में नहाने के लिए जा चुके थे और मम्मी अपना सूट्केस खोलकर कपड़े निकाल रही थीं। मधु किचन में आकर डिनर की तैयारी में लग गयी थी। मानव भी किचन में उसे हेल्प कर रहा था। कृष्णा और कन्हैया अपने कमरे में थे। मधु और मानव बहुत खुश थे। उनके दिल में एक हल्का-सा डर भी था पापा जी के कैंसर को लेकर। तीन दिनों के बाद डॉक्टर से appointment था। दोनों बस यही चाहते थे कि पापाजी का यहाँ आना सफल हो जाए और वे बिलकुल ठीक हो जाएँ।

रात के क़रीब साढ़े आठ बजे सब लोग dinning टेबल पर बैठे थे और मधु अपने मम्मी-पापा की प्लेट में खाना डाल रही थी और मानव कृष्णा के।

"दाल-मक्खनी और वो भी मधु के हाथ की। बहुत miss किया है इसे मैंने। बरसों हो गए इसे खाए हुए", पापाजी ने कटोरी में दाल-मक्खनी देखते ही कहा। मधु मुस्कुरा रही थी।

"खाकर बताइए, कैसी बनी है।"

"तुम खाने में सबकुछ लाजवाब बनाती हो, मधु मगर तुम्हारी दाल-मक्खनी की तो बात ही कुछ और है। Best of the Best।"

"मधु ने बताया था मुझे कि आपको दाल-मक्खनी बहुत पसंद है। आज के खाने में इसका सबसे ज़्यादा ध्यान इसी पर था", मानव ने मुस्कुराते हुए कहा।

अचानक कृष्णा ज़ोर से हँस पड़ा।

"क्या हुआ, कृष्णा? क्यों हँस रहे हो?"

"Mom, you forgot to put salt in this daal", कृष्णा फिर ज़ोर से हँस पड़ा।

"थोड़ा कम होगा। you put it little more", मानव ने नमकदानी कृष्णा की ओर बढ़ाते हुए कहा।

"No dad, there is no salt at all."

"न जाने क्या हो गया मुझे। कैसे भूल गयी मैं? ऐसा पहले कभी नहीं हुआ", मधु ने दाल-मक्खनी की कटोरियाँ टेबल से उठाते हुए कहा। वे बहुत दुःखी लग रही थी।

"अरे मधु, कटोरियाँ क्यों उठा रही हो, नमक डाल लेंगे इसमें।"

"नहीं पापा, दो मिनट दीजिए मैं नमक डालकर एक बार गैस पर उबाल दे देती हूँ।"

"उसकी ज़रूरत नहीं है मधु", इस बार मम्मी जी ने कहा।

"बस दो मिनट की बात है। मैं अभी ठीक करके ले आती हूँ।"

मधु ने सारी कटोरियों की दाल को पतीले में डालकर गैस पर चढ़ा दिया और नमक डालकर चलाने लगी। मानव भी टेबल से उठकर उसके पास आ गया था। वे बहुत दुःखी लग रही थी। उसे समझ नहीं आ रहा था कि जब उसका सबसे ज़्यादा ध्यान दाल-मक्खनी पर था तब वे नमक डालना कैसे भूल गयी।

"It is OK, मधु। हो जाता है कभी-कभी", मानव ने उसकी पीठ पर हाथ फेरते हुए प्यार से कहा।

"पता नहीं मैं कैसे भूल गयी", मधु अभी भी बहुत विचलित थी।

"अरे बेटा! हमारे आने से तुम बहुत खुश हो गयी थी और ख़ुशी में अक्सर ये छोटी-छोटी बातें हो जाती हैं", मम्मी जी भी कहते हुए मधु के पास आ गयीं।

“मधु तुम बेकार में इतना सोच रही हो। अपनी मम्मी से पूछो कितनी बार मुझे फीकी दाल या सब्ज़ी खिला चुकी हैं”, पापाजी ने हँसते हुए कहा।

उनकी बात सुनकर कृष्णा भी हँस पड़ा और उसे हँसता देखकर कन्हैया भी खिलखिला उठा जैसे उसे सब कुछ समझ आ रहा था। उसे हँसता देखकर सब लोग मुस्कुरा दिए।

“मैं यह समझ नहीं पा रही हूँ पापा कि जब मेरा सबसे ज़्यादा ध्यान दाल-मक्खनी पर ही था तो मैं कैसे इसी में नमक डालना भूल गयी”, मधु को मानो यक़ीन नहीं हो रहा था।

“मधु, इतना सोचने की ज़रूरत नहीं है। तुमने ये शेर नहीं सुना है?”

गिरते हैं शहसवार ही मैदान-ए-जंग में,
वे तिफ्ल क्या गिरे जो घुटनों के बल चले

मधु उनकी बात सुनकर मुस्कुरा पड़ी। ख़ैर! मधु ने दाल-मक्खनी में नमक दाल दिया और सभी फिर से dinning टेबल पर आ गए और खाने लगे।

आज पापाजी का डॉक्टर से साथ appointment था। मानव ने अपने ऑफ़िस से छुट्टी ले ली थी। सब लोग सुबह-सुबह तैयार होने में लगे थे। मानव, पापाजी और मम्मीजी को डॉक्टर के पास जाना था। मधु को कन्हैया की वजह से घर पर ही रहना था। कृष्णा स्कूल जा चुका था। पिछले दो दिनों में पापाजी और मानव एक-दूसरे के काफ़ी क़रीब आ गए थे। ऐसा लग ही नहीं रहा था कि पापाजी इतने सालों तक नाराज़ थे। वे तो बल्कि मानव की तारीफ़ करने का कोई भी अवसर नहीं चूकते थे। वे मानव से बहुत प्रभावित थे। इतने सालों की नाराज़गी के इस सफ़र ने मानो इन्हें और क़रीब

ला दिया था। मानव भी बहुत खुश था। बरसों बाद उसे माता-पिता का प्यार एक साथ मिल रहा था। मम्मीजी का अधिकतर समय कन्हैया के साथ ही गुजर रहा था। कन्हैया भी अपनी नानी से बहुत घुलमिल गया था। दिन भर उन्हीं के आसपास मँडराता रहता था। मधु भी अपने मम्मी-पापा को इस कदर खुश देखकर बहुत खुश थी। उसे मानव और अपने पापाजी को एक-दूसरे के इतने क़रीब देखकर बहुत अच्छा लगता था। यही तो उसका बरसों का अधूरा सपना था कि उसके पापा मानव को अपना लें। अब तो वह अपनी मातारानी से बस यह ही माँग रही थी कि उसके पापा यहाँ से बिलकुल ठीक होकर जाएँ।

मानव, पापाजी और मम्मीजी डॉक्टर के पास से वापस आकर दरवाज़े पर पहुँचे ही थे कि मधु ने दरवाज़ा खोल दिया।

“क्या कहा डॉक्टर ने?” मधु की आवाज़ में थोड़ी बेचैनी थी।

“अरे हमने तो घंटी बजाई ही नहीं, तुमने दरवाज़ा कैसे खोल दिया? सुबह से दरवाज़े पर ही खड़ी थी क्या?” पापाजी ने दरवाज़े के अंदर कदम रखते ही मधु के कंधे पर हाथ रखते हुए प्यार से मुस्कुराते हुए पूछा।

“पापाजी ये रहस्य तो मुझे भी पता नहीं है। मैं ऑफ़िस से या बाहर से जब भी आता हूँ, घंटी बजाने से पहले ही दरवाज़ा हमेशा खुल जाता है। आज तक कभी ऐसा नहीं हुआ है कि मैंने दरवाज़े की घंटी बजाई हो”, मानव ने हँसते हुए कहा।

“सच में? तुम्हें कैसे पता चलता है मधु?” पापाजी ने पूछा।

“वो बात छोड़िए पापा, पहले बताइए डॉक्टर ने क्या कहा?” मधु अधीर हो रही थी।

"सब ठीक है। चिंता की कोई बात नहीं है। पापाजी के बहुत से टेस्ट हुए हैं आज जिसका रिज़ल्ट दो-तीन दिनों में आ जाएगा और उसके बाद ट्रीटमेंट शुरू होगा। भारत में हुए टेस्ट रिज़ल्ट को देखकर डॉक्टर साहब काफ़ी confident हैं कि पापाजी बिलकुल ठीक हो जाएँगे", मानव ने कहा।

"शुक्र है मातारानी का। मैं बहुत चिंतित थी। अब जाकर थोड़ी शांति मिली है दिल को।"

"वे तो तेरे चेहरे से साफ़ दिख रहा था। इतनी चिंता नहीं करते हैं बेटे। ये शरीर है और अब हम लोग बूढ़े भी तो हो रहे हैं। थोड़ी बहुत बीमारियाँ तो लगी रहेंगी अब", पापाजी ने कहा।

"ये कोई ऐसी-वैसी बीमारी नहीं है पापाजी। इसलिए डर लगता है ना", मधु ने थोड़ी बेचैनी से कहा।

"अरे इसमें डरने की क्या बात है बेटे। अच्छा जा और अच्छी से चाय पिला।"

"आप लोग चाय पीएँगे पहले या खाना खाएँगे? खाना तैयार है। पहले गरम-गरम खाना खा लीजिए। आप लोग सुबह ही बस थोड़ा-सा खाकर गए थे। भूख लगी होगी आपको।"

"हाँ-हाँ मधु, पहले खाना ही खाएँगे। चाय उसके बाद। तू खाना लगा। मैं जल्दी से बाथरूम से आती हूँ", मम्मीजी ने कमरे की ओर जाते हुए कहा।

"पापाजी आप dining table पर बैठिए", मानव भी ये कहते हुए अपने कमरे की ओर चला गया।

पापाजी के टेस्ट के रिज़ल्ट आ गए थे। कैंसर stage 2 पर आ गया था। Treatment plan में आठ Chemotherapy session

होने थे और उसके बाद फिर से टेस्ट करके देखा जाने वाला था। अगर Chemotherapy से ठीक नहीं हुआ तो surgery अगला option था। वैसे doctor बहुत confident थे कि Chemotherapy से ही पापाजी बिलकुल ठीक हो जाएँगे। chemotherapy के side-effect भी डॉक्टर ने बता दिए थे। Chemotherapy का पहला session आज ही हुआ था। पापाजी अपने बिस्तर पर लेटे हुए थे। उन्हें काफ़ी कमजोरी महसूस हो रही थी। मानव ने आज ऑफ़िस से छुट्टी ली हुई थी। वह और मम्मीजी उन्हीं के कमरे में पापाजी के बिस्तर के पास ही बैठे हुए थे। मधु किचन, बच्चों और घर के कामों में लगी हुई थी। सब लोग इस बात से कुछ खुश थे कि पापाजी का इलाज शुरू हो गया था। इलाज शुरू होने का फ़ायदा यह था कि अब कैंसर के आगे बढ़ने की सम्भावना क़रीब-क़रीब ख़त्म हो गयी थी और पापाजी इस बीमारी से मुक्त होने की दिशा में पहला कदम बढ़ा चुके थे। सफ़र अभी लम्बा था मगर हर सफ़र का आग़ाज़ पहले कदम से ही होता है। पूरा परिवार कैंसर से लड़ने और उसको हराने के लिए एक-दूसरे का सहारा बनकर पूरे आत्म-विश्वास से तैयार था। विशेष रूप से मम्मीजी बहुत खुश थी क्योंकि भारत में बम्बई से आने के बाद पापाजी के ठीक होने की जो उम्मीद ख़त्म हो गयी थी आज वह न सिर्फ़ जगी थी बल्कि उन्हें यक़ीन हो चला था कि पापाजी बिलकुल ठीक हो जाएँगे। उनको इलाज के लिए अमेरिका लेकर आने का फ़ैसला बिलकुल सही था।

आज पापाजी का आठवाँ और आख़िरी Chemotherapy session था। उन्हें अमेरिका आए तीन महीने हो चुके थे। हर session के बाद वे बहुत कमज़ोर होते जा रहे थे। पाँचवें session के बाद से ही उन्हें चलने में भी सहारे की ज़रूरत पड़ती थी। मानव उनके हर session में ऑफ़िस से छुट्टी ले लेता था। वे जब भी घर में होता, पापाजी के बिस्तर के पास ही बैठा रहता और उन्हें बाथरूम तक ले जाने,

दाढ़ी बनाने और नहाने में सहायता करता था। अक्सर Chemotherapy session के बाद एक-दो दिन तक तो पापाजी को कमजोरी के कारण चम्मच से ही खाना खिलाना पड़ता था। मानव बहुत ख़ुशी से उनकी सेवा करता था। मधु डॉक्टर की हिदायत के अनुसार ही उनके खाने का सारा इंतजाम करती थी। पापाजी के सिर के सभी बाल Chemotherapy की वजह से झड़ गए थे। अब दो हफ़्ते के बाद पापाजी के सारे टेस्ट फिर से होने वाले थे जिससे पता चलना था कि पापाजी का कैंसर कितना ठीक हुआ है और उन्हें surgery की ज़रूरत है या नहीं।

आख़िर वह दिन आ ही गया जिसकी प्रार्थना मधु, मानव, मम्मी जी और सारा परिवार दिन-रात मातारानी से कर रहा था। पापाजी के सारे टेस्ट नॉर्मल आए और डॉक्टर ने उन्हें कैंसर से पूरी तरह मुक्त बताया। कुछ दवाइयाँ कुछ महीनों तक खाने के लिए prescribed किया था और एक साल बाद एक बार फिर सारे टेस्ट कराने के लिए कहा था क्योंकि कभी-कभी कैंसर फिर से वापस आ जाता है। सभी लोग बहुत खुश थे। मम्मीजी और मधु की तो आँखें इस ख़ुशी से छलक रही थीं। पापाजी भी बहुत खुश थे। उन्हें अभी-भी थोड़ी कमजोरी थी मगर ये Chemotherapy में generally होता ही है। पूरी तरह recovery में कुछ महीने लग जाते हैं। अभी वे लोग क़रीब ढाई महीने और यहाँ अमेरिका में मधु और मानव के पास रह सकते थे। इसलिए वे लोग निश्चिंत थे कि जब तक मम्मीजी और पापाजी भारत वापस जाएँगे तब तक पापाजी बिलकुल ठीक हो जाएँगे।

"मानव, ये सब तुम्हारे और मधु के कारण ही सम्भव हुआ है। मैं तो उम्मीद ही छोड़ चुकी थी", कहते हुए मम्मी जी का गला भर आया।

"मम्मी जी हम सब एक ही परिवार हैं। हमने वही किया जो परिवार में कोई भी करता।"

"नहीं मानव, सब लोग ऐसा नहीं करते हैं। मैंने देखा है तुमने खुद कितनी इनकी सेवा की है। मधु ने जो किया वह तो ख़ैर बेटी है। तुमसे तो ये हमेशा नाराज़ रहे हैं। मगर तुमने जो किया है वे अपने बेटे भी नहीं करते हैं।"

"मम्मी जी, मुझे अपने माता-पिता की सेवा करने का अवसर नहीं मिला था इसलिए शायद ईश्वर ने मुझे ये पुण्य करने का मौक़ा दिया है तो मैं इसे कैसे जाने देता। पापाजी की नाराज़गी तो अपनी जगह पर जायज़ ही थी। मैं अगर इनकी जगह होता और मेरी बेटी से कोई लड़का इस तरह शादी कर लेता तो मुझे भी बुरा लगता। मैं तो पापाजी का शुक्रगुज़ार हूँ कि उन्होंने मुझे माफ़ कर दिया और मुझे उनके काम आने का मौक़ा दिया।"

"नहीं मानव, गलती मेरी थी। मुझे तुमसे कम-से-कम एक बार मिलना चाहिए था। तुमसे मिल लेता तो तुम इतने अच्छे इन्सान हो कि मैं नाराज़ रह ही नहीं पाता क्योंकि तुमसे अच्छा लड़का तो मैं अपनी मधु के लिए खोज़ ही नहीं सकता था। तुम दोनों को तो मातारानी ने मिलाया है। तुम दोनों एक-दूसरे के लिए ही बने हो। तुम्हारी मम्मी हमेशा तुम्हारी तारीफ़ करती थी और मुझे कहती रहती थी कि मुझे तुमसे एक बार मिलना चाहिए मगर मैं अपने अहंकार वश तुमसे मिल नहीं रहा था। तब मातारानी ने मेरे अहंकार को चूर करने और अपनी गलती सुधारने का एक मौका देने के लिए मुझे कैंसर दिया। तुमसे मिलने के बाद तुम सबने देखा होगा मैं कैंसर को लेकर बिलकुल भी परेशान नहीं था क्योंकि मुझे यक़ीन था ये बीमारी मुझे मारने के लिए नहीं बल्कि मुझे सही रास्ता दिखाने के लिए मातारानी ने मुझे दी थी", पापाजी की आवाज़ दिल से निकल रही थी। उन्होंने मानव को बड़े प्यार से अपने गले लगा लिया।

मधु की आँखों से आँसुओं की बूँदें बहकर उसके गालों को चूम रही थी। मगर ये आँसू ख़ुशी के थे। ये उसका सपना था कि मानव को उसके पापा एक दिन अपने गले से लगा लें। उसने आसमान की तरफ़ देख मातारानी का दिल-ही-दिल में शुक्रिया अदा किया।

"पापाजी अब जब अगले साल आप check-up के लिए आएँगे तो प्लीज़ दीदी, जीजाजी और भाई को भी अपने साथ लेकर आइए। उस समय हम पूरा परिवार अमेरिका घूमेंगे। इस बार बहुत नहीं घूम पाएँ मगर अगली बार ज़रूर घूमेंगे। क्यों 'मन'?" मधु ने आख़िरी सवाल मानव की ओर देखकर कहा जो कि कार चला रहा था और पापाजी उसके साथ वाली सीट पर बैठे थे। वे सब लोग airport की ओर जा रहे थे क्योंकि आज पापाजी और मम्मीजी भारत वापस जा रहे थे।

"इसमें क्या पूछने की बात है मधु। पूरे परिवार के साथ, अमेरिका घूमने में बहुत मज़ा आएगा। अपना कान्हा भी थोड़ा बड़ा हो जाएगा अगले साल तक", मानव ने झट से कहा।

"हम तो आएँगे ही मगर उससे पहले तुम और मानव आओ। इस बार सीधे हमारे घर। मानव को मुझे अपने पूरे रिश्तेदारों से मिलाना है। तुम्हारी भी एक बार मुझे अपने घर से बिदाई करनी है। मैं तुम दोनों की शादी की रस्में भी करना चाहता हूँ और कन्यादान भी", पापा जी की आवाज़ में पश्चाताप, उत्सुकता, ख़ुशी, गर्व सब कुछ था।

"क्या बात कर रहे हैं पापा? हम आएँगे ज़रूर मगर शादी क्यों करनी है? दो बच्चों की माँ हूँ मैं। हँसेंगे लोग", मधु से हँसते हुए कहा।

"क्यों हँसेंगे? हम अपने घर पर अपने closed relatives के सामने करेंगे और बाद में एक पार्टी कर देंगे जिसमें मानव को

औपचारिक रूप से सबसे घर के दामाद की तरह मिलवाएँगे। मुझे अपनी गलती सुधारनी है मधु वरना मातारानी को ऊपर जाकर अपना मुँह कैसे दिखाऊँगा?"

"पापाजी इतना कुछ करने की ज़रूरत नहीं है। हम आएँगे। उस समय आप अपने relatives से मुझे मिलवा देना", मानव ने कहा।

"नहीं मानव बेटे, तुम्हारा सम्मान मेरे बड़े दामाद से कम नहीं होना चाहिए इसलिए ये ज़रूरी है। तुम लोग ये फ़िक्र मत करो। इसे करने में मुझे कितनी ख़ुशी मिलेगी मैं बता नहीं सकता तुम्हें। और ये मेरा फ़र्ज़ भी है। मुझे इसे पूरा करने दो। तुम दोनों बस मुझे ये बता देना कि कब आ रहे हो। बाक़ी सब मैं सम्भाल लूँगा।"

"ठीक है पापाजी जैसा आप कहें। बस आपसे एक विनती है। मैं आपका बेटा हूँ। मुझे दामाद की तरह मत समझिए। मुझे आपमें अपने पिता नज़र आते हैं", मानव की आवाज़ में विनती, आदर और उदासी सब कुछ था।

"दामाद भी बेटे की तरह ही होता है, मानव।"

"मुझे आपके बेटे की तरह नहीं आपका बेटा बनना है।"

"ठीक है मानव। आज से तुम मेरे बेटे ही हो।"

मानव ने कार पार्किंग में पार्क की और सामान उतारने लगा। तब तक मधु एक ट्रॉली ले कर आ गयी। मानव ने सारा सामान ट्रॉली में रखा और सब लोग airport टर्मिनल की ओर चल दिए। कन्हैया अपनी नानी की गोद में था।

Check-In हो चुका था। कन्हैया अपनी नानी की गोद से नीचे आकर अब मधु की ऊँगली थामे खड़ा था।

"ठीक है बेटे, अब हम चलते हैं। इस सफ़र ने मुझे बहुत कुछ सिखाया है। अगर मैं ये कहूँ कि आज मैं एक बेहतर इन्सान बन गया

हूँ तो भी ग़लत नहीं होगा। इसलिए मैं तो अपने कैंसर का आभारी हूँ कि उसने मुझे ज़िंदगी में एक अच्छा इन्सान बना दिया है। उससे भी ज़्यादा मुझे एक मानव जैसा बेटा दिया है। मैं आज बहुत खुश हूँ", पापाजी की आवाज़ में जज़्बातों का समंदर उमड़ रहा था।

मानव ने आगे बढ़कर उनके दोनों पैरों को छू लिया। पापाजी ने उसके सिर पर हाथ फेरकर उसे आशीर्वाद दिया और अपने दोनों हाथों से उठाकर अपने गले से लगा लिया। दोनों की आँखें नम थीं। मानव ने उसी तरह झुक कर मम्मीजी के पैरों को भी छू लिया।

"हमेशा ख़ुश रहो और खूब तरक़्क़ी करो", मम्मीजी ने मानव के सिर पर अपने हाथ रख कर आशीर्वाद दिया।

मधु भी अपने मम्मी-पापा दोनों के गले लग गयी।

"अपने खाने-पीने का ख़्याल रखिएगा पापा।"

"अपनी मम्मी को बोल। वही तो मुझे खाना देती है", पापाजी ने हँसते हुए कहा।

"अब तुम चिंता छोड़ो। मैं ख़्याल रखूँगी इनका। तुम अपना ख़्याल रखना। पिछले छः महीने से दिनभर काम करती रही हो। अब थोड़ा आराम भी करो", मम्मीजी ने मधु की पीठ को प्यार से सहलाते हुए कहा।

"अरे मम्मी! मुझे तो यक़ीन ही नहीं हो रहा है कि छः महीने से आप लोग यहाँ हैं। मुझे तो ये कल की बात ही लगती है। मातारानी ने पापाजी को ठीक कर दिया, मैं बहुत खुश हूँ। आप लोगों के साथ इस तरह समय गुज़ारना तो मेरे और 'मन' का सपना था। जो अब जाकर पूरा हुआ है। मुझे आप लोगों का ये साथ हमेशा याद रहेगा।"

"अच्छा अब उदास मत हो और तुम सब जल्दी से भारत आना।"

मम्मीजी और पापाजी security की क़तार की ओर जाने लगे। मधु, मानव और कन्हैया उन्हें जाता हुआ देख रहे थे। और बीच-बीच में हाथ हिला कर विदा कर रहे थे। दिल में उदासी और ख़ुशी दोनों थीं।

मानव और मधु जब गाड़ी में वापस आकर घर की ओर चले तो ऊपर क्षितिज में सूरज ढलने को तैयार था। आकाश में उसकी रोशनी की लालिमा बड़ी मनमोहक दृश्य बना रही थी। मानव चुपचाप गाड़ी चला रहा था। मधु भी ख़ामोश थी।

उधर airport पर security से निकल कर पापाजी और मम्मीजी गेट पर बैठे plane की प्रतीक्षा कर रहे थे। पापाजी, मानव और मधु के बारे में सोच रहे थे। जब उन्हें कैंसर का पता चला था और भारत में डॉक्टर ने हाथ खड़े कर उन्हें घर भेज दिया था तब उन्हें ऐसा लग रहा था कि उनके दिन इस दुनिया में पूरे हो गए हैं। उन्होंने सपने में भी नहीं सोचा था कि वे फिर ठीक हो पाएँगे। अमेरिका भी यही सोचकर आए थे कि एक बार मधु, मानव और उनके बच्चों से मिल लें ताकि जब वे इस दुनिया से जाएँ तो कोई मलाल उनके दिल में ना रहे। लेकिन मानव और मधु के प्यार ने, जिनसे वे इतना नाराज़ थे, उन्हें एक नया जीवन दिया है। मानव को हमेशा से ये यक़ीन था कि वे ठीक हो जाएँगे और वही हुआ। उनका दिल बार-बार उन्हें यही कह रहा था-अपने तो अपने होते हैं।

जब मंज़िलों पर हो नज़र, तब रास्ते भी हसीन हैं
पाँव के मेरे आबले भी, खिल उठे मेरे हौंसलों से

तुमको ना भूल पाएँगे

माना बहुत हसीन है चौदहवीं का चाँद वो
ये तबस्सुम, ये अदा, तुझसा कहाँ से लाएगा

14th Feb.1987, मानव की नींद उसके cell phone की घंटी से अचानक टूट गयी। उसने अपनी कलाई पर लगी घड़ी को देखा। सुबह के सात बजने वाले थे। मधु बिस्तर पर नहीं थी। फ़ोन की घंटी लगातार बज रही थी।

"हेलो", मानव ने फ़ोन को कान पर लगा कर उठते हुए कहा। उसकी आवाज़ में अभी भी नींद की झलक थी।

"Hello Dad! Did I wake you up?"

"अरे नहीं कृष्णा, मेरा सात बजे का अलार्म दो मिनट में बजने ही वाला था। तुमने बस दो मिनट पहले जगा दिया। What's up? Is everything OK?"

"Yes Dad, I am fine. Happy 50th Birthday!! You hit a milestone today. You are half of a century old now," कृष्णा की आवाज़ में मज़ाक़ और ख़ुशी दोनों थीं।

"Oh Yes!! today is not only my birthday but Madhu's too. I don't know where she is. Doesn't seem to be in bathroom. She might be in kitchen".

"I know. I called her first because I know she wakes up before you, but she didn't pick up. By the way! आप

दोनों ने हमेशा की तरह रात में mom का बनाया हुआ स्पेशल केक काटा होगा। How was that?"

"Actually Krishna! It seems Madhu forgot this time. Infact! Office was quite busy yesterday. So मैं भी completely भूल गया कि आज 14th Feb है।"

"I am not surprised you forgot because it is not first time, but I can't believe mom forgot too. Maybe she is doing some special preparation because it is your 50th birthday".

"May be. But where is she? I need to wish her too. Let me go and look for her. You stay on the line".

"I am on my way to office."

"How is DC weather? It must be cold there."

"Yes Dad. Not only cold but on the road, we have ice too."

"Carefully drive Krishna. May be call me after some time. Let me look for Madhu".

"Ok Dad! I will call you after reaching office".

मानव बात करते-करते किचन में आ गया लेकिन मधु वहाँ नहीं थी।

"मधु!", मानव ने ज़ोर से आवाज़ दी। मगर मधु की आवाज़ नहीं आयी।

मानव ने झट से backyard का दरवाज़ा खोला। मधु backyard के पिछले छोर पर फूल तोड़ रही थी। उसके लम्बे बाल अभी भी

तौलिये की गिरफ़्त में थे। शायद वो अभी-अभी नहा कर आयी थी और मातारानी की पूजा के लिए फूल तोड़ रही थी। ये मधु का रोज़ सवेरे का नियम था। जब तक मानव उठता और फ़्रेश होकर बेडरूम से बाहर आता मधु नहा-धोकर, पूजा करके नाश्ता बना लेती थी।

मधु ने अभी तक मानव की आवाज़ नहीं सुनी थी शायद क्योंकि वो अभी भी मानव की ओर पीठ किए फूल तोड़ने में व्यस्त थी।

"मधु!"

मधु ने अचानक मुड़ कर आवाज़ की ओर देखा और मानव को खड़ा देख कर आश्चर्य से बोली, "तुम यहाँ क्या कर रहे हो? जल्दी उठ गए आज? कुछ चाहिए?"

"हाँ चाहिए।"

"क्या?"

मानव ने बस आश्चर्य से देखा।

"अरे बोलो, क्या चाहिए 'मन'?"

"अरे यार! तुम इतनी दूर से पूछोगी तो क्या बताऊँगा। पहले पास तो आओ।"

"ऐसा क्या चाहिए तुम्हें?" मधु मुड़कर मुस्कुराते हुए मानव की ओर आने लगी। उसके हाथों में रंग-बिरंगे फूलों से भरी हुई फूलों की छोटी-सी टोकरी थी।

मधु को इस तरह मुस्कुराते हुए अपनी ओर आते देख मानव के दिलोदिमाग में कानपुर की उस सुबह की याद ताज़ा हो गयी जब उसने मधु को पहली बार देखा था। वो बहुत प्यारी लग रही थी। मधु आज भी बहुत ख़ूबसूरत थी जबकि मानव के सर के आधे से ज़्यादा बाल सफ़ेद हो गए थे। उसे देखकर ही कहा जा सकता था कि वह

पचास का हो चुका है मगर मधु को देखकर कोई नहीं कह सकता था कि वो आज 47 साल की हो गयी थी।

"क्या चाहिए? क्या हुआ? क्या सोच रहे हो?" मधु ने मानव को हिलाते हुआ पूछा।

मानव ने झट से मधु को अपनी ओर खींचा और backyard का दरवाज़ा बंद कर दिया और वही दरवाज़े पर मधु को अपनी बाँहों में भर लिया।

"अरे क्या हो गया है तुम्हें? अच्छा एक मिनट रुको। यह फूलों की टोकरी तो रखने दो। ये पूजा के फूल हैं", मधु ने मानव को पीछे धकेलते हुए टोकरी सामने की टेबल पर रखते हुए कहा।

"मैं नहा चुकी हूँ। पूजा करने जा रही हूँ।"

"बाद में कर लेना। पहले मुझे प्यार करने दो। बहुत प्यारी लग रही हो तुम", मानव की आवाज़ में मधु को पाने का एक नशा-सा था।

"अच्छा बाबा! बेडरूम में तो चलो।"

"नहीं! यही पर।"

"कोई आ जाएगा, 'मन'।"

"अरे कौन आएगा? जानती नहीं हो बस हम दोनों ही रहते हैं इस घर में", मानव ने ये कहा और वही डाइनिंग टेबल पर मधु को लिटा दिया और उसके ऊपर आकर उसके होंठों को चूमने लगा।

मधु भी अब होश खोने लगी थी। उसने भी खुद को अपने 'मन' को पूरी तरह समर्पित कर दिया।

जब उन दोनों के तन का ज्वार शांत होकर भाटे में तब्दील हो गया तो मधु ने कहा, "क्या हो गया है तुम्हें आज? रोज़ तो इस समय सोए रहते हो।"

वो अभी-भी टेबल पर मानव के नीचे थी।

मानव ने फिर से मधु के गुलाबी होंठों को चूमा और और उसकी गहरी झील सी आँखों में अंदर तक झाँकने लगा।

“इस तरह प्यार से मत देखो। मैं फिर से अपने होश खो दूँगी। क्या हो गया है आज तुम्हें?”

“आप बताइए मैडम, आपको क्या हो गया है?”

“मुझे क्या हुआ है? तुम्हीं तो आज सुबह से पागल बना रहे हो मुझे।”

मानव बड़े प्यार से मुस्कुराते हुए मधु की आँखों में देखता रहा जो अभी-भी टेबल पर उसके नीचे असहाय पड़ी हुई थी।

“जन्मदिन मुबारक हो मेरी जान”, मानव ने मधु के माथे को अपने होंठों से चूमते हुए कहा।

मधु ने जो कि अपनी आँखें बंद किए अपने ‘मन’ के चुम्बन में खोई हुई थी अचानक अपनी बड़ी-बड़ी आँखें खोल दी और सोचने लगी। उसने बड़ी ज़ोर-से मानव को धक्का दिया और टेबल से उठकर नीचे खड़ी हो गयी।

“NO WAY!! How can I forget this? क्या आज 14th Feb है?” उसने घूम कर family room की दीवार पर लगे कैलेंडर को देखा।

“Oh My God!! How could I? ये तुम्हारा ख़ास जन्मदिन था ‘मन’”, मधु की आवाज़ में इतना दर्द था मानो वो अभी रो देगी। उसका हाथ अविश्वास से उसके होठों पर था। उसे अपने दिल के अंदर तक एक अजीब-सा दर्द महसूस हो रहा था और खुद पर बहुत गुस्सा आ रहा था। वो अपने ‘मन’ का 50th जन्मदिन भूल गयी थी। वो हर साल हर जन्मदिन पर एक केक अपने हाथों से बनाया करती

थी और उसे वे दोनों रात के बारह बजे काटते थे। मानव से मिलने के बाद इतने सालों में कभी ऐसा नहीं हुआ था कि उसने ऐसा नहीं किया हो। और आज मानव के ख़ास जन्मदिन पर ही वो ये करना भूल गयी। ये कैसे हो गया, उसे समझ नहीं आ रहा था। वो यूँ ही चुपचाप दुःखी, अविश्वास से भरी हुई खड़ी थी। उसके नीचे के कपड़े उसके बदन पर नहीं बल्कि टेबल के नीचे फ़र्श पर पड़े थे। उसे मानो कोई होश नहीं था। बस उसकी आँखों से आँसुओं की धार बहकर उसके गालों से ढलकती हुई फ़र्श पर गिर रही थी।

मधु के आँसुओं से भरे चेहरे ने मानव के दिल में हलचल मचा दी। उसने आगे बढ़कर बहुत प्यार से मधु को अपनी बाँहों में भर लिया और उसके बालों को धीरे-धीरे सहलाते हुए बोला, "अरे नहीं मधु! इसमें रोने की क्या बात है। अभी तो दिन शुरू हुआ है और वो भी इतने शानदार तरीक़े से। इससे बेहतर तो मेरे जन्मदिन की शुरुआत कभी भी नहीं हुई। Please, सम्भालो खुद को।"

मधु रोए जा रही थी, "मुझे माफ़ कर दो 'मन'। मैंने जानबूझ कर ऐसा नहीं किया। ना जाने मैं कैसे भूल गयी।"

"That's OK Madhu. It is not a big deal. तुम ऐसा क्यों बोल रही हो? तुम्हारे ऊपर पूरे घर की ज़िम्मेदारी है। कभी-कभी हो जाता है ऐसा। दिमाग़ से निकल जाता है।"

"नहीं 'मन', मेरे लिए तुमसे बड़ी कोई चीज़ नहीं है। मैं तुम्हारा जन्मदिन कैसे भूल गयी?"

"अच्छा बाबा! अब छोड़ो इस बात को। अभी तो पूरा दिन बाक़ी है। चलो आज मैं ऑफ़िस से छुट्टी ले लेता हूँ। पूरा दिन तुम्हारे साथ। अब तो मुस्कुरा दो। मेरे दिल में थोड़ी रोशनी हो जाए", मानव ने मधु के माथे को ज़ोर से चूमते हुए कहा। वो मधु को इस तरह विचलित देखकर बहुत परेशान हो गया था।

अब मधु थोड़ा ठीक लग रही थी मगर उसके चेहरे पर वो बात नहीं थी जो थोड़ी देर पहले फूल तोड़ते हुए मानव ने देखी थी। अभी भी मधु का चेहरा बुझा हुआ लग रहा था।

“अच्छा चलो, मुझे जल्दी से नहा कर आने दो ताकि केक बना सकूँ”, मधु ने मानव से अलग होते हुए कहा।

“मैं भी चलूँ तुम्हारे साथ नहाने? मैं भी अभी तक नहाया नहीं हूँ।”

“जी नहीं! तुम्हारे चक्कर में पहले ही बहुत देर हो चुकी है।”

“ऐसा मत कहो मधु! आज के दिन की शुरुआत तो कितनी ख़ूबसूरत हुई है!”

“तुम्हारे लिए। मेरे लिए तो बहुत बुरी हुई है।”

“Please ऐसा मत बोलो। अभी थोड़ी देर पहले टेबल पर तुम भी कितनी खुश थी।”

“हाँ, लेकिन अब मुझे बहुत बुरा लग रहा है। मैं आज का दिन कैसे भूल गयी ‘मन’?” मधु फिर उदास हो गयी और उसकी आँखों में आँसू झिलमिला उठे।

“अब उसे भूल जाओ मधु। आज पूरे दिन मैं तुम्हारे साथ हूँ। हम दोनों दिन भर मस्ती करेंगे और अपने पुराने दिनों को याद करेंगे।”

“ठीक है। मुझे जल्दी से नहा कर पूजा कर लेने दो।”

मधु टेबल के नीचे से अपने कपड़े उठा कर जल्दी से कमरे में चली गयी।

अचानक, फ़ोन की घंटी बज उठी।

“हेलो कृष्णा। ऑफ़िस पहुँच गए तुम?” मानव ने फ़ोन उठाते हुए कहा।

“हाँ dad! Mom कहाँ हैं? मुझे उन्हें wish करना है।”

“अभी-अभी नहाने गयी हैं।”

“अभी? Is she OK? अभी तक तो उनका सब कुछ हो जाता है। I mean pooja, breakfast.”

मानव ने उसे बताया कि कैसे मधु सब भूल गयी थी आज।

“OMG! I can understand how she must be feeling. She never missed this day. She was always excited for this day. I hope everything is good with her”.

“अरे हाँ! वो ठीक ही है। तुम जानते ही हो वो दिनभर इस बड़े घर की देखरेख और किचन में कितनी busy रहती है। हो जाता है कभी-कभी, हम भूल जाते हैं।”

“You are right dad but it is very unusual. I know mom. She is very particular in few things. Keeping the need to each family member and specially you are her topmost priority. She never misses her priorities. So, this is really unusual of her. I can understand what she must be going through. Please take care of her. Did Kanha call you?”

“अभी नहीं। सो रहा होगा अभी। मैंने आज ऑफ़िस से छुट्टी ले ली है।

“ठीक है। मैं call करता हूँ उसे। आपने अच्छा किया आज छुट्टी ले ली। Spend your day with mom. I wish me and Kanha would have been there with you both today”.

“हाँ तुम दोनों होते तो सच में बहुत अच्छा लगता हमें। आज तुम दोनों को न जाने क्यों बहुत miss कर रहा हूँ।”

"You enjoy your day dad. I will call you later. I have to rush for a meeting. Bye".

"Bye bete", मानव ने कहा और फ़ोन काट दिया।

कृष्णा की बात सुनकर मानव भी अपने दोनों बेटों को miss करने लगा। "काश वो दोनों आज यहाँ होते", मानव ने मन-ही-मन में कहा।

मधु ने नहाने और पूजा करने के बाद सबसे पहले केक बेक करने के लिए oven में रखा। फिर चाय और मानव के पसंदीदा पनीर-पराठों के साथ जैसे ही मानव के साथ नाश्ते की टेबल पर बैठी वैसे ही उसके फ़ोन की घंटी बजने लगी।

"हाँ बोलो कान्हा कैसे हो?" फ़ोन को स्पीकर पर रखते हुए मधु ने कहा।

"Mom, happy birthday to you and dad. Is he there?"

"हाँ, वे सुन रहे हैं तुम्हें? और अब याद आयी तुम्हें हमारी?"

"Mom I just got up and that also on bhaiya's call."

"क्या आज classes नहीं हैं?"

"Just one class and that starts in an hour. OK no more question to me. It is my turn. Bhaiya told me that you were missing we both and that is why you did not cut the cake in the night. So, when is the plan? It is dad's 50th. He has become old now, but you are still young. So, bake a cake for the old man and cut in the evening and do not miss us. While cutting cake just remember me and bhaiya and we will be there".

"बस बातें बड़ी-बड़ी करता है। "we will be there." सफ़ेद झूठ तो मत बोल। तू New York में हैं और तेरा भैया Washington DC में। और हाँ! Old man किसको बोल रहा है? He is as young as you both".

कान्हा ज़ोर से हँस पड़ा।

"I was just kidding mom. I know you cannot hear anything against him. But when are you planning to cut the cake?"

"शाम सात बजे। तुम दोनों को बहुत miss कर रहे हैं, कान्हा।"

"We are always with you mom. So do not miss us and you both enjoy. Where is dad? I did not hear any word from him."

"I am busy eating my paneer-paratha but listening to you. What's up son?"

"Going to get ready for the class dad. You both have fun. Talk to you soon. Bye."

"Bye", मानव और मधु ने एक साथ कहा।

"यह अंग्रेज़ हो गया है। एक शब्द भी हिंदी नहीं बोलता है", मधु ने मानव की ओर देखते हुए शिकायत के लहजे में कहा।

"अरे, हिंदी समझ लेता है ये कम है क्या?"

"कृष्णा तो फिर भी हिंदी बोल लेता है मगर इसकी ज़ुबान से हिंदी का एक शब्द भी सुनने के लिए तरस जाती हूँ। तुमने कहा था कृष्णा ने सुबह call किया था। ठीक है ना वो? नयी-नयी नौकरी लगी है उसकी। उम्मीद है अच्छा लग रहा होगा उसे। आज इन दोनों को बहुत miss कर रही हूँ मैं।"

"मैं भी miss कर रहा हूँ मधु लेकिन ठीक है दोनों अपने-अपने career बनाने में लगे हैं। हमें और क्या चाहिए।"

"वो तो ठीक है मगर आज तुम्हारा 50th Birthday है। आज पूरा परिवार साथ होता तो अच्छा था।"

"मधु, last year 49th था इस साल 50th है। Age is just a number".

"मैं अब भी यह सोच कर परेशान हूँ कि मैं आज का दिन भूल कैसे गयी। आजकल मैंने महसूस किया है बहुत भूलने लगी हूँ। याद है तुम्हें, एक-दो महीने पहले, तुम आए और तुमने अपने-आप दरवाज़ा खोला। मैं तुम्हारी आहट नहीं सुन पायी हमेशा की तरह।"

"अरे यार मधु, इतने बड़े घर में तुम मेरी आहट एक बार नहीं सुन पायी तो कौन-सी बड़ी बात है। मैं तो इतने सालों से अभी तक हैरान रहता हूँ कि तुम मेरे बेल बजाने से पहले ही दरवाज़ा कैसे खोल देती हो। आज की बात को लेकर बेकार में परेशान मत हो। सोचो आज पूरा दिन हम दोनों एक-दूसरे के साथ बिताने वाले हैं। शाम को केक काटेंगे। तुम कहो तो बाहर किसी अच्छे restaurant में dinner पर चलते हैं।"

"नहीं 'मन' बच्चे साथ होते तो चलते। हम दोनों तो अपने घर में ही ठीक हैं। तुम्हारा जो मन कर रहा है बता दो। बना दूँगी। फिर एक साथ खाएँगे।"

"मुझे तो तुम्हें खाने को मन कर रहा है।"

"आज तुम कुछ ज़्यादा रोमांटिक नहीं हो रहे हो? पचास के बाद लोग ज़्यादा रोमांटिक हो जाते हैं क्या?" मधु ने मुस्कुराते हुए पूछा।

"हो सकता है।"

अचानक मधु के फ़ोन की घंटी फिर बजने लगी।

“मम्मीजी का फ़ोन है”, मधु ने कहा और झट से उठा लिया।

“हेलो मधु! जन्मदिन की तुम्हें और मानव को बहुत-बहुत बधाई हो। तुम्हारे पापा भी यहीं बैठे हैं। तुम दोनों हमेशा खुश रहो। मानव तो ऑफ़िस गया होगा इस समय?”

“मम्मीजी और पापाजी को चरण-स्पर्श। आज मैं ऑफ़िस नहीं गया। छुट्टी ले ली। सोचा हम दोनों एक पूरा दिन एक-दूसरे के साथ बिताएँगे”, मानव ने झट से कहा।

“तुम दोनों हमेशा ख़ुश रहो बेटे! ये तो बहुत अच्छी बात है”, इस बार पापाजी ने कहा।

इसी तरह दिन भर फ़ोन की घंटी बजती रही। कभी नमन फ़ोन करता, तो कभी राखी, कभी मधु की दीदी, कभी कोई और दोस्त। दिन पलक झपकते ही गुजर गया और शाम के सात बजने वाले थे। मधु और मानव तैयार हो चुके थे। मधु केक के ऊपर मानव और अपना नाम क्रीम से लिख रही थी। उसी समय कॉल बेल बजी।

“इस समय कौन हो सकता है?” यह कहते हुए मानव दरवाज़े की ओर बढ़ा।

मधु भी झट से केक पर लिखने का काम छोड़ कर मानव के पीछे-पीछे चल दी।

मानव ने जैसे ही दरवाज़ा खोला, देख कर हैरान रह गया। सामने कंधे पर एक-एक छोटा बैग और हाथ में लाल, सफ़ेद और पीले गुलाब के फूलों का बड़ा-सा गुलदस्ता लिए उसके दोनों बेटे कृष्णा और कान्हा खड़े थे।

“Surprise”, दोनों ने एक-साथ चिल्ला कर कहा।

मधु और मानव को यक़ीन ही नहीं हो रहा था। उन्होंने सपने में भी इसकी कल्पना नहीं की थी। अभी कुछ घंटे पहले सुबह इन दोनों से बात हुई थी। एक Washington DC में था और एक New York में और अभी दोनों यहाँ Houston में इनके दरवाज़े पर खड़े थे।

कृष्णा आगे बढ़ कर मानव के पैरों पर झुक गया और कन्हैया उसके गले से लग गया। मधु की आँखें हमेशा की तरह झिलमिला उठीं।

"No Mom, no tears today. OK Hindi mein.. नहीं MOM आज.. आँसू..नहीं। Did I say right?" कन्हैया ने हिंदी के शब्द सोच-सोच कर धीरे-धीरे बोले।

"बिलकुल ठीक। मधु ने कन्हैया के गालों तो चूमते हुए उसे गले से लगा लिया। उसकी आँखों से आँसू अभी-भी बह रहे थे लेकिन ये आँसू ख़ुशी के थे।"

"Hope we are not late. कैसी है मेरी mom?" इस बार कृष्णा ने मधु के गले लगते हुए कहा।

"अब मैं बहुत खुश हूँ। मेरी ज़िंदगी का यह सबसे बड़ा surprise है।"

"अरे mom, अभी तो आपकी ज़िंदगी शुरू हुई है। अभी तो बहुत सारे इस तरह के ख़ुशी वाले surprise आएँगे।"

"मेरी ज़िंदगी शुरू नहीं हो रही है, 47 years की हो गयी हूँ आज।"

"कौन कहता है? मुझे तो आज तक आप जैसी ही ख़ूबसूरत लड़की की तलाश है। लेकिन लगता है आपकी मातरानी ने आपको बनाने के बाद उस frame को तोड़ के ही फ़ेक दिया है। अब ऐसी कोई लड़की बन हीं नहीं रही हैं जो मेरी mom जैसी ख़ूबसूरत हो। क्यों कान्हा ठीक कह रहा हूँ ना?"

"You are right bhaiya", कान्हा ने मुस्कुराते हुआ कहा और फिर से मधु के गले लग गया।

"लेकिन तुम दोनों अचानक आ कैसे गए?"

"My trip was sponsored by bhaiya, dad. It was his idea. I just obeyed my elder brother. So, ask him."

"Dad! In the morning you sounded like you are missing both of us and then mom got upset because she forgot to make the cake. तब मैंने सोचा अपनी mom की smile वापस लाने के लिए इससे अच्छा कोई तरीक़ा नहीं है। फिर क्या था! मैंने अपने Boss से request की और उसके बाद का काम आसान था। कान्हा को call किया। वो New York से यहाँ और मैं DC से यहाँ। ये मुझसे एक घंटे पहले land हो गया था। इसने मेरा wait किया और हम यहाँ।"

"अगर कॉल कर देते तो हम दोनों तुम दोनों को pick-up करने airport पर आ जाते।"

"फिर अपनी माँ की आँखों में ये ख़ुशी के आँसू कैसे देख पाते हम", कृष्णा ने मधु के गालों से ढलकते आँसुओं को अपनी उँगलियों से पोछते हुए कहा।

"OK now let's cut the cake and then we all will go for a dinner out. I am hungry so we will have to make it fast".

"खाना यहाँ तैयार है कान्हा। चलो तुम पहले कुछ खा लो।"

"Mom, no, let's cut the cake first and we are eating out. Me and bhaiya have already booked the table in a very fancy restaurant of the town and this dinner is on bhaiya".

"लेकिन तुमने कहा कि तुम्हें भूख लगी है?"

"Mom, Why are you so cute and nice?" कन्हैया ने मधु के गले में अपनी बाँहें डालते हुए बड़े प्यार से कहा।

फिर मानव और मधु ने अपने दोनों बेटों के साथ मिलकर केक काटा। कृष्णा ने खूब सारी तस्वीरें लीं। सब मिलकर एक बहुत ही अच्छे restaurant में डिनर करने गए। कृष्णा ने पहले से वहाँ टेबल बुक कर रखा था। कन्हैया और कृष्णा दोनों को अगली सुबह की फ़्लाइट से निकलना था।

"आज कृष्णा और कान्हा ने यहाँ आकर तुम्हारे 50th birthday को यादगार बना दिया ना, 'मन'", मधु ने बिस्तर पर मानव की बाँहों में आते ही कहा।

"हम दोनों के birthday को special बना दिया इन दोनों ने। एक वो birthday जब तुम college में मेरे लिए पहली बार केक बना कर लायी थी और एक ये आज का birthday मैं कभी नहीं भूल सकता।"

"आज का birthday तो मैं बिलकुल ही भूल गयी थी।"

"प्लीज़ मधु अब उस बात को याद मत करो। तुम ये birthday नहीं भूलती तो शायद हमें यह ख़ूबसूरत surprise हमारे बेटों ने हमें नहीं दिया होता। सुना नहीं तुमने कृष्णा ने क्या कहा? तुम दुःखी थी इसलिए उसने इस surprise का प्लान बनाया। ये सब मातरानी की मर्ज़ी से होता है। वो चाहती थी कि हमें ये ख़ुशी के पल मिले

इसलिए उन्होंने ये पूरा खेल रचाया। इसलिए खुश हो जाओ और मेरे और पास आओ ताकि हम दोनों सुबह की तरह एक-बार फिर एक-दूसरे को खुश कर दें", मानव ने कहा और मधु को ज़ोर से अपनी बाँहों में भींच लिया। मधु भी उसकी बाँहों में यूँ समा गयी जैसे मोती सीप की आग़ोश में बंद हो जाता है।

मानव ने चुपके से दरवाज़ा खोला तो उसकी नज़र किचन में खड़ी मधु पर पड़ी जो दरवाज़े की ओर पीठ किए किचन के countertop पर आटा गूँथ रही थी। मानव ने अपना बैग धीरे-से फ़र्श पर रखा और दबे पाँव मधु के के पास पहुँच धीरे से उसकी आँखों को अपनी हथेली से ढक दिया।

"'मन', तुम आ गए?" मधु ने अपने आटे से सने हाथों से अपनी आँखों पर रखी मानव की हथेली को पकड़ कर चहकते हुए कहा।

"मधु, क्या सोच रही थी तुम? मैं दरवाज़ा खोल यहाँ तक आ गया और तुम्हें पता ही नहीं चला। एक वो भी दिन थे जब तुम मेरे कॉलबेल बजाने से पहले ही दरवाज़ा खोल देती थी।"

"पता नहीं मुझे क्या हो गया है, अब पता ही नहीं चलता है। लगता है बूढ़ी हो गयी हूँ।"

"अरे बूढ़े हो तुम्हारे दुश्मन। अभी तो पचास की भी नहीं हुई हो और पचास छोड़ो कितनी क़यामत लगती हो अब भी। लेकिन मधु मेरी जगह कोई और आ जाता तो। इस बात से डर लगता है।"

"यहाँ कौन आएगा? चाबी तो सिर्फ़ तुम्हारे और मेरे पास है। वैसे अगले साल मैं भी पचास की हो जाऊँगी और तुम 53 के। मैंने एक बात महसूस की है कि आजकल मेरी यादाश्त पहले जैसी नहीं रही। बहुत कुछ भूलने लगी हूँ। तुम्हें याद है पहले मुझे किताबें पढ़ने का कितना शौक़ था। आजकल तो एक ही पेज बार-बार पढ़ती रहती हूँ और समझ में नहीं आता है। पहले मुझे याद रहता था तुम कितने

बजे आने वाले हो। उस समय मेरे कान दरवाज़े की ओर ही रहते थे और मैं तुम्हारे बेल बजाने से पहले ही दरवाज़ा खोल देती थी। मगर अब मुझे समय का अंदाज़ा ही नहीं रहता।"

"उम्र के साथ हमारी यादाश्त थोड़ी कमज़ोर तो हो ही जाती है। मेरी भी पहले जैसे नहीं रह गयी है मधु। तुम इन सब के बारे में ज़्यादा मत सोचा करो। तुम्हारा फ़िज़िकल चेकअप अभी तो हुआ था। Doctor ने कहा था तुम्हारे सब parameter ठीक है। मेरा sugar level थोड़ा ज़्यादा था तो मुझे sugar control करने को कहा था।"

"वैसे तो सब ठीक है बस बहुत कुछ भूलने लगी हूँ आजकल। तुम कहा करते हो कि मैं तुम्हारा पचासवाँ जन्मदिन भूल गयी थी। मैंने केक भी नहीं बनाया था। पर मुझे ऐसा लगता है कि मैंने केक बनाया था और कृष्णा और कान्हा के साथ हम सबने मिलकर केक काटा था।"

"हमने कृष्णा और कान्हा के साथ ही केक काटा था और तुमने केक बनाया भी था मगर तुम मेरा वो जन्मदिन भूल गयी थी। सुबह-सुबह मैंने तुम्हें याद दिलाया था।"

"तुम ये कहते हो और मुझे यक़ीन है तुम सही कहते हो मगर मुझे बिलकुल याद नहीं है ये बात। इसलिए मैंने कहा ना मेरी memory कुछ ज़्यादा ही कमज़ोर होती जा रही है।"

"तुम बेकार की टेन्शन मत लिया करो। अच्छा चलो, मैं ज़रा फ़्रेश होकर आता हूँ फिर हमेशा की तरह साथ में चाय पीते हैं।"

"ठीक है तुम आओ मैं चाय बनाती हूँ तब तक।"

मानव और मधु टेबल पर बैठे चाय पी रहे थे तभी मानव के फ़ोन की घंटी बजी। उसने फ़ोन की ओर देखा।

"कृष्णा है", उसने मधु की ओर देख फ़ोन उठा कर उसका स्पीकर ऑन कर दिया।

"हाँ कृष्णा बोलो। मधु भी यही हैं।"

"good! मुझे आप दोनों से ही बात करनी थी।"

"बोलो। Is everything ok? How things are in office?"

"Everything good Dad. After promotion, responsibility और काम दोनों बढ़ गए हैं।"

"ये तो अच्छी बात है।"

"you are right. I have no complains. I am enjoying my work."

"कृष्णा तुम कुछ कहने वाले थे", मधु की आवाज़ थी ये।

"yes Mom लेकिन पहले ये बताइए इस बार 27th January का क्या प्लान है?"

"27th January?"

"अरे हमारी wedding anniversary", मानव ने झट से मधु को याद दिलाया।

"Dad it is not just any wedding anniversary. It is 27th January 1991".

"OK. But what is special about it?"

"Dad, it is your silver means 25th Wedding Anniversary. It is a big milestone. We should have a celebration".

"तुम और कान्हा आ जाओ। हमारे लिए यूँ ही celebration हो जाएगा।"

"अरे MoM, हम तो आएँगे ही। We are not going to miss it. लेकिन मैं आप दोनों के लिए एक Switzerland का ट्रिप प्लान कर रहा हूँ। I know MoM always wanted to go to Switzerland. So, this trip is sponsored by me as a gift to you both".

"कृष्णा इतनी फ़िज़ूल खर्ची की क्या ज़रूरत है। अभी दो-साल पहले ही तो तुमने नौकरी शुरू की है। पैसे जमा करो। वहाँ घर नहीं लेना है तुम्हें। तुम्हीं कह रहे थे न कि वहाँ घर बहुत महँगा है।"

"एक मिनट MoM, एक मिनट। पहले मेरी बात सुनो। ये गिफ़्ट है आप दोनों के लिए। ये फ़िज़ूल खर्ची कैसे हो गयी? आप नहीं जानती इससे मुझे कितनी ख़ुशी मिलेगी।"

मानव ने इशारा करके मधु को चुप रहने के लिए कहा।

"अच्छा ठीक है। तुम प्लान करो हम चले जाएँगे लेकिन तुम दोनों के साथ Anniversary मनाने के बाद।"

"ठीक है Dad लेकिन हम दोनों के साथ नहीं बल्कि हम तीनों के साथ।"

"तीनों के साथ?" मधु आश्चर्य से मानव की ओर देखने लगी। मानव भी थोड़ा हैरान दिख रह था।

"हाँ MoM, मैं आप दोनों को एक लड़की से मिलवाना चाहता हूँ जिसका नाम दिव्या है जो मेरे साथ ही ऑफ़िस में काम करती है", कृष्णा ने धीरे-से थोड़ा शर्माते हुए कहा।

"अच्छा तो ये Switzerland का रिश्वत इसके लिए था।"

"MoM, प्लीज़ these two things are not related. You know me".

"अरे मैं जानती हूँ। तुम्हारी टाँग खींच रही थी। मैं बहुत खुश हूँ ये जानकर। पहले दिव्या के बारे में बता। ये तो पता चल गया कि तू उसे पसंद करता है। क्या वो भी तुझे पसंद करती है?"

"Yes mom. We love each other".

"Oh! तो बात पसंद तक ही नहीं LOVE तक पहुँच गयी है?"

"नहीं mom., अगर आपको पसंद नहीं आयी तो हम आगे नहीं बढ़ेंगे।"

"क्या? मुझे पसंद नहीं आएगी तो तू छोड़ देगा उसको?"

"YES mom."

"आज तक मैंने कभी भी थप्पड़ नहीं लगाया तुझे। आज लगाने को मन कर रहा है। कैसा LOVE है तेरा कि तू उसे छोड़ने की बात कर रहा है।"

"अरे मधु! क्यों परेशान कर रही हो उसे? इस टॉपिक पर बात करने से नर्वस हो रहा है बेचारा। उसे समझ में ही नहीं आ रहा है कि वो बोल क्या रहा है। अब छोड़ दो उसे। अच्छा कृष्णा, कहाँ से है दिव्या?"

"Thanks dad! बचा लिया आपने। दिव्या वैसे तो अपने ही भारत, गुजरात से है। वो जब दो साल की थी तब भारत से यहाँ आ गयी थी New Jersey में। तब से वही रहते हैं ये लोग। उसके पापा एक businessman हैं। उनकी एक Travel Agency है।"

"कृष्णा, अगर तुम दोनों चाहो तो उन्हें भी हमारी ओर से उस समय अपने घर आने के लिए न्योता दे सकते हो।"

"नहीं dad! अभी नहीं। उनको अभी हमारे बारे में पता नहीं है। मैं चाहता हूँ कि आप दोनों एक बार दिव्या से मिल लें फिर बात आगे बढ़ाएँगे।"

"ठीक है। जैसे तुम दोनों ठीक समझो।"

"Dad! आप Switzerland के लिए एक हफ़्ते की छुट्टी ले लेना। मैं ट्रिप फ़ाइनल कर के आपको Itinerary भेजता हूँ।"

"ठीक है। By the way, कान्हा कैसा है? आज अभी तक उसने कॉल नहीं किया। उसका placement के लिए कैम्पस में इंटरव्यू था न आज?"

"मेरी सुबह बात हुई थी उससे। Interview को लेकर थोड़ा नर्वस था। फिर से कॉल करके पूछूँगा क्या हुआ इंटरव्यू में। उसे आप दोनों को कॉल करने के लिए भी कहता हूँ।

"ठीक है। कृष्णा।"

"Bye dad! Love you Mom" उसने इतना कह कर फ़ोन काट दिया।

"हमारे बच्चे अब शादी की उम्र के हो गए हैं तो हमारा बूढ़ा होना तो लाज़िमी है", मधु ने मुस्कुराते हुए कहा।

"ये तो जीवन-चक्र है मधु। इस बात की ख़ुशी है कि हमारे दोनों बेटे बहुत अच्छे हैं।"

"मुझे तो कृष्णा और कान्हा के बीच का प्यार देख कर बहुत अच्छा लगता है। कान्हा कृष्णा की बहुत इज़्ज़त करता है और कृष्णा कान्हा को बहुत मानता है और हमेशा उसका मार्गदर्शन करता है। अब तो उसकी पढ़ाई का पूरा खर्च भी कृष्णा ही उठाता है।"

"ये सब तुम्हारे रोज़ मातारानी की पूजा करने का फल है।"

"ये तो सही है 'मन' ये सब मातारानी की कृपा से ही हुआ है। बस उनसे यही विनती है कि अपनी दया दृष्टि यूँ ही हम सब पर बनाए रखें", मधु ने हाथ जोड़ कर छत की ओर ऊपर देखते हुए कहा।

आख़िर मधु और मानव की 25th Wedding Anniversary बहुत धूम-धाम से सम्पन्न हुई। क़रीब-क़रीब पचास मेहमानों ने पार्टी में शिरकत की थी जिनमें अधिकतर मानव के colleagues और दोस्त थे। कृष्णा, कन्हैया और दिव्या दो दिन पहले ही आ गए थे और उन्होंने सब कुछ सम्भाल लिया था। मधु और मानव इस समय Switzerland के लिए प्लेन में बैठे थे।

"मैं दिव्या से मिलकर बहुत खुश हुई, 'मन'। बहुत अच्छी लड़की है। सुंदर तो है ही साथ में उसके संस्कार और स्वभाव कितना अच्छा था। मुझे तो अपने कृष्णा और दिव्या की जोड़ी बहुत अच्छी लगी।"

"तुम बिलकुल ठीक कह रही हो मधु। इन दोनों की जोड़ी बहुत अच्छी रहेगी।"

"अब यही चाहती हूँ कि दिव्या के माता-पिता इस रिश्ते के लिए मान जाएँ।"

"पहले बच्चों को उनसे बात करने दो। फिर ज़रूरत पड़ी तो हम भी बात कर लेंगे।"

"हमें बात तो करनी ही पड़ेगी न, 'मन''। बच्चे क्या बात करेंगे। उसके माता-पिता जब तक हमसे बात नहीं करेंगे वे चिंतित रहेंगे। लड़की का मामला है ना।"

"मेरा मतलब था पहले दिव्या अपने घर में बता दे फिर हम बात पर लेंगे।"

"तुम्हें नहीं लगता हमें उनसे बात करके उनकी लड़की का हाथ अपने कृष्णा के लिए माँगना चाहिए।"

"तुम ठीक कह रही हो। एक बार Switzerland से वापस आ जाएँ फिर कृष्णा और दिव्या से मैं बात करता हूँ।"

"ठीक है। चलो आज मेरा एक और सपना पूरा हो रहा है। मैं हमेशा से Switzerland देखना चाहती थी। अब जाकर मौक़ा मिला है", मधु ने मानव का हाथ पकड़ते हुए कहा। हवाई-जहाज़ अपनी गति से आगे बढ़ता जा रहा था।

"मैंने सोचा था Retirement के बाद तुम्हें लेकर जाऊँगा लेकिन कृष्णा ने तो ये सपना आज ही पूरा कर दिया। तुमने देखा वो कितना खुश था जब हमें Airport पर छोड़ने आया था। उसे इस बात की ख़ुशी ज़्यादा थी कि उसने हमारा ये सपना पूरा किया है।"

"कृष्णा पूरे परिवार के बारे में सोचता है।"

"बिलकुल तुम्हारी तरह", मानव ने झट से कहा।

"अपना कान्हा भी हम सब के बारे में सोचता है। अभी-अभी तो उसकी भी नौकरी लगी है। वो भी बहुत जल्द कमाने लगेगा।"

"अगर बच्चे अपने माँ-बाप से एक कदम आगे निकल जाएँ तो माँ-बाप को ऐसा लगता है जैसे उन्होंने आने वाली पीढ़ी के प्रति अपनी ज़िम्मेदारी निभा दी है। मुझे कृष्णा और कान्हा को देख कर बहुत ख़ुशी होती है कि दोनों को अच्छी-अच्छी कम्पनियों में नौकरी मिल गयी हैं।"

"तुम भी अपने जीवन में कहाँ-से-कहाँ पहुँचे हो, 'मन'।"

"मुझे सही समय पर तुम और तुम्हारी मोहब्बत मिल गयी थी मधु, जिसने मुझे भटकने नहीं दिया। इसलिए मैं यहाँ तक पहुँच पाया।"

मधु ने मानव की ज़ुबान से ये बात बहुत बार सुनी थी। उसे हर बार ये बहुत अच्छा लगता था कि मानव अपनी हर सफलता का श्रेय उसे और उसकी मोहब्बत को देता था।

बातें करते-करते कब दोनों की आँख लग गयी उन्हें पता भी नहीं चला।

कृष्णा ने बहुत ही अच्छे होटल में उनके ठहरने का प्रबंध किया था। कृष्णा ने उनके घूमने के लिए भी सारा program बनाया हुआ था। उन्हें बस उस प्रोग्राम को follow करना था।

अगले एक हफ़्ते तक मानव और मधु दिन भर Switzerland के अलग-अलग दर्शनीय स्थानों का सफ़र कभी ट्रेन से तो कभी बस से तो कभी टैक्सी से करते रहे। वहाँ के Tulip Garden ने तो उनका मन मोह लिया। मीलों तक खिले हुए रंग-बिरंगे ट्यूलिप के फूल देख कर ऐसा लग रहा था मानो धरती पर कहीं स्वर्ग था तो वहीं था। Switzerland के प्राकृतिक सौंदर्य को देख कर मानव और मधु मंत्र-मुग्ध थे। मानव को अब समझ में आया था कि मधु Switzerland क्यों देखना चाहती थी।

आज वे होटल के पास ही एक restaurant से खाना खा कर होटल की ओर पैदल ही जा रहे थे। रात के क़रीब दस बज रहे थे और बाहर काफ़ी सर्दी थी। होटल क़रीब-क़रीब आधा किलो मीटर दूर था। दोनों बातें करते हुए होटल की ओर बढ़ते जा रहे थे। जब होटल क़रीब-क़रीब एक सौ मीटर ही दूर था तो अचानक मानव के पैर रुक गए।

"मधु! मैं पीने के लिए पानी की बोतल लेना भूल गया" होटल में ये बोतल चार गुना महँगा है। वो देखो सामने होटल है। तुम चलकर रिसेप्शन से चाबी लेकर कमरे में जाओ। मैं दो पानी की बोतलें लेकर जल्दी से आता हूँ", मानव ने कहा।

"मैं भी चलती हूँ तुम्हारे साथ।"

“इस ठंड में तुम कहाँ जाओगी। तुम कमरे में चलो, मैं पाँच मिनट में आता हूँ।”

“ठीक है। जल्दी आना, ‘मन’।”

“रूम नम्बर 205 याद हैं ना?”

“हाँ, हाँ याद है। तुम जल्दी आना”, मधु ने कहा और होटल की ओर चल पड़ी।

मानव जल्दी-जल्दी उस स्टोर की ओर जाने लगा जो उसने restaurant के पास देखा था। स्टोर से पानी को दो बोतलें लेकर वह उसी स्पीड से होटल की ओर बढ़ गया। होटल में आते ही उसने सबसे पहले रिसेप्शन के चारों ओर देखा कि कहीं मधु वहीं बैठ उसका इंतज़ार तो नहीं कर रही है। मधु को वहाँ नहीं देख कर वह सीधे अपने रूम की ओर चल दिया जो कि दूसरे मंज़िल पर था। उसने रूम नम्बर 205 का दरवाज़ा खटखटाया मगर किसी ने दरवाज़ा नहीं खोला। उसने फिर से खटखटाया। अंदर से कोई आवाज़ नहीं आयी। उसने धीरे से पुकारा, “मधु।” कोई आवाज़ नहीं। उसका दिल ज़ोर-ज़ोर से धड़कने लगा। वो जल्दी से elevator की ओर भागा। उसे रिसेप्शन पर मधु कहीं नज़र नहीं आयी। उसका दिल फिर ज़ोर-ज़ोर से धड़कने लगा।

“Excuse me! My room number is 205. Me and wife were coming from dinner, and I went to buy some water and told my wife to collect the key from you and go to the room. But it seems she is not in the room”, मानव ने जल्दी-जल्दी कहा। उसके चेहरे से घबराहट साफ़-साफ़ झलक रही थी।

“Which room Number did you say Sir?”

“205”.

"Yes, the Key is here. Your wife has not taken the key", receptionist ने कमरे की चाबी मानव की ओर बढ़ाते हुए कहा।

"But where is my wife? I do not see her here. Did you notice she came inside the hotel in last 10 min", मानव ने receptionist के हाथ से रूम की key लेते हुए पूछा।

"No Sir. I recognize your wife. I saw you both going out, but I didn't see your wife coming in. I just saw you".

"Then where did she go?" मानव के चेहरे पर घबराहट और चिंता झलक रही थीं।

"Is she carrying her phone?"

"No, we came from US. Our phone does not work here. So, she was not carrying".

"OK... OK calm down Sir. Don't worry. We will find her.", रिसेप्शनिस्ट ने कहा और फ़ोन पर कोई नम्बर डायल करके किसी दूसरी भाषा में कुछ कहने लगा। मानव को बस एक शब्द समझ में आया "Security"। उसका अनुमान था कि शायद उसने किसी security के आदमी को आने के लिए कहा है। थोड़ी ही देर में वहाँ एक लम्बा-चौड़ा इन्सान security की Dress पहने आया।

"He is our guest. His wife is missing. Will you please help him?"

"Sir you do not worry. We will find your wife. This gentleman will help you. It is a small place. Your wife cannot go anywhere. She might have taken some wrong turn", receptionist ने ये बात मानव की ओर देख कर कही थी।

"Sir my name is Alex. I am the security in charge of this hotel. You tell me what exactly happened?

मानव, Alex के साथ होटल के गेट की ओर बढ़ा।

"Me and wife were returning after dinner by walking. When we were near that street, I told my wife to collect the key from रिसेप्शन and go to room and I went to bring some water", मानव ने अपने हाथ से दूर इशारा करते हुए वह जगह दिखाने की कोशिश की जहाँ उसने मधु को छोड़ा था।

"OK Don't worry Sir. Let's go there", Alex ने कहा और मानव के साथ उस जगह की ओर चल पड़ा जिस ओर मानव ने उसे इशारा किया था।

"This is the place from where I went to that side and I told her to go to hotel", मानव ये कहते हुए चारों ओर देख रहा था। अब उसका दिल बैठा जा रहा था। उसे अपने पर गुस्सा आ रहा था कि उसने मधु को अकेले जाने के लिए क्यों कहा।

"Are you sure it is the place?"

"Yes, I am 100% sure", मानव की आवाज़ में थोड़ी झल्लाहट थी।

"I am just asking Sir. So, there are 4 ways from here. One towards the hotel but we came from there and we did not see her. The other way is the back where you went and from there you came back too and you did not see her. So that is not the option too. So only option is either she went left this side or right that side", Alex ने सोचते हुए कहा।

"Yes"

"OK, tell me one thing, by any chance did you see her walking towards the hotel and not going left or right?"

"Yes, I saw her. When I told her to go, she started first and then I started. So, I remember clearly, she took the first step towards the hotel".

"Hmmm... Once she starts going to hotel, there is no way from this 100 meter road to go anywhere but straight to hotel. So, it seems she is in hotel itself may be in some bathroom".

"But the receptionist said that she did not see her going inside".

"Maybe she missed. Madam went into the hotel and walked straight to the bathroom. I am sure she is in the hotel. Let's go inside first and check in the bathroom, Sir".

Alex और मानव होटल की ओर चलने ही वाले थे कि पीछे से आवाज़ आयी।

"Hello! Are you looking for someone? There is a pretty lady on the bench crying. She seems to be lost. Not speaking anything", एक आदमी बायीं ओर दूर इशारा करते हुए कह रहा था। उसकी आवाज़ से वो भी कोई पर्यटक ही लग रहा था।

मानव जल्दी से उस ओर भागा। Alex भी उसके पीछे-पीछे भागा। वो आदमी भी उसी तरफ़ आने लगा।

मानव को दूर एक बेंच पर मधु बैठी दिखाई दी जो इधर-उधर देख रही थी।

“मधु”, मानव ज़ोर से चिल्लाया और तेज़ी से उसकी ओर भागा।

मधु ने आवाज़ की ओर देखा। सामने उसका मानव भागता हुआ आ रहा था।

मानव को देखते ही वह रोती हुई मानव की ओर भागने लगी।

मधु के पास पहुँच कर मानव ने देखा मधु के चेहरे का रंग उड़ा हुआ था। उसकी आँखों से आँसुओं की धार बह रही थी।

मानव ने झट से उसे अपनी बाँहों में भर लिया।

“क्या हुआ मधु? तुम यहाँ क्यों बैठी हुई हो?”

मधु सुबक-सुबक कर रोने लगी।

“मधु क्या हुआ? कुछ तो बोलो।”

“पता नहीं मुझे क्या हो गया था ‘मन’। मुझे कुछ समझ में नहीं आ रहा था”, मधु ने बड़ी मुश्किल से सुबकते हुए कहा।

“अच्छा अब आ गया हूँ न। सब ठीक हो गया है। चलो कमरे में चलते हैं”, मानव मधु को अपने सीने से लगाए होटल की ओर चल पड़ा।

“Is she OK Sir?”

“Yes Alex. I think she got lost. She seems little shaken. Let me take care of her”.

“Do you need any help like medical assistance or anything?”

“No Alex. Thanks. If I need any help, I will tell you”.

“I do not understand how the hell she reached here?” लग रहा था Alex को अभी भी ये गुत्थी परेशान कर रही थी।

मानव ने कुछ नहीं कहा। वह बस मधु को थामे होटल की ओर बढ़ रहा था।

“Oh! You found her. Where was She? Is she OK?” मानव जैसे ही होटल में दाखिल हुआ, receptionist ने पूछा।

“I think she lost her way. She seems to be fine. Just little shaken up. Will you please send those bottles of water to my room”, मानव ने reception पर रखी अपनी दोनों पानी की बोतलों की ओर इशारा करते हुए कहा।

“Sure Sir. Do you need any doctor?”

“No, I think she is fine. But if I need, I will call you. Thank you for your help”, मानव ने कहा और elevator की ओर बढ़ गया। मधु अभी-भी उसके सीने से सटे हुए चल रही थी।

“Anytime Sir”, receptionist ने कहा।

कमरे में आते ही मानव ने सबसे पहले मधु को बिस्तर पर बिठाया और फिर सामने टेबल पर रखे गिलास में पानी डाल कर उसकी ओर बढ़ा दिया।

“पी लो इसे मधु।”

मधु ने पानी पी लिया। अब वो थोड़ी ठीक लग रही थी। उसने मानव की ओर अपनी छलछलाती आँखों से देखा। उसकी आँखों से आँसू फिर छलक गए।

मानव ने उसके सिर को अपने सीने से लगा लिया।

"पहले शांत हो जाओ। अब तुम मेरे पास हो। अपने कमरे में। देखो। यहाँ कोई डरने की बात नहीं है।"

उसी समय दरवाज़े पर दस्तक हुई। मानव ने दरवाज़ा खोला तो होटल का एक स्टाफ़ पानी की दो बोतलें लिए खड़ा था। मानव ने उसका धन्यवाद करते हुए पानी की बोतलें लेकर दरवाज़ा फिर से बंद कर दिया।

मधु के पास आ कर बड़े प्यार से उसका चेहरा अपनी दोनों हथेलियों में भर कर उसके माथे को चूमा।

"अब कैसा लग रहा है?"

"अभी भी दिल धड़क रहा है, 'मन'। थोड़ा और पानी देना।"

मानव ने गिलास भर के पानी दिया। मधु एक साँस में सब पी गयी।

"और चाहिए?"

"नहीं", मधु ने एक गहरी साँस लेते हुए कहा।

"सोना है?"

"नहीं, अभी थोड़ी देर बैठते हैं।"

"चलो बाथरूम में थोड़ा मुँह धो लो। ठंडा पानी चेहरे पर अच्छा लगेगा तुम्हें। चलो मैं धो देता हूँ।"

"नहीं मैं धो लूँगी", मधु ने कहा और बिस्तर से उठ गयी।

"Are you Sure?"

"हाँ मैं ठीक हूँ। दो मिनट में आती हूँ", मधु बाथरूम की ओर चल पड़ी।

"दरवाज़ा बंद नहीं करना।"

“अरे ये क्या बात हुई। बाथरूम जाना है मुझे।”

“तो क्या हुआ? मैं हूँ ना यहाँ।”

“बड़े बेशर्म हो गए हो। मैंने कहा ना अब मैं ठीक हूँ।”

मधु ने दरवाज़ा बंद कर दिया।

मानव भी अपने कपड़े बदलने लगा। उसके दिमाग़ में अभी भी हलचल थी। वो समझ नहीं पा रहा था कि मधु को हो क्या गया था। उसकी तो जान ही निकल गयी थी। उसे रह-रह कर मधु का वो बदहवास सुबक-सुबक कर रोता हुआ चेहरा नज़र आ रहा था। उसने ऐसी हालत में मधु को कभी नहीं देखा था।

अचानक बाथरूम का दरवाज़ा खुला और मधु निकल कर आयी। उसने अपना चेहरा साबुन से अच्छी तरह धोया था और थोड़ी क्रीम लगाई थी।

“अब थोड़ा ठीक लग रहा है।”

“चलो अब यहाँ बैठो”, मानव ने मधु को सोफ़े पर बिठाते हुए कहा।

मानव भी उसके पास के सोफ़े पर बैठ गया और उसका हाथ अपने दोनों हाथों में ले लिया।

“अब बताओ मधु, क्या हो गया था तुम्हें? तुम उस बेंच पर कैसे पहुँची। तुम्हें तो होटल में इस कमरे में आना था।”

मधु ने थोड़ी देर सोचा। एक लंबी साँस ली।

“मुझे सच में नहीं पता ‘मन’ कि मैं उस बेंच पर कैसे पहुँची। मुझे बस इतना याद है कि मैं होटल की ओर आ रही थी। बीच में एक जगह पर लाइट थोड़ी कम थी और अँधेरा-सा था। वहाँ अचानक मुझे बहुत डर-सा लगा और मैं घबरा गयी। बस इतना याद है। बाद

में मुझे इतना याद आ रहा है कि कोई आदमी मुझसे मेरा नाम पूछ रहा था। उसके बाद तुम्हारी आवाज़ सुनाई दी और मैंने तुम्हें देखा। बस यही याद है मुझे।"

"तुम्हें होटल के कमरे में आना था, ये याद हैं तुम्हें?"

"हाँ याद है। हम खाना खाकर आये थे। तुम पानी लेने गए थे और तुमने मुझे होटल में रिसेप्शन से चाबी लेकर कमरे में आने के लिए कहा था। सब याद है मुझे। मुझे उस डर के बाद का और उस बेंच तक पहुँचने का कुछ भी याद नहीं है। जैसे मेरे दिमाग़ ने काम करना बंद कर दिया था।"

"ऐसा पहले भी कभी हुआ है तुम्हें?"

"नहीं, कभी नहीं। लेकिन हाँ, तुम्हें याद है मैं बरसों पहले इंडिया में Airport पर गुम हो गयी थी। उस समय जैसा महसूस हो रहा था, इस समय का वो एहसास उस से भी strong था।"

"इसका मतलब है अनजान जगह पर घबराहट के कारण ऐसा कुछ होता है तुम्हें।"

"लेकिन मैं अकेले ही हर जगह जाती थी कानपुर में और कभी एक भी बार ऐसा नहीं हुआ।"

"कानपुर में ही क्यों तुम US में भी तो अकेले groceries और shopping करने जाती हो और वो भी ड्राइव करके। कभी कुछ नहीं हुआ।"

"हाँ ये भी ठीक कह रहे हो तुम।"

"ख़ैर छोड़ो अब! अब से मैं अनजान जगह पर तुम्हें कभी अकेले नहीं छोड़ूँगा। तुम मेरी जान लेकर रहोगी किसी दिन। मेरी क्या हालत हुई थी मैं बता भी नहीं सकता", मानव के लहजे में थोड़ी निराशा और थोड़ा ग़ुस्सा भी था।

"और मेरी क्या हालत हुई थी पता भी है तुम्हें?" मधु की आँखें फिर छलक गयीं। उसे शायद मानव के कहने का अंदाज पसंद नहीं आया था।

मानव ने उठ कर झट से मधु को सीने से लगा लिया।

"Sorry मधु! मेरा मतलब वो नहीं था। मैं बहुत डर गया था।"

"मैं जानती हूँ 'मन'। लेकिन तुम्हीं बताओ मैं क्या करूँ। मेरे वश में होता तो क्या मैं ऐसा करती। उन पलों में मेरी क्या हालत होती है कोई समझ नहीं सकता।"

मधु की इस बात ने मानव को अंदर तक छू दिया था। ये सही भी था वो जान-बूझ कर ऐसा नहीं कर रही थी। उसे तो पता भी नहीं था कि उसके साथ ऐसा क्या हो रहा था। उसने मधु को और ज़ोर से अपनी बाँहों में भींच लिया।

मानव और मधु की Switzerland की यात्रा समाप्त हो गयी थी। दोनों airport पर बैठे plane का इंतज़ार कर रहे थे।

"'मन' तुम बैठो मैं बाथरूम से आती हूँ।"

"रुको! अब तुम्हें अकेले नहीं छोड़ सकता। चलो मैं आता हूँ तुम्हारे साथ", मानव झट से खड़ा हो गया।

मधु मुस्कुरा दी।

"कहाँ-कहाँ मेरे साथ जाओगे?"

"हर अनजान जगह।"

"अच्छा अब मैं जाऊँ अंदर", मधु ने बाथरूम के गेट पर खड़े होकर कहा।

"मैं भी चलूँ?"

"तुम सच में बहुत बेशर्म होते जा रहे हो। यहाँ अंदर आए तो मार भी पड़ सकती है। बस यहीं खड़े रहो। मैं अभी आयी। कहीं जाना नहीं", मधु ने मुस्कुराते हुए कहा।

"अगर तुम पाँच मिनट में नहीं आयी, तो मैं आ जाऊँगा अंदर।"

"अच्छा बाबा। मैं अभी आयी", मधु चली गयी।

1992 में कृष्णा और दिव्या की शादी हो गयी। शादी में भारत से पापाजी, मम्मीजी, नमन और राखी भी आए थे। शादी बड़ी धूमधाम से हुई। कृष्णा ने DC में ही अपना घर ले लिया था। इधर कन्हैया भी New York में ही US Federal Department में नौकरी कर रहा था। वह भी अपने काम से बहुत खुश था। साल में तीन-चार बार सारा परिवार एक छत के नीचे इकट्ठा होता था। कभी Houston में तो कभी DC में। कन्हैया दोनों जगह पहुँच जाता था। मानव और मधु भी अपनी छोटी-सी दुनिया में एक-दूसरे का ख़्याल रखते हुए खुश थे। मधु के भूलने के क़िस्से कभी-कभार होते रहते थे। कभी-कभी तो बहुत मज़ेदार भी होते थे। एक दिन मानव को खाने के लिए घर में कोई भी चम्मच नहीं मिल रहा था। मधु भी हर जगह खोज़ कर परेशान हो गयी। वे सोच रहे थे शायद कोई ले गया मगर ये बात किसी को हज़म नहीं हो रही थी कि चोर सिर्फ़ चम्मच ही क्यों ले जाएँगे। उस समय मधु और मानव ने हाथों से ही खाया और नयी चम्मच लाने के लिए सोच ही रहे थे कि चाय बनाने के लिए refrigerator से दूध निकालते समय मधु ने देखा कि सारी चम्मचें तो refrigerator में बहुत सजा कर रखी हुई हैं। शायद ये हुआ होगा कि dishwasher से चम्मच निकालते वक़्त मधु ने उन्हें refrigerator में रख दिया होगा। इस घटना को याद कर सब लोग हमेशा हँसते थे। ऐसी और भी कई मज़ेदार कहानियाँ थीं।

1994 में कृष्णा और दिव्या के घर एक बेटी का जन्म हुआ जिसका नाम रानी रखा गया। समय तेज़ी से बढ़ता जा रहा था।

कृष्णा ने 1995, 14th February को मानव और मधु के birthday पर सबको DC आने के लिए कहा। इसकी मुख्य वजह ये थी कि मानव को एक conference में शामिल होने के लिए 11th, 12th और 13th February को DC में होना था। मानव और मधु Sunday 10th February की सुबह ही DC पहुँच गए। कृष्णा, दिव्या और कन्हैया ने 13th February से ही तीन दिनों की छुट्टी ले ली थी ताकि एक अच्छी Family get-together हो सके। कन्हैया 12th की रात को DC पहुँचा। डिनर के बाद सब लोग बैठ कर बातें कर रहे थे।

"भैया, What about seeing the movie 'Forrest Gump' tomorrow?" कन्हैया ने कहा।

"Good Idea. I heard about this movie. It is good. But dad has to go for his conference".

"That is perfectly fine. You guys can go during the day and by the evening I will join you guys at home. मधु ने भी बहुत दिनों से कोई movie नहीं देखी है।"

"अरे नहीं! तुम सब जाओ। मैं घर पर रहती हूँ। डिनर बना कर रखूँगी। मुझे वैसे भी आजकल मूवी अच्छी नहीं लगती है। मैं देखती ही नहीं हूँ", मधु ने झट से कहा।

"No Mom, we all are going together".

"Mom आप डिनर की चिंता क्यों कर रही हैं। वो आकर मैं जल्दी से बना लूँगी। यहाँ आप आराम करो। हम सब हैं काम करने के लिए", दिव्या ने मधु की बाँहों में हाथ डालते हुए कहा। मधु मुस्कुरा दी।

"Then it is final. We are going to watch "Forrest Gump' tomorrow afternoon. Family movie time minus Dad. Let me book the seats", कान्हा ने कहा और उठ कर जाने लगा।

"तुम बैठो कान्हा। सीट दिव्या बुक कर देगी। She is our movie seat booking agent. I just follow her," कृष्णा ने कहा।

सब कृष्णा की बात सुनकर ज़ोर से हँस पड़े।

"कान्हा, आप Joanna को भी लेकर आते तो अच्छा होता। Mom-Dad भी मिल लेते उस से", दिव्या ने मुस्कुराते हुए कहा।

"भा...भी..please", कान्हा ने इशारे से दिव्या को चुप रहने के लिए कहा।

"अरे कान्हा! इसमें छुपाने की क्या बात है।"

"ये Joanna कौन है?" मधु ने आश्चर्य से पूछा।

"Mom, मैं बताता हूँ आपको। ये आपकी होने वाली छोटी बहु है। चूँकि वो Indian नहीं है इसलिए कान्हा आप लोगों को बताने से डर रहा है। वो Puerto Rico से है। हम मिल चुके हैं उससे। बहुत सुंदर और प्यारी है", कृष्णा ने बताया।

"ये Puerto Rico कहाँ है? कोई अलग देश है?"

"Puerto Rico US का ही हिस्सा है। वहाँ के लोग Spanish बोलते हैं। उसकी बात समझने के लिए आपको Spanish सीखनी पड़ेगी अब", कृष्णा ने मुस्कुराते हुए कहा।

"क्यों उसे English नहीं आती है?"

“English क्यों नहीं आती है। बहुत अच्छी English बोलती है। उसके बोलने का अंदाज मुझे बहुत अच्छा लगता है”, दिव्या ने झट से कहा।

“फिर मुझे Spanish क्यों सीखनी पड़ेगी। कान्हा कौन-सी हिंदी बोलता है मुझसे? लेकिन कान्हा इसमें छुपाने की क्या बात है?”

“MOM,I LOVE YOU!”, कन्हैया ने शर्माकर कहा और मधु के गले लग गया।

“झूठ! तू तो उस, क्या नाम है उसका Joanna, हाँ इस नाम की practice ज़रूर करनी पड़ेगी मुझे, से प्यार करता है ना”, मधु ने छेड़ते हुए कहा।

“MOM, I love you too”.

“वाह! देख कितनी जल्दी ‘too’ category में रख दिया मुझे।”

“MOM”

कन्हैया की हालत देख कर सब हँस पड़े।

“कब मिलवा रहा है Joanna से मुझे?”

“बहुत जल्द।”

“क्या बहुत जल्द कान्हा? Call her for mom-dad birthday celebration on 14th. That will be great occasion for her to meet the whole family”.

“Isn’t it too late now?”

“What late? अभी दो दिन है। New York से तो आना है।”

“अच्छा वो भी New York में ही रहती है?”

"MoM New York में? अरे वो इसी के apartment में रहती है। एक ही घर में?"

"भैया", कन्हैया मानो चिल्ला पड़ा।

"एक ही घर में? शादी भी कर ली है क्या, कान्हा?"

"MoM, How can I marry without asking you?"

"अब शादी के लिए बचा ही क्या है? उसके parents जानते हैं तुम दोनों एक ही घर में रहते हो?"

मानव जो अब तक चुपचाप माँ-बेटे की नोक-झोंक के मज़े ले रहा था, अचानक बोल पड़ा

"मधु! अब छोड़ो इन बातों को। अब जमाना हमारे-तुम्हारे जैसा थोड़ी है। बदल रहा है। कान्हा! कोशिश करो अगर Joanna आ जाए तो। मैं और मधु भी मिल लेंगे उससे।"

"OK Dad".

अगले दिन सुबह मानव अपना conference attend करने निकल गया और प्लान के अनुसार पूरा परिवार 'Forrest Gump' देखने movie theatre में popcorn के साथ बैठ गया। movie शुरू होने में कुछ ही मिनट बाक़ी थे। अचानक मधु उठकर बाहर जाने लगी।

"कहाँ जा रही हो mom?"

"मैं ज़रा restroom से आती हूँ।"

"दिव्या तुम Mom के साथ चली जाओ, प्लीज़", कृष्णा ने दिव्या से कहा।

"अरे नहीं। मैं बच्ची थोड़ी हूँ। तुम लोग बैठो। मैं जल्दी से आ जाती हूँ।"

"Are you sure mom?"

"Yes Divya. I will just come".

मधु चली गयी और सब लोग popcorn का मज़ा लेते हुए पर्दे पर चल रहे आने वाली मूवी के ट्रेलर देखने लगे।

धीरे-धीरे लाइट डिम हो गयी और मूवी शुरू हो गयी।

क़रीब 15-20 मिनट के बाद अचानक कृष्णा ने कहा, "MoM अभी तक नहीं आयीं?"

अचानक सबने ख़ाली सीट की ओर देखा।

"मैं देख कर आऊँ?" दिव्या ने कहा।

"नहीं तुम बैठो मैं देख कर आता हूँ", कृष्णा ने कहा।

"अरे उनके सेल पर फ़ोन कर लो ना।"

"कान्हा, उनका पर्स उनकी सीट पर ही है और उनका फ़ोन भी उसी में है। अरे तुम लोग बैठो मैं देख कर आती हूँ। Ladies रेस्टरूम में जाना होगा", दिव्या ने कहा और उठ कर चली गयी।

कृष्णा और कन्हैया मूवी देखने लगे। क़रीब पाँच-दस मिनट के बाद कृष्णा का फ़ोन बजा।

"हाँ दिव्या, क्या हुआ?"

"Mom रेस्टरूम में नहीं हैं। मैंने सभी रेस्टरूम देख लिए", सामने से आवाज़ आयी।

"What! Ok I am coming. Where are you?" कृष्णा बोलते हुए सीट से उठ कर जल्दी से बाहर निकल गया।

कन्हैया भी उसके पीछे-पीछे चल पड़ा।

दोनों theatre रूम से बाहर निकले ही थे कि सामने दिव्या खड़ी थी जो बहुत घबराई हुई थी।

“I checked all restrooms and could not find her.”

“ठीक से देखा था।”

“अरे हाँ! ग़लत कैसे देख सकते हैं”, दिव्या थोड़ी झल्लाकर बोली।

“I mean सब दरवाज़े खोलकर।”

“अरे हाँ बाबा! Let’s not waste time there”.

“Maybe she went into some other theatre?” कन्हैया ने कहा।

“Let’s go inside each theatre and see. Kanha, you go that side and me and Divya will see other side. We will call each other once we find her”.

दिव्या और कृष्णा एक तरफ़ तेज़ी से बढ़ गए और कन्हैया दूसरी ओर।

थोड़ी देर बाद सब लोग फिर से corridor में आ गए। मधु नहीं मिली थी।

“Where can she go?”

“Should I call 9-1-1”

“Not now. Let’s see outside first. Maybe she went outside and got lost”, कृष्णा ने कहा और जल्दी से EXIT door की ओर बढ़ने लगा। दिव्या और कन्हैया उसके पीछे-पीछे चल पड़े। सब लोगों के चेहरे से ही उनके दिल का हाल पता चल रहा था।

"Oh! There she is", theatre से बाहर आते ही कन्हैया चिल्लाया और भागने लगा।

मधु theatre के बाहर एक ओर खड़ी इधर-उधर देख रही थी। उसकी आँखों से आँसू बह रहे थे और चेहरा पीला पड़ गया था और पसीने से तर-बतर थी।

"MoM what are you doing here?" कन्हैया ने मधु को सीने से लगाते हुए कहा।

"मुझे तुम सब दिखाई नहीं दे रहे थे। मुझे समझ में नहीं आ रहा था मैं क्या करूँ?" मधु ने रोते हुए कहा।

तब तक कृष्णा और दिव्या भी वहाँ पहुँच गए। कृष्णा ने मधु को अपनी बाँहों में सम्भाला और जेब में हाथ डाल कर चाबी निकालते हुए कहा, "Kanha, you get the car. We are going back home".

कन्हैया झट से चाबी लेकर दौड़ते हुए पार्किंग की ओर चला गया।

"MoM, हम सब यही हैं। सब ठीक है कुछ घबराने की ज़रूरत नहीं है। दिव्या, water प्लीज़।"

दिव्या ने झट से बैग से water बोतल निकाल कर कृष्णा की ओर बढ़ा दी।

"MoM, आप पानी पियो", कृष्णा ने पानी की बोतल मधु के मुँह से लगा दी। मधु पानी पीने लगी।

"मैं theatre से MoM का पर्स लेकर आती हूँ।"

"OK, Make it fast Divya".

दिव्या भागती हुई theatre के अंदर चली गयी। कृष्णा इधर-उधर देखने लगा। मधु अभी भी उसके सीने से लगी थी। उसे थोड़ी दूर पर एक बेंच दिखाई दिया।

"Mom चलो उस बेंच पर बैठते हैं", कृष्णा ये कहते हुए मधु को थामे हुए बेंच की ओर बढ़ने लगा।

"क्या हुआ MoM? How are you feeling?" मधु को बेंच पर बिठा कर उसके सिर पर हाथ फेरते हुए कृष्णा ने पूछा।

"अब ठीक हूँ कृष्णा। उस समय तुम लोग नहीं मिल रहे थे तो पता नहीं क्या हो गया था मुझे।"

"कोई बात नहीं MoM, हो जाता है कभी-कभी। अब कैसा महसूस हो रहा है? कोई तकलीफ़ हो रही है आपको?"

"नहीं, अब मैं बिलकुल ठीक हूँ।"

तभी कन्हैया गाड़ी लेकर आ गया और उसी समय दिव्या भी theatre से आ गयी। सब लोग गाड़ी में बैठने लगे।

"अरे! तुम लोग movie देखने आए थे ना। चलो देख लेते हैं। अब मैं ठीक हूँ", मधु ने कहा।

"नहीं MoM, movie फिर कभी देख लेंगे। अभी घर चलते हैं। कान्हा चलो।"

घर पहुँचने तक मधु बिलकुल नॉर्मल हो गयी थी।

"दिव्या, MoM के लिए एक fresh जूस बना कर लाओ ना।"

"अभी लाती हूँ", दिव्या कहते हुए किचन की ओर चली गयी।

"कृष्णा अब मैं बिलकुल ठीक हूँ। जूस की ज़रूरत नहीं है।"

"Mom थोड़ा जूस पियो। जूस पीने से और अच्छा लगेगा।"

“अच्छा अब मुझे एक बात बताओ। आप बाथरूम गयी थीं। फिर आप बाहर कैसे आ गयीं? क्या हुआ था आपको?

“मैं जब बाथरूम से बाहर आयी तो कॉरीडोर ख़ाली था और सब एक जैसे लग रहे थे। मैं सोचने लगी मुझे कहाँ जाना है। फिर मुझे घबराहट होने लगी और मैं सब जगह तुम लोगों को खोजने लगी और फिर मुझे भी पता नहीं मैं बाहर कैसे आ गयी। शायद तुम लोगों को खोजते हुए।”

“Do you remember how you came out?” कन्हैया ने पूछा।

“नहीं, मुझे तो याद भी नहीं है कि मैं बाहर हूँ। जब मैंने तुम्हें देखा तब ही मुझे होश आया कि मैं बाहर हूँ।”

“strange”.

दिव्या तब तक जूस लेकर आ गयी। कृष्णा ने इशारा करके कन्हैया से कहा कि अब कोई सवाल मधु से न पूछे। कृष्णा थोड़ा चिंतित लग रहा था।

“MoM, आप थोड़ी देर बेडरूम में रेस्ट करो। तब तक dad भी आ जाएँगे। फिर आप दोनों को कल के birthday का preparation भी करना है। Joanna भी कल सुबह आ जाएगी।”

मधु उठकर बेडरूम में चली गयी।

कृष्णा फ़ोन लेकर बाल्कनी में चला गया और एक नम्बर डायल करने लगा।

“Hello Dad! When is your conference going to be over?”

“It just finished. I will start from here in 15 min.”

“आपसे अभी बात कर सकता हूँ?”

“हाँ-हाँ, क्या हुआ सब ठीक हैं ना?”

कृष्णा ने आज की पूरी घटना मानव को विस्तार से बताई।

“अब कैसी है मधु?”

“MoM बिलकुल नार्मल हैं अब। मैंने ही उन्हें बेडरूम में रेस्ट करने के लिए भेजा है।”

“It is very similar to what happened in Switzerland few year back”.

“What? What happened in Switzerland?”

मानव ने Switzerland में मधु के साथ जो हुआ था वो कृष्णा को बता दिया।

“Dad, why didn’t you tell me this before?” Krishna complained.

“मैंने सोचा अंजान जगह में थोड़ी घबरा गयी होगी इसलिए ऐसा हो गया। बाद में वो बिलकुल ठीक थी। हर साल उसका फ़िज़िकल check up होता है। तुमने भी उसके Lab result देखें हैं। सब ठीक हैं।”

“आपने कभी उनके डॉक्टर को ये सारी बातें बताई?”

“नहीं।”

“Dad! Physically Mom is perfectly alright but there is some issue in her brain, I fear. We should get her checked. हम कहते हैं न कि वे बहुत कुछ भूल जाती हैं अब, हम सब कुछ मज़ाक़ में लेते हैं लेकिन मुझे ऐसा लगता है ये सब कुछ जुड़े हुए हैं। We should get her thoroughly checked by a

Neurologist. आप जब वापस Houston जाएँ तो सबसे पहले take the next available appointment with her doctor and tell him all these situations with her in details. I am sure doctor will refer her to a Neurologist. We should take it seriously", कृष्णा ने मानव से कहा।

"ठीक है कृष्णा। मैं ऐसा ही करूँगा। मैं यहीं से कॉल करके appointment ले लेता हूँ।"

"Yes. It is better. We should not delay it anymore".

"अब मधु कैसी है?"

"मैंने कहा न आपसे, अब बिलकुल ठीक हैं mom. एकदम नार्मल।"

"ठीक है। मैं क़रीब एक घंटे में पहुँच जाऊँगा।"

"ठीक है Dad, आराम से आइए।"

मानव और मधु अपना जन्मदिन अपने बच्चों के साथ मना कर वापस Houston पहुँच गए थे। Joanna से मिलकर मधु और मानव बहुत खुश हुए। वो सचमुच बहुत प्यारी लड़की थी। वे इस बात से खुश थे कि परिवार में एक ऐसी लड़की आ रही थी जो भारतीय नहीं थी। कन्हैया और उसके बीच का प्यार देख कर वे दोनों खुश थे। उन्हें इस बात की भी ख़ुशी थी कि अब उनके दोनों बेटों को अच्छे जीवन साथी मिल गए थे। मानव ने कन्हैया और Joanna से उनके शादी करने के प्लान के बारे में भी पूछा था। दोनों थोड़ा और इंतज़ार करना चाहते थे। शादी से पहले दोनों New York में एक घर लेना चाहते थे। Joanna के माता-पिता में तलाक़ बहुत पहले हो चुका था और वे अभी भी Puerto Rico में ही अलग-अलग अपने नए

जीवन-साथी के साथ रह रहे थे। Joanna अपनी माँ के ज़्यादा क़रीब थी। वह एक स्वतंत्र पढ़ी-लिखी लड़की थी और New York में ही एक अच्छी नौकरी करती थी। कन्हैया और Joanna एक-दूसरे को college के ज़माने से ही जानते थे। Joanna की माँ कन्हैया से भी एक-दो बार मिल चुकी थी।

आज मधु का डॉक्टर के साथ appointment था। मानव और मधु डॉक्टर के सामने बैठे थे और मानव उन्हें मधु के साथ होने वाली सभी घटनाएँ विस्तार पूर्वक बता रहा था।

Dr. Sheryl बहुत ध्यान से सब सुन रही थी। Dr. Sheryl क़रीब पिछले दस सालों से मधु के Primary Care Physician थीं। उनके पास मधु की सब Medical History थी।

"Madhu, you didn't tell me about these things any of these years", Dr.. Sheryl ने मानव की सारी बात सुनकर मधु की ओर देख कर पूछा।

"I did not take it seriously Dr.Sheryl".

"I know your all lab results until now are excellent but still you should have told me this thing before. We could have addressed it already but good that you at least told me today about it. Let's take care of it".

"Mr. Manav, I am referring her to Dr. Desai, the best Neurologist not only in Houston but he is very reputed all-over United States and abroad. He is also from your country India. He is a very intelligent guy. Please call to his office and make an appointment. He is a good friend of mine and so I will also give him a call and brief him about Madhu but once you meet him tell him these all stories again which will help him to understand the case better", Dr. Sheryl ने ये बात मानव की ओर मुख़ातिब होते हुए कही।"

"Is there anything to worry, Dr.?" मानव की आवाज़ में चिंता साफ़ झलक रही थी।

"I am not qualified to tell anything about it. The only thing I can say that Madhu is physically fit, and she does not have any physical issue at all. All her lab-results for all these years are excellent. My office will send these results to Dr. Desai. Only he can answer your question after evaluating Madhu. But don't worry at all. Even if there is some issue, Dr. Desai is the best to take care", Dr. Sheryl ने कहा और उठकर अपना हाथ मिलाने के लिए मानव की ओर बढ़ा दिया।

"Thank you, Dr. Shery", मानव ने हाथ मिलाते हुए कहा और उठ कर खड़ा हो गया।

"Don't worry Madhu. Everything will be fine. I will stay in touch with Dr. Desai", Dr. Sheryl ने मधु की ओर देखकर मुस्कुराते हुए कहा जिसका जवाब मधु ने मुस्कुराते हुए दिया और जाने के लिए उठ खड़ी हुई। उसकी ये मुस्कुराहट natural नहीं थी। उसके चेहरे पर थोड़ा डर और चिंता की रेखाएँ साफ़ झलक रही थीं।

Dr. Sheryl के पास से निकल कर मानव और मधु गाड़ी से घर की ओर निकल चुके थे। दोनों ख़ामोश थे। दोनों के चेहरे पर परेशानी और चिंता स्पष्ट थी।

"'मन' मुझे बहुत डर लग रहा है। लगता है कोई बड़ी बीमारी है तभी तो इतने बड़े डॉक्टर को refer किया है Dr. Sheryl ने", मधु ने मानव का एक हाथ अपने हाथ में लेते हुए कहा जिसकी निगाह सामने सड़क पर थी और वो गहरी सोच में डूबा हुआ था। मधु के इस स्पर्श और आवाज़ ने जैसे उसे चौंका दिया हो। उसने महसूस किया कि मधु के हाथ बर्फ़ की तरह ठंडे थे। उसने जल्दी से अपनी सोच को मधु पर केंद्रित किया।

"मधु, तुम बेकार में घबरा रही हो। सुना नहीं डॉक्टर Sheryl ने क्या कहा? तुम्हारे lab-results excellent हैं और वो भी पिछले कई सालों से। तुम्हें ना कोई blood-pressure, ना Cholesterol है, न कोई sugar की problem है। सब तो ठीक है। बस तुम कभी-कभी कुछ भूल जाती हो। इसीलिए उन्होंने Dr. Desai को refer किया है। Dr. Sheryl इसकी specialist नहीं हैं। ये तो अच्छी बात है कि उन्होंने Dr. Desai जो Houston के सबसे बड़े Neurologist हैं उन्हें refer किया है। Dr. Desai से एक बार मिल लेंगे। वो जैसा कहेंगे वैसा करेंगे। फिर तुम्हारी भूलने वाली ये परेशानी भी ठीक हो जाएगी। किसी भी परेशानी को टालने से उसका सामाधान नहीं निकलता है। हम तुम्हारी ये परेशानी हमेशा के लिए ख़त्म करना चाहते हैं, इसलिए तो ये सब कर रहे हैं", मानव ने मधु को समझाते हुए कहा। ये अलग बात थी कि उसकी ये बातें उसकी चिंताओं से मेल नहीं खा रही थी। वह खुद अंदर से चिंतित था मगर मधु पर अपनी चिन्ताएँ ज़ाहिर करना नहीं चाहता था। वो चाहता था मधु इसके बारे में बहुत नहीं सोचे।

"पता नहीं क्यों लेकिन मुझे बहुत डर लग रहा है।"

"मधु डरने की कोई बात नहीं है। मैं हूँ न तुम्हारे साथ। तुम भी जानती हो चिंता करने या डरने से किसी समस्या का हल नहीं हो सकता। हमें पहले समस्या की जड़ तक पहुँचना चाहिए ताकि उसका सामाधान निकल सके। Dr. Desai इसी में हमारी मदद करेंगे।

He is an expert. वो जैसा कहेंगे हम वैसा करेंगे। तुम इसके बारे में सोचो भी मत। बस मुझपर यक़ीन रखो। सब ठीक हो जाएगा", मानव ने गाड़ी घर के पास रोकते हुए कहा।

मधु ने कुछ जवाब नहीं दिया।

घर पहुँच कर मधु किचन में व्यस्त हो गयी तभी मानव का फ़ोन बजने लगा।

"हेलो कृष्णा", फ़ोन मधु ने उठाया था।

"हेलो MoM! क्या कहा आपके डॉक्टर ने?"

"हाँ कृष्णा! डॉक्टर ने एक Neurologist Dr. Desai से appointment लेने को कहा है। मैंने आते ही कॉल किया था मगर किसी ने उठाया नहीं। मैं फिर से call करके जल्द ही appointment ले लूँगा", कृष्णा के सवाल का जवाब मानव ने दिया।

"Very Good! Mom की इस problem को हमेशा के लिए ख़त्म कर देते हैं।"

"मधु लेकिन थोड़ी चिंतित है इस सब को लेकर।"

"अरे क्यों mom? Mom?"

"हाँ कृष्णा, सुन रही हूँ। बोलो।"

"Mom, why are you worried? Doctor को नहीं दिखाना चिंता का विषय होना चाहिए, दिखाना नहीं। अब तो आपकी इस problem के ठीक होने का समय आ गया है। ये तो ख़ुशी की बात है।"

"अब ठीक हूँ मैं। उस समय थोड़ी परेशान थी। डर लग रहा था। पता नहीं क्या करेंगे मेरे साथ।"

"अरे क्या करेंगे? थोड़े-से टेस्ट करेंगे और अगर कोई problem होगी तो इलाज करेंगे। आपको तो याद ही होगा, मैं तो बहुत छोटा था। नानाजी के कैन्सर का इलाज हो गया था और वे आज भी ठीक-ठाक हैं। आपका तो ऐसा कुछ serious issue भी नहीं है। लेकिन हाँ अगर किसी भी issue को हम address नहीं करेंगे तो एक दिन वो बड़ा problem बन सकता है। इसलिए आप चिंता बिलकुल मत करो।"

"ठीक है कृष्णा। तुम तो ऑफ़िस में होगे अभी। खाना खा लिया?"

"हाँ mom ऑफ़िस में ही हूँ। लंच अभी-अभी किया है। ठीक है Mom, मैं शाम को फिर से कॉल करता हूँ आपको।"

आज मधु का Dr. Desai के साथ appointment था। मानव और मधु Dr. Desai के ऑफ़िस में बैठे उनका इंतज़ार कर रहे थे। Dr. देसाई शायद किसी और patient के साथ व्यस्त थे। थोड़ी देर बाद दरवाज़े पर दस्तक हुई और क़रीब पचास-पचपन साल का एक स्मार्ट-सा आदमी कमरे में दाखिल हुआ।

"Hello, I am Dr. Desai. Sorry to keep you waiting".

"Hello Sir. I am Manav and she is my wife Madhu", मानव ने अपना हाथ Dr. Desai की ओर बढ़ाते हुए बड़े अदब से कहा। Dr. Desai ने गर्मजोशी से हाथ मिलाया।

"Let me recall your case", Dr. Desai ने सामने टेबल पर रखी एक फ़ाइल को अपने हाथ में लेकर अपनी कुर्सी पर बैठते हुए कहा।

"Sir, we came to meet you first time".

"Oh! I see. Oh, now I remember, you have been referred by Dr. Sheryl. Right?" Dr. Desai ने file पर नज़र दौड़ाते हुए पूछा।

"Yes Sir".

"Do you speak Hindi, Mr. Manav?"

"Yes Sir".

"और आप?" Dr. Desai ने मधु की ओर देख कर पूछा।

"जी मैं भी हिंदी बोलती हूँ।"

"बहुत अच्छे। तो चलिए हम लोग हिंदी में ही बात करेंगे। India में कहाँ से हैं आप लोग?"

"जी, मैं तो कानपुर से हूँ और ये इलाहबाद से", मधु ने ही जवाब दिया।

"तो आप दोनों ही UP से हैं। मैं गुजरात से हूँ। आप दोनों जैसी अच्छी हिंदी तो नहीं बोल पाऊँगा लेकिन बोल लेता हूँ।"

"आपकी हिंदी बहुत अच्छी है", मधु ने ही जवाब दिया।

"Thank You, चलिए आप कहती हैं तो मान लेता हूँ", Dr. Desai की ये कोशिश थी कि मधु, मानव और उनके बीच जो एक अपरिचित जैसा माहौल था वो थोड़ा टूट जाए ताकि वे दोनों उनसे खुलकर बात कर सकें।

मधु और मानव दोनों मुस्कुरा दिए।

"Dr. Sheryl मेरी बहुत अच्छी मित्र हैं। उन्होंने मुझे आपके केस के बारे में कुछ तो बताया है लेकिन मैं आपसे सुनना चाहता हूँ। आप में से कौन बताएगा मुझे? इत्मिनान से बताइए। मुझे सब कुछ सुनना हैं।"

"जी ये 'मन' बताएँगे आपसे। एक तो इनकी यादाश्त बहुत अच्छी है कुछ भूलते नहीं है और ये बात भी अच्छी करते है।"

"'मन'? इनका नाम तो मानव है। अच्छा, आप इन्हें प्यार से 'मन' कहती हैं? बहुत ख़ूब। अच्छा नाम है। वैसे यादशात के बारे में तो मैं अभी कुछ नहीं कह सकता लेकिन बात आप भी बहुत अच्छी करती हैं। इसलिए चाहें तो आप अपनी बात खुद बता सकती हैं", Dr. Desai सच में एक अच्छे Neurologist थे। वे मधु के दिमाग़ के evaluation already शुरू कर चुके थे।

मधु ने मुस्कुराते हुए मानव की ओर देखकर कहा, "'मन' तुम ही बाताओ।"

"ठीक है मधु", मानव ने मुस्कुराकर जवाब दिया।

मानव आज तक की सभी बातें सिलसिलेवार तरीक़े से Dr. Desai को बताने लगा। कैसे मधु पहले बिना इसके दरवाज़ा knock किए ही दरवाज़ा खोल दिया करती थी मगर पिछले कई सालों से अब ऐसा नहीं कर पाती थी। क़रीब-क़रीब 15 साल पहले दिल्ली airport पर बाथरूम से गेट तक का रास्ता भूल गयी थी, Switzerland का क़िस्सा और हाल ही में DC में movie theater में घटी घटना सब कुछ इत्मिनान से Dr. देसाई को बताता चला गया। उसने ये भी बताया कि कैसे अक्सर Dishwasher से चम्मच या प्लेट बहुत बार refrigerator में मिलते हैं। Dr. देसाई सब बातें बड़े गौर से सुन रहे थे। बीच-बीच में कुछ-कुछ नोट भी कर रहे थे।

"मधु, आपकी इस बात से मैं अब पूरी तरह सहमत हूँ कि आपके 'मन' is a great story teller", Dr. Desai ने मधु की ओर देखकर मुस्कुराकर कहा।

"अच्छा मधु, अब तुम बताओ? तुम दोनों की love marriage थी या arranged marriage? तुम उम्र में छोटी हो मुझसे। तुम कहने से तुम्हें बुरा तो नहीं लगा?"

"अरे नहीं Dr. साहब, आप बड़े हैं मुझसे। आप जब 'आप' कह रहे थे तो मुझे अजीब सा लग रहा था। लेकिन अब ठीक है। 'तुम' में एक अपनापन है। हमारी love marriage थी।"

"मैं भी अपने assessment में ग़लत नहीं था। तुम भी बात बहुत अच्छी करती हो मधु। अच्छा एक बात बताओ तुम और मानव पहली बार कैसे मिले थे?"

"पहली बार? ये तो याद है हम कानपुर में मिले थे। पहली बार कैसे मिले थे?" मधु ने मानव की ओर देखा।

"ये सवाल तुम्हारे लिए है मधु", Dr. Desai ने मुस्कुराते हुए कहा।

मानव मुस्कुराते हुए मधु को देख रहा था।

"तीस साल से भी ज़्यादा हो गए। मुझे तो याद नहीं आ रहा कि पहली बार कैसे मिले थे? कानपुर railway स्टेशन पर मिले थे ना?" मधु ने मानव की ओर देख कर पूछा। उसे थोड़ा बुरा लग रहा था कि उसे अपने 'मन' से हुई पहली मुलाक़ात याद नहीं आ रही थी। उसके माथे पर पसीने की कुछ बूँदें Dr. Desai को नज़र आ रही थीं।

"कोई बात नहीं मधु। अब देखते हैं कि मानव को भी याद है या नहीं। क्यों मानव? तुम्हें याद है?"

मानव ने मुस्कुराते हुए कहा, "जी Dr. साहब, मुझे अच्छी तरह याद है।"

“मधु, तुमने गली के उस एक कुत्ते को हॉस्पिटल ले जाने के लिए मुझसे मदद माँगी थी जिसकी टाँग टूट गयी थी”, मानव ने मधु की ओर देखते हुए उसे याद दिलाया।

“अरे हाँ! उस घटना को कैसे भूल गयी मैं? मैंने कहा था ना आपसे डॉक्टर साहब ‘मन’ की यादाश्त बहुत अच्छी है।”

“वो सही है लेकिन तुम इतनी ख़ूबसूरत हो मधु कि मानव ही क्या कोई भी इंसान तुमसे मिल ले तो तुम्हें भूल नहीं सकता। क्यों मानव ठीक कहा मैंने?”

“Yes Dr., बिलकुल सही कहा आपने”, मानव ने मुस्कुराते हुए Dr. देसाई की हाँ में हाँ मिलाई। वो Dr. Desai से बहुत प्रभावित हो रहा था जो बातों-बातों में मधु का evaluation भी कर रहे थे और इस चीज़ का ध्यान भी बहुत सफ़ाई से रख रहे थे कि मधु को आभास भी ना हो और उसके मस्तिष्क पर बहुत ज़ोर भी ना पड़े।

“एक बात और कहूँ मधु, Dr. Sheryl ने पिछले पाँच सालों के तुम्हारे सभी lab-result मुझे भेजे हैं। You are physically excellent”, Dr. Desai ने मधु की तारीफ़ करते हुए कहा।

“OK मधु, मुझे जो जानना था वो जान लिया मैंने। मैं थोड़े test लिख रहा हूँ तुम्हारे लिए। जिसमें तुम्हारे brain के कुछ scans हैं, CT Scan और MRI, हमारे हॉस्पिटल में आज ही हो जाएँगे। एक-दो दिन में उनकी reports मेरे पास आ जाएँगी। देखते हैं तुम्हारे brain में आख़िर चल क्या रहा है। क्यों तुम कभी-कभी नर्वस हो जाती हो। सब ठीक तो है।”

“OK Dr. साहब”, मधु ने मुस्कुराते हुए कहा।

“OK मानव, Any question for me?” Dr. Desai से मानव ने पूछा।

“Not at this point, Dr. साहब।”

“ये फ़ाइल बाहर मेरी secretary को दीजिए। वो आपको बता देगी क्या करना है”, Dr. Desai ने फ़ाइल मानव की ओर बढ़ाते हुए कहा।

“Thank You Dr. Desai”, मानव ने फ़ाइल अपने हाथों में लेकर उठते हुए कहा। मधु भी उठने लगी थी।

“Do not worry anything Madhu. You are fine. और अगर छोटी-मोटी परेशानी है भी तो मैं हूँ यहाँ ठीक करने के लिए”, Dr. Desai ने मधु की ओर हाथ बढ़ाते हुए पूरे आत्मविश्वास से मुस्कुराते हुए कहा।

“Thank You Dr. साहब।”

मानव और मधु Dr. Desai के रूम से निकल कर उनकी receptionist से मिले जिसने उन्हें CT SCAN और MRI के लिए उसी हॉस्पिटल के दूसरे floor पर जाने के लिए कहा। मानव और मधु CT SCAN और MRI करा कर घर की ओर रवाना हो गए।

“‘मन’, Dr. Desai बहुत अच्छे हैं ना? मैं जब गयी थी तो बहुत नर्वस थी मगर उनसे बात करके बहुत अच्छा लग रहा है।”

“हूँ।”

“मैं CT SCAN और MRI SCAN से डर रही थी कि कही दर्द न हो मगर ऐसा कुछ भी नहीं हुआ।”

मानव बस मधु की ओर देखकर मुस्कुरा कर रह गया।

पाँच दिनों के बाद एक दिन जब मानव अपने ऑफ़िस के चेम्बर में बैठा काम में व्यस्त था तभी उसके फ़ोन की घंटी बज उठी।

"Manav, I am Dr. Desai, here".

"Hello Dr. Sahab".

"Do you have few minutes to talk?"

"Yes, Yes, please".

"OK, मेरे सामने मधु के CT SCAN और MRI दोनों रिपोर्ट्स हैं। मैंने उसे ठीक से देखा। हम सब के लिए एक good-news है और एक not so good-news है। Any preference, which one you want to hear first?"

"As per me, good-news and 'not so good-news' both are at least not bad, I can go with either one but let's start with the good-news first".

"Very smartly put. I must say you are an intelligent guy, Mr. Manav".

"Thank you, Sir".

"OK, yes there is nothing which we can say as bad news in this case. जब मैंने मधु की सारी कहानियाँ तुमसे उस दिन सुनी तो मुझे शक था कि शायद उसके brain में कोई tumor है। And that would have been a bad news because brain surgeries are very risky. That is why it is a good news that there is no tumor in her brain".

"That is great. Then what is the 'not so good news'?"

“OK, she is suffering from Alzheimer’s, and she is already on stage 3”, Dr. Desai announced.

“I did not get it Dr. Desai. What is this Alzheimer’s and why did you say, ‘already on stage 3’? Is it dangerous?”

“OK, मुझे आपसे झूठ नहीं बोलना चाहिए. YES, Alzheimer’s is a dangerous disease. ये एक ख़तरनाक बीमारी है। It is very new. Scientists are still researching about this disease. आसान से शब्दों में कहूँ तो Alzheimer’s का कोई इलाज अभी तक नहीं है। We have to just manage it. In general Alzheimer’s develops in later stage of life like after 65-70 but Madhu is still in early 50s. So, it is strange, but it is what it is. We do not know the reason why people get Alzheimer’s but think like that some cells of Madhu’s brains are dead now. And once something is dead, it cannot be recovered. हमें बस ये कोशिश करनी है कि उसके बाक़ी के brain cells जल्दी-जल्दी नहीं मरे।”

“लेकिन Alzheimer’s में होता क्या है?”

“ये मान लो मानव कि मधु धीरे-धीरे सब कुछ भूलती जा रही है। Alzheimer’s में सबसे पहले short-term memory पर attack होता है फिर धीरे-धीरे long-term memory पर भी असर पड़ता है। I will send you some materials on your emails. Please go through it. It will educate you on this. You can also do some research on internet these days. Do you access internet?”

“Yes, since couple of years, I have started using internet”.

"Good then do some reading about Alzheimer's on internet too. बहुत सारे materials तो अभी नहीं हैं मगर फिर भी कुछ तो मिल जाएगा।"

"Is Alzheimer's painful Dr. Desai?"

"It is different kind of pain Manav. It is not physical pain; the pain is emotional. The problem is the short-term memory, it's your ability to recall what you said, what you did, what you need to do, and that's steady through a day. Alzheimer's creates a loss that is ongoing; thus, your grief is also ongoing. Your grieving may not be over for years, even decades".

"You are scaring me Dr. Desai", मानव की आवाज़ में डर और चिंता दोनों थीं।

"ये मेरा इरादा नहीं है मानव। लेकिन सच बोलना भी मेरा फ़र्ज़ है। इस बीमारी के बारे में अभी कुछ भी ठीक से पता नहीं है।"

"लेकिन आप इतना sure कैसे हो सकते हैं कि मधु को Alzheimer's ही है? Please do not mind my question. My intention is not to doubt on your analysis".

"Not at all Manav. I can understand your situation. But I am 100% sure about my analysis because I did my Ph.D. on Alzheimer's".

"And what about this stage-3 part?"

"Yes, she is already in stage 3. There are 7-stages of Alzheimer's".

"And what happens after stage 7?"

"Let's not discuss that part right now. But one thing I can say that the journey from stage-3 to stage-7 could be of years or may be decades, if it makes you feel better".

"So, what are my options?"

"Manav, first accept the fact that Madhu is suffering from Alzheimer's and there is no cure for it. We all have to just manage it. एक बात अच्छी है कि उसको physically कोई complication नहीं हैं। तो वो ठीक रहेगी। उसकी यादाश्त धीरे-धीरे और कमजोर होती जाएगी लेकिन इसमें सालों लगेंगे लेकिन वो इस पर निर्भर करता है कि वो कितनी खुश रहती है। अगर वो इस बात को सुनकर depressed हो गयी तो ये उसके लिए बिलकुल ठीक नहीं है। उसे हमेशा positive रहने की ज़रूरत है। इससे उसकी यादाश्त कमजोर होने की रफ़्तार धीमी हो जाएगी। यही हम सबको मिलकर करना है। खास कर तुम्हें।"

"लेकिन क्या हम कुछ कर नहीं सकते? कोई medicine?"

"जैसा मैंने पहले भी कहा इसके लिए कोई medicine नहीं है। बाद में चलकर अगर उसे और anxiety वग़ैरह होने लगे तो brain को relax करने के लिए कुछ medicines हैं। लेकिन इन medicines के side effects हैं। हमें कोशिश करनी चाहिए कि उसे इन medicines की ज़रूरत कभी न पड़े। देखो मानव! ये मान कर चलो कि वो बिलकुल ठीक है मगर उसकी यादाश्त थोड़ी कमजोर होती जा रही है। जिसे हमें स्वीकार करना होगा और ये कोशिश करनी चाहिए कि वो खुश रहे।"

"लेकिन ये उसे कभी-कभी ही होता है। अधिकतर तो वो ठीक ही रहती है।"

“मुझे ऐसा लगता है कि जब भी मधु किसी अंजान जगह पर या अंजान परिस्थिति में होती है तो उसको anxiety attacks आते हैं, जिससे वो सब होता है। इसलिए हमें ये कोशिश भी करनी है कि वो ऐसी situations से दूर रहे।”

“और क्या ख़्याल रखना चाहिए मुझे?”

“समय के साथ-साथ Alzheimer’s हमें बहुत कुछ सिखाएगा। उसके अनुसार हम अपना treatment बदलते रहेंगे। अभी बहुत मत सोचो इसके बारे में। मधु बिलकुल ठीक है। ऐसी कोशिश करो जिससे उसका brain ज़्यादा उपयोग हो जैसे chess खेलना, कुछ puzzles solve करना, routine काम जो भी वो करती है, उसे करने दो। कुछ काम अगर वो नहीं कर पा रही है तो उसे प्रेरित करो उसे सीखने के लिए। इसमें उसका brain use होगा। जो Alzheimer’s के development को delay करेगा। और सबसे महत्वपूर्ण, तुम हिम्मत कभी मत हारो। उसे ये हमेशा महसूस होना चाहिए कि चाहे जो भी हो जाए, तुम हमेशा उसके साथ रहोगे। इससे वो depressed नहीं होगी। Depression, Alzheimer’s के लिए बहुत ख़राब है। उसकी यादाश्त जब धीरे-धीरे कमजोर होगी तो वो depressed महसूस करेगी मगर जब तुम्हें अपने पास देखेगी तो वो उसको depression में जाने नहीं देगा।”

“OK Dr. Desai, Thank You.”

“You are welcome Manav and remember you are not alone in this Journey. I am always with you. I will send you my personal cell number too so that you could feel me just a phone call away”.

“Thank you, Sir.”

मानव ने फ़ोन रखा मगर अभी भी Dr. Desai की कही हुई सभी बातें उसके दिलोदिमाग़ में घूम रही थीं। उसे अभी तक यक़ीन नहीं हो रहा था कि Alzheimer's नाम का एक अंजान और बहुत ख़तरनाक दुश्मन उसकी मधु के अंदर सालों से पल रहा है और उसे उसका एहसास भी नहीं हुआ अब तक। ये दुश्मन हमेशा उसके साथ रहने वाला था और कोई कुछ नहीं कर सकता था। उसने मन-ही-मन ये संकल्प किया कि चाहे कुछ भी हो जाए वो हिम्मत नहीं हारेगा और न ही अपनी मधु को हिम्मत हारने देगा। वो इस Alzheimer's से आख़िरी दम तक लड़ेगा। अभी तक उसे मधु की परेशानी नहीं पता थी। अब वो जानता है इसलिए वह हमेशा ये कोशिश करता रहेगा कि मधु की यादाश्त इससे कम न हो।

उसने कृष्णा को कॉल किया और Dr. Desai से हुई सारी बातें बता दी। कृष्णा भी सुनकर कुछ चिंतित था।

"OK Dad! MoM को इतने detail में बताने की ज़रूरत नहीं है। वे यूँ भी फ़िक्र ज़्यादा करती हैं। उन्हें धीरे-धीरे पता चले तो अच्छा है।"

"You are right. वह मैं देख लूँगा।"

"कान्हा से मैं बात कर लूँगा। जैसा कि Dr. Desai ने कहा हमें Mom को positive रखना है और इसके लिए ये ज़रूरी है कि हम सब positive रहें।"

"वो तो ठीक है लेकिन ये मेरी गलती है। जब पहली बार वो दिल्ली airport पर गुम हुई थी मुझे उसी समय उसे Dr. को दिखाना चाहिए था तो शायद वो stage 3 तक पहुँचती ही नहीं", मानव की आवाज़ में दर्द था जिसे कृष्णा ने महसूस किया।

"Dad, please don't unnecessarily blame yourself. Dr. Desai ने कहा ना Alzheimer's का कोई इलाज है ही नहीं। वो

तो कितने साल पहले की बात है। किसी डॉक्टर को शायद कुछ पता भी नहीं चलता। आज भी Dr. Desai ने कोई medicine नहीं दी है। फिर दिखाने से क्या फ़ायदा होता", कृष्णा ने मानव को समझाया।

"कम-से-कम हम सब मधु का ख़्याल तो रख सकते थे। हम सब उसके भूलने की आदत पर हँसते रहे। हमें ये एहसास भी नहीं हुआ कि कितना बड़ा राक्षस उसके भीतर बैठा हुआ है", मानव की आवाज़ में दर्द था।

"Dad! आप दूसरी तरह से बात को सोच रहे हैं। MoM is always a happy person. अगर उन्हें पहले ये पता चल जाता कि उन्हें कोई बीमारी है तो सोचिए उस हाल में वे खुश रह पातीं? नहीं ना? इससे तो उनकी हालत आज से बुरी हो सकती थी। और Dad! आप ने ही मुझे हमेशा ये सिखाया है कि जो समय गुजर गया उसके बारे में सोचना या उस पर अफ़सोस करना बेकार है क्योंकि उससे कुछ बदला नहीं जा सकता। इसलिए जो हुआ वो अच्छा हुआ और आगे जो भी होगा अच्छा होगा। हम सब मिलकर MoM को खुश रखेंगे। लेकिन इसमें सबसे बड़ा किरदार आपका है। MoM आपसे बहुत प्यार करती हैं और उन्हें आप पर बेहद यक़ीन है। उन्हें अगर ज़रा-सा भी एहसास हो गया कि उनकी इस बीमारी को लेकर आप परेशान हैं तो वो कभी खुश नहीं रह पाएँगी। इसलिए कह रहा हूँ आप हिम्मत मत हारें। हम सब साथ-साथ इस Alzheimer's का मुक़ाबला करेंगे", कृष्णा फिर से एक बार मानव को समझा रहा था।

"तुम ठीक कह रहे हो कृष्णा। अब तो problem सामने है। इसको नज़रंदाज़ तो नहीं कर सकते। इसका मुक़ाबला करना होगा हमें। पहले तो मधु को ये बात बतानी है लेकिन बिलकुल सामान्य तरीक़े से जिस से वो घबराए नहीं। तुम सब भी उसके साथ नॉर्मल ही पेश आना जैसे कुछ हुआ ही न हो।"

"हाँ Dad! वो आप चिंता मत कीजिए। मैं दिव्या और कान्हा को समझा दूँगा।"

"अच्छा अब मैं भी घर की ओर रवाना होता हूँ। मधु मेरा इंतज़ार कर रही होगी। Bye कृष्णा।"

"Bye Dad."

मानव कृष्णा से बात ख़त्म करके जल्द ही ऑफ़िस से घर के लिए निकल पड़ा। घर के दरवाज़े पर पहुँचा ही था कि मधु ने दरवाज़ा खोल दिया।

"देखो 'मन' आज मैंने तुम्हारे दस्तक के बिना ही दरवाज़ा खोल दिया। मुझे याद रहा भूली नहीं", मधु ने दरवाज़ा खोलते ही चहकते हुए मुस्कुरा कर कहा। उसकी हँसी बिलकुल बच्चों जैसी भोली थी।

मानव बस मुस्कुरा कर रह गया। कुछ बोल नहीं पाया। उसकी पलकें थोड़ी नम ज़रूर हो गयी थीं।

"अरे तुमने कुछ बोला नहीं? खुश नहीं हो? ऑफ़िस में कुछ हुआ क्या?" मधु ने तपाक से ढेरों सवाल पूछ दिए।

"अरे बहुत खुश हूँ मधु। बस थोड़ा थक गया हूँ।"

"तुम fresh होकर टेबल पर आओ, मैं चाय लेकर आती हूँ।"

डिनर के बाद बिस्तर पर जब मधु मानव की बाँहों में थी तो मानव ने अचानक कहा,

"मधु?"

"हूँ?"

"आज Dr. Desai ने कॉल किया था।"

"ओह! अब समझ में आया कि तुम थोड़े चुप-चुप से क्यों हो। क्या कोई ख़तरनाक बीमारी है? अगर है भी तो मुझे अब फ़र्क़ नहीं पड़ता है। जीवन में सब कुछ पा लिया है। बस कान्हा की शादी नहीं हुई है। उसके लिए भी लड़की मिल ही गयी है बस शादी करनी है।"

"अरे! मैं चुप-चुप कहाँ हूँ? कुछ भी बोलती हो तुम। और तुम्हें क्या होने लगा जब मैं हूँ? अपने होते तुम्हें कुछ थोड़े होने दूँगा।"

"अच्छा क्या तुम मुझे मरने से भी रोक लोगे? ऐसा नहीं होता है ज़नाब। जो यहाँ आया है उसे जाना ही पड़ेगा एक दिन। यही प्रकृति का नियम है।"

"अरे इसमें मरने की बात कहाँ से आ गयी? मरे तुम्हारे दुश्मन।"

"अच्छा क्या कहा Dr. Desai ने?"

"तुम्हें एक बीमारी है जिसे Alzheimer's कहते हैं। इसमें लोगों की यादाश्त कमजोर होती जाती है।"

"लो कर लो बात। ये तो मुझे पहले से ही पता है कि मेरे यादाश्त कमजोर है और उम्र के साथ और कमजोर होती जा रही है। अब इसको कुछ complicated सा नाम, पता नहीं क्या बताया था तुमने, दे दिया है। मुझे अपनी यादाश्त कमजोर होने की वजह से ऐसी कोई खास प्रॉब्लम नहीं होती है। हाँ बस कभी-कभी nervous हो जाती हूँ।"

"मैंने भी उनसे यही बात कही और इसकी वजह पूछी। उन्होंने कहा कि जब तुम अंजान जगह पर होती हो और कुछ समझ में नहीं आता है तो तुम्हें anxiety attack आ जाते हैं जिससे वो सब होता है।"

"इसके लिए कोई दवाई दी क्या उन्होंने?"

"नहीं, उन्होंने कहा कि तुम अंजान जगहों पर मत ज़ाया करो।"

मधु बहुत ज़ोर-से हँस पड़ी।

“क्या हुआ? इतनी ज़ोर-से क्यों हँसी तुम?”

अपनी हँसी को बहुत मुश्किल से रोकते हुए मधु ने कहा, “अब ये क्या बात हुई? ये दवाई तो मुझे भी पता है। ‘अंजान जगह पर मत जाओ”, मधु फिर ज़ोर-से हँस पड़ी, “अरे! कोई जानबूझ कर अंजान जगह पर जाता है क्या? ये क्या दवाई हुई? वो भी Dr. Desai से। मुझे तो बहुत अच्छे डॉक्टर लग रहे थे”, मधु ने हँसते-हँसते कहा।

“Dr. Desai सच में बहुत अच्छे डॉक्टर हैं, मधु”, मानव ने समझाते हुए कहा।

“अरे तो फिर मेरी इस problem के लिए कुछ दवाई देनी चाहिए थी ना जिससे मैं ठीक हो जाऊँ।”

“मधु इसके लिए कोई दवाई है ही नहीं बस precaution रखना पड़ता है।”

“जब कोई दवाई ही नहीं तो बीमारी कैसी? बस यूँ ही बेकार में मुश्किल सा नाम दे दिया है उसका। तुम भी यूँ ही बिना मतलब के इतना परेशान थे।”

“लेकिन ये तो पता चला न मधु कि तुम्हें अंजान जगह पर नहीं जाना है।”

“ठीक है बाबा नहीं जाऊँगी। क्या नाम बताया तुमने इस बीमारी का?”

“Alzheimer’s”

“नाम ख़तरनाक सा है, बीमारी भले कुछ भी हो”, मधु ने फिर से हँसते हुए कहा।

"जिसका कोई इलाज ही न हो वो तो बीमारी भी ख़तरनाक हुई ना मधु? इसमें लोगों की यादाश्त चली जाती है। अगर तुम एक दिन मुझे ही भूल गयी तो?" मानव ने पूछा। उसकी आवाज़ में थोड़ा दर्द था जो मधु से छुप न सका। वो मानव के और क़रीब आ गयी।

"मैं तुम्हें कभी नहीं भूल सकती 'मन', ये सम्भव ही नहीं है। याद रखना या भूलना शायद दिमाग़ का काम है और तुम तो मेरे दिल में, मेरे हर रोम में बसे हो। तुमको भूल नहीं सकती मैं, चाहे कुछ भी हो जाए", मधु की आवाज़ में एक विश्वास था।

"बस फिर मुझे कोई चिंता नहीं है। तुम बस मुझे मत भूलना", मानव ने मधु को अपने अंदर भींच लिया।

चाहत आज भी जाग उठती है, भूली बिसरी यादों की
सीली दिल की दीवारें, आती हैं नज़र बरसातों में

रहें न रहें हम

मधु की Alzheimer's stage-3 diagnosis की कहानी क़रीब अब तीन-चार साल पुरानी हो चुकी थी। मानव और मधु की ज़िंदगी में ऐसा कोई खास बदलाव नहीं आया था। मधु को देखकर ऐसा बिलकुल नहीं लगता था कि वह किसी बीमारी की शिकार है। वह तो मानो Alzheimer's को ही भूल चुकी थी। कृष्णा और कन्हैया भी घर में इस बात की कभी भी चर्चा नहीं करते थे। उनके लिए इस बीमारी का मानो कोई अस्तित्व ही ना हो। ऐसा नहीं था कि वे इस बीमारी की गम्भीरता को नहीं समझते थे मगर वे इसकी चर्चा करके मधु के मस्तिष्क पर बेवजह अनावश्यक कोई दवाब नहीं डालना चाहते थे। परिवार में बस मानव अंदर से कुछ चिंतित रहता था। वह आजकल मधु का पहले से कहीं ज़्यादा ख़्याल रखता था लेकिन वह उसको कुछ अलग-सा महसूस नहीं होने देता था। वह उसके साथ पहले से कहीं ज़्यादा वक्त गुज़ारने लगा था। मधु के साथ किचन में रहकर खाना बनाने में उसकी मदद करता था। इसी बहाने वह बहुत कुछ बनाना भी सीख गया था। उसकी यही कोशिश रहती थी कि मधु हमेशा खुश रहे और उसके दिमाग़ पर बहुत ज़ोर ना पड़े। जब भी मौक़ा मिलता, मानव, मधु के साथ किसी नए शहर में घूमने चला जाता। वह आज तक अपनी पढ़ाई, career और बच्चों की परवरिश में इतना व्यस्त रहा कि उसे अपने और मधु के लिए समय ही नहीं मिल पाया था। मधु की इस असमय Alzheimer की बीमारी ने उसे ये एहसास दिलाया था कि उसने बहुत समय ज़िंदगी की ज़िम्मेवारियों को निभाने में व्यर्थ कर दिया और अपनी मधु को बहुत समय न दे सका। इसलिए अब वह अधिक-से-अधिक समय अपनी मधु के साथ

बिताना चाहता था। मधु ने भी मानव के अंदर आए इस परिवर्तन को महसूस किया था और वह भी बहुत खुश थी। वह भी अपना पूरा समय मानव के साथ ही बिताना पसंद करती थी। कॉलेज के दिनों में दोनों एक-दूसरे से मिल नहीं पाते थे और बाद में भी मानव पढ़ाई के लिए यहाँ आ गया था। अब जबकि बच्चे बड़े हो कर अपनी-अपनी ज़िंदगी में व्यस्त थे, मानव और मधु अपने प्यार के वो पल फिर से एक-दूसरे के साथ गुज़ार रहे थे। ज़िंदगी तो ख़ैर अपनी रफ़्तार से गुज़र ही रही थी। कन्हैया और Joanna की भी शादी कुछ महीने पहले ही हुई थी और दोनों New York में ख़ुशी-ख़ुशी रह रहे थे।

मानव का daily का routine बिलकुल तय था। ऑफ़िस से आने के बाद मधु के साथ backyard में बैठकर चाय पीते-पीते दोनों घंटों बातें करते रहते। बातों का विषय तय नहीं होता था। कभी वे अपने बीते हुए दिनों की बातें करते, तो कभी अपने बच्चों की, तो कभी मधु, मानव से उसके ऑफ़िस के काम के बारे में पूछती, कभी philosophy, कभी history, कभी फ़िल्में तो कभी मधु कविताएँ सुनाती। इन्हीं बातों के अंत में वे dinner में क्या खाना है इसका निर्णय लेते और किचन में आ जाते। वहाँ मिलकर डिनर बनाते। फिर एक साथ खाते और फिर एक ही साथ किचन समेट लेते। फिर अपने बेडरूम में जाकर कुछ देर TV देखते और फिर एक-दूसरे की बाँहों में सो जाते। Weekends में अक्सर गाड़ी लेकर Long Drive पर चले जाते।

मानव ये महसूस कर रहा था कि मधु की यादाश्त पहले से और कमज़ोर होती जा रही थी। Dr. Desai से routine check-up होता रहता था। ऐसी कोई चिंता की बात अब तक नहीं थी। दोनों एक-दूसरे के साथ खुश थे। बीच-बीच में कभी-कभी कृष्णा और कन्हैया भी आते रहते थे। जब भी वे आते थे घर भर जाता था। मधु की तो ख़ुशी का कोई ठिकाना ही नहीं रहता था।

समय अपनी रफ़्तार से चलता जा रहा था। समय की सबसे बड़ी आदत यह होती है कि वह एक-सा नहीं रहता। बदलता रहता है। मानव और मधु के लिए भी वह एक-सा कब तक रहता। अपनी आदत के अनुसार वह फिर बदला।

एक दिन जब मानव ऑफ़िस से लौटा तो मधु घर पर नहीं थी। ऐसा नहीं था कि ये पहली बार हुआ था। मधु कभी-कभी घर का कुछ सामान लाने Walmart या Indian Grocery चली जाया करती थी। आजकल मानव उसे मना करता था कि अकेले न जाए मगर वह अपनी कार से चली जाया करती थी और सामान ले आती थी। Dr. Desai ने भी मानव को यही कहा था कि मधु को जितना हो सके normal रहने दो। वह अगर कुछ करती है तो करने दो। मधु का दिमाग़ जब तक खुद निर्णय लेता रहेगा, तब तक उसके लिए अच्छा था। इसीलिए मानव मधु को बहुत रोकता नहीं था। हाँ! उसकी यह कोशिश होती थी कि वह अंजान जगहों पर अकेले न जाए।

मधु को घर पर ना पाकर, मानव ने जल्दी से उसे फ़ोन लगाया।

“Hello, मधु, कहाँ हो तुम”, मानव ने झट से पूछा।

“‘मन’, मैं Walmart आई हूँ। आज खीर बनाने का मन था सो दूध लेने आई हूँ। तुम जल्दी आ गए आज?”

“हाँ, थोड़ा जल्दी आ गया। ठीक है तुम जल्दी आ जाओ। मैं चाय बना कर रखता हूँ।”

“ठीक है। तुम चाय बनाओ, मैं जल्दी से आती हूँ।”

“जल्दी आने की ज़रूरत नहीं है। आराम से ड्राइव करो।”

“अरे बाबा! मैं पहली बार थोड़ी आयी हूँ यहाँ। तुम चिंता मत करो। मैंने अभी-अभी पार्क किया है। दूध जल्दी से लेकर आती हूँ।

और कुछ चाहिए तो मुझे फ़ोन कर देना", यह कह कर मधु ने फ़ोन काट दिया।

मानव ने कमरे के side table पर फ़ोन को रखा और अपना ड्रेस change करने लगा। उसके बाद हाथ-मुँह धो किचन में आ गया। सबसे पहले उसने खीर के लिए एक कप चावल धोकर भिगो दिए। फिर चाय की तैयारी करने लगा।

इसी बीच उसके फ़ोन की घंटी बजने लगी। उसने भाग कर dinning टेबल से फ़ोन उठाया। उसे लगा मधु का फ़ोन है। मगर फ़ोन उसके ऑफ़िस से था। वह फ़ोन पर बातें करने लगा। जैसे ही फ़ोन ख़त्म हुआ उसने घड़ी की ओर देखा। "अरे मधु आती ही होगी। चाय का पानी जल्दी से चढ़ा देता हूँ", उसने सोचा और जल्दी से गैस पर चाय के लिए पानी रख दिया। अदरक का एक टुकड़ा और दो-तीन इलायची लेकर कूटने लगा। थोड़ी देर बाद उसकी नज़र गैस पर रखे पानी पर पड़ी जो जोर-जोर से उबल रहा था। उसने कूटा हुआ अदरक और इलायची पानी में डाल दी। पानी अभी भी ज़ोर-ज़ोर से उबल रहा था। मानो वो नीचे जल रही गैस की आग से ये कह रहा था, "अगर ये बर्तन हमारे बीच ना होता तो बताता तेरी इस गर्मी को।" मानव के होंठो पर अनायास ही एक मुस्कान आ गयी।

चाय बन चुकी थी। मानव ने गैस को बिलकुल धीमे कर दिया। उसने घड़ी की ओर नज़र दौड़ाई। मधु से बात हुए एक घंटे से ज़्यादा हो चुका था। "कहाँ हो तुम मधु", मानव ने मन में सोचा और फ़ोन करने लगा। फ़ोन की घंटी बजती रही लेकिन मधु ने उठाया नहीं। "लगता है drive कर रही है। आती ही होगी अब", सोचते हुए मानव चाय की ओर देखने लगा। खौलता पानी अब शांत हो चुका था। गैस की आँच धीमे-धीमे जल रही थी। मानव सोफ़े पर जाकर बैठ गया और मधु के आने का इंतज़ार करने लगा। तभी फ़ोन की घंटी फिर बजी। उसने झट से फ़ोन उठाया। दूसरी ओर कन्हैया था।

"How are you dad?"

"I am good Kanha. How are you and Joanna?"

"We are on the way to home, dad. Where is mom?"

"She has gone to Walmart to bring milk. She has a plan to make Kheer today".

"WoW Kheer! Mom makes the best kheer".

"What is kheer?" it was the sound of Joanna.

"It is rice pudding. Next time when we go to Houston, I will ask mom to make. You will love it".

"It sounds interesting. I would surely like to try. I know mom is a great cook. I love everything she cooks".

"Ok dad, I just called to check on you. I will call you later in the night. Bye", कन्हैया ने कहा और फ़ोन काट दिया।

मानव ने फिर से घड़ी देखी और फ़ोन करने लगा। इस बार फ़ोन सीधे voicemail में चला गया।

"तुम कहाँ हो मधु? इतनी देर तक क्या कर रही हो?" मानव ने मन में ही कहा और सोफ़े से उठ कर दरवाज़े की ओर चल दिया। दरवाज़ा खोल कर बाहर आ गया और दूर सड़क की ओर देखने लगा। मधु की गाड़ी का कहीं कोई पता नहीं था। अब पहली बार उसे थोड़ी चिंता होने लगी। वह बेचैनी से टहलने लगा। उसने फिर फ़ोन डायल किया। फ़ोन फिर से voicemail में चला गया। उसने घड़ी देखी। मधु से आख़िरी बातचीत हुए डेढ़ घंटे से ज़्यादा हो गए थे। Walmart क़रीब दस मिनट के driving distance पर था और उस रोड पर कोई traffic भी नहीं होता था। "कुछ और लेने लग गयी क्या मधु? या Walmart में भीड़ तो नहीं है? लेकिन फ़ोन voicemail में क्यों जा

रहा है? Discharge हो गया होगा शायद", मानव का दिमाग़ तेज़ी से दौड़ रहा था मगर उससे भी ज़्यादा ज़ोर से उसका दिल धड़क रहा था। वो टहलता हुआ main रोड पर आ गया और Walmart की ओर से आने वाली सभी गाड़ियों को हसरत भरी निगाह से देखने लगा। उसके चेहरे पर चिंता की रेखाएँ साफ़ झलक रही थी। वह बीच-बीच में मधु को फ़ोन भी करता जा रहा था। अब गुजरता हर पल उसे बहुत कठिन प्रतीत हो रहा था। वहाँ वो 10-15 मिनट ही ठहरा था मगर उसे लग रहा था मानो वह घंटों से वहाँ खड़ा था। वह जल्दी-जल्दी घर की ओर लौटने लगा। उसने तय किया कि वो Walmart जाएगा। अब तक सूरज ढल चुका था और अँधेरों ने हर ओर अपना साम्राज्य स्थापित कर लिया था मगर ये बाहर का अँधेरा मानव के अंदर के अँधेरे से बहुत कम था। मानव झट से अपने घर में दाखिल हुआ और क़रीब-क़रीब दौड़ता हुआ अपने कमरे में गया। जल्दी से कपड़े बदले और side table से अपना wallet लिया और भागता हुआ garage के दरवाज़े पर लटकी कार की चाभी लेकर घर से बाहर निकल गया।

मानव की गाड़ी तेज़ी से Walmart की ओर जा रही थी मगर उसकी निगाहें आने वाली गाड़ियों की ओर थी कि शायद उसे मधु की गाड़ी नज़र आ जाए। तेज रोशनी के कारण वो ठीक से आने वाली गाड़ियों का रंग पहचान नहीं पा रहा था मगर फिर भी उसकी नज़रें वहीं लगी हुई थीं। Walmart की पार्किंग में कार पार्क करके वह जल्दी से Walmart के अंदर चला गया। उसकी नज़र हर एक उस इंसान पर थी जो Walmart से बाहर निकल रहा था। वह सबमें अपनी मधु को तलाश कर रहा था। Walmart के अंदर आकर उसने सबसे पहले सभी payment counters पर जाकर देखा। मधु कहीं नहीं थी। उसका दिल बैठा जा रहा था। आँखें भी नम हो रही थीं। उसने फिर से मधु का नम्बर डायल किया। फ़ोन फिर से voicemail में चला गया। वह जल्दी-जल्दी Walmart के हर सेक्शन में गया। मधु का कहीं पता नहीं था। वह फिर से सभी payment counters पर आकर देखने लगा। अब उसे ऐसा लग रहा था मानो उसके पैरों

में ताक़त ही नहीं हो। वो Walmart से बाहर आकर अपनी कार की ओर भागा। वह कार लेकर Walmart के पूरे पार्किंग में ड्राइव करते हुए मधु की कार खोजने लगा। मधु की कार पार्किंग में कहीं नहीं थी।

"कहाँ गयी यहाँ से? क्या घर वापस चली गयी? लेकिन घर पर मुझे न पाकर call क्यों नहीं किया", ये सारे सवाल एक साथ मानव के मस्तिष्क में उमड़ रहे थे। उसने गाड़ी की दिशा अपने घर की ओर मोड़ दी।

मधु घर पर भी नहीं थी। अब उसे ऐसा लगने लगा था कि मधु के साथ कुछ तो ग़लत हुआ है। उसे समझ नहीं आ रहा था कि उसे क्या करना चाहिए। वह हाथ-पर-हाथ धरे मधु के आने का इंतज़ार नहीं कर सकता था। मधु से बात किए अब तीन घंटे से ज़्यादा हो चुके थे। उसने निर्णय लिया कि वह पुलिस को call करेगा। उसने अपना फ़ोन निकाला और 911 dial कर दिया।

"Hello Good Evening, Sir! It is 911, May I know your name and location please?"

"I am Manav", मानव ने कहा और अपने घर का address बताने लगा।

"Yes Sir, what is the emergency?"

"My wife went to Walmart more than 3 hours back and she did not return yet. I even went to the Walmart, and she was not there. Even I could not find her car in the Walmart parking", मानव जल्दी-जल्दी सब बोलता चला गया। उसकी आवाज़ से घबराहट साफ़ झलक रही थी।

"Sir, you please calm down first and please give me details of your wife and also which Walmart she went."

मानव ने सारे details दे दिए जो सामने officer शायद लिखता जा रहा था।

"Sir, how can you be so sure she went into this Walmart and she didn't go somewhere else for shopping?"

"Sir when I talked to her last, she told me which Walmart she went. She had just to take milk. She always go this Walmart. It does not make sense that she will go anywhere else".

"Sir you do not worry. I got all the info. We will locate her cell phone and car. All the information has been dispatched to the respective officers and they are already on this task. You please calm down and soon one of our officers will get in touch with you. Can I do anything else for you now?"

"Thank you, Sir. No, I am fine."

"You stay at your home and one of our officers will come to you".

"Thank you".

"You are most welcome Sir".

मानव ने फ़ोन रखा ही था कि दरवाज़े पर दस्तक हुई। उसने भाग कर दरवाज़ा खोला कि शायद मधु हो। मगर वहाँ एक police officer खड़ा था।

"Are you Manav? You dialed 911 and reported about your missing wife Madhu?"

"Yes Sir".

"May I come in?"

"Sure", मानव ने एक ओर हट कर ऑफ़िसर को रास्ता देते हुए कहा।

"You have a very beautiful home. Who all stays here?" ऑफ़िसर ने चारों ओर देखते हुए पूछा। वह इस तरह देख रहा था मानो कुछ ढूँढ रहा हो।

"Just me and my wife".

"Do you have kids?"

"Yes, two sons. First one lives in DC and another one in New York."

"Did you inform them about it?"

"Not yet".

"Don't worry Sir. Our team is already on work. They will find your wife soon. It is good that she is carrying her cell phone. We can easily track her now. I just came here to update you. I will make a move and very soon we will find your wife. Till then you stay calm. Ok Sir?"

"Yes Sir. Thank you".

Police officer चला गया।

मानव ने झट से कृष्णा को कॉल किया। कृष्णा ने जैसे ही फ़ोन उठाया, मानव ने उसे सब बातें बता दीं। मानव की आवाज़ से चिंता और घबराहट साफ़ झलक रही थी।

"Dad! आप चिंता मत कीजिए। You did the right thing by calling 911. Mom has her cell phone with her. She will easily be tracked. मुझे लगता है उन्हें वैसा ही कुछ हुआ होगा जैसा यहाँ movie थिएटर में या उन्हें Switzerland में हुआ था।"

"लेकिन इस बार वो कार चला रही थी। कहीं कुछ हो ना गया हो उसे", मानव की आवाज़ से लग रहा था जैसे वो रो रहा हो।"

"Dad, please do not think unnecessary like this. She will be fine. You are the bravest one in our family. Just stay calm".

"OK, Krishna".

"OK dad, keep me posted and I will stay in touch with you".

"OK".

मानव ने फ़ोन रख दिया। उसके दिल में न जाने कैसे-कैसे ख़्याल आ रहे थे। वह अपने घर के मंदिर में मातारानी के सामने हाथ ज़ोड़कर खड़ा हो गया।

"मेरी मधु का ख़्याल रखना, मातारानी", ये कहते हुए उसका गला भर आया था। आँखें डबडबाई हुई थीं।

ठीक उसी समय उसका फ़ोन बजने लगा। फ़ोन नम्बर अनजाना था।

"हेलो।"

"Hello Mr. Manav?"

"Yes".

"I am sargent Smith speaking. We have got your wife. Nothing to worry she is fine. She seem s little lost, so we are taking her to the City hospital. Please come over there".

"Is she OK?" मानव ने झट से पूछा। उसकी आवाज़ में चिंता के साथ एक बेताबी भी थी।

"She is absolutely fine. We are taking her to the hospital just for precautionary measure. You please come there and take her with you".

"OK, Sir. I am coming".

मानव ने फ़ोन disconnect किया और कार की ओर भागा।

मानव की कार City Hospital की ओर दौड़ रही थी। उसने कृष्णा को भी call करके सब कुछ बता दिया था।

मधु की नज़र जैसे ही मानव पर पड़ी वह भाग कर उससे लिपट गयी और रोने लगी।

"तुम मुझे छोड़कर कहाँ चले गए थे, 'मन'? मुझे बहुत डर लग रहा है", मधु ने अपना चेहरा मानव के सीने में छुपाते हुए कहा।

"मधु, मैं यहीं हूँ। क्या हुआ? घबराने की क्या बात है। शांत हो जाओ। देखो, मैं तुम्हारे पास ही हूँ", मानव ने मधु की पीठ पर हाथ फेरते हुए कहा। वह समझ नहीं पा रहा था कि उसे क्या हो गया है। वह इतनी डरी हुई क्यों है। उसने मधु को इस हालत में कभी नहीं देखा था।

"You are her husband, Mr Manav. Right?" वहाँ खड़े डॉक्टर ने पूछा।

"Yes".

"Her vitals are OK but why she is behaving like this? Is she suffering with anything or taking any medications?"

"About three-four years back she was diagnosed with Alzheimer's stage 3".

"Oh! that makes sense. Is she under any medication for it?"

"No medication for it but she takes few vitamins".

"I think she got some anxiety attack. She should be fine. But I suggest you to please get her checked with her doctor who diagnosed the Alzheimer's".

"Sure. Can I take her home now?"

"Yes, yes. She just needs some rest. The nurse will help you with discharge formalities".

"Thank you".

मानव मधु को लेकर घर पहुँच गया। पूरे रास्ते मधु आँखें बंद करके सो रही थी। घर पहुँच कर मानव ने मधु को सोफ़े पर बिठाया और उठ कर उसके लिए पानी लेने जाने लगा तो मधु ने झट से उसका हाथ पकड़ लिया।

"'मन', please मुझे छोड़ कर मत जाओ। मुझे बहुत डर लग रहा है।"

"मधु, मैं कहीं नहीं जा रहा हूँ। यहाँ डरना कैसा। यह तो अपना घर है। देखो तुम अपने सोफ़े पर बैठी हो। सामने किचन है। मैं तुम्हारे लिए थोड़ा जूस लेने जा रहा हूँ। तुम पियोगी तो तुम्हें अच्छा

लगेगा", मानव ने मधु का चेहरा अपनी हथेली में लेकर उसकी आँखों में झाँकते हुए कहा। मधु बिलकुल बिखरी हुई लग रही थी। मानव उसकी इस हालत को समझ नहीं पा रहा था। उसे ऐसा लग रहा था जैसे मधु बहुत डरी हुई है।

"अच्छा, तुम भी मेरे साथ चलो। किचन में चलते हैं", मानव ने कहा और मधु को अपनी बाँहों का सहारा देकर किचन की ओर चल पड़ा। मधु भी उसके साथ-साथ चल पड़ी। मानव ने फ्रिज से orange जूस निकाल कर एक गिलास भरा और मधु के होंठो से लगा दिया।

"जूस पी लो, मधु", मानव ने मधु को जूस पिलाते हुए कहा। इस बीच उसका फ़ोन बजने लगा। फ़ोन कृष्णा का था।

"कृष्णा, मधु को लेकर मैं अभी-अभी घर पहुँचा हूँ। मैं तुम्हें थोड़ी देर में कॉल करता हूँ।"

"Dad", कृष्णा ने कहा लेकिन मानव जब तक फ़ोन काट चुका था। उसे पहले मधु को नॉर्मल करना था।

मधु ने जूस पी लिया था।

"और चाहिए, मधु?"

"नहीं", मधु ने पहली बार कोई शब्द थोड़ा नॉर्मल तरीके से बोला था।

"चलो, बेडरूम में चलते हैं", मानव, मधु को पकड़े हुए बेडरूम की ओर बढ़ने लगा। मधु भी साथ-साथ चल पड़ी। बेडरूम में आकर मानव ने मधु को बेड पर लिटा दिया और उसी के पास बैठ कर उसके माथे को सहलाने लगा। मधु, आँखें बंद किए लेटी हुई थी। थोड़ी देर के बाद मानव ने महसूस किया कि मधु सो गयी है शायद। वह धीरे से उठ कर जाने लगा। तभी मधु ने फिर ज़ोर से उसका हाथ पकड़ लिया।

“तुम मेरे पास ही बैठो, ‘मन’। मत जाओ। मुझे बहुत डर लग रहा है”, मधु की आवाज़ में विनती थी। मानव ने देखा, उसकी आँखों से आँसू बह रहे थे।

उसने झट से मधु के आँसुओं को पोछते हुए प्यार से कहा, “मधु मैं कहीं नहीं जा रहा हूँ। तुम्हारे पास ही हूँ। तुम्हें डर किससे लग रहा है? यह तो हमारा अपना बेड है।”

“हाँ, लेकिन तुम मेरे पास ही रहो”, मधु ने मानव का हाथ पकड़ लिया।

“ठीक है, मैं कहीं नहीं जा रहा हूँ। मैं तुम्हारे पास ही हूँ”, मानव ने कहा और मधु के पास लेटकर उसे अपनी बाँहों में भर लिया, “सो जाओ तुम। मैं बिलकुल तुम्हारे पास हूँ।” मानव ने मधु को ज़ोर से अपने सीने से लगा लिया। मधु की हालत देख कर उसकी आँखों से भी आँसू बह निकले।

मानव न जाने कितनी देर तक यूँ ही मधु को सीने से लगाए लेटा रहा। मधु भी शांति और सुकून से अपने ‘मन’ के सीने से चिपकी हुई थी। मानव ने धीरे-से मधु को अपने सीने से हटा कर तकिए पर लिटा दिया। मधु ने कोई हरकत नहीं की। वो चुपचाप सो रही थी। मानव ने झुक कर उसके माथे को चूमा। मधु गहरी नींद में थी। मानव धीरे-से बिस्तर से उठा। थोड़ी देर वहीं खड़े-खड़े मधु को प्यार से निहारता रहा। वह वाक़ई गहरी नींद में सो रही थी। मानव ने जेब से फ़ोन निकाला। उसमें बहुत सारे missed call थे जो कृष्णा और कन्हैया के थे। एक दो कॉल दिव्या और Joanna के भी थे। आठ voicemail भी थे।

मानव ने कृष्णा को call किया और उसे कन्हैया को भी जोड़ने के लिए कहा। फिर मानव ने उन्हें सारी बातें बताई। वह धीरे-धीरे बोल रहा था। हर पल उसकी निगाह मधु के चेहरे की ओर थी। वो इत्मिनान से सो रही थी।

“Mom is still sleeping?” कन्हैया ने पूछा।

“हाँ।”

“I think sleeping will help to relax her mind”.

“Dad, आपने Dr. Desai से बात की?” कृष्णा ने पूछा।

“अभी नहीं।”

“Talk to him, dad. Explain him this situation and take his opinion. He will know what happened to Mom suddenly. She was doing well until now “.

“हाँ मैं उन्हें कॉल करने वाला हूँ। पहले तुम दोनों को कॉल करना था।”

“मैं कल आ रहा हूँ।”

“नहीं कृष्णा, I can manage. तुम बेकार में क्यों fly कर रहे हो।”

“Dad, I have already booked my ticket. There is no way I am not coming. I must see mom “.

“I will also join you there bhaiya”, कन्हैया ने झट से कहा।

“अरे तुम दोनों बेकार में परेशान हो रहे हो। मैं manage कर लूँगा।”

“Dad! कृष्णा को इस समय आपके पास होना चाहिए”, इस बार दिव्या की आवाज़ थी। कृष्णा का फ़ोन speaker पर था इसलिए वो भी सारी बातें सुन रही थी।

“ठीक है तुम दोनों अपनी flight details भेज देना। मैं कल airport पर आ जाऊँगा।”

“No dad! you stay with mom. Me and bhaiya will take cab. You don’t worry”.

“OK, then let me talk to Dr. Desai. मधु अभी भी आराम से सो रही है।”

“OK dad”, कृष्णा और कन्हैया ने एक साथ ही कहा।

कृष्णा और कन्हैया से बात करने के तुरंत बाद मानव ने Dr. Desai को कॉल किया और उन्हें सारी बातें बताईं। Dr. Desai ने मधु को अगले दिन सुबह हॉस्पिटल में लाने के लिए कहा। Dr. Desai से बात करने के बाद मानव भी जाकर मधु की बग़ल में सो गया। मानव की आँख अचानक खुली तो देखा कि मधु उसे जगा रही थी।

“क्या हुआ मधु? कुछ चाहिए?” मानव ने आँख मलते हुए उठ कर कहा।

“मुझे बाथरूम जाना है ‘मन’ और मुझे डर लग रहा है”, मधु ने बच्चों की तरह कहा।

“अरे इसमें डरने की क्या बात है। चलो मैं चलता हूँ तुम्हारे साथ”, मानव ने कहा और उठ कर मधु को लेकर बाथरूम की ओर चल पड़ा।

“अब तुम यहीं रुको। मैं चली जाऊँगी”, बाथरूम के दरवाज़े पर मधु ने मानव से कहा।

“Are you sure Madhu? मैं भी अंदर चलता हूँ।”

“नहीं-नहीं तुम यहीं रहो। मैं चली जाऊँगी।”

“ठीक है। मैं यहीं खड़ा हूँ। कुछ तकलीफ़ हो तो आवाज़ देना और बाथरूम का दरवाज़ा अंदर से बंद मत करना।”

मधु अंदर चली गयी। बाहर मानव खड़ा ये सोच रहा था कि मधु को अपने ही घर में डर क्यों लग रहा है। उसने घड़ी की ओर देखा। सुबह के चार बज रहे थे। थोड़ी देर में मधु बाहर आ गयी।

“मधु भूख लगी है? कुछ खाना खाओगी?”

“नहीं। अभी नहीं। कितने बज रहे हैं अभी?”

“चार बजे हैं।”

“अभी तो रात ही है।”

“तुमने रात को कुछ नहीं खाया था। कुछ खाओगी?”

“नहीं 'मन' अभी नहीं। पता नहीं मुझे क्या हो गया है। अकेले डर लग रहा है”, मधु ने बिस्तर पर लेटते हुए कहा।

मानव उसकी बग़ल में आकर लेट गया और उसे अपनी बाँहों में भर लिया।

“मैं तो तुम्हारे पास हूँ, फिर कैसा डर?”

“नहीं अब डर नहीं लग रहा है। जब भी अकेले होती हूँ तब लगता है। जैसे अभी मुझे बाथरूम जाना था। मैं उठी तो देखा तुम मेरे बग़ल में ही सो रहे हो मगर मुझे बाथरूम के अंदर जाने से डर लग रहा था।”

“कोई बात नहीं मधु। मैं हूँ ना तुम्हारे साथ। डरने की कोई बात नहीं है”, मानव ने मधु को ज़ोर से अपनी बाँहों में भींच लिया।

निद्रा देवी ने कब उन्हें अपने आग़ोश में ले लिया, उन्हें पता भी नहीं चला।

सुबह मानव की जब नींद खुली तो उसने देखा मधु बिस्तर पर नहीं थी। वह झट उठ कर बाथरूम में गया। बाथरूम का दरवाज़ा खुला था और मधु वहाँ भी नहीं थी। मगर बाथरूम को देखकर ऐसा लग रहा था मानो कोई थोड़ी देर पहले ही नहाया हो वहाँ। वह बेडरूम से बाहर आया तो उसे लगा पूजारूम में कोई है। वो पूजारूम में गया तो देखा कि मधु मातारानी के सामने ताज़े फूल चढ़े हुए थे और दीया जल रहा था। मधु अगरबत्ती जला रही थी।

"मधु, कैसी हो तुम", मानव ने अंदर आते हुए पूछा।

"मैं ठीक हूँ। उठ गए तुम? जाओ नहाकर आ जाओ, मैं पूजा करके चाय बनाती हूँ", मधु ने मुस्कुराते हुए उसकी ओर देखकर कहा। वह ठीक लग रही थी। बिलकुल पहले वाली मधु। मानव को बहुत अच्छा लगा। मधु को ऐसे देखकर उसकी आँखें नम हो गयी। वह बस एकटक मधु को देख रहा था।

"अरे क्या हुआ? जाओ जल्दी नहा कर आओ", मधु ने फिर से कहा।

"अभी आया", मानव इससे ज़्यादा बोल नहीं पाया। वह नहीं चाहता था कि मधु उसे रोते हुए देखे। वह मुड़कर अपनी आँखों को पोछते हुए बेडरूम की ओर चल पड़ा।

मधु और मानव breakfast टेबल पर बैठे चाय पी रहे थे। उनके सामने प्लेट में बिस्कुट, कुछ roasted काजू और नमकीन रखे थे।

"मधु कल शाम जब तुम Walmart गयी थी। मैंने तुमसे बात की थी। तुम दूध लेकर आने वाली थी। फिर क्या हो गया था तुम्हें? तुम कहाँ चली गयी थी", मानव ने पूछा।

"'मन' मुझे अच्छी तरह याद है कि तुमसे बात करने के क़रीब दस मिनट बाद ही मैं दूध लेकर गाड़ी में घर की ओर चल दी थी। आगे कुछ रोड ब्लॉक था, शायद कोई accident हुआ था, इसलिए

पुलिस वाले ट्रैफ़िक को दूसरी ओर जाने को कह रहे थे। मैंने भी कार उस ओर मोड़ ली। मैं drive कर रही थी मगर मुझे रास्ते समझ में नहीं आ रहे थे। मैं समझ नहीं पा रही थी किधर जाऊँ। मैं ड्राइव करती जा रही थी। शायद कुछ धीरे ड्राइव कर रही थी और confuse थी कि कहाँ जाऊँ। फिर कुछ लोगों ने honk देना शुरू कर दिया। फिर मैं और घबरा गयी और पता नहीं कहाँ गाड़ी टर्न करती रही और ड्राइव करती रही। मुझे कुछ समझ नहीं आ रहा था। पता नहीं कितनी देर तक ड्राइव करती रही और कहाँ-कहाँ। फिर मैंने एक जगह गाड़ी खड़ी कर दी। मुझे समझ में नहीं आ रहा था मैं क्या करूँ। मैं बस रोए जा रही थी। फिर बहुत देर के बाद एक-दो पुलिस वैन आयी। और फिर थोड़ी देर में एक ambulance आयी और मुझे हॉस्पिटल ले गए और फिर जब तुम्हें देखा वहाँ तब जाकर मेरी जान-में-जान आयी। पता नहीं मुझे क्या हो गया था।"

"अब कैसा महसूस हो रहा है?"

"अब ठीक हूँ।"

"तुम रात में डर रही थी। अब तो डर नहीं लग रहा है?"

"जब मैं सुबह उठी तो थोड़ा डर तब भी लग रहा था। फिर मैंने देखा तुम सोए हुए हो। फिर मैंने खुद से कहा कि ये मेरा घर है, यहाँ डरने की क्या बात है। फिर मैं बाथरूम में गयी और नहाने लगी। नहाने के बाद अब काफ़ी बेहतर महसूस हो रहा है। अब मैं ठीक हूँ।"

"आज ग्यारह बजे Dr. Desai से appointment है।"

"ठीक है। मेरी गाड़ी कहाँ है? उसमें दूध होगा। अब तक तो ख़राब हो गया होगा।"

"नहीं दूध फ्रिज में है। रात को एक पुलिस वाला तुम्हारी गाड़ी ड्राइव करके ले आया था और उसने दूध निकाल कर भी दिया मुझे", मानव की आवाज़ में पुलिस के लिए सराहना और प्रशंसा थी।

“ठीक है मैं जल्दी से खीर बना लेती हूँ। मैंने देखा तुमने चावल भी भिगो कर रखे हुए हैं। मातारानी को थोड़ी खीर चढ़ा देंगे।”

“आज कृष्णा और कान्हा भी आ रहे हैं।”

“अरे! ये तो बहुत ख़ुशी की बात है। कान्हा को खीर बहुत पसंद है। तुम जल्दी से प्याज़ और टमाटर भी काट दो। मटर-पनीर की सब्ज़ी बना लेते हैं।”

“मधु ये सब करने की ज़रूरत है क्या? तुम आराम करो ना। खाना बाहर से मँगा लेते हैं या मैं कुछ सिम्पल-सा बना देता हूँ”, मानव ने मधु का हाथ अपने हाथ में लेते हुए कहा।

“अरे! अब मैं ठीक हूँ। ये सब करके मैं अपने रोज़ के routine में आना चाहती हूँ। बस तुम मेरे पास रहो। फिर मुझे कोई डर नहीं है।”

“मैं तो हमेशा तुम्हारे पास हूँ मधु।”

“क्यों आज ऑफ़िस नहीं जाना है?”

“नहीं, आज छुट्टी ली हैं मैंने। तुम्हारा Dr. Desai से appointment भी है, बच्चे भी आ रहे हैं और मैं तुम्हारे पास रहना चाहता हूँ।”

“अरे अब मैं ठीक हूँ। इतना परेशान मत हुआ करो तुम।”

“तुम्हारे लिए नहीं तो किसके लिए परेशान होऊँगा, मधु? तुम्हें कुछ होता है तो मुझे बहुत तकलीफ़ होती है।”

“‘मन’ ये शरीर है। कुछ-न-कुछ तो लगा ही रहेगा। और मुझे तो यूँ भी न जाने वो कौन सी बीमारी हो गयी है। लगता है ये सब चलता ही रहेगा अब। तुम बेकार में इतना परेशान मत हुआ करो”, मधु ने समझाते हुए कहा।

"तुम्हारे लिए परेशान होना बेकार नहीं है, मधु। तुम्हें शायद अंदाज़ा भी नहीं है मैं तुमसे कितना प्यार करता हूँ", मानव ने थोड़ा उदास होते हुए कहा।

"जानती हूँ तुम मुझे बहुत प्यार करते हो, इसलिए तो कह रही हूँ, इतना परेशान मत हुआ करो। तुम जानते हो ये शरीर नश्वर है। हम सब को एक दिन जाना ही है। फिर क्यों इतनी फ़िक्र करनी?"

"हाँ, लेकिन जब तक हैं तब तक तो मैं तुम्हारी फ़िक्र करूँगा न। तुम्हें कोई तकलीफ़ नहीं होने दूँगा", मानव की आवाज़ में अभी भी उदासी थी।

"अगर तुम पहले चले गए तो? ऐसा भी तो हो सकता है।"

"मैं तुमसे पहले नहीं जाऊँगा। मैं नहीं चाहता तुम मेरे बग़ैर इस दुनिया में रहो। जब तुम्हारी वो हालत होती है, मैं देखता हूँ तुम्हारी आँखें सिर्फ़ मुझे खोजती हैं। एक बार तुम मुझे देख लेती हो तो तुम शांत हो जाती हो। इसलिए मैं हमेशा तुम्हारे साथ रहना चाहता हूँ। इस दुनिया के पार तो तुम्हारी मातारानी हैं ना तुम्हारा ख़्याल रखने के लिए", मानव का गला भर आया था।

मधु ने उठ कर मानव का सिर अपने सीने से लगा लिया जैसे माँ अपने बच्चे को लगाती है।

"और तुम्हारा ख़्याल कौन रखेगा मेरे बाद?" मधु की आवाज़ में भी नमी थी।

"मुझे अपना ख़्याल रखने की आदत है। मुझे भगवान ने ऐसा ही बनाया है। उन्होंने मुझे तुम्हारा ख़्याल रखने के लिए बनाया है। तुमने पूरी ज़िंदगी मेरी देखभाल करने और इस घर को बनाने में लगा दी। अब मेरी बारी है, मधु। मैं तुम्हें कुछ नहीं होने दूँगा", मानव ने ज़ोर से मधु को सीने से लगा लिया।

“अच्छा बाबा! अब चलें? खाना बना लें? ग्यारह बजे appointment भी है”, मधु ने मानव के सिर पर हाथ फेरते हुए कहा।

Dr. Desai ने मानव की सारी बातें सुनी और फिर मधु के Brain का MRI SCAN करवाया। उन्होंने मानव से कहा कि उन्हें MRI की report देखने के बाद ही कुछ पता चलेगा कि ऐसा क्यों हो रहा है मधु के साथ। मानव और मधु घर आ गए थे और शाम को कृष्णा और कान्हा भी आने वाले थे। चूँकि आज शुक्रवार था तो दोनों अब अगले दो दिन यहीं रह कर सोमवार की सुबह जाने वाले थे। शाम के क़रीब पाँच बजे Dr. Desai का फ़ोन आया।

“Hello Dr. Desai”

“Hello मानव, कैसी है अब मधु?”

“अब ठीक है वो। मानो कल कुछ हुआ ही ना हो।”

“हाँ अब उसके साथ ऐसा होता रहेगा। मैंने पहले भी कहा था उसे Anxiety attacks होते हैं और वो भी trigger तभी होता है जब वह अकेली होती है और घबरा जाती है। ऐसे attacks brain के कुछ cells और damage कर जाते हैं। इस बार भी ऐसा ही हुआ है। उसकी MRI रिपोर्ट मेरे सामने है। There is a bad news. Her Alzheimer’s has progressed to stage 4 now. मैंने पहले भी कहा था हम Alzheimer’s के advancements को रोक नहीं सकते हैं। बस delay कर सकते हैं। For her case it took about 4 years to move from stage 3 to 4. I was hoping it will take 10 years but unfortunately, she moved their soon”.

“हमने कुछ ग़लत किया Dr. Desai?”

"Not at all Manav. Please do not think like that. She went to Walmart where she used to go few times a week. So, there is nothing wrong in it. But this time, due to that divergent of the road she was forced to go to some place which was not known to her, and she got confused and it all happened".

"But if I had not allowed her to go alone anywhere then probably it would not have happened?" मानव ने पूछा। उसकी आवाज़ में दर्द था।

"We cannot be sure Manav. We have not to make her dependent on us for everything. Then her brain's logical part will stop working and that could damage her more. As I said in past we don't know much about this disease. So, we are all learning with different cases. Therefore, don't feel bad that you could have done anything different to avoid it", Dr. Desai ने मानव को समझाते हुए कहा।

"Are we so helpless Dr. Desai? Can't we do anything", मानव की आवाज़ में निराशा, गुस्सा और दर्द सब थे।

"Unfortunately, the answer to your first question is "Yes". We are helpless. And the 2nd question is "No". We cannot do anything different", Dr. Desai was blunt on his answer.

"What is your instruction for me now?"

"देखो मानव! Alzheimer's एक ऐसा दुश्मन है जिसके बारे में हम बहुत कुछ जानते नहीं हैं। हम क़िले के एक तरफ़ ध्यान देते हैं

तो वह दूसरी ओर से आक्रमण कर देता है क्योंकि वह हमें दिखाई नहीं देता है। At this stage, हम मधु को अकेले नहीं छोड़ सकते हैं। हमें ये कोशिश करनी है कि उसे ऐसे trigger points से दूर रखें जैसे अंजान जगह, अंजान लोगों के बीच, अकेले इत्यादि। मैंने एक medicine भी उसके pharmacist के पास भेज दी है। She has to be on this medicine forever now. This medicine will relax her brain."

"OK Dr. Desai. Thank you".

"मानव! बहुत मत सोचो इसके बारे में। ये लड़ाई बहुत लम्बी है। तुम्हें हिम्मत से काम लेना है क्योंकि तुम्हारा role इसमें बहुत बड़ा है।"

"मैं समझ रहा हूँ।"

"Good Luck and I am always with you. Remember, Madhu is fine. There is no life-threatening situation. Her body is quite good and that is very good for us. Just take care of her".

"Thank you".

"At last, remember I am just a phone call away. Bye", Dr. Desai ने यह कह कर फ़ोन काट दिया।

मानव ने एक गहरी साँस ली। उसके दिमाग़ में सोच का तूफ़ान उमड़ रहा था।

"Dr. Desai का फ़ोन था? क्या कहा उन्होंने?" मधु ने अचानक कमरे में दाखिल होते हुए पूछा।

"कोई खास बात नहीं। वही Anxiety attacks हुआ था तुम्हें। उन्होंने एक मेडिसिन लिखी है जो तुम्हें रोज़ खानी है।"

"चलो, मैंने कुछ पकौड़े तले हैं और चाय बनाई है। कृष्णा और कन्हैया भी एक-दो घंटे में आने वाले होंगे। उनके आने के बाद कुछ पूरियाँ तल दूँगी।"

"चलो", मानव ने कहा और मधु के साथ चल दिया।

शाम को कृष्णा और कन्हैया आ गए। मधु को देखकर उन्हें लगा ही नहीं कि एक दिन पहले उसे कुछ हुआ था। कृष्णा ने मानव से Dr. Desai के appointment के बारे में पूछा था। मानव ने उसे यह कह कर टाल दिया था कि कल बात करते हैं।

"How are you mom?" कन्हैया ने मधु के गले लगते ही पूछा।

"मैं अब ठीक हूँ। तू कैसा है कान्हा? वो तेरी बीबी, क्या नाम है उसका, मैं भूल गयी, कैसी है?"

"Joanna is fine mom. She was also willing to come to see you".

"अरे मैं ठीक हूँ। अब तो थोड़ा बहुत लगा ही रहेगा। उम्र भी तो हो रही है।"

"Mom you are still not sixty. You are still young and very beautiful", कन्हैया फिर से मधु से लिपट गया।

"अच्छा-अच्छा ठीक है। वैसे साठ होने में अब बहुत साल नहीं रह गए हैं", मधु ने कन्हैया की पीठ को सहलाते हुए कहा।

कन्हैया मधु से अलग हो गया।

"I heared you prepared kheer for me?"

"अरे हाँ! खीर और मटर-पनीर की सब्ज़ी। बस पूरियाँ तलनी हैं। तुम दोनों जल्दी से हाथ मुँह धो लो।"

"कृष्णा, मेरी रानी गुड़िया कैसी है? उसकी बड़ी याद आती है।"

"अच्छी है mom. बहुत बातें करती है।"

"वो मेरी साक्षात मातारानी है। अगली बार उसे ज़रूर लेकर आना।"

"पक्का mom."

"और दिव्या कैसी है?"

"ठीक है mom. वो भी आना चाहती थी मगर रानी की वजह से रुक गयी। अगली बार दोनों को लेकर आऊँगा।"

"अरे मैं ठीक हूँ। इतना परेशान मत हुआ करो तुम लोग।"

मानव मधु को इस तरह देख कर बहुत खुश था। थोड़ी देर बाद सबने मिलकर खाना खाया। फिर फ़ोन पर Joanna और दिव्या से बात की। रानी सो गयी थी तब तक।

अगले दिन मानव, कृष्णा के साथ सब्ज़ी और कुछ groceries लेने घर से निकल गया। कन्हैया अपनी माँ मधु के साथ घर पर था और खाना बनाने में उसकी मदद कर रहा था।

"Yes dad! Dr. Desai ने क्या कहा? I know you wanted to talk to me but not in front of mom. That is why I left the topic yesterday".

"चलो, किसी Starbucks में कॉफ़ी लेकर थोड़ी देर बातें करते हैं और फिर सामान लेने चलेंगे।"

"ठीक है, Dad."

कृष्णा, दो कॉफ़ी लेकर मानव के पास आया जो कोने के एक टेबल पर बैठा हुआ था। मानव ने कॉफ़ी हाथ में लेने के बाद कृष्णा को उसके और Dr. Desai के बीच हुई सब बातें बता दीं। कृष्णा गम्भीरता से सब कुछ सुन रहा था।

"ये सच में चिंता की बात है dad, अब Mom को देख कर ये लग ही नहीं रहा है कि कल उनके साथ ऐसा कुछ हुआ था। ख़ैर अब जो है सो है। एक काम करते हैं, किसी नर्स को hire कर लेते हैं जो सुबह से शाम तक Mom के साथ रहेगी और शाम को आप रहेंगे ही।"

"नहीं कृष्णा, मैं किसी अंजान के हाथ मधु को नहीं छोड़ना चाहता हूँ।"

"Dad, they are professional and they are trained to handle any situation. Mom will be better cared with any professional nurse".

"बात वो नहीं है कृष्णा। मैं मधु को ऐसा कोई stress नहीं देना चाहता हूँ कि उसे लगे कि वह बीमार है। नर्स के रहने से उसे ऐसा हमेशा लगेगा कि वह बीमार है। Alzheimer's में मधु का हमेशा खुश रहना ज़रूरी है। मैं चाहता हूँ वह हमेशा खुश रहे और जितना मैं मधु को जानता हूँ किसी अंजान नर्स के घर पर होने से वह खुश नहीं रहेगी। वह कुछ बोलेगी नहीं मगर ये चीज़ उसके दिमाग़ और दिल में अलग असर करेगी, जो मैं हरगिज़ नहीं चाहता हूँ।"

"You are right. In that case, मैं दिव्या और रानी को यहाँ shift कर देता हूँ और मैं भी कुछ महीनों में Houston ही शिफ़्ट होने की कोशिश करता हूँ।"

“ये सही नहीं है कृष्णा। तुम्हें दिव्या और रानी के साथ हमेशा होना चाहिए और तुम्हारा वहाँ बसा-बसाया घर है। उसे disturb करना ठीक नहीं है।”

“Dad we are family. In crisis we must be together. I am sure Divya will also agree with it”.

“मैं जानता हूँ दिव्या ख़ुशी-ख़ुशी मान जायगी तुम्हारी बात, मगर मुझे और मधु दोनों को अच्छा नहीं लगेगा। और ये कोई इतनी बड़ी crisis भी नहीं है। मैं सब सम्भाल सकता हूँ।”

“Dad you are unnecessarily overthinking. ऐसा कुछ भी नहीं है। वहाँ DC का घर किराए पर दे देंगे, that will take care of the mortgage part by itself. एक बार मैं यहाँ move हो गया तो सब एक साथ रहेंगे।”

“दिव्या भी वहाँ job करती है, तुम अपनी job में इतना अच्छा कर रहे हो। यहाँ नीचे से शुरू करना पड़ेगा तुम दोनों को, जो सही नहीं है।”

“Dad but you taught me, family first and then everything and I believe in that”.

“You are right. That is why I am keeping the family first. We must do what is right for the family. और तुम जो कह रहे हो उसमें तुम सिर्फ़ मेरे और मधु के बारे में सोच रहे हो।”

“OK then what is the solution in your mind?”

“I am thinking to take early retirement. देखो मैं 61 साल का हो ही चुका हूँ। और ये तुम भी जानते हो कि मेरे साथ रहने से मधु कितनी खुश होगी। उसने इतने साल मुझे, तुम सब को और

इस घर को अकेले सम्भाला है। मैं तो बस काम करता था और पैसे कमाता था। घर तो मधु ने सम्भाला है। अब मेरी बारी है।"

"लेकिन dad, you are going to be the CEO of your unit very soon. That is a dream job for anyone. I don't think taking early retirement at this stage is a good decision".

"मेरे लिए मधु से बढ़कर कुछ भी नहीं है। और मधु की इस हालत में मैं अपने काम पर focus नहीं कर पाऊँगा। I should not take any responsibility if my contribution is less than 100%".

"Dad, I suggest, please give it a good thought. It is a very big decision".

"नहीं कृष्णा, जहाँ से मैं देख रहा हूँ, ये बड़ा आसान-सा फ़ैसला है। इससे मैं भी खुश रहूँगा और मधु भी। मैं आगे बढ़ने से पहले बस तुम्हें बताना चाहता था।"

"ठीक है dad, आप जैसा ठीक समझे। Just remember, I am always with you".

"कान्हा से तुम बात कर लेना बाद में। घर पर इस बारे में बात नहीं करना। मैं मधु को अपने तरीक़े से बता दूँगा।"

"You don't worry dad. I will take care that".

मानव को retire हुए अब दस साल हो गए थे। Retirement लेना उसके लिए आसान नहीं था। ऑफ़िस में सभी ने उसे समझाया था मगर वह अपने फ़ैसले पर अडिग था। वह सारा समय बस अपनी मधु को देना चाहता था और उसकी देखभाल करना चाहता था। पिछले दस सालों में वो US का क़रीब-क़रीब हर शहर मधु के साथ

घूम चुका था। कई बार India भी गया था और सबसे मिलकर आया था। हाँ! इस बीच दो सालों के अंतराल में ही मधु के माता-पिता का स्वर्गवास हो चुका था। पिछले ही साल मधु की माँ का निधन हुआ था। अमन और राखी भी ठीक थे। उन दोनों के एक-एक बेटा था। राखी का बेटा राहुल तो रानी की उम्र का था और दोनों अब High School में थे। इधर कन्हैया और Joanna का भी एक बेटा था जो अब आठ साल का था।

मधु ठीक थी। ऐसा नहीं है कि Alzheimer's वहीं पर रुक गया था। वह धीरे-धीरे मधु के अंदर बढ़ता जा रहा था। मानव के हर घड़ी मधु के साथ रहने से मधु को इसका एहसास कम होता था मगर मानव मधु की कम होती हुई यादाश्त को अच्छी तरह समझ रहा था मगर वह अब Alzheimer's को स्वीकार कर चुका था। एक बार आप किसी भी समस्या को स्वीकार कर लेते हैं तो उससे deal करना आसान हो जाता है। यही मानव के case में भी था। उसकी कोशिश बस ये होती थी कि मधु इसको लेकर परेशान न रहे। मधु को अब किसी का birthday या ख़ुद की भी Anniversary भी याद नहीं रहती थी। यहाँ तक कि वो आजकल TV Serials या फ़िल्म भी नहीं देखना चाहती थी क्योंकि जब कोई भी सीन देख रही होती थी तब तक उसका दिमाग़ पिछले सीन को भूल चुका होता था। इसलिए उसे सीरीयल या फ़िल्म की कहानी समझने में मुश्किल होती थी। इसलिए मानव मधु को लेकर घूमता रहता था। सुबह-शाम दोनों पास के पार्क में घूमने चले जाते थे। Weekend पर गाड़ी लेकर कहीं भी निकल जाते थे। घर पर अलग-अलग क़िस्म के खाने बनाते थे। खाना अब अक्सर मानव ही बनाता था मगर मधु को भी उसमें शामिल रखता था ताकि उसे यह एहसास न हो कि वह कुछ नहीं कर पाती है। मानव हमेशा यही कोशिश करता था कि मधु खुश रहे। Alzheimer's की

वजह से उसके अंदर जो थोड़ी कमी आयी थी मानव अपने प्यार और देखभाल से उसे भर रहा था।

एक दिन जब मानव की आँख खुली तो उसने देखा मधु उसके पास बैठी उसे उठा रही थी। उसके बदन की ख़ुशबू से लग रहा था कि वह नहा चुकी थी। उसके बाल भी गीले थे। मानव की आँख नींद से खुल ही नहीं रही थी। उसने खिड़की की ओर देखा अभी भी अँधेरा लग रहा था। उसने घड़ी की ओर नज़रें दौड़ाई। रात के तीन बज के बीस मिनट हुए थे।

"क्या हुआ मधु?"

"उठो मुँह-हाथ धोकर फ़्रेश हो जाओ। मैं जब तक चाय बनाने जा रही हूँ। फिर पार्क में घूमने चलेंगे।"

"अभी तो रात है मधु। सुबह के तीन बीस हुए हैं", उसने फिर से घड़ी देखी।

"रात है? मैं तो उठ गयी और नहा भी चुकी। मुझे लगा सवेरा हो गया है।"

"ये देखो घड़ी", मानव ने अपनी कलाई पर लगी घड़ी मधु को दिखाई।

मधु गौर से घड़ी को देखने लगी।

"अरे हाँ! अभी तो रात ही है। पता नहीं मुझे क्यों लगा सुबह हो गयी है। इसलिए मैं नहा भी चुकी। अब क्या करें?"

अरे करना क्या है? सोना है। कितनी प्यारी ख़ुशबू आ रही है तुम्हारे बदन से। आ जाओ मेरी बाँहों में", मानव ने कहा और मधु को खींच कर अपनी बाँहों में भर लिया। मधु झट से उसकी बाँहों से लिपट गयी।

"लेकिन 'मन' मुझे सच में लगा कि सुबह हो गयी है। पता नहीं क्या होता जा रहा है मुझे।"

मधु की आवाज़ में थोड़ी निराशा थी।

"अरे तो इसमें क्या हो गया। हो जाता है कभी-कभी। तुमने घड़ी नहीं देखी होगी इसलिए।"

"तुम्हें गुस्सा नहीं आया मैंने तुम्हें कच्ची नींद से जगा दिया?"

"तुम्हें लग रहा है मुझे गुस्सा आया? अरे मुझे तो मज़ा आ रहा है इतनी भीनी-भीनी ख़ुशबू में तुम्हारे साथ सोने में", कहते हुए मानव ने मधु को ज़ोर से अपनी ओर खींच लिया।

मधु चुपचाप उसकी बाँहों में सोने लगी मगर मानव की आँखों से नींद ग़ायब थी। ऐसा पहली बार हुआ था कि मधु को दिन-रात का फ़र्क़ नहीं पता चला था। उसको अपनी मधु की हालत पर दया आ रही थी मगर वह ज़ाहिर नहीं करना चाहता था। उसने मधु को और अपनी ओर खींचा और उसकी पीठ और सिर के पीछे सहलाने लगा। मधु न जाने कब सुकून से सो गयी। मानव काफ़ी देर तक जगा रहा। उसकी आँखें बीच-बीच में नम हो जाती थी। उसने कई बार सोती हुई मधु के माथे को चूमा। निद्रा देवी को ना जाने कब उस पर भी दया आ गयी और उन्होंने उसे भी अपने आग़ोश में ले लिया।

अगली सुबह मानव जब नहा कर किचन में पहुँचा तो मधु चाय का पानी चढ़ा चुकी थी।

"'मन' मैंने पानी रख दिया है गैस पर। तुम पता नहीं चाय में क्या-क्या डालते हो। मुझे तो याद भी नहीं है।"

"अदरक और इलायची कूट कर। तुम्हीं ने तो सिखाया था मुझे।"

"अरे हाँ! अदरक और इलायची। मैं कितना याद करने की कोशिश कर रही थी मगर मुझे याद ही नहीं आ रहा था।"

“अरे कोई बात नहीं। ये सब मुझे तुमने बहुत अच्छी तरह सीखा दिया है। अब तुम्हें याद रखने की ज़रूरत भी नहीं है”, मानव ने कहा और अदरक और इलायची कूटने लगा।

“मधु, तुमने चाय का पानी बहुत ज़्यादा रखा है।”

“ज़्यादा कैसे? कृष्णा और कान्हा भी तो उठने वाले होंगे ना। इसलिए उनके लिए भी रख दिया।”

मानव मधु की ओर देखने लगा। वह उसके पास आया। उसके चेहरे को अपनी हथेलियों में लेते हुए मुस्कुरा कर कहा, “कृष्णा और कान्हा अभी यहाँ नहीं हैं। वे तो अपने बीबी-बच्चों के साथ अपने घर DC और New York में हैं ना। बस हम दोनों ही यहाँ हैं।”

मानव ने कहा तो मुस्कुरा कर मगर उसके मस्तिष्क में चिंता और दिल में दर्द दोनों जज़्बात एक साथ उमड़ रहे थे। वह रोना चाहता था अपनी मधु की हालत पर वह ऐसा नहीं कर सकता था।

“अरे हाँ! मैं कैसे भूल गयी, कृष्णा और कान्हा तो अब बड़े हो गए हैं।”

मानव ने मधु के माथे को प्यार से चूमा और किचन में चाय के पास आ गया।

वे दोनों चाय पी रहे थे तभी मधु ने दुखी होते हुए कहा, “‘मन’ पता नहीं मुझे क्या होता जा रहा है मैं सब बातें भूलती जा रही हूँ अब।”

“अरे इतना मत सोचो मधु। तुम बस मुझे याद रखो। बाक़ी सब मैं सम्भाल लूँगा।”

“इसी बात का तो डर है मुझे, कहीं ऐसा न हो कि मैं एक दिन तुम्हें भी भूल जाऊँ।”

मधु की आवाज़ में दर्द था।

“प्लीज़ मधु, ऐसा मत कहो। तुम मुझे भूल सकती हो क्या?”

मानव की आवाज़ से लग रहा था कि वह रो पड़ेगा।

“ये क्या मेरे वश में है ‘मन’?”

मधु की आँखों से आँसू बहने लगे।

मानव उठकर उसके पास पहुँच कर उसकी आँखों को पोछते हुए बोला, “मैं तुम्हारे इतना क़रीब रहूँगा कि तुम भूल ही नहीं पाओगी मुझे। हर पल तुम्हारी आँखों के सामने।”

“हाँ ‘मन’ तुम हमेशा मेरे क़रीब रहना। मैं तुम्हें नहीं भूलना चाहती। तुम्हें भूलकर मैं जी नहीं पाऊँगी।”

मधु की आँखें फिर से बहने लगीं।

“तुम मुझे भूल जाओगी तो मैं जी पाऊँगा क्या? पगली कहीं की।”

मानव बहुत मुश्किल से कह सका। उसने मधु का चेहरा अपने सीने में दबा लिया। वह नहीं चाहता था कि मधु उसके आँसू देख सके।

“अच्छा चलो, जल्दी से चाय ख़त्म करो, हमें पार्क में टहलने जाना है।”

थोड़ी देर बाद चाय ख़त्म करके दोनों टहलने निकल पड़े। मानव ने इस बीच में Dr. Desai को call करके मधु के इस नए हालात से अवगत कराया। Dr. Desai ने मानव को उनकी office में call करके appointment लेने को कहा जो मानव ने ले लिया था। Appointment अगले हफ़्ते का मिला था।

Dr. Desai ने मधु के brain का फिर से CT SCAN किया और मानव को अगले दिन call करने को कहा।

मानव ने एक बहुत बड़ी घड़ी अपने बेड के ठीक सामने वाले दीवार पर लगा दी थी। उसने मधु को कहा कि अगर रात को उसकी नींद खुले तो वो पहले घड़ी की ओर देखे। अगर घड़ी में पाँच से ज़्यादा बजे हों तभी वो उठे और नहाने जाए वरना फिर से सो जाए। उसने साढ़े पाँच का एक अलार्म भी लगा दिया था ताकि वो भी उस समय उठ जाए।

अगली सुबह जब मधु नहाने गयी थी, मानव ने Dr. Desai को कॉल किया।

"Good Morning, Dr. Desai, I am really sorry if I woke you up".

"GM Manav. No, you are good. I am also an early riser".

"Did you see the Madhu's report?"

"Yes Manav. The news it not good. She has gone to next stage now. I know you are taking good care of her but with time things may get worse from here. As of now it is fine but in future, I suggest putting her into Alzheimer's center because it will be difficult for you to manage at home. Medicare will cover all the expenses".

"नहीं Dr. Desai ये सम्भव नहीं है। मधु को मैं किसी सेंटर में रखने वाला नहीं हूँ। She will stay always with me, and I will take care of her".

"मानव, मैं तुम्हारे जज़्बात समझ रहा हूँ। अभी तक manageable है लेकिन आगे का सफ़र बहुत कठिन है। Taking care of an Alzheimer's patient is not easy".

"First of all, she is not a patient for me. She is my life partner. I will never let her be a patient".

"I understand you Manav. I am not telling to put her in Alzheimer's center today, but I am requesting you with all my experience not to rule out this possibility in future".

"I know Dr. Desai; you are on my side, but I will not leave my Madhu alone anytime".

"मानव, एक दिन वो तुम्हें भी भूल जायगी। तुमसे डरने लगेगी। It will be tough for you to see her in that situation".

"वो दिन कभी नहीं आएगा कि मधु मुझे भूल जायगी। इसलिए तो मैं हर पल उसके साथ रहना चाहता हूँ। जब वो मुझे हर समय देखती रहेगी तो कैसे भूलेगी मुझे।"

"ठीक है मानव। बस एक request करूँगा, जज़्बात से बाहर निकल कर कभी इसके बारे में सोचना। Life is beautiful but sometimes it is very cruel. In my entire life I have never come across any person like you. So, my heart goes for you. May God give you enough strength to face it. बस इतना याद रखना मैं तुम्हारे साथ हूँ।"

"Thank you, Dr. Desai".

"One More thing, next month I am getting retired from my regular job. I will suggest you a good replacement of mine, but I will also be available for you anytime.

"Oh! I didn't know you are retiring".

"I am already late for my retirement, but I will keep working for Alzheimer's till I die. Hopefully we will get some treatement for it one day".

"Thank you, Dr Desai. We need doctors like you. Good luck for your retirement life.

"Thank you Manav and take care".

Dr. Desai का फ़ोन रखने के बाद मानव थोड़ी देर तक यूँ ही बैठा उनकी कही बातों के बारे में सोचता रहा। अचानक मधु की आवाज ने उसे चौंका दिया।

"क्या सोच रहे हो? जल्दी नहा लो। फिर चाय पीएँगे।"

मानव ने देखा मधु ने अपनी ड्रेस उल्टी पहनी हुई थी। वो उठ कर मधु के पास आया। उसके कंधे पर हाथ रख कर बड़े प्यार से बोला, "तुमने ड्रेस उल्टी पहनी है मधु।"

मधु ने अपनी ड्रेस की ओर देखा और झुँझला कर बोली, "ये क्या होता जा रहा है मुझे। मैंने आज तक कभी ड्रेस उल्टी नहीं पहनी।"

"अरे मधु! इसमें इतना परेशान होने की क्या बात है। मैंने न जाने कितनी बार अपनी बनियान उल्टी पहनी है। एक-दो बार तो underwear भी", मानव ने मुस्कुराते हुए कहा।

"लेकिन मैंने देख कर पहनी थी। फिर ऐसे कैसे हो गया।"

मधु की आवाज़ में झुँझलाहट अभी भी थी।

"अच्छा बाबा! परेशान मत हो। तुम सीधा करके पहन लो तब तक मैं जल्दी से नहा कर आता हूँ। ठीक है?"

मानव ने कहा और उठ कर बाथरूम में चला गया।

मानव नहा कर आया तो देखा कि मधु breakfast table पर बैठी थी। उसने ड्रेस अभी भी उल्टी पहनी हुई थी।

"मधु, पहले मातारानी की पूजा कर लें।"

"हाँ, चलो।"

आजकल मधु मातारानी की पूजा करना भी अक्सर भूल जाती थी। मानव ही नहाने के बाद उसके साथ मिलकर पूजा करता था।

"मेरे साथ पहले bedroom में चलो।"

"क्यों?"

"आओ तो सही।"

मानव मधु की ऊँगली पकड़े एक बच्चे की तरह बेडरूम में ले आया।

"चलो तुम्हारी ये ड्रेस सीधी कर दूँ।"

"क्यों, मैंने उल्टी पहनी है क्या?", मधु ने भोलेपन से कहा।

मानव ने मधु की ड्रेस खोली और उसे फिर से पहना दी। मधु चुपचाप बच्चों की तरह सब कुछ कर रही थी। अगर वह ठीक होती तो मानव के सामने ड्रेस खोलने से शर्माती मगर आज उसे कोई फ़र्क़ नहीं पड़ रहा था। मानव का दिल यह देखकर रो रहा था। मगर उसने खुद को सम्भाल रखा था। उसके बाद मातारानी की पूजा करते वक्त भी वह ख़ामोश था। वह फूट-फूटकर रोना चाहता था मगर वह ऐसा नहीं कर सकता था। मधु तो बच्चों की तरह सबकुछ कर रही थी जैसा वह कह रहा था। लोग कहते हैं कि मर्द रोते नहीं हैं लेकिन यह सही नहीं है। कभी-कभी दर्द इतना शदीद होता है कि रोना किसी के लिए भी ज़रूरी हो जाता है। Alzheimer's बहुत क्रूर है क्योंकि यह एक व्यक्ति की मानवता चुरा लेता है और दूसरे को अपरिहार्य चक्रवात में खींच लेता है।

वक्त कहाँ टिक कर बैठता है और न ही यह लौटकर आता है। मानव और मधु के लिए भी ये गुजरता जा रहा था। दस साल और बीत गए थे। मधु अब अस्सी साल की हो चुकी थी। हर गुजरते वक्त के साथ मधु की यादाश्त कमजोर होती जा रही थी। अब वो बिलकुल बच्ची जैसी हो गयी थी। उसको नहलाना, उसके बाल संवारना सब कुछ मानव ही करता था। खाना भी अब वह कम ही खाती थी। उसे हर चीज़ में सहायता की ज़रूरत होती थी। बिस्तर पर उसे समझ में नहीं आता था कि सिरहाना किधर है। बहुत बार ऐसा होता था कि वह रात को बाथरूम से आकर रज़ाई के ऊपर ही सो जाती थी और ठंडी में ठिठुरती रहती थी जब तक कि मानव की आँख न खुले। मानव ने उसे कहा था कि जब भी रात में उसे बाथरूम जाना हो तो वह उसे उठा दे। मगर वह कभी-कभी भूल जाती थी। वह अमन और राखी को भी मानो भूल चुकी थी। कभी भी अपनी ओर से उनसे बात करने के लिए नहीं कहती थी मगर जब वे लोग कॉल करते थे और उससे बात करते थे तब उसे सब याद आ जाता था। यही हालत कृष्णा और कन्हैया के लिए भी थी। वे जब बात करते तब मधु बात करती अन्यथा उसे याद ही नहीं रहता था कि उसके बच्चे भी हैं। रानी की इसी साल शादी हुई थी। रानी मानव और मधु दोनों के बहुत क़रीब थी और उसने ज़िद कर ली थी कि जब तक दादू और दादी नहीं आएँगे वो शादी नहीं करेगी। इसीलिए मानव, मधु को लेकर शादी में गया था। ऐसा नहीं था कि मानव जाना नहीं चाहता था मगर अब मधु को flight में जाने से डर लगता था। मधु को दिन-रात, समय, तारीख़, महीने, साल किसी की खबर नहीं थी। जैसे अगर सुबह पार्क में टहलते समय मानव उससे पूछता कि अभी सुबह है या शाम तो मधु sure नहीं होती थी। कभी सुबह कह देती तो कभी शाम। किचन में भी मानव खाना बनाते समय उसे बीच में एक कुर्सी पर बिठा देता और उससे बातें करते-करते खाना बनाता। बस उसे छोटी-छोटी मदद के लिए कहता जैसे एक गिलास में पानी दे दो। इसमें भी मधु कभी-कभी गिलास को लेकर confuse हो जाती

थी कि गिलास क्या है। मानव मधु का पूरा ख़्याल रखता। उसे कभी एहसास नहीं होने देता कि उसमें कोई कमी है। अब मधु long drive या flight में नहीं जाना चाहती थी। इसलिए क़रीब एक साल से वे दोनों कहीं घूमने नहीं गए थे। पार्क में रोज़ टहलने अवश्य जाते थे। Groceries और shopping के लिए मानव मधु को हमेशा अपने साथ ले जाता। कभी-कभी वे लोग बाहर खाने के लिए भी जाते। मधु आज भी मानव की बाँहों में ही सोती थी मगर एक बच्चे की तरह। कृष्णा और कन्हैया साल में एक-दो बार पूरे परिवार के साथ इनके पास आ जाते थे। मधु अब उनके साथ पहले जैसी नहीं थी। कृष्णा और दिव्या बहुत चाहते थे कि मानव और मधु उनके पास आ कर रहें ताकि वे उनकी देखभाल कर सकें लेकिन मानव मना कर देता था। वो मधु के साथ खुश था। उसे मधु की देख-भाल करने और उसके साथ ज़िंदगी बिताने में बहुत अच्छा लग रहा था। मानव खुद को हमेशा fit रखने की कोशिश करता था। रोज़ व्यायाम करना, कम और अच्छा खाना उसका रूटीन था। मानव और मधु की ज़िंदगी यूँ तो पूरी तरह बदल चुकी थी मगर दोनों एक-दूसरे के साथ बहुत खुश थे।

एक शाम मानव मधु को लेकर groceries लेने आया। वह स्टोर में भी मधु से सब कुछ लेने से पहले पूछता कि ये ठीक है ले लें या नहीं। वह नहीं चाहता था कि मधु ये महसूस करे कि वह बोझ है और कुछ contribute नहीं कर रही है। मधु को भी मानव का ऐसा पूछना अच्छा लगता था।

Groceries लेकर मानव जब अपनी कार में वापस आया तो उसने अचानक मधु को कहा, “तुम्हें याद है मधु, यहाँ आगे एक बहुत अच्छी ice cream की दुकान है। हम पहले जब भी आते थे तो वहाँ अक्सर ice cream खाते थे।”

मधु ने थोड़ी देर सोचा, "अरे हाँ याद है ना। मैं हमेशा cone में खाती थी और तुम cup में। मैं Vanilla और caramel flavor लेती थी और तुम हमेशा अपनी mango flavor. देखो मुझे सब याद है।"

मधु ने चहकते हुए कहा था।

"वाह क्या बात है। तुम्हें तो सब याद है। मुझे तो इतना याद ही नहीं था। मुझे तो बस इतना याद था कि हम वहाँ ice cream खाते थे। आज ice cream खाने चलें?"

"हाँ", मधु ने चहकते हुए कहा था।

मानव को बहुत अच्छा लगा कि मधु को ये बातें याद थीं। वो वहाँ जाकर खाने के लिए मान भी गयी थी। आजकल अक्सर बाहर आने पर मधु घर जाने की ज़िद करती रहती थी। उसे बाहर रहने में शायद अच्छा नहीं लगता था। मानव गाड़ी पार्क करके मधु को लेकर ice cream की दुकान पर आया। दुकान में एक लम्बी लाइन लगी हुई थी। ये ice cream के लिए इस इलाक़े की बहुत मशहूर दुकान थी। यहाँ हमेशा भीड़ रहती थी। दुकान अंदर से छोटी-सी थी और बाहर कुछ टेबल, कुर्सियाँ और कुछ बेंच भी लगे हुए थे। अक्सर लोग दुकान से ice cream लेकर बाहर बैठकर खाते थे। ये कुर्सियाँ और बेंच भी अक्सर भरे रहते थे। इंतज़ार करना पड़ता था बैठने के लिए अन्यथा बहुत सारे लोग खड़े-खड़े ही खाते थे। मानव ने इधर-उधर देख एक बेंच पर मधु को बिठा दिया।

"मधु तुम यहीं बैठो। मैं ice cream लेकर आता हूँ। देखो मैं वो सामने लाइन में हूँ। ठीक है?"

"हाँ", मधु ने हामी में सर हिला दिया।

मानव जाकर लाइन में खड़ा हो गया। लाइन दुकान के बाहर तक थी। मानव की नज़र मधु पर ही थी। बीच-बीच में उसे देख कर मुस्कुरा देता जिसके जवाब में मधु भी मुस्कुरा देती। मधु की

मुस्कुराहट अब भी बहुत दिलकश थी। उसके गालों पर झुर्रियाँ ज़रूर आ गयी थी लेकिन उसके गालों के डिम्पल अब भी उसके चेहरे पर बहुत अच्छे लगते थे। मानव उसे देखते हुए अपने अतीत में चला गया। उसकी आँखें नम हो गयी। उसने मधु की ओर देखा। वह एकटक उसे ही देख रही थी। उसने आँखों से ही मानव की ओर इशारा करके पूछा कि वह क्या सोच रहा है। मधु का यूँ पूछना उसे बहुत अच्छा लग रहा था। वह भी कब से तरस रहा था कि कोई उससे भी पूछे कि वो कैसा है। ज़िम्मेवारियों के बोझ उठाते-उठाते उसका मन बहुत थका हुआ था इसलिए मधु का यूँ प्यार से उसे देखना उसके दिल को बहुत सुकून दे रहा था। लाइन आगे बढ़ते-बढ़ते अब दुकान के अंदर तक आ गयी थी। अब भी वह पीछे मुड़-मुड़ कर मधु की ओर ही देख रहा था। मधु चुपचाप बैठी हुई थी। अब उसे मानव दिखाई नहीं दे रहा था। वह इधर-उधर देख रही थी। अचानक मानव ने देखा मधु उठ कर खड़ी हो गयी। वह इशारा करके उसे बैठने के लिए कह रहा था मगर वह उसे देख नहीं पा रही थी और इधर-उधर व्याकुलता से देख रही थी। मानो वह मानव को ढूँढ रही हो। मानव उसे देख पा रहा था मगर वह मानव को नहीं देख पा रही थी। अचानक मधु एक ओर चल पड़ी। मानव झट से भागा और उसने मधु को पकड़ लिया।

"क्या हुआ मधु? मैं यहाँ हूँ। कहाँ जा रही हो तुम?"

"तुम मुझे नज़र नहीं आ रहे थे। मैं घबरा गयी थी।"

उसके चेहरे पर घबराहट से पसीने की बूँदें साफ़ नज़र आ रही थी।

"मधु मैं तो सामने उस ice cream की दुकान से हम-दोनों के लिए ice cream लेने गया हूँ ना। तुम यहाँ चुपचाप बैठो। मैं यहीं पर हूँ।"

मानव ने मधु को फिर से बेंच पर बिठा दिया।

"तुम यहीं बैठो मधु। मैं वो सामने दुकान से ice cream ला रहा हूँ। तुम बस बैठी रहना। कहीं मत जाना। ठीक है?"

"ठीक है।"

मधु ने हाँ में फिर से सिर हिला दिया। वह अब थोड़ी ठीक लग रही थी। मानव ने देखा लाइन फिर दुकान के बाहर तक लगी हुई थी। वह फिर जाकर लाइन के आख़िर में खड़ा हो गया।

फ़िर वही हुआ। जैसे ही मानव दुकान के अंदर दाखिल हुआ और मधु की नज़र से ओझल हुआ वह बेचैन होकर उठ खड़ी हुई। मानव फिर से लाइन छोड़कर मधु के पास आ गया।

"क्या हो गया मधु? मैं यहीं हूँ। मैं कहीं नहीं जा रहा हूँ। मैं बस तुम्हारे लिए ice cream लेने गया था।"

"नहीं मुझे ice cream नहीं खानी है। चलो घर चलो", मधु ने कहा। उसकी आँखों से आँसू निकल रहे थे।

मानव को बुरा लग रहा था कि मधु ने इतने दिनों बाद ice cream खाने के लिए कहा था और वह उसे नहीं दे पा रहा था।

"ठीक है मधु, चलो।"

मानव मधु को उठाने लगा।

"Excuse me uncle जी, जब आप पहली बार लाइन में थे तो मैं ठीक आपके पीछे था। मैंने नोटिस किया कि आप हर पल aunty जी को देख रहे थे। फिर आप यहाँ आ गए। मैं ice cream लेकर खाने बैठा तो देखा आप फिर यहाँ aunty जी के पास आ गए और अब जा रहे हैं। क्या बात है? May I help by any means?" एक नौजवान ने मानव से पूछा।

"Nothing serious. My wife has been suffering from Alzheimer's for last more than 25 years now. आज मैं इसे

यहाँ ice Cream खिलाने लेकर आया था। ये लाइन लंबी है। ये मुझे न देखकर घबरा जाती है। इसीलिए अब मैं इसे घर लेकर जा रहा हूँ।"

"अरे आप aunty जी के साथ यहाँ बैठिए। मैं ice cream लेकर आता हूँ। कौन सा फ़्लेवर चाहिए आपको?"

"अरे नहीं बेटे, thank you, तुम क्यों परेशान होते हो।"

"आप बेटा भी कह रहे हैं और formality भी कर रहे हैं। आप लोग प्लीज़ बैठिए। मैं अभी ice cream लेकर आता हूँ। आप बस flavor बता दीजिए", उस नौजवान ने बड़े ही प्यार और अदब से कहा।

मानव अब इनकार न कर सका।

"मधु, चलो हम दोनों बैठते हैं यहाँ। ये हमारे लिए ice cream ले आएँगे।"

मधु बेंच पर बैठ गयी और मानव भी।

"एक Vanilla और caramel flavor, और एक mango flavor"

"Vanilla और caramel flavor cone में", मधु ने झट से कहा।

"ठीक है aunty ji", उसने मुस्कुराते हुए कहा।

मानव भी मधु की बात सुनकर बिना मुस्कुराए नहीं रह सका। दोनों वहीं बेंच पर बैठकर ice cream का इंतज़ार करने लगे।

"ये लीजिए aunty ji, आपका Vanilla और caramel cone, और ये रहा आपका mango flavor uncle जी।"

थोड़ी ही देर में वो नौजवान ice cream ले आया था।

"भगवान तुम्हें हमेशा खुश रखे बेटे। कितने पैसे हुए?"

“अरे कुछ नहीं uncle, बस छोटी-सी बात है। पैसे की ज़रूरत नहीं है।”

“नहीं बेटे! ऐसा मत करो। तुमने जो मदद की है वह तो मैं चाह कर भी नहीं लौटा सकता मगर पैसे देकर तुम्हें आशीर्वाद ज़रूर दे सकता हूँ। चलो मैं तुमसे ice cream के पैसे नहीं पूछता हूँ। लेकिन इसे तो तुम्हें मेरा आशीर्वाद समझ कर रखना पड़ेगा। मानव ने $20 उसके हाथों में थमाते हुए कहा।”

“ये तो बहुत ज़्यादा हैं अंकल जी।”

“आशीर्वाद कभी ज़्यादा नहीं होता बेटे।”

“और कुछ कर सकता हूँ आप लोगों के लिए अंकल जी?”

“नहीं बेटे। अब सब ठीक है। यहाँ से मैं सम्भाल लूँगा। तुम्हें नहीं पता तुमने कितनी मदद की है आज मेरी। मधु को ice cream खिलाने में। वरना मैं तो यूँ ही जा रहा था।”

“ये तो मेरा फ़र्ज़ था अंकल जी।”

“क्या नाम है तुम्हारा और कहाँ के रहने वाले हो?”

“मेरा नाम आसिफ़ है और मैं पाकिस्तान से हूँ।”

“जब अगली बार अपने अब्बू-अम्मी से बात करो तो उन्हें मेरा सलाम कहना और उन्होंने जो तुम्हें इतनी अच्छी परवरिश दी है इसके लिए मैं उन्हें दिल से salute करता हूँ। हम लोग India से हैं।”

“शुक्रिया अंकल जी, वो तो मैं समझ गया था कि आप India से हैं।”

“Thank you बेटे।”

“ठीक है अंकल जी, मैं चलता हूँ। फिर किसी मोड़ पर आपसे मुलाक़ात होगी तो मुझे बहुत अच्छा लगेगा।”

"मुझे भी।"

आसिफ़ हाथ हिलाता हुआ चला गया। मानव दूर तक उसे जाता हुआ देखता रहा।

"Ice Cream अच्छी है मधु?"

"हाँ बहुत अच्छी है।"

मधु ने मुस्कुरा कर कहा। वह ice cream खाने में मग्न थी।

Ice cream खाने के बाद दोनों घर वापस आ गए।

मानव को जब भी ये महसूस होने लगता कि वह मधु की देखभाल करना अच्छी तरह सीख गया है तभी कुछ दिनों में उसकी हालत थोड़ी ख़राब हो जाती। ऐसा लगता था जैसे Alzheimer's मानव की सोच से कई कदम आगे चल रहा था। अब मधु की बात करने की क्षमता भी थोड़ी कम हो गयी थी। वह अब बहुत कम बोलती थी। बाहर जाना भी अब उसे अच्छा नहीं लगता था। कभी-कभी मानव का मन करता कि वह अपनी मधु से ढेरों बातें करे मगर वह नहीं कर सकता था। उसे ऐसा लगता था कि मानो मधु भी उससे बहुत बातें करना चाहती थी मगर कर नहीं पा रही थी। मधु की इस पीड़ा के बारे में सोचकर उसका दिल रो पड़ता था। यूँ तो मानव हमेशा मधु के पास ही रहता था मगर अब उसने ये महसूस किया कि वह जब भी बाथरूम या नहाने या कहीं भी ऐसी जगह जाता जहाँ वह मधु की आँखों से दूर होता तो मधु बेचैन हो जाती थी। वह जब भी मधु के सामने होता, उसके चेहरे पर चमक रहती थी। मानव को ये हमेशा लगता था कि Alzheimer's ज़िंदगी में एक ऐसा नुक़सान पैदा करता है जो निरंतर रहता है; इस प्रकार, आपका दर्द भी निरंतर होता है। आपका दुःख वर्षों या यहाँ तक कि दशकों तक समाप्त नहीं हो सकता है। जब कोई व्यक्ति शारीरिक रूप से मौजूद होता है, परंतु

मानसिक रूप से अनुपस्थित होता है, तो तनाव स्वाभाविक रूप से बढ़ता है। किसी भी अवसर को celebrate करना मधु के लिए यूँ तो बेकार ही था क्योंकि उसको अब साधारण चीजें भी समझ नहीं आती थीं। मगर मानव कभी भी ऐसे अवसरों पर जैसे मधु के जन्मदिन या अपनी anniversary पर कुछ अलग करना नहीं भूलता था। इसी तरह आज उसकी 56th marriage anniversary थी। उसने मधु के बाल बनाते हुए कहा

"मधु तुम्हें याद है आज हमारी 56th marriage anniversary है। आज के ही दिन 56 साल पहले हमने शादी की थी।"

"अच्छा। मुझे सच में कुछ याद नहीं है।"

"क्या खाने को मन कर रहा है तुम्हारा?"

मानव ने मधु के बाल संवार दिए थे। उसने मधु को उठा कर खड़ा किया और उसके माथे को चूमा।"

"Happy Anniversary, Madhu", मानव ने बड़े प्यार से मधु की आँखों में झाँकते हुए कहा। मधु की आँखें उसे आज बहुत उदास लग रही थीं।

"क्या हुआ मधु?" उसने प्यार से पूछा।

मधु की दोनों आँखों से आँसू टपक कर उसके गालों पर लुढ़क गए।

"क्या हुआ मधु?"

मानव ने मधु को बिस्तर पर बिठा दिया।

मधु मानव से लिपट कर ज़ोर-ज़ोर से रोने लगी।

मानव बच्चों की तरह उसकी पीठ सहलाने लगा।

"अच्छा बताओ क्या हुआ? मेरी कोई बात बुरी लगी?"

मधु यह सुनकर और ज़ोर से रोने लगी।

मानव उसको गले से लगाए यूँ ही थोड़ी देर बैठा रहा।

मधु थोड़ा शांत हुई तो मानव ने धीरे-से उसे अपने सीने से अलग किया। फिर उसका चेहरा अपनी हथेलियों में लेते हुए उसकी गीली आँखों में देखते हुए पूछा, "अब बताओ क्या हुआ? क्यों रो रही हो?"

"अब बहुत हो गया 'मन', अब जाने दो मुझे।"

मधु ने गिड़गिड़ा कर कहा और फिर रोने लगी।

उसकी यह बात सुनकर मानव दर्द से कराह उठा।

"कहाँ जाना है तुम्हें मधु?"

"अब जीने की इच्छा नहीं है 'मन'।"

मधु यह कहकर ज़ोर से रो पड़ी।

मधु की यह बात मानव को अंदर तक चीर गयी। उसे बहुत पीड़ा हो रही थी।

"कुछ गलती हुई मुझसे मधु? मैं तुम्हारा ख़्याल ठीक से नहीं रख रहा शायद", उसने बहुत मुश्किल से कहा।

"प्लीज़ ऐसा मत कहो 'मन'। तुम्हारे जैसा जीवन-साथी तो हो ही नहीं सकता। ये मेरी ख़ुशक़िस्मती है कि तुम मेरे हो। नहीं तो सोचो मेरी क्या हालत होती आज। शायद कब की मर चुकी होती। ये ज़िंदगी अब बोझ लगने लगी है।"

"तुम्हें ज़िंदगी बोझ लग रही है? तुम तो मेरे जीने का मक़सद हो मधु। मैं तो तुम्हारे लिए ही जी रहा हूँ। जब से retire हुआ हूँ सिर्फ़ तुम्हें देखकर मेरे दिन और रात गुजरते हैं। मैंने और कुछ सोचा ही नहीं अपने लिए। तुम नहीं रहोगी तो मैं क्या करूँगा?"

मानव की आवाज़ में दर्द था। वह अंदर से रो रहा था। वह तो मधु के साथ बहुत खुश था और उसे लगता था कि वह भी उसके साथ खुश है मगर आज मधु की बातों से लग रहा था कि वह अंदर से बहुत दुखी है और यही बात मानव को ठेस पहुँचा रही थी।

“मैंने सब कुछ देखा है ‘मन’। तुम मेरा कितना ख़याल रखते हो। हर आदमी को जाना है। मेरा वक़्त आ गया है। तुम तो अभी भी कितने अच्छे हो। मैं चलती हूँ। वहाँ तुम्हारा इंतज़ार करूँगी। तुम्हारा वक़्त जब आएगा तब तुम आ जाना।”

“मधु, मैं तो उम्र में तुमसे बड़ा हूँ। मैं ठीक इसलिए हूँ क्योंकि मेरे पास ठीक नहीं रहने का option नहीं है। हम दोनों ही ठीक नहीं रहेंगे तो हमारा ध्यान कौन रखेगा? मैं इसलिए खुद को ठीक रखता हूँ क्योंकि मुझे तुम्हारा ख़्याल रखना है। वरना मेरे पास जीने की क्या वजह है।”

“देखो, मातारानी ने मुझे ये बीमारी किसी वजह से दी है ना। वे मुझे जल्दी अपने पास बुलाना चाहती हैं। मुझे अब जाने दो ‘मन’।”

“मुझे छोड़कर जाना चाहती हो तुम? यही प्यार करती हो मुझसे?”

मानव यह कहकर रो पड़ा।

“प्लीज़, ‘मन’ तुम मत रोओ। तुमको रुलाऊँगी तो मातारानी मुझे कभी माफ़ नहीं करेंगी।”

“फिर तुम ऐसी बातें क्यों कर रही हो?”

“अब दिल नहीं लग रहा है।”

“लेकिन क्यों? मुझे बताओ। मैं वह सब कुछ करूँगा जिससे तुम्हारा दिल लगे।”

"मुझे पता होता तो तुम्हें बता नहीं देती? मुझे कुछ समझ में नहीं आ रहा है मेरे अंदर क्या हो रहा है।"

"तुम समझने की कोशिश ही मत करो मधु। बस वो करो जो मैं कह रहा हूँ। हम दोनों खुश हैं एक-दूसरे के साथ। इसी तरह बाक़ी बची हुई ज़िंदगी गुजर जाएगी।"

"तुम खुश हो?" इस बार मधु ने मानव की आँखों में झाँककर पूछा।

"मैं बहुत खुश हूँ। तुम्हें कहाँ से दुखी दिखता हूँ?"

"मैं अगर बिलकुल ठीक होती तो?"

"तो मैं और खुश होता", मानव ने तपाक से कहा।

"मैं हमेशा तुम्हें बहुत खुश देखना चाहती हूँ 'मन' क्योंकि तुम जैसा नेक इंसान बहुत ख़ुशी deserve करता है। तुम आज खुश हो मगर तुम इससे भी ज़्यादा खुश हो सकते थे। पिछले ना जाने कितने सालों से मुझे तो लग रहा है जन्मों से तुम मेरी सेवा कर रहे हो। तुम्हें भी तो ख़ुशी से जीने का हक़ है।"

"मैं दुखी नहीं हूँ। मैं बहुत खुश हूँ। ख़ुशी को कम या ज़्यादा के पैमाने में मापना सही नहीं है। तुम नहीं रहोगी तो मैं बिलकुल भी खुश नहीं रहूँगा, इतना जानता हूँ मैं। इसलिए कह रहा हूँ तुम इस तरह की बातें करके मुझे दुखी मत करो। कितनी अच्छी तो ज़िंदगी चल रही है मधु। बस ऐसी बातें मत किया करो।"

मानव ने विनती के अंदाज में कहा।

मधु मानव को देखने लगी और चुप हो गयी। जैसे थक गयी हो। उसका मन मानो कह रहा था, "मेरी बात समझो 'मन'। मुझे अब जाने दो।" वह पलंग पर आँखें बंद करके लेट गयी।

"खीर बनाएँ मधु?"

"हूँ", मधु ने आँख बंद किए हुए ही धीरे-से कहा।

"नींद आ रही है? थोड़ी देर सो जाओ। जब तक मैं चावल भीगो कर आता हूँ।"

"नहीं मैं भी चलती हूँ", मधु ने कहा और आँखें खोल कर बिस्तर से उठ गयी।

"थोड़ा आराम कर लो मधु। खीर थोड़ी देर में बना लेंगे।"

"नहीं चलो", मधु ने कहा और चल पड़ी।

मानव भी साथ-साथ चल पड़ा।

दिन का खाना खाकर मधु अपने बिस्तर पर लेटी ही थी कि दरवाज़े की घंटी बजी।

"मधु मैं देख कर आता हूँ दरवाज़े पर कौन है?"

मधु बिस्तर पर लेट गयी और मानव दरवाज़े की ओर चल पड़ा।

थोड़ी देर बाद मानव गुलाब के फूलों का एक बड़ा-सा गुलदस्ता लेकर आया।

"Happy Anniversary, मधु", मानव ने गुलदस्ता मधु को देते हुए कहा।

मधु के चेहरे पर मुस्कान आ गयी। उसे गुलाब बहुत पसंद थे।

"बहुत अच्छा है।"

"मैं इसे एक flower vase में पानी में डाल कर लाता हूँ।"

मानव ने कहा और गुलदस्ता लेकर चला गया। थोड़ी देर बाद एक बड़े-से काँच के Flower vase में पानी में डाल कर उन फूलों

को ले आया और मधु के बिस्तर के ठीक सामने रखे dresser पर रख दिया।

मधु एकटक फूलों के उस गुलदस्ते को देख रही थी। थोड़ी देर बाद उसकी आँख लग गयी।

क़रीब दो घंटे बाद उसकी आँख खुली। मानव उसे बाथरूम में ले गया और उसका मुँह धुला कर, तौलिए से पोंछ कर थोड़ा cream लगाने के बाद कंघी करके वापस ले आया। उसे बिस्तर पर बिठा कर उसे चाय का कप थमा दिया और खुद भी उसके पास बैठ कर चाय पीने लगा।

मधु फिर एकटक गुलाब के गुलदस्ते की ओर देखे जा रही थी।

“चाय कैसी है मधु?”

“अच्छी है।”

मधु की नज़र अब भी गुलदस्ते पर ही थी।

“गुलदस्ता अच्छा लगा तुम्हें?”

“बहुत अच्छा है। फूल कितने खिले हुए हैं ना?”

मधु ने मानव की ओर देखा। उसकी निगाह में अभी भी कुछ उदासी थी।

“हाँ, बहुत खिले हुए हैं।”

“लेकिन एक दिन ये सब भी मुरझा जाएँगे ना?”

मधु की आवाज़ में दर्द था।

“हाँ मधु, सब फूल खिलते हैं और फिर एक दिन मुरझा जाते हैं।”

"मुझे ऐसा लग रहा है जिस दिन इस गुलदस्ते का हर फूल मुरझा जाएगा वह दिन मेरी ज़िंदगी का आख़िरी दिन होगा।"

मधु ने ऐसे कहा मानो अब रो पड़ेगी।

"मधु, फिर तुम ऐसा सोच रही हो?"

मानव ने उसके हाथ से चाय का कप लेकर side table पर रखा और उसका हाथ अपने हाथों में ले लिया।

"नहीं मैं सच कह रही हूँ 'मन'। मुझे अंदर से ऐसा एहसास हो रहा है कि मैं भी गुलदस्ते के इन फूलों की तरह मुरझाती जा रही हूँ और जिस दिन इसका हर फूल मुरझा जाएगा मैं भी तुमसे जुदा हो जाऊँगी।"

मधु की आँखें फिर से बरसने लगी थी।

मानव का दिल अपनी मधु की इस हालत पर रो रहा था। मगर उसने अपने आपको सम्भाला।

उसने दोनों हाथों से मधु के आँसू पोछे। उसे अपने सीने से लगा लिया और कहा, "अगर ऐसा है तो मैं इस गुलदस्ते का हर फूल मुरझाने ही नहीं दूँगा।"

"तुम ऐसा नहीं कर पाओगे 'मन'। तुमने ही तो अभी थोड़ी देर पहले कहा था कि हर खिला हुआ फूल मुरझा जाता है एक दिन।"

"मैं इसे मुरझाने से थोड़ी रोकूँगा। मेरे अंदर इतनी शक्ति कहाँ। तुम्हारी मातारानी रोकेंगी। देखो मैं तो बिलकुल सही-सलामत स्वस्थ हूँ। मेरे ऊपर जाने का वक़्त अभी आया नहीं है। मातारानी ने तुम्हें मेरे लिए बनाया है। तुम चली जाओगी तो मेरा ख़्याल कौन रखेगा? इसलिए देखना मातारानी इस गुलदस्ते के हर फूल को मुरझाने नहीं देंगी ये मेरा विश्वास है।"

"क्या ऐसा हो सकता है, 'मन'?"

“बिलकुल होगा मधु। ये मेरा यक़ीन है। तुम देख लेना।”

“मैं तुमसे जुदा नहीं होना चाहती। अगर मैं मर गयी तो ऊपर मेरा ध्यान कौन रखेगा?”

“ये हुई न बात। तुम मुझसे जुदा नहीं होना चाहती तो तुम्हें कोई मुझसे जुदा नहीं कर सकता।”

“पक्का?”, मधु ने बिलकुल बच्चे की तरह पूछा।

“बिलकुल पक्का मधु।”

मानव ने मधु को अपने सीने से लगा लिया। उसकी आँखें भी मधु की हालत पर नम थी। वह फूट-फूट कर रोना चाहता था। मगर मजबूर था। उसने बंद आँखों से मातारानी से प्रार्थना की कि इस गुलदस्ते का हर फूल कभी न मुरझाए।

थोड़ी देर बाद मधु सो गयी।

मानव धीरे-से कमरे से बाहर आया और उसने Dr. Desai को फ़ोन किया और उन्हें आज मधु से हुई सारी बातें बताईं। Dr. Desai ध्यान से सब कुछ सुन रहे थे।

“She has gone into depression. It is not good. Keep her motivated, Manav. That is the only advise I can do. I am sure she is taking her medications”.

“Yes Dr. Desai. She has never missed her medication. मुझे ये समझ में नहीं आ रहा है वह मरने की बातें क्यों कर रही है। आज तक उसने कभी ऐसी बातें नहीं की हैं।”

“ये होता है मानव। ये Alzheimer’s अपनी जगह आराम से बैठता कब है। ये तो आगे बढ़ता ही रहता है। Depression is also one of its later phases”.

"Can't we do anything?"

"I afraid, no. It is only you who can help her. Keep motivating her. I know it is not easy but that is the only way. I do not want to put her on any other medication that will keep her sleep most of the time but not do anything else".

"Ok Dr. Desai. I will try my best".

Dr. Desai से बात करके मानव मधु के पास आ गया। वह अभी भी सो रही थी। मानव उसके पास ही एक कुर्सी पर बैठ गया। गुलदस्ता उसके सामने खिला हुआ था। उसे लगा गुलदस्ते का हर फूल उसकी हालत पर हँस रहा है। उसकी आँखों में आँसू झिलमिला उठे। उस धुँधलेपन में उसे गुलदस्ते का हर फूल मुरझाया दिखाई दे रहा था। उसने झट से अपने आँसू पोछे और मधु की ओर देखा। वह इत्मिनान से सो रही थी। उसने मुड़कर फिर से गुलदस्ते की ओर देखा, फूल अभी भी हँस रहे थे। उसने अपनी आँखें बंद करके हाथ जोड़ लिए और मातारानी से फिर से विनती करने लगा कि इस गुलदस्ते का हर फूल कभी ना मुरझाए।

उस दिन के बाद से हर दिन मधु सुबह उठते ही सबसे पहले गुलदस्ते की ओर देखती थी। मानव हफ़्ते में दो बार गुलदस्ते के पानी को बदलता था और हफ़्ते में एक बार उसमें कुछ खाद भी डालता था। मधु उसको ऐसा करते देखकर मुस्कुराती रहती थी। फूल खिले हुए थे। क़रीब दो हफ़्ते बाद कुछ फूल मुरझाने लगे। मधु उन्हें मुरझाते देख दुखी हो जाती थी। मानव उसे फिर खिले हुए फूलों को दिखाता और कहता सिर्फ़ इन्हें देखो। मुरझाए हुए फूलों को क्या देखना। क़रीब एक महीने के बाद एक फूल को छोड़कर गुलदस्ते का हर फूल मुरझा चुका था। उस दिन मधु बहुत दुखी लग रही थी।

"'मन' लगता है मैं एक-दो दिन की मेहमान हूँ बस। देखो बस एक फूल ही मुरझाना रह गया है।"

"मधु, वो एक फूल मातारानी कभी मुरझाने नहीं देंगी। देख लेना तुम। मैं मातारानी से रोज़ प्रार्थना करता हूँ। तुम भी किया करो।"

"सच में ऐसा हो सकता है?"

"हम दोनों प्रार्थना करेंगे तो ज़रूर होगा।"

"ठीक है अब से मैं भी प्रार्थना करूँगी।"

फिर अगली सुबह, फिर अगले हफ़्ते, एक महीना, दो महीने, तीन महीने और हो गए। मधु ने देखा उसकी मातारानी की प्रार्थना रँग ला रही थी। वह एक फूल अभी भी खिला हुआ था। वह रोज़ सुबह उठती और उस खिले हुए फूल को देखकर चहक उठती और मातारानी को हाथ जोड़कर धन्यवाद करती। अब वह पहले जैसे मरने की बातें भी नहीं करती थी। दिन में हँसती रहती थी। मानव के साथ खाना बनाते समय पहले की तरह कुर्सी पर किचन में बैठ जाती थी। एक दो बार शाम को थोड़ी देर के लिए पार्क में भी गयी थी। जब भी अपने बिस्तर पर जाती तो एक नज़र गुलदस्ते की ओर ज़रूर देखती। मुरझाए हुए अनेक फूलों के बीच वह एक खिला हुआ फूल उसे मातारानी के आशीर्वाद की याद दिलाता था।

"मधु, एक ख़ुशी की बात बताऊँ? Memorial Day के long weekend पर कृष्णा और कान्हा दोनों अपने परिवार के साथ आ रहे हैं और उनके साथ रानी भी आ रही है।"

मधु की ओर से कोई reaction न देखकर, मानव ने कहा, "अरे भूल गयी क्या तुम? कृष्णा और कान्हा, हमारे बेटे और रानी हमारी पोती?"

"'मन' मुझे उनके चेहरे याद नहीं आ रहे हैं।"

"अरे, अभी याद दिलाता हूँ। मानव ने झट से आलमारी से एक अलबम निकाली और मधु के पास बैठ कर उसे दिखाने लगा। देखो ये अपना बेटा कृष्णा और ये कान्हा", मानव ने फ़ोटो दिखाते हुए कहा।

"अरे हाँ याद आया। ये दिव्या, ये Joanna और ये रानी", मधु ने सबको सही पहचान लिया।

"अरे ये हुई ना बात। मेरी मधु को सब याद आ गया", मानव ने ख़ुशी से चिल्लाते हुए ज़ोर से कहा।

मधु भी उसकी बात सुनकर खिलखिलाकर हँस पड़ी।

कृष्णा और कन्हैया अपने परिवार के साथ Memorial Day पर आ गए थे। रानी अकेले आयी थी। सबने पाया कि मधु बहुत कमजोर हो गयी थी। लेकिन वे लोग उसे ऐसा कुछ महसूस नहीं होने दे रहे थे। सब उससे normally ही बातें कर रहे थे।

सब लोग backyard में बैठ कर चाय पी रहे थे। मधु भी सबके साथ बैठी थी।

"दादु, आप 85 साल के हो गए हैं। अभी भी कितने फ़िट हो आप", रानी ने मानव से कहा।

"रोज़ exercise करता हूँ, खाने का ख़्याल रखता हूँ। मैं और मधु टहलने जाते हैं। फ़िट रहने में बहुत अच्छा लगता है"।

"बहुत अच्छा करते हैं आप। वैसे मुझे आपको और दादी को एक खुशख़बरी भी देनी है", रानी ने कहा।

"हाँ बोलो, रानी", मानव ने कहा।

"आपका और दादी का promotion होने वाला है।"

"हमारा promotion? वो कैसे?" मानव ने आश्चर्य से पूछा।

"I am pregnant, दादू", रानी ने मुस्कुराते हुए कहा।

"WOW, what a news!"

मानव झट से उठा और रानी को अपने गले से लगा लिया। रानी झुक कर मानव के पैर छूने लगी। मानव ने झट से उसे अपने हाथों से उठाया और फिर से गले लगा कर बोला, "ऐसे वक्त पर झुकते नहीं है पगली।"

"मुझे आशीर्वाद दीजिए कि मुझे आपके जैसा बेटा मिले।"

"मुझ जैसा क्यों? तुझे तो दुनिया का सबसे अच्छा बेटा मिलेगा।"

"नहीं दादू, मुझे बस आपके जैसा चाहिए। आपसे अच्छा कोई हो ही नहीं सकता। मैं जब भी आपको और दादी को देखती हूँ तो मुझे हमेशा ऐसा लगता है कि आप दोनों जैसी प्रेम-कहानी तो हो ही नहीं सकती। आप दोनों ही मेरे आदर्श हो।"

"पगली कहीं की। चल अपनी दादी से आशीर्वाद ले", मानव ने कहा और रानी को मधु के पास ले आया।

"मधु, जानती हो, तुम परदादी बनने जा रही हो। Great grandmother. और मैं परदादा, Great Grandfather. चलो आशीर्वाद दो रानी को।"

"ये कौन है?" मधु ने बहुत ही भोलेपन से पूछा।

"अरे ये हमारी पोती है। ये ही तो हमें इतनी बड़ी ख़ुशी दे रही है। आशीर्वाद दो इसे।"

"आशीर्वाद कैसे देते हैं? मुझे कुछ समझ में नहीं आ रहा है 'मन'।"

"बस ज़रा उठो और रानी के सिर पर हाथ रख दो", मानव ने मधु को कुर्सी से उठाया और उसका हाथ लेकर रानी के सिर पर रख दिया। रानी मधु के गले लग गयी।

"Thank You दादी", रानी बोलते हुए रो पड़ी।

"ये क्यों रो रही है?" मधु ने रानी को रोते हुए देख कर पूछा।

"तुमने आशीर्वाद जो दिया है। इसलिए रो रही है", मानव ने कहा।

मधु ने झट से रानी को और ज़ोर से गले लगा लिया और उसकी पीठ पर हाथ फेरते हुए बोली, "चुप हो जाओ। मत रोओ। मेरा आशीर्वाद हमेशा तुम्हारे साथ है।"

मधु की ये बात सुन कर रानी और ज़ोर से रो पड़ी।

सब लोग चुपचाप ये देख रहे थे। दिव्या और Joanna अपनी आँखों से आँसुओं को पोंछ रही थीं। Joanna भी अब थोड़ी-बहुत हिंदी समझने लगी थी। वैसे भी जज़्बातों को समझने के लिए भाषा की ज़रूरत कहाँ होती है। उसे महसूस करने के लिए तो बस एक दिल चाहिए।

"अरे आज ही राखी का फ़ोन आया था। वो भी दादी बनने वाली है। राहुल की पत्नी भी माँ बनने वाली है।"

"हमें पता है दादू। राखी बुआ ने हमें कल ही बताया था। मैंने भी उन्हें ये खुशख़बरी दे दी है।"

"Excellent, तो आज इस ख़ुशी के मौक़े पर रानी की favorite दाल-तड़का और जीरा rice बनाऊँगा मैं। क्यों रानी?"

"अरे नहीं dad! आप क्यों बनाएँगे? मैं बना देती हूँ", दिव्या ने झट से कहा।

“नहीं, रानी को मेरे हाथों की दाल-तड़का पसंद है। रानी और मधु मेरी किचन में मदद करेंगी।”

“Yes दादू। मैं मदद करूँगी। हम तीनों मिलकर बनाएँगे।”

सब मुस्कुराने लगे। मधु भी मुस्कुरा रही थी। वो इन बातों को कितना समझ पा रही थी, किसी को पता नहीं था। उनके लिए मधु का मुस्कराना ही बहुत था।

“ठीक है आप लोग दाल-तड़का और जीरा-राइस बनाइए। मैं बासुंदी बना देती हूँ। Mom को मेरे हाथ की बासुंदी बहुत पसंद है।”

रानी, मानव, मधु और दिव्या किचन में अपनी-अपनी dishes बना रहे थे और सब लोग वहीं आसपास बैठे हुए थे।

“रानी, तू हिंदी इतनी अच्छी कैसे बोल लेती है? अपने घर पर हिंदी ही बोलती है क्या?”

“हाँ दादू, वैसे हिंदी सिखाने में आपका और दादी का बहुत बड़ा हाथ है। आपको याद नहीं मैं अपने सभी summer-vacation स्कूल के समय आप दोनों के साथ यहाँ बिताती थी। दादी की हिंदी तो बहुत ही अच्छी है। मैंने सब कुछ उसी समय तो सीखा है। घर पर भी मैं हिंदी ही बोलने की कोशिश करती हूँ”, रानी ने कहा।

“दादू, आपको पता है, मेरे सभी दोस्त आपकी और दादी की प्रेम-कहानी जानते हैं। सब लोगों का यही मानना है कि उन्होंने इससे अच्छी प्रेम-कहानी नहीं सुनी है”, रानी ने मुस्कुराते हुए कहा।

“सुन रही हो मधु, ये रानी हमारी प्रेम-कहानी की बात कर रही है”, मानव ने मधु के सिर पर हाथ फेरते हुए कहा।

मधु मुस्कुराने लगी।

दोपहर के खाने के बाद सब लोग मधु और मानव के कमरे में ही कुर्सी लगा कर बैठ गए। मधु बिस्तर पर लेटी हुई थी। मानव उसकी बग़ल में बिस्तर पर ही बैठा हुआ था। सब लोग सामने कुर्सी पर बैठे थे।

"मम्मी जी रात को dinner में आप क्या खाना चाहती हैं? बताइए मैं बनाऊँगी", दिव्या ने पूछा।

मधु ने मानव की ओर देखा।

"तुम बताओ मधु, तुमसे पूछ रही है दिव्या।"

"कुछ भी बना लो", मधु ने धीरे से कहा।

"चलिए आपके लिए कढ़ी-चावल बनाती हूँ। आपको मेरे हाथ की कढ़ी पसंद थी ना। और आपको ढोकले भी पसंद थे। थोड़े वो भी बना दूँगी।"

"अरे दादू, ये कैसा गुलदस्ता है सभी फूल सूखे हुए हैं। इसे यहाँ क्यों रखा है? और ये एक फूल कैसे अभी तक नहीं सूखा?" रानी ने कहा और उठ कर flower vase के पास जाकर उस खिले हुए फूल को गौर से देखने लगी।

"ये तो artificial फूल है लेकिन ये कितना सुंदर हैं बिलकुल original लग रहा है. लेकिन ये प्लास्टिक का फूल इस गुलदस्ते में क्या कर रहा है?" रानी ने हँसते हुए मानव की ओर देखकर पूछा।

मानव ने इशारे से उसे चुप रहने को कहा मगर वह समझ नहीं सकी।

"क्या हुआ?" रानी ने फिर से मानव के इशारे की ओर देखकर पूछा। वह उस इशारे को समझने की कोशिश कर रही थी।

मानव ने अचानक मधु की ओर देखा। वह भी एकटक मानव की ओर देख रही थी। उसकी दोनों आँखों से आँसू बह रहे थे।

“Rani, will you please keep quiet for a moment?” दिव्या ने रानी को चुप कराते हुए कहा। उसने मधु की आँखों से बहते हुए आँसुओं को देख लिया था। समझ में तो उसे भी नहीं आया था कि एक प्लास्टिक का फूल पानी में क्यों रखा हुआ है। मगर मधु के आँसुओं ने ये बता दिया था कि कुछ तो गड़बड़ है।

“मधु”, मानव मधु के गालों से आँसुओं को पोछते हुए बस यही कह पाया।

मधु ने अपनी आँखें बंद कर ली। सब लोग ख़ामोश थे और ये समझने की कोशिश कर रहे थे कि ये हुआ क्या।

मानव मधु के चेहरे को देखे जा रहा था। न जाने मधु इतनी जल्दी कैसे सो गयी। शायद उसे बहुत सदमा लगा था। मानव ने उसके माथे पर अपना हाथ फेरा और बिस्तर से उठ गया। उसने सबको बाहर आने का इशारा किया।

बाहर आने पर उसने सबको बताया कि कैसे मधु को ऐसा लगने लगा था कि जिस दिन इस गुलदस्ते का हर फूल मुरझा जाएगा वो दिन उसकी ज़िंदगी का आख़िरी दिन होगा। इसलिए उसने उस गुलदस्ते में एक प्लास्टिक का artificial, हू-ब-हू उसी तरह का एक गुलाब का फूल डाल दिया था। ये प्लास्टिक का फूल क़रीब पाँच महीने से मधु में एक नया उत्साह भर रहा था जो कि आज टूट गया था।

मानव की बात सुनकर सभी की आँखें नम थीं मगर Joanna और रानी तो अपने आँसुओं को रोक ही नहीं पा रही थी।

रानी बहुत ही guilty महसूस कर रही थी।

“Sorry दादू, बहुत बड़ी गलती हो गयी मुझसे”, रानी फिर से रोने लगी और मानव के गले लग गयी।

"कोई बात नहीं रानी। It is OK. ये तुम्हारी ग़लती नहीं है। मेरी गलती है। मुझे तुम सबको ये बात बता देनी चाहिए थी। वैसे भी मधु को कभी-न-कभी तो ये बात पता चलने ही वाली थी", मानव ने रानी को समझाते हुए कहा।

Joanna अभी भी रोती जा रही थी। दिव्या उसे चुप करा रही थी।

Joanna जब थोड़ी चुप हुई तो उसने कहा, "I have never heard a Love Story as beautiful as this".

"अब क्या करना चाहिए dad? लगता है mom को इस बात से बहुत shock लगा है। I hope she is good", कृष्णा ने कहा।

"मैं भी मातारानी से यही मना रहा हूँ कि मधु ठीक हो। उसे थोड़ी देर सोने देते हैं।"

"ठीक है dad, दिव्या तुम खाना बना लो। मैं mom के कमरे में ही बैठा हूँ।"

कृष्णा ने कहा और मधु के कमरे में चला गया। मानव और रानी भी उसके पीछे-पीछे गए। तीनों ने देखा, मधु गहरी नींद में सो रही थी। तीनों चुपचाप कुर्सियों पर बैठ गए। कमरे में सन्नाटा छाया हुआ था। बस बीच-बीच में मधु की साँसों की आवाज़ आ रही थी।

क़रीब दो-तीन घंटे के बाद मधु के शरीर में थोड़ी हलचल हुई। इस बीच कन्हैया ने flower vase से पिछले सभी फूलों को फ़ेक कर उसी तरह के खूब सारे ताज़े गुलाब लाकर लगा दिए थे। उसमें वो artificial फूल भी डाल दिया था।

मानव उठ कर मधु के पास आ गया।

उसने मधु के पास बैठते हुए पूछा, "कैसी हो मधु? अब कैसा लग रहा है?"

मधु ने आँखें खोली। उसने मानव की ओर अंजान निगाहों से देखा। मानो पहचानने की कोशिश कर रही हो।

"मधु मैं तुम्हारा 'मन'", मानव ने मधु के माथे पर हाथ फेरते हुए कहा।

मधु अभी-भी एकटक छत की ओर देखे जा रही थी।

"मधु, क्या हुआ ठीक हो?" मानव ने उसके माथे को सहलाते हुए फिर पूछा।

मधु अब भी मानव को ओर देख रही थी।

"क्या हुआ मधु? मैं तुम्हारा 'मन'", मानव ने फिर से कहा।

मधु अभी-भी एकटक मानव की ओर देखे जा रही थी। वो कुछ नहीं बोल रही थी। बस आँसुओं की धार उसकी आँखों से बह रही थी।

मानव ने आँसुओं को उसके गालों से पोछते हुए फिर से आवाज़ दी, "मधु?।"

मधु फिर से उसी तरह थी।

"नाराज़ हो मुझसे?"

मधु इस तरह देख रही थी मानों वो मानव को पहचानने की कोशिश कर रही हो।

"दादू, लगता है दादी आपको नहीं पहचान रही हैं अब", रानी ने सुबकते हुए कहा।

"अरे ऐसा नहीं हो सकता। मधु मुझे न पहचाने ये सम्भव ही नहीं है। मधु, मुझे पहचानती हो ना? अपने 'मन' को भूल गयी मधु?" मानव कह कर फूट-फूट कर रो पड़ा।

मानव की हालत देख कर सब रो रहे थे।

Joanna ये देख नहीं पायी शायद। वह रोते हुए कमरे से बाहर निकल गयी।

“मधु? Please मधु, ऐसा मत करो। अपने ‘मन’ को तो मत भूलो। मैं जी नहीं पाऊँगा”, मानव रोता जा रहा था।

मधु बस मानव को देखे जा रही थी।

“Please dad, सम्भालिए अपने-आपको”, कृष्णा मानव को बिस्तर से उठाने की कोशिश कर रहा था।

“कृष्णा, मेरी मधु मुझे कैसे भूल सकती है?” मानव कृष्णा के गले से लगकर रोते हुए बोल रहा था।

“Dad, आप मेरे साथ बाहर आइए। दिव्या, तुम माँ के पास रहो। कान्हा तुम Joanna को सम्भालो। मैं dad को बाहर ले जा रहा हूँ”, कृष्णा ने कहा और मानव को लेकर कमरे से बाहर चला आया।

“Dad, You are my Hero. मैंने आपसे समझदार इंसान अपनी ज़िंदगी में कभी नहीं देखा है। जब भी कभी मैं मुसीबत में होता हूँ तो अक्सर यही सोचता हूँ कि अगर आप यहाँ होते तो क्या करते और मुझे सारी मुसीबतों का हल मिल जाता है। और आप आज कैसी बातें कर रहे हैं। Please सम्भालिए अपने-आपको। यह वक़्त टूटने का नहीं है। यह वक़्त है ख़ुद को समेटने का। Mom को सम्भालने का। आपकी ऐसी हालत देख कर उन्हें कैसा महसूस होगा? सोचिए”, कृष्णा मानव को अपने कमरे में ले गया और बिस्तर पर बिठा कर उसके कंधे पर हाथ रखते हुए बोला।

“वो सब ठीक है कृष्णा, लेकिन मधु मुझे कैसे भूल सकती है?”, मानव ने फिर से कहा।

“Dad वो आपको भूली थोड़ी हैं। बस इस Alzheimer's ने उन्हें ऐसा बना दिया है।”

“लेकिन मुझे कैसे? How is it possible? I was always with her”.

“Dad, Dr. Desai ने नहीं कहा था कि ये वक़्त भी आएगा कभी जब mom आपको भी भूल जाएँगी?”

“वो सब समझता हूँ मैं कृष्णा। यह दिन न आए इसीलिए तो मैं हर पल उसके साथ था। मधु मुझे भूल ही नहीं सकती। चलो एक बार फिर से उसके पास चलते हैं”,मानव ने कहा और उठ कर चल दिया। कृष्णा भी उसके साथ-साथ चलने लगा।

वे दोनों फिर से मधु के पास आ गए। वहाँ दिव्या और रानी बैठे हुए थे। मधु लेटी हुई थी।

“मधु, मैं तुम्हारा ‘मन’। देखो मुझे? मुझे पहचान पा रही हो?” मानव ने मधु के सिर पर हाथ फेरते हुए पूछा।

मधु फिर से अंजान निगाहों से उसे देखने लगी।

“मधु तुम पहचान पा रही हो मुझे?”

इस बार मधु ने ना में सिर हिला दिया और रोने लगी।

“मधु, मैं तुम्हारा ‘मन’”, मानव फिर से रोने लगा।

“कौन ‘मन’? मुझे कुछ याद नहीं। आप लोग कौन हैं? मैं कौन हूँ?”, मधु ने इधर-उधर देखते हुए कहा। वो बहुत धीरे-धीरे बोल रही थी। उसकी आँखों से आँसुओं की धारा बहती जा रही थी।

“तुम मुझे कैसे भूल सकती हो मधु? मातारानी, प्लीज़”, मानव ज़ोर से चिल्ला पड़ा।

“Please dad, मेरे साथ आइए आप”, कृष्णा ने मानव को बिस्तर से उठाते हुए कहा। वह दिव्या और रानी को इशारे से वहीं रहने के लिए कह कर बाहर जाने लगा।

कृष्णा मानव को बाहर ले जा रहा था। मानव की आँखें मधु के चेहरे पर टिकी हुई थी। मधु भी बस जाते हुए मानव को देख रही थी। दोनों की आँखों से आँसुओं की धारा बहती जा रही थी। कृष्णा मानव को खींचते हुए कमरे से बाहर ले जा रहा था। मानव और मधु एक-दूसरे को देखते जा रहे थे जब तक की मानव कमरे से बाहर नहीं निकल गया। मधु की आँखें अभी भी उस दरवाज़े की ओर थीं जहाँ से मानव बाहर गया था। आँखें बहती जा रही थीं।

कृष्णा मानव को अपने कमरे में ले आया और बिस्तर पर लिटा दिया।

“Dad, थोड़ा सो जाइए आप।”

मानव ने अपनी आँखें बंद कर ली। आसूँ अभी भी उसकी आँखों से बह रहे थे।

“मेरी मधु मुझे भूल गयी, मेरी मधु मुझे भूल गयी। क्यों?” उसके होंठ बुदबुदा रहे थे।

कृष्णा को भी अपने आँसुओं को रोकने में बहुत मुश्किल हो रही थी। उसने अपने Dad को कभी भी इस हालत में नहीं देखा था। वो तो उसके HERO थे। “HERO, इतना कमज़ोर नहीं हो सकता”, उसने खुद से कहा।

उसने मानव के आँसुओं को पोछा। मानव आँख मूँदें अभी भी वही बुदबुदा रहा था, “मेरी मधु मुझे भूल गयी, मेरी मधु मुझे भूल गयी। क्यों?”

कृष्णा कमरे से बाहर आ गया।

उसने Dr Desai को call करके सारी बातें बताई। Dr. Desai ने कहा कि आज रात मधु और मानव को आराम करने दो और अगली सुबह वे ख़ुद आएँगे और मानव से बात करेंगे।

शाम हो चुकी थी। कृष्णा ने सबको बुलाया और बताया कि आज रात मानव और मधु दोनों को आराम करने दें और कल सुबह Dr Desai खुद यहाँ आकर मानव से बात करेंगे। उसने दिव्या और रानी को मधु के कमरे में सोने के लिए कहा। वो खुद मानव के पास अपने कमरे में आ गया और उसके साथ ही बिस्तर पर लेट गया। न जाने कब उसकी आँख लग गयी।

सुबह क़रीब साढ़े पाँच बजे दिव्या की नींद खुली तो उसने मधु की ओर देखा। मधु आँख बंद किए लेटी हुई थी।

उसने मधु को आवाज़ दी, “Mom”, कोई जवाब नहीं आया।

उसने फिर से आवाज़ दी। कोई जवाब नहीं।

उसने मधु को हिलाया। कोई हरकत नहीं हुई।

दिव्या की आवाज़ से रानी की आँख भी खुल गयी।

“क्या हुआ माँ?”

“Mom कोई response नहीं कर रही हैं”, उसने रोते हुए कहा।

रानी झट से उठी और मधु को हिलाते हुए आवाज़ देने लगी।

“दादी, दादी, दादी, दादी।”

आँसुओं की वजह से उसके मुँह से आवाज़ निकलनी बंद हो गयी।

तब तक दिव्या भाग कर कृष्णा के कमरे में गयी। वहाँ कृष्णा और मानव चुपचाप सो रहे थे। उसने धीरे से कृष्णा को जगाया और उसे बाहर लेकर आ गयी और मधु के कमरे में चलने को कहा।

“क्या हुआ?” कृष्णा ने पूछा।

“Mom कोई respond नहीं कर रही हैं?

“What?” तब तक कृष्णा मधु के कमरे में आ चुका था।

“Mom, Mom, Mom, Mom”, कृष्णा ने मधु को हिलाते हुए कहा।

इन सब की आवाज़ सुनकर कन्हैया और Joanna भी तब तक वहाँ आ चुके थे।

Joanna ने झट से मधु की कलाई पकड़ी। उसने एक ऊँगली मधु की नाक के पास रखी। वह मधु की साँसों को महसूस करने की कोशिश कर रही थी।

“I don’t think she is breathing”, वो इतना ही कह सकी और रोते हुए कमरे से बाहर निकल गयी।

सब लोग रो रहे थे।

कृष्णा ने जल्दी से 911 call किया। उसने Dr. Desai को भी call किया।

911 emergency Team पहुँची और थोड़ी ही देर में Dr Desai भी आ गए।

हुआ वही जिसके लिए इस परिवार में कोई भी तैयार नहीं था। मधु इस दुनिया को अलविदा कह चुकी थी।

“पापा, हमें दादू को उठा कर बताना चाहिए”, रानी ने रोते हुए कृष्णा से कहा।

“Dr Desai, should we tell it to Dad?”, कृष्णा ने Dr Desai से पूछा।

“Yes, where is Manav?”

"He is sleeping in my room."

"Yes, we must tell him."

"Dr Deasi, मैंने उनकी हालत के बारे में आपको कल बताया था कि जब उन्हें लगा की Mom उन्हें भूल गयी हैं तो वे बिलकुल टूट गए थे। क्या Mom के बारे में उन्हें अभी बताना सही है?" कृष्णा ने रोते हुए पूछा।

घर में अफ़रातफ़री का माहौल था।

"हाँ! हमें मानव से ये बात नहीं छुपानी चाहिए। Don't worry I will talk to him. Please take me to him".

कृष्णा, Dr Desai को लेकर अपने कमरे की ओर चल पड़ा।

दोनों कृष्णा के कमरे में दाखिल हुए। मानव आराम से सोया हुआ था। कमरे में हल्की सी रोशनी थी।

"मानव, मानव", Dr. Desai ने पुकारा।

मानव की ओर से कोई आवाज़ नहीं आयी।

"Dad, Dad", इस बार कृष्णा ने आवाज़ दी।

मानव के शरीर में कोई हरकत नहीं हुई।

"मानव", इस बार Dr. Desai ने मानव के सर पर हाथ फेरते हुए आवाज़ दी।

शरीर में अब भी कोई हरकत नहीं हुई।

"OMG", Dr. Desai ने क़रीब-क़रीब चिल्ला कर कहा और मानव की नब्ज अपने हाथ में ले ली।

"OMG, Unbelievable. He is no more", Dr. Desai ने कहा।

कृष्णा गिरने ही वाला था कि Dr. Desai ने उसे सम्भाल लिया।

"Hold on Gentleman. I know it is the moment of crisis, but you are the head of the family now. You cannot fall", Dr. Deasi ने चिल्लाकर कहा।

तब तक वहाँ रानी भी आ गयी थी।

वो ज़ोर-ज़ोर से रोने लगी।

सब लोग और 911 emergency Team भी वहाँ जल्दी से आ गयी।

मधु और मानव दोनों इस दुनिया से जा चुके थे। किसी को भी ये यक़ीन नहीं हो रहा था कि कुछ घंटे पहले इस घर में सब कुछ ठीक था और अचानक सब कुछ लुट चुका था। ये घड़ी बड़े और अनुभवी इंसानों के लिए भी असहनीय थी और यहाँ कृष्णा, कन्हैया, दिव्या, Joanna और रानी तो अभी बच्चे ही थे। उन सब पर तो दुखों का पहाड़ टूट पड़ा था। एक ही पल में उनके सबसे प्यारे दो इंसान जिन्होंने हमेशा उन्हें भरपूर प्यार दिया, इस दुनिया को छोड़कर जा चुके थे और वो भी अचानक।

ख़ैर! तूफ़ान कितना भी प्रचंड क्यों ना हो, कितनी भी बड़ी तबाही क्यों न मचाए, वो शांत हो ही जाता है। इस घर में आया ये तूफ़ान भी अब शांत हो चुका था। मधु और मानव का दाह-संस्कार पूरे हिंदू रीति-रिवाज़ के साथ एक साथ किया जा चुका था। उनके अस्थि कलश को लेकर सब लोग India जा रहे थे। सबने ये निर्णय किया था कि इन पुण्य आत्माओं को त्रिवेणी संगम, इलाहाबाद में ही

प्रवाहित किया जाए क्योंकि शायद मधु और मानव भी यही चाहते। India में अमन और राखी की हालत ये सब जानकर वैसी ही थी जैसे किसी ने दो मछलियों को पानी से बाहर निकाल कर छोड़ दिया हो। उन्हें यक़ीन नहीं हो रहा था कि मानव और मधु दुनिया छोड़ कर जा चुके थे।

सब लोग airport पर बैठे flight में boarding का इंतज़ार कर रहे थे तभी कन्हैया ने कहा, “Bhaiya, did you notice, in death certificates, Mom’s time of death is 4:32 AM and Dad’s time of death is 4:33 AM?”

“हाँ कान्हा मैंने देखा है। Mom, Dad से एक मिनट पहले हमें छोड़कर गयी हैं। मैं जब भी ये सोचता हूँ तो मुझे यक़ीन नहीं होता है। मुझे आश्चर्य होता है। ये कैसे सम्भव है। Dad तो मेरे साथ सो रहे थे। उन्हें तो mom के जाने की खबर ही नहीं थी। फिर भी mom के जाने के अगले मिनट वो भी चले गए”, कहते हुए कृष्णा की आँखें फिर से डबडबा आईं।

“They were pure soul. True lovers. Their love was so pure that God didn’t want them to stay separate anywhere. So, HE took them together”, Joanna ने कहा। वह लगातार रोती जा रही थी। रानी की भी यही हालत थी।

उसकी बात सुनकर सबकी आँखें नम हो गयी।

मधु और मानव को त्रिवेणी-संगम में मिलाकर सब लोग US वापस आ गए थे और ज़िंदगी अपनी रफ़्तार से बढ़ने लगी थी।

पता नहीं इसे कुदरत का करिश्मा कहें या नहीं। अगले साल मधु और मानव के जन्मदिन 14th Feb को ही रानी ने एक लड़के को जन्म दिया और उसी दिन राखी के बेटे राहुल के घर में एक लड़की ने जन्म लिया। क्या मधु और मानव वापस आ गए थे? हो सकता है या शायद ये महज़ एक इत्तेफ़ाक ही हो लेकिन रानी को ये यक़ीन था कि उसके घर उसके दादू ने ही जन्म लिया है।

धन, दौलत, रिश्ते, शुहरत, ये जान भी कोई चीज़ नहीं
इस इश्क़ की ख़ातिर जन्नत से, आदम को निकलते देखा है

www.ingramcontent.com/pod-product-compliance
Lightning Source LLC
LaVergne TN
LVHW090226051026
849517LV00001B/204